종이 여자

종이 여자

La fille de papier

기욤 뮈소 장편소설
Guillaume Musso

전미연 옮김

밝은세상

종이 여자

초판 1쇄 발행일 2010년 12월 14일 | **2판 1쇄 발행일** 2023년 6월 1일 | **2판 3쇄 발행일** 2024년 6월 24일
지은이 기욤 뮈소 | **옮긴이** 전미연 | **펴낸이** 김석원 | **펴낸곳** 도서출판 밝은세상
출판등록 1990. 10. 5 (제 10 - 427호) | **주 소** (10881) 경기도 파주시 문발로 119, 202호
전 화 031-955-8101 | **팩 스** 031-955-8110 | **메일** wsesang@hanmail.net
블로그 blog.naver.com/balgunsesang8101 | **인스타그램** www.instagram.com/wsesang

ISBN 978-89-8437-461-4 (03860) | **값** 17,000원
잘못된 책은 구입한 곳에서 교환해 드립니다.

우릴 삶으로 이끌지 못하는 책이,

삶에 갈급증이 나게 하지 못하는 책이,

과연 어떤 의미가 있단 말인가?

_헨리 밀러

일러두기 각주는 모두 옮긴이의 주입니다.

프롤로그

책이 좋아 작가의 인생에 관심을 갖는 것은 푸아그라가 좋아 오리에 관심을 갖는 것과 다를 바 없다.

_마가렛 애트우드

⟨USA 투데이⟩ 2008년 2월 6일 자
미 대륙을 휩쓰는 ⟪천사 3부작⟫ 열풍!

한 젊은 여성과 그녀를 지키는 수호천사의 초현실적인 사랑 이야기를 다룬 소설이 올해 문학 분야 최고의 베스트셀러로 등극했다. 이 출판계의 현상을 분석해보자.

애초 더블데이 출판사에서는 이 33세의 무명 작가 톰 보이드의 처녀작에 그다지 큰 기대를 걸지 않았다. 겨우 초판 1만 부를 찍은 이 소설은 예상을 뒤엎고 출간된 지 몇 달 지나지 않아 올해 최고의 베스트셀러 리스트에 이름을 등재했다. 앞으로 두 권이 더 출간될 예정인 ⟪천사 3부작⟫ 시리즈의 첫 번째 책 ⟪천사들의 동행⟫은 현재 28주 연속 베스트셀러에 랭크되어 있다. 지금까지 3백만 부가 넘게 판매된 이 소설은

40여 개국에 저작권이 팔려 나가며 국외로까지 열풍이 이어지고 있다.

로맨틱한 상상과 판타지가 어우러진 이 소설은 로스앤젤레스를 무대로 펼쳐지는 의대생 델릴라와 어릴 때부터 그녀를 지켜주는 수호천사 라파엘의 초현실적인 사랑 이야기를 그리고 있다. 이야기 얼개는 근친상간이나 강간, 장기 기증, 인간의 광기 같은 민감한 소재들을 다루기 위한 작가의 장치에 불과할 뿐이다.

《해리포터》나 《트와일라잇》과 마찬가지로 《천사들의 동행》 역시 특유의 감수성과 풍부한 상상력으로 순식간에 독자들을 사로잡았고, 자신들끼리만 통하는 독특한 코드와 다양한 작품 해석을 공유하는 마니아 독자층이 광범위하게 형성되고 있다. 현재 인터넷상에서는 작가가 창조한 주인공들을 집중 조명하는 사이트가 수백 개나 운영되고 있다. 이 대단한 성공의 주인공인 젊은 소설가 톰 보이드는 조용한 성격의 전직 교사 출신 작가다.

로스앤젤레스의 한 빈민가에서 나고 자란 톰 보이드는 베스트셀러 작가로 성공을 거두기 전까지 모교인 맥아더파크의 고등학교에서 불우한 청소년들에게 문학을 가르쳐왔다. 첫 작품이 기대 이상으로 대박을 터뜨리고, 더블데이 출판사와 선인세 2백만 달러에 후속 작품 두 권의 집필 계약을 마친 그는 그동안 몸담아온 교직을 떠났다.

〈그라모폰〉 2008년 6월 1일 자
프랑스 출신의 피아니스트 오로르 발랑꾸르, 권위 있는 〈에이버리 피셔 상〉 수상자로 낙점 지난 토요일, 서른한 살의 유명 피아니스트 오로르 발랑꾸르가 권위 있는 〈에이버리 피셔 상〉 수상자로 결정되었다. 부상으로 7만5천 달러가 주어지는 이 상은 클래식 음악 발전에 탁월하게 공헌한 음악가에게 돌아가는 상으로, 오로르 발랑꾸르는 음악인들 사이에서 선망의 대상이 되고 있다. 1977년 7월 7일 프랑스 파리 태생인 오로르 발랑꾸르는 가장 재능 있는 젊은 음악인 중 한 사람으로 손꼽히고 있다.

건반 위의 슈퍼스타 오로르 발랑꾸르

커티스음대 출신인 오로르 발랑꾸르는 스무 살이라는 어린 나이에 지휘자 앙드레 그레뱅에게 발탁되어 세계무대에 깜짝 등장했으며, 그와 협연하며 세계적 연주자로서의 커리어를 쌓아 가기 시작했다. 세계 최고의 오케스트라들과 협연하는 등 왕성하게 연주 활동을 펼치던 오로르는 클래식 음악계의 엘리트주의에 환멸을 느껴 2003년 1월에 별안간 활동 중단을 선언했다. 이후 2년간 오토바이를 타고 세계 각지를 여행하다 호수와 절벽으로 둘러싸인 인도의 사와이마도푸르 국립공원에 여장을 풀고 그곳에서 여러 달을 지냈다.

오로르 발랑꾸르는 2005년부터 맨해튼에 거처를 정하고 연주 활동을 재개하는 한편, 환경보호운동에도 적극 앞장서기 시작했다. 그녀가 음악 이외 분야로 활동 영역을 넓히자 다시 언론의 집중적인 관심을 받게 되었고, 그녀는 이제 음악 애호가들을 뛰어넘어 대중적인 인기를 누리고 있다.

오로르 발랑꾸르는 눈에 띄는 외모 덕분에 〈베니티 페어〉지 같은 패션잡지의 표지모델이 되기도 했고, 《스포츠 일러스트레이티드》지 모델로도 발탁돼 과감한 노출 패션으로 뭇 남성들의 시선을 사로잡기도 했다.

오로르는 지금 한 유명 란제리 브랜드의 대표 모델로 활동하고 있다. 잇따른 광고 출연 계약으로 보아 그녀가 세계 최고의 갑부 뮤지션의 자리에 등극하는 것은 시간문제처럼 보인다.

논란을 몰고 다니는 비전형적인 음악가

오로르 발랑꾸르는 젊은 나이임에도 건반 위의 마술사라는 별칭에 손색없는 피아니스트이지만 낭만적인 레퍼토리를 소화할 때 다소 메마른 연주를 들려준다는 비판을 받고 있다.

연주자의 자유와 독립성을 강하게 주장하는 그녀는 연주회 주최 측의 입장에서 보면 아주 '골치 아픈' 뮤지션임에 틀림없다. 마지막 순간에 공연을 취소하거나 디바 특유의 변덕을 부려 주최 측을 당혹스럽게 만든 적이 한두 번이 아니기 때문이다.

오로르 발랑꾸르의 독특한 개성은 사생활에까지 그대로 반영되고 있다. 영원한 싱글을 꿈꾸는 오로르는 사랑에 대한 특별한 기대가 없다고 공공연히 밝히고 있으며, '카르페디엠'을 연애 철학으로 삼아 숱한 염문을 뿌리고 있다. 쇼 비즈니스 계 스타들과 스캔들을 일으킬 때마다 대중 연예잡지에 단골로 등장하는 오로르를 보는 순수 음악가들의 시선이 그리 곱지만은 않다.

〈로스앤젤레스 타임스〉 2008년 6월 26일 자
《천사 3부작》의 작가 톰 보이드, 로스앤젤레스 소재 고등학교에 50만 달러 기부
《천사 3부작》 시리즈의 두 번째 책인 《천사의 기억》이 벌써 베스트셀

러 상위에 랭크된 가운데, 소설가 톰 보이드가 로스앤젤레스의 〈하비스트하이스쿨〉에 50만 달러를 기증한 것으로 해당 학교 측에서 밝혀 화제가 되고 있다. 빈민가로 알려진 맥아더파크에 소재한 이 고교는 톰 보이드의 모교이기도 하며, 베스트셀러 작가의 반열에 오르기 전에 그가 문학 교사로 재직했던 곳이기도 하다.

확인을 위해 톰 보이드와 연락을 취해보았으나 그는 기부 사실에 대해 직접적인 확인을 꺼렸다. 언론을 기피하는 신비주의적인 작가로 알려져 있는 그는 이미 《천사 3부작》 중 마지막 권의 집필에 착수한 것으로 알려져 있다.

〈스타즈 뉴스〉 *2008년 8월 24일 자*
돌아온 싱글, 미모의 피아니스트 오로르 발랑꾸르!

희비가 엇갈리는 두 연인의 이별. 피아니스트이자 톱모델인 서른한 살의 오로르 발랑꾸르가 몇 달 전부터 로맨스를 나눠온 스페인 출신의 세계적인 테니스 선수 자비에 산토스와 얼마 전 결별한 것으로 알려졌다.

롤랑 가로스와 윔블던 테니스 대회에서 잇따라 좋은 성적을 거둔 자비에 선수는 결국 이비자 섬에서 며칠 동안 고국 친구들과 머물며 휴식을 취할 수밖에 없는 처지가 되었다. 반면, 그가 세레나데를 바친 옛 연인 발랑꾸르는 오랫동안 싱글로 머물 것 같지는 않아 보인다.

〈버라이어티〉 *2008년 9월 4일 자*
《천사 3부작》 조만간 극장에서 만나게 될 듯

〈컬럼비아픽처스〉가 판타지와 로맨스가 적절하게 어우러진 톰 보이드의 연작 소설 《천사 3부작》의 영화 판권을 확보했다.

3부작 중 이미 출간된 두 작품 《천사들의 동행》과 《천사의 기억》은 수백만 독자들에게 뜨거운 감동을 선사하며 마지막 페이지를 덮을 때까지 책을 손에서 놓지 못하게 하고 있다.

첫 번째 영화는 조만간 크랭크인에 들어갈 것으로 보인다.

보낸 사람 : patricia.moore@speedaccess.com

제목 : 상처를 치유하는 책

보낸 날짜 : 2008년 9월 12일

받는 사람 : thomas.boyd2@gmail.com

톰 보이드 선생님께

메일을 한번 보내야지, 하고 생각한 지 무척이나 오래 지났는데 이제야 겨우 실행에 옮깁니다. 저는 파트리샤이고, 올해 서른한 살이 된 두 아이의 엄마입니다. 가정을 이룬 지 얼마 되지 않아 사랑하는 남편을 떠나보냈습니다. 남편은 서서히 생명이 꺼져 가는 신경 계통 질환을 앓다 얼마 전에 세상을 떠났죠. 남편을 그렇게 보내고 나서 저는 차마 말로 표현할 수 없을 만큼 심신이 피폐해졌답니다. 남편과 함께 한 시간이 제겐 너무나 짧았습니다. 슬픔에 빠져 허우적대던 어느 날 선생님의 소설을 접하게 되었습니다.

절망과 슬픔에서 도망치듯 빠져들었던 책인데 읽고 나서 얼마나 마음이 편안해졌는지 모릅니다. 선생님 소설의 주인공들은 그들의 정해진 운명, 심지어 과거를 바꾸기도 하고, 지난날의 잘못을 바로잡기도 하더군요. 저는 큰 욕심을 내지 않고 그저 누군가를 다시 사랑할 수 있게 되기를, 또 사랑받을 수 있게 되기를 간절히 소망해봅니다. 선생님께서는 제가 다시 삶과 화해할 수 있게 해주셨습니다.

마음 깊이 감사드립니다.

〈파리 마땡〉 2008년 10월 12일 자
피아니스트 오로르 발랑꾸르 : 음악의 천재인가, 언론플레이의 귀재인가?

어제 저녁, 샹젤리제극장 앞은 공연을 보러 온 관객들로 인산인해를 이루었다. 미디어를 등에 업은 젊은 피아니스트 오로르 발랑꾸르를 향한 대중의 관심은 끝이 없어 보인다.

어제 오로르 발랑꾸르는 1부는 〈베토벤의 황제〉, 2부는 〈슈베르트의 즉흥곡〉으로 구성된 매력적인 레퍼토리를 선보였지만 연주 자체는 그다지 기대에 미치지 못했다는 평가를 받았다.

〈베토벤의 황제〉는 흠잡을 데 없는 기교를 보여주었지만 서정성이 부족하고 연주자의 혼이 담기지 않았다는 비판을 받았다. 이제 오로르의 실력에 대해 보다 냉정하고 정확한 평가를 내려야 할 때가 된 것 같다. 엄밀히 말해 오로르 발랑꾸르는 TV 다큐멘터리를 통해 소개된 것처럼 천재 피아니스트가 아니라 마케팅 상품에 불과할지도 모른다. 조각 같은 몸매와 천사 같은 얼굴이 아니었다면 오로르는 지극히 평범한 음악가에 머물렀을지도 모른다. '발랑꾸르 현상'은 지극히 평범한 음악인을 대중들의 사랑을 한몸에 받는 스타 연예인으로 교묘하게 둔갑시킨 스타 시스템의 부산물인 셈이다. 더욱 서글픈 일은 발랑꾸르의 이미지에 매혹된 청중들이 그녀의 설익은 연주에도 공연장이 떠나가도록 우레와 같은 박수를 보내주고 있다는 사실이다.

보낸 사람 : myra14.washington@hotmail.com
제목 : 특별한 책들
보낸 날짜 : 2008년 10월 22일
받는 사람 : thomas.boyd2@gmail.com

톰 아저씨

제 이름은 마이라, 열네 살이에요. 신문 같은 데서 흔히 말하는 '도시 근교 빈민가 청소년'이죠. 지난번 아저씨가 맥아더파크에 있는 우리 학교에 강연을 하러 오셨을 때 저도 들었어요. 제가 소설을 좋아하게 되리라고는 꿈에도 생각지 못했어요. 한데 아저씨 소설을 읽고 나서 정말 너무나 좋아하게 됐어요. 두 번째 책이 나오면 사려고 돈을 조금씩 모아두었는데 결국 모자라 〈반즈 앤 노블〉 서점에 가서 몇 번에 걸쳐 나눠 읽었어요.

아저씨, 아무튼 너무 감사해요.

〈TMZ.com〉 2008년 12월 13일 자
킹스 오브 리온 공연장에서 함께 카메라에 포착된 오로르 발랑꾸르와 톰 보이드는 연인 사이?

내슈빌 출신의 록 그룹 킹스 오브 리온이 지난 토요일 로스앤젤레스 포럼에서 팬들에게 멋진 공연을 선사했다. 청중석에 앉은 피아니스트 오로르 발랑꾸르와 소설가 톰 보이드는 시종일관 다정한 모습으로 콘서트를 관람해 뭇사람들의 시선을 끌었다. 두 사람은 간간이 의미심장한 눈길을 주고받고, 소곤소곤 귓속말을 나누는가 하면, 서로 허리를 감싸 안기도 해 친구 이상의 돈독한 관계라는 의심을 자아내기에 충분했다. 카메라 기자의 렌즈에 포착된 다음 장면들을 보면 독자 여러분도 저절로 고개가 끄덕여질 것이다.

〈TMZ.com〉 *2009년 1월 3일 자*
오로르 발랑꾸르와 톰 보이드, 함께 조깅하는 연인들

몸매 관리를 위한 운동일까? 아니면 연인끼리의 기분 전환 데이트일까? 오로르 발랑꾸르와 톰 보이드는 어제 아직 눈으로 하얗게 뒤덮인 센트럴파크에서 오랫동안 조깅을 즐겼다.

〈TMZ.com〉 *2009년 3월 18일 자*
맨해튼에서 아파트를 물색 중인 오로르 발랑꾸르와 톰 보이드

〈USA 투데이〉 *2009년 4월 10일 자*
톰 보이드 신작소설 연내 출간 예정

더블데이 출판사는 어제 톰 보이드의 연작소설 《천사 3부작》의 마지막 권을 올가을쯤 출간할 예정이라 발표했다. 그의 팬들은 설레는 마음으로 책을 기다릴 수 있게 되었다.

《믹스 업 인 헤븐(Mix-Up in Heaven)》이라는 제목으로 출간될 보이드의 신작소설은 올 최고의 베스트셀러가 될 것으로 점쳐지고 있다.

〈엔터테인먼트 투데이〉 2009년 5월 6일 자
연인에게 선물할 최고의 반지를 고르기 위해 고심하는 소설가 톰 보이드

소설가 톰 보이드가 몇 달째 열애 중인 연인에게 완벽한 반지를 선물하기 위해 뉴욕 티파니 매장에서 세 시간이나 시간을 보낸 것으로 알려지고 있다.

"보이드 씨는 정말 사랑에 빠진 것 같았어요. 여자 친구의 마음에 쏙 드는 보석을 고르기 위해 무척이나 고심하는 모습이었죠."라고 한 점원은 인터뷰에서 밝혔다.

보낸 사람 : svetlana.shaparova@hotmail.com
제목 : 사랑의 기억
보낸 날짜 : 2009년 5월 9일
받는 사람 : thomas.boyd2@gmail.com

선생님
멀리 러시아에서 부족한 영어 실력으로 메일을 보내요. 제가 파리에서 만나 한때 사랑했던 남자를 통해 선생님 소설을 알게 되었습니다. 그는 저에게 선생님 소설을 건네며 '읽어보면 알 거야.'라고 말했죠. 마르탱이라는 이름의 그 남자와는 오래전에 헤어졌지만, 선생님 소설을 읽으면서 우리 두 사람을 하나로 만들어주었던 그 끈, 살아 있다는 걸 느끼게 했던 그 느낌이 되살아났어요. 선생님 소설을 읽고 있으면 저만의 세계 속으로 빠져들게 되죠. 정말 감사해요. 그리고 혹시 제 메일을 읽게 되시면, 제가 선생님 소설의 성공뿐만 아니라 선생님 개인의 행복도 진심으로 바란다는 사실을 꼭 기억해주시길 바라요.

스베트라나 드림

〈Onl!ne〉 2009년 5월 30일 자
레스토랑에서 다투는 모습이 목격된 피아니스트 오로르 발랑꾸르와 소설가 톰 보이드

〈Onl!ine〉 2009년 6월 16일 자
오로르 발랑꾸르, '새 애인'이 생겼나?

〈TMZ.com〉 2009년 7월 2일 자
오로르 발랑꾸르와 톰 보이드, 로맨스의 끝

소설가 톰 보이드와 함께 몇 달째 로맨스를 꽃피웠던 유명 피아니스트 오로르 발랑꾸르가 지난 주 록 그룹 스핑크스의 드럼 주자 제임스 부글리아리와 함께 있는 모습이 목격되었다.

여러분도 분명히 이 비디오를 보았을 것이다. 한동안 유튜브와 데일리모션에서 최다 조회 수를 기록하면서 조롱(대부분)과 동정의 댓글이 봇물을 이루었던 동영상인 만큼 못 보았을 리 없을 것이다.

장소는 런던의 로열 앨버트 홀, 배경은 세계 최고의 클래식 음악 축제로 손꼽히는 프롬스의 공연이고, BBC를 통해 전 세계에 생중계되고 있다.

동영상 첫머리에 오로르 발랑꾸르가 빅토리아풍으로 장식한 화려한 돔 천장 아래에 빽빽하게 열 지어 선 수천 명의 음악 애호가들로부터 열광적인 박수를 받으며 무대에 등장하는 모습이 보인다. 단아한 검정 드레스에 차분한 느낌의 진주 목걸이를 목에 건 오로르가 오케스트라를 향해 인사한 다음 피아노 앞에 앉아 강렬한 손놀림으로 〈슈만의 피아노 콘체르토〉 도입부를 연주한다.

연주가 시작되고 5분 동안 청중은 음악에 빨려든 듯 숨을 죽이고 있다. 격정적으로 출발한 피아니스트의 연주가 점차 가벼워지면서 꿈결처럼 부드러워지는데……. 난데없이 한 남자가 경비원들을 따돌리고 무대에 올라 피아니스트를 향해 돌진한다.

"오로르!"

깜짝 놀란 오로르 발랑꾸르의 입에서 짧은 비명 소리가 터져 나온다.

오케스트라가 일제히 연주를 중단한 사이 경호원 두 명이 무대에 올라 소란을 피우는 남자를 바닥으로 넘어뜨려 제압한다.

"오로르!"

남자가 또다시 이름을 외친다.

겨우 놀란 가슴을 진정시킨 피아니스트가 손을 들어 두 보디가드에게 난동을 부린 남자를 풀어주라는 신호를 보낸다. 잠시 경악에 빠졌던 실내는 야릇한 침묵에 잠긴다.

남자는 마음을 가다듬으려는 듯 빠져나온 셔츠를 바지 속으로 밀어 넣는다. 술과 수면 부족으로 벌겋게 충혈된 그의 눈동자에 이슬이 고여 있다.

그 남자는 테러리스트나 광신도가 아니다.

그저 사랑에 빠진 한 남자.

그저 사랑을 잃은 불행한 한 남자일 뿐.

그가 그녀를 향해 걸어가 사랑의 맹세를 읊조린다. 그것으로 자신이 여전히 사랑하는 여인의 눈에 다시 불꽃이 일게 할 수 있으리라는 다소 허황된 희망을 품고.

난감해서 어쩔 줄 모르던 오로르가 그의 눈을 더 이상 똑바로 쳐다보지 않으며 말을 자른다.

"이제 다 끝났어, 톰."

가엾은 남자가 이해할 수 없다는 듯 두 팔을 허허롭게 벌린다.

"끝났다니까."

여자가 바닥으로 시선을 향하며 냉정하게 말한다.

〈로스앤젤레스 데일리 뉴스〉 *2009년 9월 10일 자*
《천사 3부작》의 작가 톰 보이드 음주 운전 혐의로 체포!

지난 금요일 저녁, 베스트셀러 작가 톰 보이드가 음주 운전 혐의로 경찰에 체포되었다. 당시 그는 제한속도 70킬로미터의 도로를 150킬로미터로 달렸던 것으로 알려졌다.

톰 보이드는 체포 당시 반성의 빛을 보이기는커녕 도리어 현장에 출동한 경찰들에게 폭언과 협박을 서슴지 않았다. 수갑이 채워진 채 경찰서 알코올 해독실에 수감될 당시 그의 혈중 알코올 농도는 1.6그램으로, 캘리포니아 주 법이 허용하는 0.8그램을 훨씬 웃돌았다고 경찰 당국은 밝혔다.

체포된 지 몇 시간 만에 풀려난 그는 자신의 에이전트 밀로 롬바르도를 통해 아래와 같은 내용의 사과 성명서를 발표했다.

'자칫 무고한 사람들의 생명을 위험에 빠뜨릴 수도 있는 무책임하고 어리석은 행동을 저지른 것에 대해 깊이 사죄드립니다.'

〈퍼블리셔스 위클리〉 2009년 10월 20일 자
《천사 3부작》 종결 편 출간 지연

더블데이 출판사에서는 톰 보이드의 신작 출간을 내년 여름으로 연기한다고 발표했다. 독자들은 이제 뒷이야기가 궁금해도 여덟 달을 참고 기다리는 수밖에 없게 되었다.

소설의 출간 지연은 최근 크나큰 심리적 좌절을 경험한 작가가 일종의 정서적 공황 상태에 빠져들면서 심각한 우울증을 앓고 있기 때문인 것으로 추측되고 있다. 하지만 그의 에이전트 밀로 롬바르도는 그런 추측을 강력하게 부인하고 나섰다.

"톰이 백지 공포증에 시달리고 있다는 건 터무니없는 낭설일 뿐입니다. 톰은 독자들에게 최고의 소설을 선물하기 위해 밤낮으로 집필에 몰두하고 있습니다. 이런 작가의 충정을 독자들께서도 충분히 헤아려줄 것이라 믿습니다."

그러나 톰 보이드 팬들은 에이전트의 해명을 곧이곧대로 믿지 않는 분위기다. 지난 일주일 동안 더블데이 출판사는 독자들이 보낸 수많은 항의서한으로 커다란 곤욕을 치렀다. 인터넷상에서는 심지어 작가에게 출판 약속을 지킬 것을 요구하는 청원 운동이 벌어지고 있는 실정이다.

보낸 사람 : yunjin@yahoo.com

제목 : 한국에서 보내는 메일

보낸 날짜 : 2009년 12월 21일

받는 사람 : thomas.boyd2@gmail.com

안녕하세요, 선생님. 전후 사정을 다 말씀드릴 수는 없고, 어쨌든 얼마 전에 저는 심한 우울증 때문에 정신병원에 입원했었습니다. 솔직히 말씀드리자면 여러 번 자살 기도를 했습니다. 입원할 때 간호사 언니가 저한테 선생님이 쓴 소설을 꼭 한번 읽어보라 추천하셨어요. 사실 선생님은 저에게 완전히 낯선 작가는 아니었어요. 지하철이나 버스 안, 카페 안, 어딜 가나 선생님이 쓴 소설책의 표지가 눈에 띄었거든요. 제가 좋아하는 스타일의 소설이 아니라 생각했었는데, 이제야 제 생각이 잘못되었다는 걸 알게 되었어요. 사람의 인생이 당연히 소설과 같을 수야 없겠죠. 하지만 소설 속 주인공들의 이야기를 통해 제 존재의 의미가 될 수 있는 자그마한 삶의 불씨를 찾아내게 되었습니다.

어떻게 감사의 마음을 전해야 할지 모르겠습니다. 선생님, 정말 감사합니다.

윤진 드림

〈Onl!ne〉 2009년 12월 23일 자
파리에서 체포된 소설가 톰 보이드

　베스트셀러 작가 톰 보이드가 지난 월요일 프랑스 샤를르 드골 공항의 한 카페에서 술에 취했다는 이유로 서빙을 거부하는 웨이터와 시비 끝에 폭행을 저지른 혐의로 프랑스 경찰에 전격 체포되었다. 경찰 조사 후 검찰은 보비니 시 경범 재판소에 피의자를 기소했고, 판결은 1월 말로 예정되어 있다. 피의자는 폭행치상과 명예훼손 혐의로 재판을 받게 된다.

보낸 사람 : mirka.bregovic@gmail.com
제목 : 세르비아에서 선생님의 열혈 독자로부터
보낸 날짜 : 2009년 12월 25일
받는 사람 : thomas.boyd2@gmail.com

　톰 보이드 선생님
　글을 통해 알게 된 사람에게 메일을 보낸다는 건 정말 난생처음입니다. 저는 도서관도 서점도 없는 세르비아 남부의 한 작은 마을에서 학생들에게 문학을 가르치고 있는 교사입니다. 마침 오늘이 크리스마스군요. 부디 즐거운 성탄 맞으시길 빕니다. 눈 덮인 시골 마을에 어둠이 내리고 있어요. 언젠가 꼭 선생님이 우리나라를 찾아주시길 간절히 소망해 봅니다. 제가 사는 이 외딴 리카노비카 마을까지 찾아주시면 더욱 좋겠지요.

선생님 덕분에 참으로 많은 꿈을 꾸게 되었습니다, 감사드려요.

미르카 드림

추신 : 언론과 인터넷에서 선생님 사생활을 두고 이러쿵저러쿵 떠드
는 얘기를 저는 단 한마디도 믿지 않는다는 사실을 이번 기회에 꼭 말
씀드리고 싶어요.

〈뉴욕 포스트〉 2010년 3월 2일 자

베스트셀러 작가 톰 보이드, 타락의 길 걷나?

엊그제 밤 11시경, 베스트셀러 작가 톰 보이드가 베버리힐즈 소재 고
급 바 프리즈에서 다른 손님과 실랑이 끝에 주먹다짐을 벌였다. 싸움의
발단에 대해서는 현재까지 명확하게 알려지지 않고 있다. 신고를 받고
즉시 현장으로 출동한 경찰은 톰 보이드가 크리스털메스[*] 10그램을 소
지한 사실을 확인하고 그 자리에서 체포했다.

톰 보이드는 마약 소지 혐의로 기소되었다가 현재 보석으로 풀려난
상태지만 조만간 로스앤젤레스 고등법원에 출두해 재판을 받아야 한
다. 특별히 유능한 변호사를 선임하지 않는 이상 실형을 면하기 어려울
것으로 보인다.

보낸 사람 : eddy93@free.fr

제목 : 좋은 사람

[*]Crystal meth 마약의 일종인 메스암페타민

보낸 날짜 : 2010년 3월 3일

받는 사람 : thomas.boyd2@gmail.com

제 소개부터 하자면, 이름은 에디, 올해 열아홉 살이에요. 파리 근교에 있는 스탱에 살고 있고, 제과제빵 자격증 시험을 준비하고 있어요. 불량한 놈들과 어울리며 마약에 빠져들었다가 중·고등학교 시절을 완전히 망쳐 버렸죠. 그런데 일 년 전쯤 정말 멋진 여자가 제 인생에 나타났어요. 그녀를 놓치지 않기 위해서라도 이제 바보 같은 짓은 하지 말아야겠다고 결심했습니다. 공부를 다시 시작하게 되었고, 그녀와 함께 지내다 보면 배우게 되는 것도, 깨닫게 되는 것도 정말 많아요. 제 여자 친구가 권한 책들이 많은데, 그 가운데 저는 선생님 책들이 유난히 좋았습니다. 저라는 놈이 가진 장점이 무엇인지 알게 해주는 책들이었거든요.

다음 책이 나오길 손꼽아 기다리고 있어요. 요즘 언론에서 선생님에 대해 나쁜 말들이 많아 썩 기분이 좋지 않아요. 저는 선생님 소설에 나오는 주인공들 중에서 누가 뭐라 하든 꿋꿋하게 신념과 가치를 지켜나가는 인물들이 좋았어요. 혹시 항간에 떠도는 소문들 중 일부라도 사실이라면 부디 정신 바짝 차리시길 바라요. 술이든 빌어먹을 마약이든 절대로 그런 것에 빠져들면 안 돼요.

선생님은 저 같은 머저리가 되어선 안 돼요.

선생님을 존경하는 에디 올림

1. 해변의 집

한 여자가 인생 낙오자를 만나 멀쩡한 사람으로 만들겠다고 결심하면 성공 가능성이 없지 않다.
한 여자가 멀쩡한 남자를 만나 인생 낙오자로 만들겠다고 결심하면 무조건 성공한다.

_체사레 파베제

"톰, 문 열어!"

고함 소리만 바람 속으로 흩어질 뿐 대답은 돌아오지 않았다.

"톰, 나야, 밀로. 안에 있는 거 다 알고 왔어. 집구석 밖으로 좀 나오란 말이야. 빌어먹을!"

말리부

캘리포니아주, 로스앤젤레스 카운티

해변의 집

밀로 롬바르도가 벌써 몇 분째 톰의 집 테라스에 서서 나무 덧창을 부술 듯 두드리고 있었다.

"톰, 문 열어. 안 열면 따고 들어간다. 너도 내가 그러고도 남을 놈이라는 거 잘 알잖아."

몸에 꼭 달라붙는 와이셔츠, 라인이 살아 있는 정장, 얼굴에 낀 선글라스로 한껏 멋을 내긴 했지만 밀로의 얼굴에는 지치고 피로한 기색이 역력했다.

시간이 흐르면 상처가 자연스럽게 치유되리라 믿었는데 톰은 여태 고통에서 헤어나지 못하고 있었다. 톰은 지난 6개월 동안 아예 바깥출입을 하지 않고 문을 걸어 잠근 채 초호화 감옥에 들어앉아 있었다. 휴대폰도 받지 않았고, 아무리 초인종을 눌러도 응답이 없었다.

"한 번 더 말한다. 나 좀 안으로 들어가자."

밀로는 저녁 때마다 찾아와 대문을 두드렸지만 이웃 주민들의 욕지거리만 메아리처럼 날아올 뿐 안에서는 기척이 없었다. 딴 세상 같은 부자 동네 말리브 콜로니의 고요를 지키기 위해 순찰을 도는 경비업체 직원들만 이따금 등장할 뿐이었다.

이제는 더 이상 주저하고 있을 때가 아니었다. 더 늦기 전에 뭔가 조치를 취해야만 했다.

"이젠 더 이상 기다릴 수 없어. 네가 자초한 일이니까 날 원망할 생각은 하지 마."

상의를 벗어 던진 밀로는 LAPD(로스앤젤레스 경찰)에서 형사로 일하는 캐롤에게서 빌린 티타늄 재질의 장도리를 손에 움켜잡았다.

밀로는 슬쩍 뒤를 한번 돌아보았다. 해변의 고운 모래사장이 초가을 황금빛 태양 아래서 꾸벅꾸벅 졸고 있었다. 불청객들의 해변 접근을 막으려고 담합이라도 한 듯, 고급 빌라들이 바다를 향해 시루 속에 든 콩나물처럼 빽빽이 자리 잡고 있었다. 이 동네에 보금자리를 마련한 사업가와 언론인, 연예계의 유명인들이 한둘이 아니었다. 톰 행크스, 숀 펜, 레오나르도 디카프리오, 제니퍼 애니스톤 같은 할리우드 스타들이 바로 이 동네의 주인들이었다.

밀로는 햇빛 때문에 눈이 부셔 얼굴을 찡그렸다. 50여 미터 거리에 나무 기둥을 세워 오두막처럼 지은 해안구조대 초소가 보였다. 수영복 차림으로 바다를 향해 쌍안경을 고정시킨 미남 구조요원은 태평양의 높은 파도를 즐기는 여성 서퍼들의 모습을 몰래 훔쳐보며 반쯤 넋이 나가 있었다.

밀로는 관심을 두는 시선이 없다고 판단되자 곧바로 작업에 착수했다. 그는 장도리의 구부러진 끝을 덧창 틈새에 끼우고 힘껏 힘을 가해 눌렀다. 나무 덧창의 판자들이 박살 나며 떨어져 나갔다.

과연 내게 친구를 보호한다는 명목으로 이렇게까지 할 권리가 있을까?

밀로는 집 안으로 들어서면서도 못내 마음이 꺼림칙했다. 캐롤을 빼면 톰은 그에게 이 세상에서 단 하나밖에 없는 친구였다. 친구의 슬픔을 잊게 할 수 있다면, 친구에게 다시 삶의 의욕을 불어 넣어줄 수 있다면 못 할 일은 없을 것이다.

"톰!"

곰팡내와 탁한 공기가 뒤섞여 떠도는 1층은 미광에 잠긴 채 나른하게 가라앉아 있었다. 주방 개수대에는 설거지 그릇이 산더미처럼 쌓여 있었고, 거실은 좀도둑이라도 들었던 것처럼 난장판을 이루고 있었다. 가구들은 멋대로 넘어져 나뒹굴었고, 바닥에는 여기저기 옷가지들이 널브러져 있고, 깨진 접시와 유리잔들이 아무렇게나 나뒹굴고 있었다.

밀로는 피자 포장 박스들과 테이크 아웃을 해온 중국 음식 용기들, 맥주병 잔해 따위를 타 넘어 다니며 방방마다 창문을 활짝 열어젖히고 통풍을 시켰다. 어두컴컴하던 실내로 환한 빛이 쏟아져 들어왔다.

L자형으로 축조된 톰의 집은 지하에 수영장이 있는 2층 저택이었다. 지저분하고 어수선하지만 단풍나무 가구들과 베이지색 원목 바닥, 넉넉한 자연 채광 덕분에 실내는 여전히 아늑한 분위기를 풍겼다. 말리부에 억만장자들의 초호화 주택들이 들어서기 전, 서퍼들의 평범한 해변이었던 시절 만들어진 빈티지 앤틱 가구들과 최신 유행하는 모던한 가구들이 어우러진 독특한 인테리어였다.

소파 위에 몸을 웅크린 채 누워 있는 톰의 모습은 보기에도 섬뜩했다. 텁수룩하게 자란 수염으로 뒤덮인 핏기 하나 없는 얼굴은 그가 쓴 소설들의 뒤표지에서 볼 수 있는 근사한 얼굴과는 한참이나 거리가 멀었다.

"어서 벌떡 일어나지 못해!"

밀로가 소리를 빽 지르며 소파를 향해 걸어갔다. 구겨지고 접힌 병원 처방전들이 테이블 위에 수북하게 쌓여 있었다. 베버리힐즈에서 정신과 클리닉을 열고 아슬아슬하게 법망을 피해 가며 말리부의 부유층 고객에게 각종 향정신성 의약품을 제공하는, 소위 '스타들의 정신과 의사'로 통하는 소피아 슈나벨 박사가 사인한 처방전들이었다.

"톰, 어서 정신 차리라니까."

밀로가 친구의 머리맡에 앉으며 다시 고함을 쳤다. 그는 바닥과 테이블에 흩어져 있는 약품 용기들의 라벨을 일일이 확인했다. 바이코딘, 바륨, 자낙스, 졸로포트, 스틸녹스, 진통제, 진정제, 강장제, 수면제 같은 해로운 약제들은 죄다 갖추고 있었다. 21세기의 치명적 의존성 약물들의 혼합이었다.

"빌어먹을!"

톰이 약물 중독으로 인한 의식 불명 상태라는 생각이 들자 밀로는 다급한 마음에 약을 먹고 잠든 친구의 어깨를 잡고 죽기 살기로 흔들어댔다. 날벼락을 맞은 기분으로 잠에서 깨어난 톰이 겨우 눈을 뜨며 웅얼거렸다.

"밀로, 너 남의 집에서 뭐하는 짓이야?"

2. 두 친구

사랑으로 찢긴 가슴을 달랜답시고 식상한 조언을 늘어놓아 보지만 말의 무력함만 절절히 실감할 뿐이다.
사랑하는 여자를 잃고 암흑의 나락으로 떨어진 사람은 그 어떤 말로도 절대 행복하게 만들 수 없다.

_리처드 브라우티건

"너, 남의 집에서 뭐해?"

내가 웅얼거렸다.

"톰, 네 꼴을 보고도 걱정이 안 된다면 우린 친구가 아니지. 넌 벌써 몇 달째 진정제에 의존한 채 몽롱한 정신으로 집 안에 처박혀 있어."

"내 문제니까 상관 마!"

내가 일어나 앉으며 소리쳤다.

"아니야, 톰. 네 문제는 내 문제이기도 하지. 난 그런 게 우정이라고 생각하는데, 아닌가?"

나는 양손으로 얼굴을 감싸 쥐고 소파에 주저앉아 절망감과 수치심에 어깨를 으쓱해 보였다.

"여자 때문에 세상에 하나밖에 없는 내 친구가 타락자가 되는 걸 가만히 지켜보고 있으리라 생각하지 마."

"밀로, 네가 내 아버지라도 되니?"

나는 힘겹게 자리에서 일어섰지만 머리가 핑 돌아 서 있는 것조차 힘들었다. 결국 나는 소파 등받이에 몸을 기대야 했다.

"네 아버지는 아니다만 나하고 캐롤이 아니면 누가 널 도와주겠니?"

나는 대꾸도 하기 귀찮아 그냥 뒤돌아선 채 팬티 차림 그대로 거실을 지나 부엌으로 걸어가 물을 한 잔 마셨다. 뒤따라 부엌으로 들어온 밀로가 큰 쓰레기봉투를 한 장 찾아 들고 냉장고를 정리하기 시작했다.

"상한 요구르트를 먹고 자살할 생각이 아니라면 유통기한 지난 유제품들은 제발 좀 버려라."

밀로가 퀴퀴한 냄새가 나는 코티지치즈 용기에 대고 코를 킁킁거리며 말했다.

"너한테 억지로 먹으라고 안 했다."

"이 포도는 버락 오바마가 대통령이 된 후에 산 거 맞니?"

밀로는 부엌에서 거실로 나와 쓰레기와 포장 박스, 빈 병 따위를 쓰레기봉투에 주섬주섬 담으며 정리했다.

"저 사진들은 왜 아직 가지고 있는 거야?"

밀로가 오로르의 사진들이 슬라이드처럼 지나가는 디지털 액자를 가리키며 책망하는 투로 물었다.

"내 집이니까 너한테 구구절절 설명할 필요가 없을 것 같은데?"

"하긴 뭐 그럴 수도 있지만 그 여자가 네 마음을 갈가리 찢어놓았다는 걸 잊은 건 아니지? 이제 그만 떠받들어 모실 때도 되지 않았어?"

"밀로, 넌 처음부터 오로르를 좋아하지 않았어."

"그래, 난 단 한 번도 오로르를 좋은 여자라 생각해본 적이 없어. 좀 더 솔직하게 말하자면 난 처음부터 그 여자가 널 차버릴 줄 알았다니까."

"아, 그랬어? 왜 그런 생각을 했는지 그 이유를 들어볼 수 있을까?"

밀로는 오랫동안 가슴에 담아 두었던 말을 시원스럽게 털어놓았다.

"오로르는 우리와 다른 부류의 여자니까. 그 여자는 우리 같은 사람들을 무시하니까. 그 여자는 입에 은수저를 물고 태어났으니까. 그 여자에게 인생은 언제나 게임이었겠지만 우리에게 인생은 언제나 투쟁이었으니까."

"절대로 그렇게 단순한 문제가 아니야. 넌 아직 오로르를 모르는 거야."

"이제 여신 숭배는 제발 그만둬. 그녀가 널 어떻게 만들었는지 한번 돌아보란 말이야."

"그래, 넌 절대로 나처럼 여자에게 상처받지 않겠지. 언제나 골 빈 여자애들이랑 어울려 하룻밤 즐기는 것에 만족하니까. 그러니까 결국 넌 단 한 번도 진정한 사랑을 해본 적이 없는 거야."

우리는 점점 더 상대를 약올리며 날카롭게 맞서고 있었다.

"이봐, 톰. 네가 지금 겪고 있는 실연의 상처는 진정한 사랑과는 조금도 상관이 없어. 그건 사랑이 아니라 파괴적 열정일 뿐이야."

"그래, 적어도 나는 모험을 하는 사람이지. 하지만 넌……."

"내가 모험을 하지 않는다는 뜻이야? 내가? 난 이래 봬도 엠파이어스테이트빌딩 꼭대기에서 낙하산을 타고 뛰어내렸던 사람이야. 설마 그때 동영상이 인터넷에 쫙 돌았었다는 걸 벌써 잊지는 않았겠지?"

"그 일로 어마어마한 벌금을 문 것 말고 도대체 너에게 남은 게 뭐지?"

밀로가 못 들은 체하며 자랑이랍시고 주워섬기기 시작했다.

"난 페루의 코르디예라 블랑카에서 스키를 타고 내려왔어. 에베레스트 정상에서 패러글라이더를 메고 날아올랐지. 게다가 K2를 등정한 세계에서 몇 안 되는 사람이라고."

"카미카제 식으로 사는 데는 널 따라올 사람이 없는 게 확실해. 하지만 지금 난 누군가를 사랑하는 모험을 얘기하고 있는 거야. 넌 사랑의 모험을 한 적이 없지. 심지어 상대가……."

"이제 그만둬."

밀로가 내 말문을 막으려고 티셔츠 깃을 움켜잡으며 악을 써댔다. 부릅뜬 눈으로 옷깃을 잡은 그의 두 손에 잔뜩 힘이 들어가 있었다. 친구를 돕겠다고 와놓고 당장 주먹이라도 날릴 기세였다.

"미안해, 친구."

그제야 밀로가 잡고 있던 손을 풀었다.

나는 어깨를 으쓱 추어올리고는 바다가 보이는 넓은 테라스로 걸어갔다. 사람들 눈을 피해 테라스에서 해변으로 나갈 수 있게 설치한 전용 계단의 디딤판 위에 테라코타 장식 화분들이 놓여 있었다. 돌볼 기력이 없어 몇 달째 물도 주지 않고 방치한 식물들이 누렇게 죽어가고 있었다.

나는 자바 산 티크 소재로 만든 야외 테이블에 한동안 올려져 있던 레이밴 웨이페어러 선글라스를 착용하고 록킹 체어에 털썩 주저앉았다.

주방으로 들어가 커피를 만든 밀로가 나에게도 한 잔을 건넸다.

"자, 이제 유치한 다툼은 그만하고 우리 진지하게 얘기 좀 해보자."

밀로가 한쪽 엉덩이를 테이블에 걸치고 앉으며 말했다.

나는 멍하니 출렁이는 바다만 응시하고 있을 뿐 대꾸를 하지 않았다. 그때 내 머릿속에 떠오른 생각은 오로지 한 가지밖에 없었다. 밀로가 어서 용건을 말하고 사라져 주었으면 하는 것. 그래야 세면대에 머리를 처박고 슬픔을 모두 게워낸 다음 다시 약을 한 주먹 입에 털어 넣고 현실에서 도피할 수 있을 게 아닌가.

"우리가 알고 지낸 지 얼마나 됐지? 25년쯤 되었나?"

"얼추 그 정도 되었을 거야."

나는 커피를 한 모금 마셨다.

"넌 사춘기 때부터 항상 이성적이었지. 내가 한심한 짓을 하려들 때마다 네가 늘 나서서 말려주었어. 네가 없었다면 난 진작 철창신세를 면하지 못했을 거야. 그렇지 않으면 이미 이 세상 사람이 아닌 지 오래 됐겠지. 네가 아니었다면 캐롤도 경찰이 되지 못했을 거야. 네가 아니었다면 내가 엄마한테 집을 사드릴 수도 없었겠지. 한마디로 지금의 내가 있는 건 모두 네 덕분이란 걸 잘 알아."

나는 쑥스러운 상황을 모면할 생각으로 재빨리 화제를 돌렸다.

"그런 입에 발린 소리나 지껄이려고 날 찾아온 거라면 어서 돌아가."

"톰, 절대로 입에 발린 소리가 아니야. 우린 힘든 고통을 이겨냈어. 마약도, 갱단의 협박도, 지옥 같았던 어린 시절도……."

그 말을 듣는 순간만큼은 나도 가슴이 뭉클해지며 온몸에 전율이 흘렀다. 남들이 부러워할 만큼 성공하고 출세했다지만 사실 내 일부는 아직 열다섯 시절에 그대로 머물러 있었다. 한 번도 맥아더파크라는 빈민가에서, 그곳의 마약 딜러들과 비명이 울려 퍼지던 어두컴컴한 계단에서 벗어나본 적이 없었다. 늘 그곳에 도사리고 있던 공포와 두려움에서도.

나는 고개를 돌려 물끄러미 바다를 응시했다. 투명한 바닷물이 터크와즈에서 울트라마린에 이르기까지 수천 가지 푸른색으로 반짝이고 있었다. 노래의 화음처럼 한 번씩 찰싹이는 파도들이 규칙적으로 태평양을 휘저어 놓을 뿐, 우리가 겪은 사춘기의 소용돌이와는 너무나 대조적인 고요였다.

"우린 깨끗하잖아."

밀로가 계속 말을 이었다.

"우린 정직한 방법으로 돈을 벌었어. 점퍼 속에 권총을 숨기고 다니지도 않았고, 손에 피를 묻히지도 않았고, 코카인 가루가 묻은 돈을 쓰지도 않았어."

"넌 내 말뜻을 정확히 몰라."

"우리가 행복하지 않을 이유가 없잖아. 우리에게는 건강, 젊음, 열정을 바치는 일이 있어. 네가 여자 때문에 그 모든 걸 망친다면 정말 멍청한 짓이 될 거야. 앞으로 살다 보면 더욱 힘든 일이 생길 수도 있어. 차라리 그럴 때 괴로워하면 아무 말 않겠어. 그 여자는 네가 괴로워할 만한 가치도 없어."

"오로르는 내 운명이었어. 그걸 모르겠어? 내 아픔을 그대로 인정해 주면 안 되겠어?"

밀로가 한숨을 푹 내쉬었다.

"그 여자가 네 운명이었다면 지금 네 곁에 있어야지. 그래서 네가 자기 파멸적인 광기에 빠져 허덕이지 않게 다독여 줬어야지. 내 입으로 꼭 이런 말까지 해야겠어?"

밀로가 에스프레소를 단숨에 털어 넣더니 따끔하게 일침을 가했다.

"넌 그 여자를 잡기 위해 할 수 있는 걸 다 했어. 구질구질하게 매달려도 봤고, 그녀의 질투심을 부추기기도 해봤고, 온 세상 사람들이 보는 앞에서 창피도 당해봤어. 안타깝지만 이제 모두 끝난 일이야. 그녀는 돌아오지 않아. 이미 다 끝난 일이니까. 이제 잊어야만 해.”

“난 도저히 잊지 못하겠어.”

나는 솔직하게 내 심정을 털어놓았다.

밀로가 잠시 생각에 잠기는 듯했다. 근심 어린 표정이 그의 얼굴에 나타났다 사라졌다.

“아무래도 더 이상 선택의 여지가 없을 것 같아.”

“그게 무슨 소리야?”

“샤워하고 옷부터 입어. 가볼 데가 있으니까.”

“어디 가게?”

“우선 스파고 레스토랑에 가서 프라임 립 로스트를 먹자.”

“난 배 안 고파.”

“음식 때문에 널 데려가려는 게 아니야.”

“그럼 뭐야?”

“너에게 고백할 말이 있어. 이야기를 듣고 나면 네가 강장제 없인 안될 것 같아서 그래.”

3. 무너진 남자

아니, 제프, 넌 혼자가 아니야
그러니 그만 울어
그렇게 다들 보는 앞에서
다 늙어빠진 데다
가짜 금발 머리한테
또 한 번 걷어차인 걸 갖고 뭘 그래
네 가슴이 얼마나 쓰린지 알아
하지만 이겨내야 해, 제프

_자크 브렐

"집 앞에 웬 탱크?"

내가 괴물 같은 바퀴 네 개로 콜로니 로드의 인도를 찍어 누르듯 주차되어 있는 위압적인 스포츠카를 가리키며 물었다.

"탱크라니?"

밀로는 기분이 상했다는 어투였다.

"부가티 베이론, 상 느와르 스페셜 에디션. 이 세상에서 가장 날랜 차를 보고 그렇게 말하면 안 되지."

말리부

이른 오후의 햇살

바람에 수런수런 흔들리는 나뭇잎 소리

"새 차를 또 샀어? 자동차 수집이라도 하는 거야?"

"친구, 지금 눈앞에 있는 건 그냥 자동차가 아니라 예술작품이란 말이지."

"내 눈에는 정신 나간 여자애들 꼬드길 때나 쓰는 작업용 도구로밖에 안 보여. 고급 차만 보면 사족을 못 쓰는 여자애들이 수두룩하다며?"

"내가 차를 내세워 여자들한테 수작이나 거는 놈팡이로 보이는 거야?"

나는 입을 삐죽 내밀었다. 나는 사람들이 쿠페, 로드스타, 컨버터블 같은 자동차에 열광하는 이유를 아직 이해하지 못하는 사람이었다.

"자, 이리 와서 차한테 인사나 해."

밀로가 눈을 반짝 빛내며 말했다.

나는 마음이 내키지는 않았지만 친구의 기분을 맞춰주기 위해 차를 요모조모 살피며 한 바퀴 맴을 돌았다. 둥그스름한 타원형 곡선에 탄탄하고 야무져 보이는 부가티의 외양은 마치 고치를 연상시켰다. 나이트 블랙의 차체와 대조를 이루며 돌출해 있는 크롬 그릴, 메탈릭 백미러, 플레임 블루 디스크 브레이크가 드러나 보이는 고광택 휠이 햇빛을 받아 반짝거렸다.

"이 차의 무시무시한 엔진도 보여줄까?"

"됐어, 이제 그만."

나는 한숨을 푹 내쉬었다.

"이 차가 일만 오천 대만 한정 생산됐다는 거 알고 있지?"

"아니, 몰랐어. 가르쳐줘서 눈물 나게 고마워."

"어디 그뿐인 줄 알아? 단 몇 초 만에 시속 100킬로미터까지 속도를 끌어올릴 수 있어. 최고 속도는 무려 시속 400킬로미터에 육박하지."

"기름값 비싸고, 감시 카메라가 설치되지 않은 도로가 없고, 환경보호를 하자고 난리를 치는 세상인데 이런 차가 너에게 가당키나 하다고 생각해?"

그 말에 밀로가 실망한 속내를 감추지 않았다.

"아무튼 분위기 깨는 데는 도사라니까. 넌 어쩜 사람 사는 기쁨과 즐거움에 대해 그리 무감각한지 모르겠다."

"우리가 균형 잡힌 콤비가 되려면 그런 역할도 필요한 거야. 네가 벌써 한쪽 역할을 맡았으니 내가 남은 역할을 맡을 수밖에 없는 거야."

"그런가? 아무튼 차에 타."

"내가 운전해도 돼?"

"안 돼."

"왜?"

"넌 면허가 정지됐잖아. 무면허 운전은 곤란해."

부가티는 말리부 콜로니의 그늘진 가로수 길을 빠져나가 해변을 따라 뻗어 있는 퍼시픽코스트하이웨이로 접어들었다. 무엇보다 접지력이 뛰어난 차였다. 섀도 피니시된 오렌지색 가죽으로 꾸민 실내는 아늑한 느낌을 주기에 충분했다. 오티스 레딩의 소울 음악이 감미롭게 귓가를 적시는 안락한 공간에서 나는 모처럼 안온한 느낌에 젖어들며 편안히 눈을 감았다.

살얼음판 위를 걷는 듯한 현재의 잠정적인 평화가 샤워를 하고 나서 입 속에서 살살 녹여 먹은 진정제 몇 알 덕이라는 걸 왜 모르겠는가. 하지만 드물게 찾아오는 유예의 시간이기에 나는 이런 순간순간의 평화를 감사히 즐길 수 있게 되었다.

오로르가 떠난 이후 내 몸을 차지한 우울이 찬장을 제집 삼은 쥐새끼마냥 내 심장을 갉아대기 시작했다. 육식성의 야만적인 우울에 점령당한 나는 결국 감정도 의지도 남아 있지 않은 무력한 존재가 되어가고 있었다. 처음 몇 주 동안은 우울증에 대한 두려움이 날 깨어 있게 해 원망과 자포자기, 절망의 감정과 필사적인 싸움을 벌였다. 그러나 얼마 가지 않아 그 두려움마저도, 최소한의 자존심과 체면을 지키려는 의지마저도 나를 저버리고 떠나갔다. 마음속 나병은 쉴 새 없이 숙주인 나를 갉아먹으며 내 삶의 빛깔을 퇴색시켰고, 수액을 남김없이 빨아들였고, 희미한 불꽃까지 모두 꺼뜨려버렸다. 내가 다시 삶을 틀어쥐고자 하는 전의를 보일라치면 내 몸을 점령한 우울이 금세 독사로 변해 날카로운 이빨로 독액을 주입했다. 고통스러운 기억들은 해로운 독처럼 나의 뇌로 번져갔다. 그녀의 살갗, 체취, 파르르 떨리던 속눈썹, 눈 속에서 반짝이던 금빛 편린들……

나는 끊임없이 그녀와의 기억 속을 표류했다. 시간이 점차 흐르면서 그녀에 대한 기억들은 점차 무뎌지기 시작했다. 약에 취해 정신이 몽롱해진 탓이리라. 나는 며칠씩 꼼짝하지 않고 소파에 누워 어둠 속에 몸을 감추고, 화학 약물로 보호막을 친 채 '유도된 수면' 속으로 깊이 빠져들었다. 나는 가끔 유도된 수면 상태에서도 주둥이가 뾰족하고 꼬리가 까칠까칠한 설치류가 우글거리는 악몽을 꾸었다. 그때마다 온몸이 뻣뻣해진 나는 땀에 흠뻑 젖은 채 극심한 오한을 느끼며 잠에서 깨어나곤 했다. 그럴 때면 오로지 한 가지 생각밖에 나지 않았다. 어서 항우울제의 힘을 빌려 다시 수면 상태에 빠져들어 현실에서 도피하는 것……

반쯤 혼수상태에 빠진 내가 몽롱한 정신으로 아무것도 의식하지 못하는 사이 시간은 물처럼 빠르게 흘러갔지만 현실은 변한 게 아무것도 없었다. 나는 여전히 고통스러웠고, 일 년째 단 한 줄의 글도 쓰지 못하고 있었다. 머리가 딱딱하게 굳은 가운데 뇌리를 떠돌던 어휘들은 모두 어디론가 도망쳐 버렸고, 열정은 차갑게 식어갔고, 상상력은 고갈되었다.

산타모니카 해변이 나오자 밀로는 인터스테이트 10번 고속도로로 올라 새크라멘토를 향해 달렸다.

"LA에인절스가 뉴욕양키즈를 잡았어!"

밀로가 스포츠 사이트에 접속된 아이폰을 내 쪽으로 내밀며 신나게 말했다.

나는 아이폰 화면을 건성으로 쳐다보았다.

"밀로?"

"말해봐."

"쓸데없는 짓 하지 말고 길이나 똑바로 쳐다봐."

내 방황하는 모습이 밀로에게 얼마나 당혹스럽게 비칠지, 얼마만큼 이해할 수 없는 상황일지 잘 알고 있었다. 밀로는 사람이라면 누구에게나 있는 방황과 일탈의 시간이 나에게만큼은 없을 거라 믿었던 것이다.

오른쪽으로 방향을 튼 차는 웨스트우드 쪽을 향해 달렸다. 로스앤젤레스의 골든트라이앵글이 눈앞에 나타났다. 누군가 지적했다시피 이곳은 병원과 공동묘지를 찾아볼 수 없는 동네였다. 의사에게 진료 예약을 하듯 반드시 사전 예약을 거쳐야만 출입이 가능한 고급 부티크들이 줄지어 늘어선 거리가 펼쳐졌다.

"네가 배가 고파야 하는데 말이야."

밀로가 캐논 드라이브 내리막길을 무섭게 질주하다 브레이크를 밟더니 어느 고급 레스토랑 앞에서 멈춰 섰다. 주차원에게 차를 맡긴 밀로는 단골로 드나드는 식당 입구를 향해 성큼성큼 걸어갔다. 맥아더파크

출신 문제아였던 밀로가 일반인은 3주 전에 예약을 해야 겨우 자리를 마련할 수 있는 스파고에 예약도 하지 않고 점심 식사를 하러 갈 수 있게 된 것이다. 밀로는 그 특권을 마치 사회를 향해 날리는 통쾌한 복수의 어퍼컷처럼 짜릿하게 즐기고 있었다.

헤드 웨이터가 재계와 쇼 비즈니스 계 거물들이 주로 찾는 고급스러운 테라스로 우리를 안내했다. 의자에 앉으면서 밀로가 슬쩍 눈짓으로 신호를 보냈다. 우리 자리에서 몇 미터 떨어진 곳에서 잭 니콜슨과 마이클 더글러스가 디제스티프를 마시고 있었고, 또 다른 자리에서는 청소년 시절 우리의 환상을 자극했던 한 시트콤의 여주인공이 샐러드에 들어간 야채를 아작아작 씹고 있었다.

나는 '귀빈'들의 존재를 전혀 의식하지 않고 자리에 앉았다. 2년 전, 할리우드식 성공을 거둔 이후 나는 과거 내 우상이었던 사람들과 가끔 만날 기회가 있었다. 호화 클럽이나 성처럼 웅장한 대저택에서 열리는 파티에 초대받아 예전 내게 꿈을 주었던 배우들, 가수들, 작가들과 대화를 나누곤 했다. 그런 만남들이 지속되면서 그들을 향해 품고 있던 환상들이 여지없이 깨져나갔다.

'진짜 삶'을 들여다보니 내가 우상으로 떠받들었던 유명인들 중에는 의외로 변태적 기질을 가진 사람들이 많았다. 그들은 먹잇감으로 삼을 여자가 포착되면 극히 체계적인 방법으로 사냥에 나섰다. 마침내 허기가 충족되면 사냥한 여자를 헌신짝 버리듯 내팽개치고는 더욱 싱싱한 먹잇감을 추격하기 시작했다.

내가 우상으로 여겼던 여자들도 크게 다르지 않았다. 스크린 속에서는 재기 넘치고 매력적으로 보이던 그녀들이 현실에서는 코카인과 거식

증, 보톡스 주사와 지방 흡입을 오가며 비척대고 있었다.

그러나 과연 나라는 인간에게 그들을 평가하고 비판할 자격이 있는가? 나 역시 그들과 다름없이 돼버리지 않았는가? 그들과 똑같은 고립감, 약물 중독, 변덕스러운 자기중심주의에 빠져 허우적대다가 맑은 정신으로 돌아오는 순간이면 극심한 자기혐오를 느끼는 패배자가 되지 않았는가?

"자, 맛있게 먹어."

밀로가 아페리티프로 나온 카나페를 가리키며 말했다.

나는 마지못해 마블링이 선명한 고기 살점을 얹은 카나페 빵을 하나 집어 들고 입에 넣었다.

"고베산 소고기래. 일본에서는 지방질이 근육으로 잘 스며들도록 사케로 소를 마사지한다는군."

내가 미간을 찌푸리는데도 밀로는 눈치 없이 설명에 여념이 없었다.

"소의 기분을 맞춰주려고 여물에 맥주를 섞고, 스트레스를 풀어주려고 클래식 음악을 크게 튼다는 거야. 네 접시에 담긴 스테이크가 혹시 오로르가 연주하는 피아노 콘체르토를 듣고 자란 놈일 수도 있다는 것이지. 소가 음악을 듣고 피아니스트를 짝사랑하게 됐을지도 모르고. 그러고 보니 넌 소와 이래저래 공통점이 많네."

"밀로, 내가 좀 피곤하거든. 나한테 전할 중요한 말이 있다고 했지? 그걸 지금 곧바로 말해주는 게 좋겠어."

밀로는 고기 조각이 미처 입천장에 닿을 사이도 없이 마지막으로 남은 한 조각을 꿀꺽 삼키고는 노트북을 꺼내 테이블 위에 올려놓았다.

"좋아, 이제부터 난 너의 친구가 아니라 에이전트 자격으로 얘기할게."

우리 두 사람이 소위 '사업상' 만날 때마다 밀로가 단골로 쓰는 표현이었다. 밀로는 우리 두 사람의 비즈니스를 성공적으로 이끈 주역이었다. 그는 휴대폰을 한시도 귀에서 떼지 않고 숨 가쁘 동분서주하며 출판사, 해외 출판 에이전트, 기자들이 부르는 곳이면 언제 어디서나 달려갈 준비가 되어 있었다. 그는 유일한 고객인 내 책들을 보다 잘 홍보할 수 있는 묘안을 짜내기 위해 늘 고심했다. 솔직히 나는 아직도 그가 어떤 방식으로 더블데이 출판사를 설득해 내 원고를 출판하게 했는지 모른다. 냉엄한 출판계에서 밀로는 학위나 특별한 직업 교육도 받지 않고 오로지 현장 경험만으로 최고의 출판 에이전트 자리에 올랐다. 그 이유는 바로 내가 나 자신을 믿는 것 이상으로 그가 나를 믿었기 때문이다.

밀로는 우리가 오늘의 성공을 거두게 된 건 모두 내 덕이라 생각했지만 나는 정반대라 여겼다. 내가 처녀작 출간과 동시에 일약 스타 작가로 부상하면서 꿈에 그리던 베스트셀러 작가군에 진입할 수 있게 된 건 모두 밀로 덕분이었다. 첫 소설이 대박이 나면서 문학 에이전트들이 앞다투어 내게 손을 잡자는 제안을 해왔지만 나는 모두 거절했다. 밀로는 내 친구라는 점 말고도 남들에게서 찾아보기 힘든, 내가 그 무엇보다 중요하게 생각하는 충직한 자질을 갖춘 사람이었기 때문이다.

적어도 그날 그의 입을 통해 청천벽력 같은 고백을 듣기 전까지만 해도 나는 그렇게 생각했다.

4. 내면의 세계

바깥세상에 희망이 사라졌기에 내면의 세계가 내게 두 배로 소중해진다.

_에밀리 브론테

"자, 일단 좋은 소식부터 시작하지. 1, 2권 판매는 여전히 아주 순조로워."

밀로가 컴퓨터 스크린을 내 쪽으로 돌렸다. 그래프의 빨간색 선과 초록색 선이 굽은 상향곡선을 그리고 있었다.

"해외시장이 국내시장처럼 뜨거우니 이제 《천사 3부작》이 세계적인 현상이 되는 건 시간문제라 할 수 있어. 지난 6개월 동안 너한테 5만 통이 넘는 독자들의 편지가 날아들었어. 독자들의 반응이 얼마나 뜨거운지 실감이 나?"

그렇지만 난 아무런 느낌도 없었다. 나는 고개를 돌려 하늘을 바라봤다. 로스앤젤레스 상공에 떠 있는 오염된 안개구름들이 서서히 흩어지고 있었다. 또다시 오로르에 대한 생각만이 간절했다. 함께 기쁨을 나눌 사람이 없는 성공 따위가 과연 무슨 의미가 있단 말인가.

"또 한 가지 좋은 소식이 있어. 다음 달에 영화가 크랭크인에 들어가.

키라 나이틀리와 애드리안 브로디의 캐스팅이 확정됐고, 컬럼비아픽처스의 거물들도 이 영화에 거는 기대가 대단해. 얼마 전에는 《해리포터》 시리즈의 세트 디자인을 맡았던 수석 디자이너까지 고용했고, 내년 7월에 3천 개가 넘는 상영관에서 동시 개봉을 계획하고 있어. 내가 배우를 캐스팅하는 자리에 몇 번 갔었는데 정말 굉장하더라. 너도 함께 가서 봤으면 정말 좋았을 텐데."

종업원이 밀로가 주문한 게살 탈리아텔레와 내가 주문한 살구 버섯 오믈렛을 테이블에 내려놓을 때 밀로의 휴대폰 소리가 울렸다.

화면에 뜬 전화번호를 슬쩍 내려다본 밀로가 미간을 찌푸리고는 잠시 망설이다 결국 전화를 받았다. 자리에서 일어선 그는 테라스와 레스토랑 내부를 연결하는 아트리움 창 아래로 걸어가 통화를 했다.

통화는 그리 오래 걸리지 않았다. 손님들이 떠드는 소리 때문에 밀로가 목소리를 크게 하는 바람에 통화 내용이 내 귀에까지 토막토막 들려왔다. 상대와 서로 비난이 오가는 가운데 나도 내용을 모르는 문제들이 이따금씩 언급되는 걸로 보아 꽤나 중요한 대화를 주고받는 중이라는 걸 알 수 있었다.

"더블데이 출판사야."

밀로가 테이블로 돌아와 앉으며 말했다.

"심각한 문제는 아니고. 2권 디럭스 에디션 인쇄에 약간 문제가 있나 봐."

나는 디럭스 에디션에 각별한 애착을 느껴 출판사 측에 특별히 요청해 인조가죽으로 표지를 제작하고, 주인공들을 그린 수채화 삽화도 집어넣고, 서문과 후기도 다시 썼다.

"무슨 문제가 있다는 거야?"

"수요를 맞추려고 급히 인쇄에 들어갔던 모양이야. 인쇄업자에게 무리한 독촉을 하다 보니 삐끗 사고가 난 거지, 뭐. 출판사에서 파본 10만 부를 떠안게 됐어. 모두 폐기 처분하기로 결정됐는데 문제는 일부 물량이 이미 서점에 공급되었다는 거야. 그래서 서점에 급히 메일을 보내 잔여분을 전량 회수할 계획이래."

밀로는 가방에서 문제의 책 한 권을 꺼내 내게 건넸다. 대충 책장을 넘기면서 봐도 인쇄 불량 상태가 금세 눈에 띄었다. 전체 500페이지 중 절반 정도가 인쇄되지 않았다. 얘기가 갑자기 266페이지에서, 그것도 미완성 문장으로 뚝 끊겨 있었다.

빌리는 마스카라가 시커멓게 번진 눈을 연신 쓱쓱 닦았다.

"제발, 잭, 이렇게 가버릴 수는 없어."

하지만 남자는 이미 외투까지 걸치고 있었다. 그는 내연녀에게는 눈길 한 번 주지 않고 문을 열었다. 그녀가 남자의 앞을 가로막고 섰다.

"제발!"

그가 그녀의 어깨를 세게 밀쳤다. 그녀는 바닥에 나가떨어지면서

그게 끝이었다. 마침표조차 없었다. '나가떨어지면서' 다음부터는 200페이지 넘게 백지가 이어졌다. 눈을 감고도 내 소설들을 줄줄 외우는 내게 허리가 끊긴 문장의 내용을 떠올리는 건 문제도 아니었다.

'그녀는 바닥에 나가떨어지면서 울음을 터뜨렸다.'

"신경 쓰지 마. 이제 그만 잊어버려."

밀로가 포크를 집으며 화제를 돌렸다.

"출판사와 인쇄소에서 해결할 일이야. 정작 우리에게 중요한 문제는 따로 있어."

밀로가 하려는 말을 나는 듣지 않고도 알 수 있었다.

"지금 우리에게 중요한 건 차기 작품이야."

밀로가 파스타를 크게 한 입 넣고는 노트북 자판을 몇 번 두드렸다.

"독자들의 기대가 엄청나. 이것 좀 봐!"

밀로의 노트북은 amazon.com 사이트로 연결되어 있었다. 예약 주문 수량만으로도 내 '차기작'은 벌써 《밀레니엄 4부》를 뛰어넘어 베스트셀러 1위에 랭크되어 있었다.

"톰, 언제?"

나는 능청을 떨며 딴소리를 했다.

"스티그 라르손이 작고해 4권은 출간되지 않을 거라 생각했는데?"

"지금 라르손이 아니라 네 소설 얘기를 하고 있는 거야, 톰."

나는 아직 존재하지도 않는, 어쩌면 영영 존재하지 않을 수도 있는 내 소설이 판매되고 있다는 사실에 정신이 아득해져 또다시 컴퓨터 스크린을 들여다보았다. 내 신간 소설의 출시는 지금부터 3개월 후인 12월 10일로 예정되어 있었다. 여태 단 한 줄도 쓰지 않았고, 그저 막연한 줄거리 정도만 머릿속에 들어 있을 뿐인데 벌써 책은 날개 돋친 듯 팔려 나가고 있었다.

"잘 들어, 밀로."

그러나 밀로는 내 말을 잘 들을 생각이 없어보였다.

"차기 소설은 댄 브라운에 버금갈 만큼 성대하게 출시할 거야. 지구에 사는 사람이라면 네 책이 출간되었다는 걸 누구나 알 수 있게 하겠어."

밀로는 한껏 격앙돼 있어 쉽게 이야기를 중단할 수 있는 분위기가 아니었다.

"이미 물밑 작업에 착수했어. 페이스북과 트위터에서는 이미 분위기가 한창 뜨겁게 달아오르고 있어. 각종 인터넷 커뮤니티들에서는 너의 열혈 팬들과 안티 팬들이 격렬한 논쟁을 벌이기 시작했어."

"밀로……."

"더블데이 출판사에서 그러는데 미국과 영국 시장에서만 초판 400만 부를 찍겠대. 대형서점들에서는 출간 후 약 한 주 동안 특수를 예상하더군. 《해리포터》처럼 우리 책도 자정을 기해 전 세계 서점에서 일제히 판매에 돌입할 거야."

"밀로……."

"이번 작품부터 네가 전면에 나서줘야만 해. NBC 방송국에서 독점 인터뷰를 따낼 수도 있을 것 같아."

"밀로!"

"정말 야단났다니까. 너하고 같은 시기에 책을 내겠다는 작가가 없을 정도야. 스티븐 킹도 독자들을 빼앗길까 봐 포켓판 출시를 1월로 연기했대."

나는 주먹으로 테이블을 쾅 소리가 나게 내려치며 그의 입을 틀어막았다.

"밀로, 이제 객쩍은 소리 좀 그만해!"

테이블 위의 유리잔들이 거세게 흔들렸고, 소스라치게 놀란 손님들이 못마땅한 눈으로 우리를 쳐다보았다.

"당분간 다음 작품은 없어. 적어도 앞으로 몇 년 동안은 글을 쓸 수가 없어. 너도 알다시피 난 지금 완전 백지상태야. 단 한 줄도 써지지 않을 뿐더러 써야겠다는 마음도 없어."

"노력이라도 해봐야지. 일이 최고의 명약이 될 수도 있는 거야. 너에게 글쓰기는 목숨과 같은 일이었잖아. 글쓰기가 지금의 무기력 상태를 벗어날 수 있게 해줄 유일한 해결책일 수도 있어."

"내가 아무런 노력도 해보지 않고 이런 말을 한다고 생각해? 지난 6개월 동안 수천 번도 넘게 컴퓨터 앞에 앉아봤어. 그렇지만 컴퓨터 화면을 쳐다보기만 해도 역겨운데 난들 어떡하란 말이야."

"그럼 새 컴퓨터를 한 대 들여놔. 아니면 공책에 연필로 써보던가. 옛날에는 그렇게 했잖아."

"나에게 양피지를 갖다주든 밀랍 판을 갖다주든 조금도 달라지지 않아."

밀로의 인내심도 서서히 바닥을 드러내는 것 같았다.

"넌 지난날 자그마한 공간만 있으면 어디서든 글을 썼어. 스타벅스 테라스에 앉아서도 쓰고, 비행기의 불편한 좌석에 쪼그리고 앉아서도 쓰고, 농구장 철책에 기대앉아 온갖 불량배들이 빽빽거리는 와중에도 썼어. 빗속에서 버스를 기다리는 동안 휴대폰으로 한 챕터를 쓰기도 했어, 너는."

"그래, 지난날에는 그랬지. 하지만 모두 지난 일이야."

"수백만 명의 독자들이 네 소설을 기다리고 있어. 넌 독자들의 기대를 충족시켜 주어야 할 의무가 있어."

"내가 쓰는 건 그저 소설일 뿐이야. 에이즈백신이 아니야."

밀로가 반격을 가할 듯하다가 잠자코 입을 다물었다. 그는 이제야 내 결정을 번복하게 만들 방법이 없다는 사실을 깊이 깨달은 듯 표정이 딱딱하게 굳어 있었다.

밀로가 이제는 극약 처방을 선택할 수밖에 없다는 듯 심각한 표정으로 말했다.

"톰, 사실은 우리한테 정말 끔찍한 문제가 생겼어."

밀로가 드디어 중요한 이야기를 꺼냈다.

"끔찍한 문제라니?"

"계약사항이 문제가 될 것 같아."

"어떤 계약 말이야?"

"더블데이 출판사, 그리고 해외 출판사들과 우리가 체결한 계약 말이야. 그들이 네가 집필 기한을 지킨다는 조건으로 엄청난 선인세를 지급했거든."

"나는 그 사람들한테 아무런 약속도 한 적이 없어."

"내가 대리인 자격으로 약속했어. 너도 그 계약서들을 보긴 봤을 거야. 네가 직접 사인을 했으니까."

나는 물을 한 잔 들이켰다. 대화가 심상치 않은 쪽으로 흘러가는 게 꺼림칙했다. 몇 년째 밀로와 나는 역할을 철저하게 분담해 처리해왔다. 나는 사업상 일은 전적으로 밀로에게 맡기고 분출하는 상상력을 갈무리해 원고를 집필하는 일에만 전념해왔다. 적어도 밀로와의 분업이 나에게는 아주 편한 구조였다.

"우린 벌써 여러 번 출간을 연기해왔어. 12월까지 책을 출간하지 못하면 엄청난 위약금을 물 수밖에 없어."

"받은 선인세를 돌려주면 되잖아."

"그리 간단하게 끝날 문제가 아니야."

"뭐가 간단하지 않다는 거야?"

"그 돈을 이미 다 써버렸거든."

"그게 무슨 말이야?"

밀로가 신경질적으로 고개를 절레절레 흔들었다.

"네가 구입한 집이 얼마짜린지 얘기해줄까? 네가 오로르한테 선물한 다이아몬드 반지가 얼마짜린지 알아. 그 여자가 반지를 돌려주지도 않았지?"

뻔뻔한 자식!

"잠깐, 그게 무슨 소리야? 내가 아무리 계산이 흐려도 최소한 내가 얼마나 벌었는지는 잘 알고 있어. 내가 쓸 수 있는 돈이 얼마나 되는지도 잘 알고 있고."

그때서야 밀로가 고개를 푹 숙였다. 굵은 땀방울이 그의 번질거리는 이마를 타고 뚝뚝 떨어져 내렸다. 그의 입술에 심하게 경련이 일었고, 몇 분 전만 해도 잔뜩 흥분해 발갛게 혈색이 돌던 얼굴은 삽시간에 어둡게 일그러져 있었다.

"내가…… 내가 다 날렸어, 톰."

"뭘 날렸다는 거야?"

"네 돈과 내 돈 다."

"도대체 무슨 소릴 하는 거야?"

"우리 돈 대부분을 펀드에 투자했는데 매도프 사기사건에 말려드는 바람에 홀딱 날려 버렸어."

"설마 농담이겠지?"

그런데 농담이 아니었다.

"돈을 몽땅 날린 사람이 한둘이 아니야."

밀로가 침통한 목소리로 말했다.

"대형은행들이며 저명한 변호사, 정치인, 예술가들이 온통 사기를 당했어. 스티븐 스필버그, 존 말코비치, 심지어 엘리 비젤까지."

"그래서 내가 사는 집 말고 계좌에 남아 있는 돈이 정확하게 얼마나 돼?"

"석 달 전부터 집에도 근저당이 설정돼 있어. 솔직히 우린 토지세를 낼 돈도 없는 빈털터리 신세가 되었어."

"그럼 아까 그 차는 뭐야? 100만 달러는 훌쩍 넘을 것 같아 보이던데……."

"두 장이 가뿐하게 넘지. 그 차도 차압당할까 봐 한 달째 옆집 차고에 몰래 주차해두고 있어."

얼이 빠져 한참 동안 말문을 잃고 있던 내게 번쩍 떠오르는 생각이 있었다.

"난 도저히 못 믿겠어. 날 컴퓨터 앞에 억지로 앉혀 글을 쓰게 만들려고 지어낸 이야기지, 그렇지?"

"나도 그랬으면 좋겠지만 불행히도 내 말은 모두 사실이야."

나는 휴대폰을 꺼내 내 은행 계좌들을 관리하고 세금 납부도 대행해주는 재무 컨설팅 회사에 전화를 걸었다. 담당자는 잔고가 바닥나 벌써 몇 주 전부터 수차례 등기우편을 발송했고, 자동응답기에 여러 차례 메시지를 남겼는데도 나와 도무지 연락이 닿지 않았다고 했다.

도대체 내가 얼마나 오랫동안 우편물도 확인하지 않고 걸려 오는 전화도 받지 않았을까?

　정신을 가다듬고 나자 그다지 당혹스럽지도, 당장 눈앞에 있는 밀로의 면상을 한 방 갈기고 싶지도 않았다. 그저 극도의 피로감이 밀려올 뿐이었다.

　"우리는 지금보다 훨씬 더 어려운 상황도 잘 극복해왔어."

　내 돈을 다 날려버린 밀로가 감히 내 면전에서 입을 뗐다.

　"밀로, 그만해. 넌 아직도 네가 무슨 짓을 저질렀는지 모르겠어?"

　"알아. 하지만 너라면 모든 걸 원래대로 회복시킬 수 있어. 소설 집필만 계약한 시간 내에 끝내면 된다니까."

　밀로가 자못 기대감을 담은 목소리로 말했다.

　"남은 석 달 동안 오백 페이지가 넘는 원고를 쓰란 말이야?"

　"몇 챕터는 이미 밑그림을 그려놨잖아."

　나는 나도 모르게 머리카락을 움켜쥐었다. 밀로는 내가 느끼는 무력감을 전혀 이해하지 못하는 듯했다.

　"내 머릿속이 하얗게 비었어. 가뭄에 말라버린 들판마냥 쩍쩍 갈라진데다 완강하게 빗장이 걸려 있어. 방금 전까지 한 시간도 넘게 널 붙잡고 설명했는데 아직도 이해하지 못하겠어? 이젠 모두 다 끝났어."

　그래도 밀로는 물러서지 않았다.

　"넌 내게 누누이 말해왔어. 글을 쓰기 때문에 삶의 균형을 잡고 정신건강을 유지해 갈 수 있다고."

　"그땐 내가 잘못 생각한 거야. 지금 내 마음이 미칠 것 같은 건 글을 쓰지 못해서가 아니라 사랑을 잃었기 때문이야."

　"지금 넌 존재하지도 않는 사랑 때문에 파멸을 자초하고 있어. 그걸 알기나 해?"

"넌 정말 사랑이 존재하지 않는다고 생각하는 거야?"

"사랑의 존재 자체를 부정하는 건 아니야. 다만 네가 소울메이트라는 황당무계한 사랑 이론에 매달려 있는 게 잘못됐다는 거야. 마치 이 세상에 반드시 만날 수밖에 없도록 운명 지워진 사람이 존재한다는 듯이."

"날 행복하게 해줄 사람, 함께 노년을 맞이하고 싶은 사람이 세상에 반드시 존재할 거라 믿는 게 황당하다는 거야?"

"절대로 그런 뜻이 아니라니까. 다만 네가 연애에 대해 좀 더 유연한 생각을 갖길 바랄 뿐이야. 넌 지구상에 운명적 사랑은 단 한 명만 존재한다고 믿고 있잖아. 누구에게나 잃어버린 반쪽이 있고, 그 흔적이 우리의 육체와 영혼에 남아 있다고."

"플라톤의 《향연》에서 아리스토파네스가 설파한 게 바로 그거야."

"난 무식해서 그런 건 잘 몰라. 하지만 분명한 건 그 아리스톤가 뭔가 하는 작자하고, 그 플랑크톤인가 뭔가 하는 작자가 오로르 너의 잃어버린 운명의 짝이라 말한 적은 없을 거야. 제발 오로르의 환상에서 깨어나길 바라. 그런 사랑의 신화가 네 소설 속에서는 그럴싸하게 보일지 몰라도 현실에서는 결코 아름답지 않지."

"아무렴 어련하시겠어. 가장 절친한 친구라는 놈이 돈을 몽땅 털어먹은 것도 모자라 인생에 대한 훈계까지 늘어놓고 있는 게 현실이겠지."

나는 격하게 고함을 지르며 자리를 박차고 일어섰다.

밀로도 절망한 표정으로 뒤따라 일어섰다. 그 순간, 나는 밀로의 얼굴에서 내게 창작의 힘만 불어넣을 수 있다면 무슨 짓이라도 할 수 있으리라는 절박감을 읽었다.

"글을 쓸 생각이 전혀 없는 거야?"

"그래, 그 문제는 나로서도 어떻게 할 수 있는 일이 아니야. 글을 쓴다는 건 자동차를 제조하거나 세탁용 세제를 생산하는 것과는 분명 다르니까."

나는 문턱에 서서 절규하듯 소리쳤다.

주차원이 밖으로 성큼성큼 걸어 나오는 나에게 부가티의 열쇠를 건넸다. 부가티의 운전석에 앉은 나는 시동을 걸고 일단 기어를 넣었다. 가죽시트에서 나는 밀감 냄새가 코끝을 자극했다. 클리어 코팅 처리된 천연 원목 재질의 센터 콘솔에 광택이 도는 알루미늄 버튼들이 가지런히 부착돼 있어 마치 우주선에 탑승한 듯한 기분을 느끼게 했다.

급가속이 붙자 몸이 운전석 뒤로 쏠렸다. 접지력이 뛰어난 타이어들이 아스팔트 위에 긴 고무 자국을 남기며 내달리기 시작했다. 백미러를 슬쩍 올려다보니 밀로가 뭐라 욕지거리를 퍼부으며 뒤쫓아오고 있었다.

5. 천국의 파편들

지옥은 실제로 존재한다.
그리고 지옥이 온전히 천국의 파편들로 이루어진 것이기에 그토록 끔찍하다는 사실을 나는 이제 깨닫는다.

_알렉 꼬뱅

"여기 네 연장, 주인한테 갖다줘."

밀로가 캐롤에게 빌렸던 노루발 장도리를 돌려주며 말했다.

"장도리의 주인은 캘리포니아 주정부야."

캐롤이 장도리를 받아 차 트렁크에 집어넣었다.

산타모니카

저녁 7시

"데리러 와줘서 고마워."

"네 차는 어떻게 했어?"

"톰이 끌고 갔어."

"톰은 면허가 정지됐잖아."

"나한테 단단히 화가 나 차를 끌고 가버렸어."

밀로가 죄인처럼 고개를 푹 숙였다.

"톰한테 모두 털어놨구나?"

캐롤이 걱정스런 목소리로 물었다.

"매우 심각한 상황이라는 걸 모두 털어놨지만 톰이 마음을 고쳐먹고 다시 글을 쓰게 만들진 못했어."

"내가 그럴 거라 했잖아."

캐롤은 차 문을 잠그고 밀로와 함께 해변으로 이어지는 현수교 위를 나란히 걷기 시작했다.

"사랑에 실패했다고 폐인이 된다면 미친 짓 아닐까?"

밀로가 분을 못 이기며 목소리를 높였다.

캐롤이 그런 그를 쓸쓸한 표정으로 바라보았다.

"미친 짓인지는 몰라도 세상에서 아주 흔한 일이긴 하지. 내 눈에는 그런 미친 짓이 오히려 퍽이나 인간적이고 감동적으로 보이기도 해."

밀로가 어깨를 으쓱 추어올리더니 캐롤과 조금 거리를 두고 뒤떨어져 걸었다.

날씬한 체구, 까무잡잡한 피부, 푸른빛이 도는 흑발, 세상 그 누구보다 맑은 눈을 가진 캐롤 알바레즈의 외모는 흡사 마야족 공주를 떠올리게 했다. 캐롤은 엘살바도르에서 태어나 아홉 살에 미국으로 이민 왔다. 밀로와 톰은 그녀의 죽마고우였다. 세 사람의 가족들(혹은 가족이라고 부를만한 지금까지 살아 있는 사람들)은 여전히 마약 중독자들의 소굴이자 총기를 앞세운 복수극이 시시때때로 벌어지는 로스앤젤레스의 스패니시 할렘 구역인 맥아더파크의 허름한 건물에서 살고 있었다.

그들 세 사람은 쓰레기가 여기저기 나뒹구는 길, 찌그러진 철제 셔터들이 덜렁거리며 붙어있는 구멍가게, 노후화돼 지저분하기 짝이 없는 건물들이 들어찬 빈민가에서 어린 시절을 함께 보냈다.

"우리 여기에 잠깐 앉을까?"

캐롤이 손수건을 펴고 백사장에 앉았다. 밀로도 그 옆에 따라 앉았다. 나직한 파도가 해변을 거슬러 오르며 일으킨 은빛 거품들이 산책하는 사람들의 맨발을 간질이고는 물러갔다. 피서철이면 인산인해를 이루는 해변이지만 오늘 같은 초가을 저녁에는 비교적 한산했다. 한 세기가 넘는 세월 동안 로스앤젤레스 시민들에게 휴식처를 제공해주고 있는 산타모니카의 명물 나무 부두가 보였다. 사람들은 분주한 도시 생활의 스트레스를 떨쳐버리기 위해 일과를 마치고 나면 산타모니카 해변으로 즐겨 쏟아져 나왔다.

캐롤은 블라우스 소매를 걷어붙이고 신발을 벗은 다음 눈을 감고 얼굴에 와 닿는 바닷바람과 인디언 서머의 저녁 햇살을 느꼈다.

밀로는 애틋한 눈빛으로 그런 캐롤을 바라보았다. 캐롤은 그 못지않게 고단한 삶을 살아왔다. 1992년, 로스앤젤레스 빈민가에서 비극적인 소요 사태가 발발했을 당시 캐롤은 열다섯 살이었다. 자그마한 식료품 가게를 운영하던 그녀의 아버지는 강도가 쏜 총에 맞아 절명했다. 그녀는 어떻게든 위탁가정에 가지 않기 위해 사회복지사들과 숨바꼭질을 벌이며 티나 터너와 쌍둥이 자매처럼 생긴 블랙 마마의 집에서 더부살이를 시작했다. 블랙 마마는 맥아더파크에 사는 절반 이상의 남자들에게 숫총각 딱지를 뗄 수 있게 해준 것으로 소문난 여자였다.

캐롤은 가리지 않고 일하며 학업을 이어갔다. 피자헛 아르바이트, 싸구려 액세서리 가게 점원, 삼류학회 안내요원을 두루 전전했다. 직접 돈을 벌어가며 가까스로 고등학교를 졸업한 캐롤은 단번에 경찰학교

입학시험에 합격했다. 스물두 살이 되던 날 캐롤은 비로소 로스앤젤레스 경찰 제복을 입게 되었다. 그녀는 오피서에서 디텍티브로 초고속 승진을 했고, 여세를 몰아 서전트 계급장을 달았다.

"최근에 톰하고 통화한 적 있어?"

"하루에 두 번 정도 메시지를 남기는데 아주 짤막하게 응답이 올 뿐이야."

캐롤이 날카로운 눈으로 밀로를 쳐다보았다.

"우리가 톰을 위해 뭘 해주어야 할까?"

"요즘 같아선 톰이 죽지 못하게 감시하는 게 급선무일 것 같아."

밀로가 톰의 집에서 슬쩍 집어넣고 나온 수면제와 진정제들을 꺼내 보이며 말했다.

"너에게도 톰이 저렇게 된 것에 대한 책임이 있다는 걸 알고 있지?"

"오로르가 톰에게 절교를 선언한 게 내 책임이란 말이야?"

밀로가 즉각 방어적인 태도를 취했다.

"내 말이 무슨 뜻인지 잘 알면서 괜히 모른 척할 거야?"

"세계금융위기가 닥쳐온 게 내 탓이야? 매도프가 500억 달러를 말아먹은 게 내 잘못이야? 너도 내 질문에 솔직하게 대답해봐. 넌 오로르를 어떻게 생각해?"

캐롤이 부질없는 질문이라는 듯 어깨를 으쓱했다.

"난 잘 모르겠어. 다만 한 가지 분명한 사실은 톰과 오로르는 잘 어울려 보이진 않았다는 거야."

멀리, 방파제에서는 축제가 한창이었다. 아이들이 신나게 외치는 고함 소리가 솜사탕, 캐러멜 애플 냄새와 뒤섞인 채 들려 왔다. 대형 회전

관람차와 롤러코스터를 보유한 해상 놀이공원에서 보면 옅은 안개 사이로 맞은편에 있는 산타카탈리나섬이 한눈에 들어왔다.

밀로가 한숨을 내쉬며 말했다.

"우린 이제 《천사 3부작》의 결말을 영영 알 수 없게 될지도 몰라."

"아니, 난 결말을 이미 알아."

캐롤이 조용히 말했다.

"이야기가 어떻게 끝날지 알고 있다는 거야?"

"톰이 얘기해주었어."

"언제?"

캐롤의 눈빛이 흔들렸다.

"그건 나도 몰라."

캐롤이 대답을 얼버무렸다.

밀로가 잔뜩 미간을 찌푸렸다. 놀라움에 실망감이 더해진 표정이었다. 밀로는 캐롤에 대해 모르는 게 없다고 자부해왔다. 두 사람은 거의 매일이다시피 얼굴을 보는 사이였다. 캐롤은 그의 가장 절친한 친구이자 가족이나 다름없었다. 인정하긴 싫지만 이성으로도 마음이 끌렸다.

밀로는 멍한 눈으로 해변을 향해 고개를 돌렸다. TV 드라마에서처럼 용감한 서퍼 몇몇이 서핑보드에 올라 파도를 타고 있었고, 근육질 몸매를 자랑하는 해상구조요원들이 나무 초소에서 바다 쪽을 끊임없이 응시하고 있었다. 눈앞의 사람들은 보는 둥 마는 둥 밀로의 시선은 캐롤에게 단단히 고정돼 있었다.

캐롤과는 어린 시절부터 끈끈한 우정을 쌓아왔지만 여전히 조심스럽게 서로를 존중하려 애쓰는 사이였다. 밀로는 한 번도 속마음을 털어놓은 적은 없지만 캐롤을 진심으로 사랑했다. 밀로는 그녀가 경찰이라는 직업상 수시로 위험에 노출될 수밖에 없다는 게 늘 걱정이었다. 캐롤은 까마득히 모르는 일이지만 밀로는 가끔 차를 몰고 나가 그녀가 사는 건물 주차장에서 밤을 새운 적도 있었다. 밀로는 그렇게라도 해야 마음이 놓였다. 그에게 세상에서 가장 두려운 건 캐롤을 잃는 것이었다. 그로서도 구체적으로 어떤 상황을 가정하기에 그런 두려움이 생기는지 알 길이 없었다.

캐롤이 달리는 기차에 깔리기라도 할까 봐? 마약사범을 체포하려다 오발 사고라도 낼까 봐? 아니, 보다 현실적으로, 그녀가 다른 남자의 품에서 행복을 찾는 모습을 속수무책으로 지켜볼 수밖에 없게 될까 봐?

캐롤은 선글라스를 끼고 블라우스의 단추를 하나 더 풀었다. 밀로는 날이 더워 셔츠 소매라도 걷어 올리고 싶은 마음이 굴뚝 같았지만 팔 위쪽에 새겨진 카발라교* 문신들을 의식해 꾹 참았다. 그가 한때 맥아더 파크 인근에서 활동하는 MS-13, 일명 마라 살바트루차라는 갱단에 가입한 적이 있다는 사실을 부정할 수 없는 증거들이었다.

아일랜드인 어머니와 멕시코인 아버지 사이에서 태어난 밀로는 열두 살 때 갱단에 가입했다. 엘살바도르 출신 이민자 자녀들을 주축으로 만들어진 갱단의 일원이 되기 위해 '치카노**'인 밀로는 다른 신입 단원들과 함께 혹독한 신고식을 치러야 했다. 소녀들은 윤간을 당했고, 소년들은 13분 동안 무차별 폭력을 당했다. 용기와 뚝심, 충성심을 길러준다는 명목 아래 강요되는 상식 이하의 행동들은 때때로 피를 부르기도 했다.

*Kabbālāh 유대교의 신비주의적 교파
**Chicano 멕시코계 미국인

밀로는 '살아서' 신고식을 통과했고, 그 후 2년 동안 조직을 위해 자동차를 훔치고, 마약 밀거래를 하고, 상인들에게 돈을 뜯어내고, 총기를 되팔았다. 그는 나이 열다섯에 벌써 야수 같은 인간이 되어 공포와 폭력이 지배하는 삶을 살고 있었다. 그 굴레를 벗어나지 못하는 한 그가 상상할 수 있는 미래는 죽음과 감옥뿐이었다.

밀로는 톰의 현명한 판단과 캐롤의 따뜻한 마음에 힘입어 단원이 된 이상 절대로 살아서 탈퇴하지 못한다는 살바트루차를 도망쳐 나왔다. 그때 만약 도망치지 못했더라면 아직도 생지옥에서 벗어나지 못한 채 인간 이하의 삶을 살고 있을 것이다.

기울어가는 저녁 햇살이 제법 따갑게 살갗에 와 닿았다. 밀로는 석양이 눈부시기도 하고 과거의 고통스런 기억을 떨쳐버리기라도 하듯 여러 번 눈을 깜빡였다.

"내가 해산물 요리 살게, 어때?"

밀로가 벌떡 일어나며 말했다.

"네 주머니 사정을 감안하자면 내가 저녁을 사야 할 것 같은데?"

"너, 승진한 거 축하해 주어야지."

밀로가 캐롤의 손을 잡아 일으켰다.

두 사람은 해변을 벗어나 베니스 비치와 산타모니카를 연결하는 자전거 도로를 따라 걸었다. 그들은 곧 좌우로 고급 화랑들과 유명 식당들이 즐비한 서드 스트리트 프로므네이드로 접어들었다.

그들은 〈아니제뜨〉라는 간판이 걸린 식당으로 들어가 테라스에 앉았다. 온통 프랑스어 일색인 메뉴판에 적힌 프리제 오 라르동, 앙트르꼬뜨 오 제 샬로뜨, 뽐므 도피누와즈 같은 이국적인 이름의 요리들이 눈길을 끌었다.

밀로가 굳이 마셔보겠다고 해서 시킨 파스티스라는 이름의 아페리티프는 캘리포니아 식으로 얼음이 가득 든 큰 유리잔에 담겨 나왔다.

거리에서는 광대들, 악사들, 입으로 불을 뿜어내는 곡예사들이 한창 흥을 돋우고 있었지만 두 사람의 저녁 식사 분위기는 시종 무겁게 가라앉아 있었다. 캐롤은 침울했고, 밀로는 톰에 대한 미안함 때문에 마음이 괴로웠다. 두 사람의 대화 소재는 대부분 톰에 관한 것이었다.

"캐롤, 너 혹시 톰이 글을 쓰게 된 계기가 뭔지 알아?"

밀로는 식사를 하다 말고 뜬금없이 캐롤에게 물었다. 친구의 심리를 이해하고자 할 때 가장 우선적으로 알고 있어야 하는 부분을 미처 모르고 있었다는 자책감이 들었기 때문이다.

"그게 무슨 말이야?"

"톰이 옛날부터 책을 좋아한 건 알아. 하지만 톰이 작가가 된 건 내게는 왠지 생소해 보였어. 사춘기 시절의 톰에 대해서라면 나보다는 네가 훨씬 더 잘 알잖아. 톰이 소설을 쓰게 된 계기가 있을 거라 생각하는데 혹시 뭔가 알고 있나 해서 물었어."

"글쎄, 나도 모르겠어."

캐롤은 얼렁뚱땅 넘어갔다.

그녀는 사실 거짓말을 하고 있었다.

말리부

저녁 8시

차를 몰고 시내를 무작정 돌아다니다 돌아온 나는 압류 직전의 부가티를 이제 얼마 지나지 않아 다른 사람 소유가 될 집 앞에 세워두었다.

몇 시간 전만 해도 나는 지옥에 떨어져 있을망정 1천만 달러를 가진 자산가였다. 그런데 지금은 지옥의 나락으로 떨어져 허둥대는 빈털터리 신세일 뿐이었다.

나는 방금 일백 미터 달리기를 끝낸 사람처럼 숨을 헐떡이며 소파에 누웠다. 머리가 깨질 듯이 아프고, 등이 내려앉는 듯하고, 손에서는 식은땀이 나고, 위는 마구 꼬이고 있었다. 가슴이 답답하고 구토가 일었다. 살갗이 모두 불에 타버려 몸이 온통 텅 비어 버린 듯했다.

지난 몇 년 동안 나는 글쓰기에 내 모든 열정과 에너지를 쏟아부었다. 밤을 새우는 건 예사였고, 각종 강연과 저자 사인회 때문에 세계 곳곳을 정신없이 돌아다녔다. 내가 나고 자란 빈민가 아이들에게 예술을 접할 기회를 주기 위해 자선단체를 설립하기도 했고, 지난날 내 '우상들'이 모여 결성한 록 밴드 록 바텀 리메인더스(The Rock Bottom Remainders) 공연 때에는 몇 차례 게스트 연주자로 참가해 드럼을 연주하기도 했다. 그런데 지금은 사람, 책, 음악, 심지어 대양을 향해 가라앉는 석양의 장엄한 빛마저도 시들해 보일 뿐이었다.

이제 나는 모든 것에 흥미를 잃었다. 나는 억지로 몸을 일으켜 세우고 테라스로 나가 난간에 몸을 기댔다. 비치보이스가 전성기를 구가하던 시절의 유물인 광택 원목 트림의 노란색 크라이슬러 한 대가 차 뒤편 유리에 말리부의 슬로건인 'Malibu, where the mountain meets the sea(말리부, 산과 바다가 만나는 곳)'을 자랑스럽게 붙인 채 해변도로를 달리고 있었다.

나는 파도가 집어삼키기 직전, 잔양으로 하늘을 붉게 물들이며 수평선과 입맞춤을 하는 석양의 가두리를 눈을 뜰 수 없을 때까지 바라보았다. 예전에는 그토록 장엄하게 느껴졌던 광경인데 지금은 아무런 감흥도 주지 못했다. 나는 비축해놓은 감정을 모두 소진해버린 사람처럼 무감각해졌다.

지금 나를 구원할 수 있는 건 오직 한 가지밖에 없었다. 오로르를, 그녀의 몸, 차가운 피부의 감촉, 은빛 눈동자, 모래 냄새를 다시 한번 느끼고 싶었다. 사실상 이미 불가능한 일이었다. 나는 나 자신과의 싸움에서 패배했다. 이제 내 머릿속에는 크리스털 메스든 뭐든 손에 잡히는 대로 입에 처넣고 신경 촉수를 자극해야겠다는 생각밖에 없었다.

일단 잠을 자야 했다. 거실로 들어온 나는 열에 들떠 약을 찾았다. 밀로가 약을 몰래 버렸을지도 모른다고 생각해 부엌으로 가 휴지통을 뒤졌지만 소용없었다. 공황 상태가 된 나는 2층을 향해 뛰어 올라갔다. 2층 벽장을 모두 뒤진 끝에 나는 결국 약이 든 여행 가방 하나를 찾아냈다. 가방의 작은 주머니 안에 다행히 이미 개봉된 수면제 한 통과 진정제 몇 알이 들어 있었다. 두바이 소재 에미레이츠 쇼핑몰 내에 입주한 대형서점에서 개최한 사인회에 참석할 때 싸둔 짐 가방이었다. 내가 책과 관련해 마지막으로 참가했던 홍보 행사였다.

나는 무의식적으로 젤리형 캡슐을 모조리 손바닥 위에 부은 다음 열댓 개쯤 되는 하얗고 파란 약들을 번갈아 내려다보았다. 놈들이 마치 나를 약 올리는 듯했다.

넌 턱도 없어.

이렇게 아슬아슬한 나락까지 떨어져 보긴 처음이었다. 머릿속에서 끔찍한 이미지들이 충돌하기 시작했다. 줄에 매달린 내 몸뚱이, 내 입에 처박힌 가스 호스, 내 관자놀이를 누르는 리볼버 총구. 내 인생도 언젠가는 이런 식으로 마감될 것이다. 뭐 그리 새삼스러울 것도 없지 않은가?

넌 턱도 없어.

나는 생에서 도망치는 심정으로 손바닥에 올려놓은 약을 입 안으로 털어 넣었다. 목에 걸렸던 약들이 탄산수를 한 모금 마시자 목구멍 안쪽으로 넘어갔다. 나는 겨우 방까지 걸어가 침대에 쓰러졌다. 채광 효과를 높이기 위해 투명도가 높은 터크와즈 색 발광성 유리 패널들을 세워 벽을 꾸민 침실 안은 적막하고 싸늘했다. 나는 병적인 생각에 시달리며 혼을 뺀 끝에 매트리스에 웅크리고 누웠다.

벽에서 러시아 출신의 프랑스 화가인 마르크 샤갈의 연인들이 내 고통을 덜어주지 못해 안타깝다는 듯 연민 가득한 눈으로 내려다보고 있었다. 내 집(이젠 내 집도 아니지만)을 장만하기도 전에, 나의 오로르 (이젠 나의 오로르도 아니지만)에게 다이아몬드 반지를 선물하기도 전에, 내가 처음으로 거액을 들여 구입한 그림이었다. 〈푸른 배경의 연인들〉이라는 제목이 붙은 그림. 마르크 샤갈의 1914년 작으로, 신비롭고 진실한 사랑으로 맺어진 한 커플이 서로 껴안고 있는 모습을 담은 그림이었다.

이 그림은 내게 충격 자체였다. 상처받은 두 영혼, 서로 단단히 꿰매져 상처마저도 하나가 된 연인들, 그들이 서로의 상처를 보듬고 치유해 가는 모습을 상징적으로 보여주는 그림이었다.

나는 서서히 수면 상태로 접어들었다. 까무룩 잠이 든 상태에서 나는 세상의 고통들로부터 차츰 자유로워지고 있었다. 내 육체가 사라지고 있었고, 내 의식이 나를 떠나고 있었고, 생명이 나를 벗어나고 있었다.

6. 너를 만났을 때

자기 안에 카오스가 있어야 춤추는 별을 낳을 수 있다.

_프리드리히 니체

파열음

여자의 비명

도움을 구하는 외침!

날카롭게 유리가 깨지는 소리에 놀라 악몽에서 깨어났다. 눈을 번쩍 떴다. 방은 아직 깊은 어둠 속에 잠겨 있었고, 바깥에서는 후드득 창을 때리는 빗소리가 들려왔다.

나는 힘겹게 몸을 일으켰다. 목이 칼칼하고 온몸이 화끈거리고 땀에 흠뻑 젖어 있었다. 숨이 가쁘긴 해도 아직 목숨이 붙어 있는 건 분명했다.

라디오 알람 시계를 슬쩍 쳐다보았다.

03:16

아래층에서 소란한 소리가 들려왔고, 덧창들이 벽을 딱딱 때리는 소리가 뚜렷하게 들려왔다. 테이블 램프를 켰지만 불이 들어오지 않았다.

폭풍이 불어 말리부 콜로니 일대가 또 정전이 된 모양이었다.

나는 힘겹게 침대를 내려왔다. 속이 울렁거리고 머리가 무거웠다. 이제 막 마라톤 결승 라인에 들어선 사람처럼 심장이 무섭게 달음박질을 치고 있었다.

현기증 때문에 몸을 제대로 가눌 수 없어 벽을 짚고 천천히 걸었다. 수면제가 아직 생명을 앗아가진 않았지만 도저히 헤어 나올 수 없는 구렁으로 나를 밀어 넣은 게 분명했다. 특히 눈이 염려스러웠다. 망막에 줄이라도 쫙 그어놓은 것처럼 심하게 화끈거려 도저히 눈을 뜨고 있기가 힘겨웠다.

나는 편두통 때문에 깨질 듯한 머리를 부여잡고 겨우 난간을 의지해 가며 계단을 몇 개 더 내려갔다. 한 계단 한 계단 걸음을 내디딜 때마다 속이 뒤집혀 몇 번이나 주저앉아 토할 뻔했다.

바깥에서는 폭풍우가 몰아치고 있었다. 번갯불이 하늘을 가를 때에는 마치 집이 폭풍이 이는 바다 한가운데에 있는 등대처럼 여겨졌다. 겨우 계단을 다 내려와 보니 아래층은 온통 난장판이었다. 활짝 열린 통유리창으로 비바람이 밀어닥치는 바람에 크리스털 꽃병이 바닥에 떨어져 산산조각 나버렸고, 바닥은 온통 빗물에 흥건히 젖어 있었다.

빌어먹을!

나는 서둘러 창문을 닫고 나서 성냥을 찾기 위해 부엌으로 힘겹게 발걸음을 옮겨놓았다. 성냥을 찾아들고 다시 거실로 돌아오는데 갑자기 인기척과 함께 숨소리가 들려왔다.

내가 홱 뒤를 돌아본 자리에는……

호리호리하고 낭창낭창한 여자의 실루엣이 검푸른 어둠을 배경으로

서 있었다. 나는 깜짝 놀라 눈을 휘둥그렇게 떴다. 여자는 한 손은 하복부에 올리고, 다른 한 손으로는 가슴을 가리고 있었다.

나 원 참, 살다 살다 별일이 다 있네.

"아가씬 누구죠?"

나는 가까이 다가가 여자를 아래위로 훑어보며 물었다.

"헤이! 체면 차릴 필요 없어요."

그녀가 소파에 놓여 있던 스코틀랜드산 양모 담요를 집어 들고 허리에 둘둘 감았다.

"체면 차릴 필요 없다니? 그게 무슨 뜻이죠? 적반하장도 유분수지. 이 집 주인은 아가씨가 아니라 나란 말이에요."

"아무리 그렇다 해도……."

"아가씨는 누구냐니까?"

내가 거듭 묻자 여자가 어이없다는 듯 웃으며 말했다.

"날 첫눈에 알아볼 거라 생각했는데……."

어둠 때문에 얼굴이 또렷하게 보이진 않았지만 귀에 익은 목소리는 아니었다. 더구나 지금은 스무고개 식으로 그녀가 누군지 알아맞히고 싶지도 않았다. 나는 성냥을 그어 패서디나의 벼룩시장에서 산 낡은 허리케인 램프에 불을 붙였다.

은은한 불빛이 실내에 퍼져나가면서 여성 침입자의 모습이 보다 명확하게 들어왔다. 나이가 스물다섯쯤 돼 보이는 젊은 여자로 왕방울처럼 큰 눈에는 장난기가 가득하고, 갈색 머리칼에서는 빗물이 뚝뚝 떨어지고 있었다.

"우린 한 번도 만난 적 없는데 내가 어떻게 알아볼 거라 생각했죠?"

그녀가 피식 헛웃음을 흘렸지만 나는 절대로 그런 수작에 말려들 생각이 없었다.

"아가씨, 이제 그만 하시죠. 이 야심한 새벽에 남의 집에서 대체 무슨 짓이죠?"

"정말 모르겠어요? 나란 말이에요, 빌리."

그녀가 담요를 어깨까지 끌어올리며 굳이 이름을 얘기해야 알아보겠냐는 듯 소리를 질렀다. 그녀는 몹시 추운 듯 입술을 바르르 떨었다. 비에 홀딱 젖은 데다 실내에 한기가 도니 당연한 일이었다.

"난 빌리가 누군지 몰라요."

나는 그렇게 말하며 잡동사니를 보관해두는 큰 호두나무 벽장 앞으로 걸어갔다. 미닫이문을 연 나는 배낭을 뒤져 하와이언 무늬가 있는 비치타월을 한 장 꺼냈다.

"자, 여기 빗물 좀 닦아요."

나는 거실 반대편에 서 있는 그녀를 향해 수건을 힘껏 던졌다.

그녀는 수건을 받아들고 머리와 얼굴을 닦으면서도 줄곧 나를 향해 공격적인 시선을 던지고 있었다.

"정말 빌리 도넬리가 누군지 몰라요?"

그녀는 말을 끝내기 무섭게 내 반응을 살폈다.

나는 그녀의 말뜻을 제대로 이해하지 못하고 한참 동안 우두커니 서 있었다. 빌리 도넬리라면 내가 쓴 소설에 등장하는 인물로 주인공 다음으로 비중 있는 보조주인공이었다. 빌리는 보스턴 시립병원에서 일하는 간호사로 나름 매력이 있지만 약간의 푼수 끼가 있는 게 흠인 여자로 번번이 연애에 실패하는 옆집 아가씨 같은 캐릭터였다. 그러나 의외로 빌리의 솔직하고 꾸밈없는 모습에서 동일성을 찾는 여성 독자들이 많았다.

깜짝 놀란 나는 그녀를 향해 몇 발짝 더 다가가 램프를 몸 가까이 비추었다. 탄력적이면서도 육감적인 몸매, 밝은 얼굴, 해맑은 눈동자, 약간 각이 진 얼굴에 도드라지지 않게 자리 잡은 주근깨를 보고 있자니 정말 빌리의 캐릭터와 흡사해 보이긴 했다.

이 아가씨는 도대체 누굴까? 내 소설의 광팬? 소설 속 인물과 자신을 동일시하는 독자? 아니면 인정에 목마른 나의 숭배자?

"지금 내 말을 못 믿는 거죠?"

그녀가 부엌 칵테일 캐비닛 뒤에 있는 스툴에 올라앉더니 앞에 놓인 과일 바구니에서 사과를 하나 집어 들고 우적우적 베어먹기 시작했다.

나는 원목으로 된 카운터 테이블 위에 램프를 내려놓았다. 머리가 부서질 듯 아팠지만 냉정을 유지하며 차분하게 응대해볼 생각이었다. 사실 로스앤젤레스의 유명 인사들이 이와 비슷한 봉변을 당하는 경우는 비일비재했다.

어느 날 스티븐 킹이 그의 집 욕실에서 단도를 들고 서 있는 남자를 발견했다든지, 시나리오 작가 지망생이 작품을 보여주기 위해 스티븐 스필버그 감독의 집에 무단 침입했다든지, 마돈나의 광팬이 결혼해주지 않으면 죽여 버리겠다고 협박한 사례 같은 건 로스앤젤레스에서는 그리 생소한 일이 아니었다.

다행히 지금껏 나에게는 그런 일이 없었다. 내가 텔레비전 출연을 기피하고 언론의 인터뷰 요청을 거절한 탓일 수도 있고, 소설 출간 기념 홍보 행사 때 밀로의 간청을 뿌리치고 전면에 나서지 않은 탓일 수도 있었다. 내가 군이 언론에 나설 필요성을 느끼지 못한 건 독자들이 보잘

것없는 작가에 이끌려서라기보다는 내 소설 속 인물들과 이야기에 매료돼 소설을 선택하는 걸 바람직하게 생각했기 때문이다.

요즘은 오로르와의 교제가 언론에 노출되면서 내 의지와 무관하게 화제를 뿌리고 다니는 대중스타로서의 이미지가 널리 각인된 건 사실이었다. 독자들은 이제 작가로서의 나보다는 내가 뿌리고 다니는 화제에 더욱 민감한 반응을 보이고 있었다.

"여보세요? 거기 아무도 없어요?"

빌리가 팔을 휘휘 내저으며 소리소리 질렀다.

"게슴츠레한 눈은 단춧구멍처럼 벌어질 기미가 안 보이고, 눈치는 발바닥에 가 있는 양반일세."

이럴 수가? 평소 비유적인 화법을 구사하는 것도 빌리와 똑같아.

"자, 이제 그만하시죠. 어서 옷을 걸쳐 입고 얌전히 집으로 돌아가세요."

"집으로 돌아가기 힘들 것 같은데……."

"왜요?"

"우리 집은 당신 책 속에 들어있으니까. 소설 쓰기에는 천재적인 자질을 가진 분이 왜 그리 융통성이 없어요?"

나는 짜증을 내지 않기 위해 애쓰며 한숨을 푹 내쉬었다. 어떻게든 알아듣기 쉬운 말로 여자를 타일러 집으로 돌려보낼 생각이었다.

"이봐요, 아가씨. 빌리 도넬리는 소설에 등장하는 허구의 인물일 뿐이에요."

"그야 저도 잘 알아요."

그래, 아는 것만도 어디야.

"오늘 밤, 우리 집은 현실이죠?"

"그건 그렇죠."

좋았어. 진척이 보여.

"아가씨가 허구의 인물이라면 지금 이곳에 있을 수 없지 않겠어요?"

"왜요? 있을 수도 있지 않겠어요?"

어쩐지 너무 술술 풀린다 했다.

"어떻게 그럴 수 있다는 건지 간단명료하게 이유를 설명해봐요."

"어렵게 설명할 것 없이, 그냥 떨어졌어요."

"떨어지다니, 어디서요?"

"어디긴 어디겠어요? 당신이 쓴 책에서죠."

그녀가 횡설수설 지껄이는 말들을 단 한마디도 이해 못한 나는 황당한 표정으로 그녀를 물끄러미 바라보았다.

"내가 당신이 쓴 미완성 문장 한가운데서, 그러니까 행의 중간쯤에서 딱 떨어졌다니까요."

그녀가 좀 더 신빙성을 높이기 위해 점심 때 밀로가 주고 간 책이 올려져 있는 테이블을 가리켰다. 내가 잠자코 있자 그녀가 자리에서 벌떡 일어나더니 직접 책을 들고 와 내 눈앞에서 266페이지를 펼쳐 보였다. 나는 하루 사이 두 번씩이나 허리가 뚝 끊긴 내 소설 속 문장을 접하게 되는 셈이었다.

빌리는 마스카라가 시커멓게 번진 눈을 연신 쓱쓱 닦았다.

"제발, 잭, 이렇게 가버릴 수는 없어."

하지만 남자는 이미 외투까지 걸치고 있었다. 그는 내연녀에게는 눈길 한 번 주지 않고 문을 열었다. 그녀가 남자의 앞을 가로막고 섰다.

"제발!"

그가 그녀의 어깨를 세게 밀쳤다. 그녀는 바닥에 나가떨어지면서

"봐요, 여기에 '떨어지면서'라고 써 있잖아요. 그 결과 내가 당신 집에 떨어진 거라니까요."

여자는 갈수록 어안이 벙벙해지는 소리만 하고 있었다.

왜 늘 나에게만 이런 날벼락이 떨어질까(지금이야말로 떨어진다는 말이 제격이군)? 내가 무슨 잘못을 했기에? 내가 아무리 정신이 몽롱해도 그렇지 아직 정신줄을 놓진 않았어. LSD를 한 것도 아니고, 그깟 수면제를 몇 알 먹었을 뿐이야. 어쨌든 이 아가씨는 내 머릿속에만 존재하는 사람일 거야. 약물 과다복용의 부작용으로 내 정신이 오락가락하는 증거일 뿐이라고. 지금 내 눈앞에서 벌어지고 있는 일이 오로지 내 환각 상태에 빠진 뇌가 만들어낸 착시현상일 뿐이라 확신하면서도 나는 그녀에게 지나가는 말투로 한마디 툭 던졌다.

"머리에 꽃만 안 꽂았지 단단히 돈 여자군. 이 정도면 대단히 완곡하게 표현한 건데 설마 이런 얘기를 처음 듣는 건 아니겠죠?"

"당신은 어서 침대로 돌아가 잠이나 자두는 편이 낫겠어요. 눈에 잠이 덕지덕지 붙어 있잖아요. 저는 당신처럼 완곡하게 표현하지 않고 있는 그대로 말한 거예요."

"하긴 해롱거리는 아가씨와 실랑이하느라 시간을 버리느니 침대로 돌아가 잠이나 자두는 편이 낫겠네요."

"이제 면전에서 사람 무안 주는 얘긴 들을 만큼 들은 것 같은데 그만 좀 하세요."

"누가 할 소리? 나야말로 새벽 3시에 남의 집에 알몸으로 나타나 이

상한 소리나 해대는 아가씨를 인내심을 갖고 상대해 주었으니 이제 사람 좀 그만 놀려 먹고 끝냅시다."

나는 이마에 송골송골 맺힌 땀을 손등으로 쓱 문질러 닦았다. 다시 호흡이 가빠졌고, 흥분 때문에 경련이 일어나면서 목 근육이 뻣뻣해졌다.

나는 보안 경비를 담당하는 경비초소에 전화를 걸어야겠다는 생각으로 주머니 속에 든 휴대폰을 꺼내 들었다.

"내가 그럴 줄 알았다니까. 그래요, 날 집 밖으로 내쳐요. 날 도와주는 것보다 그 편이 훨씬 쉽겠네요."

그녀가 고래고래 악을 써댔다.

절대로 말려들면 안 되리라. 물론 그녀에게 마음이 끌리는 구석이 전혀 없진 않았다. 일본 망가의 여주인공 같은 얼굴, 생글생글 청순한 모습, 선머슴 같으면서도 그윽하고 푸른 눈동자, 길고 미끈하게 쭉 뻗은 다리는 여성미를 물씬 풍겼다. 하지만 도움을 주고 싶은 마음을 갖기에는 너무나 얼토당토않은 그녀의 말이 마음에 걸렸다.

나는 전화번호를 누르고 기다렸다.

첫 번째 신호음.

얼굴이 화끈거리고 머리가 점점 무거워졌다. 눈앞이 뿌옇게 흐려지더니 심지어 방 안의 사물들이 두 개로 보이기 시작했다.

두 번째 신호음.

얼굴에 찬물이라도 끼얹어야 하는데…….

내 주변에서 온통 현실성이 사라지면서 모든 게 흔들흔들 춤을 추었다. 내 귀에서는 세 번째 신호음이 아득하게 들려왔다. 그 소리를 마지막으로 나는 의식을 잃고 마룻바닥에 쓰러졌다.

7. 달빛 속의 빌리

뮤즈들은 유령이기 때문에 초대받지 않은 곳에 나타나기도 한다.

_스티븐 킹

굵은 빗줄기가 바람에 덜컹거리는 유리창에 길쭉한 생채기를 내며 쉬지 않고 떨어졌다. 다시 집 안에 전기가 들어온 후에도 램프들은 이따금 지지직거리는 소리를 내며 여전히 타고 있었다.

말리부 콜로니

새벽 4시

톰은 소파에 담요를 뒤집어쓰고 누운 채 깊은 잠에 빠져 있었다.

'빌리'는 라디에이터를 켜고 나서 헐렁한 목욕 가운을 하나 찾아 걸쳤다. 그녀는 머리에 수건을 동여매고 손에는 찻잔을 든 채 집 안을 구석구석 돌아다니며 벽장과 서랍을 눈에 보이는 대로 열어젖혔다. 그녀는 옷장에 어떤 옷이 들어 있으며 냉장고에는 어떤 음식이 들어 있는지 일일이 확인했다. 비록 난장판이긴 해도 보헤미안풍과 로큰롤풍이 적절하게 뒤섞인 거실과 주방의 인테리어는 그녀의 마음에 쏙 들었다. 천장에 매달린 목재 서핑보드, 산호 램프, 빈티지 주크박스까지.

빌리는 30여 분 동안 서재의 책꽂이를 뒤지며 손에 잡히는 대로 이 책 저 책 펼쳐보았다. 그러다가 책상 위에 올려놓은 톰의 노트북이 눈에 들어왔다. 그녀는 조금도 주저하지 않고 노트북을 켰지만 패스워드가 걸려 있는 상태라 볼 수 없었다. 주인과 관련이 있을 법한 비밀번호를 몇 개 떠올려 넣어 보았지만 결국 접속에 실패했다.

책상 서랍들 속에는 세계 여러 나라 독자들이 톰에게 보낸 편지들이 수십 통씩 들어 있었다. 그림이나 사진, 말린 꽃잎이 든 편지 봉투도 보이고, 행운의 부적과 목걸이가 든 편지 봉투도 눈에 띄었다. 한 시간도 넘게 한 통씩 편지를 읽어가던 그녀는 자신과 관련된 내용이 언급된 편지가 상당수라는 걸 알고 적잖이 놀랐다.

작업대로 쓰는 책상 위에는 톰이 아직 뜯지 않은 우편물이 산더미처럼 쌓여 있었다. 각종 세금 고지서들, 은행 거래 내역서들, 시사회 초대장들, 더블데이 출판사의 대외 홍보 부서에서 보낸 신문기사 스크랩들 따위였다. 그녀는 조금도 망설이지 않고 봉투를 개봉하고 내용물을 일일이 확인한 다음 집주인의 지출 내역까지 꼼꼼하게 체크했다. 그 다음에는 오로르와 그의 결별을 다룬 신문기사들을 정신없이 읽어나가기 시작했다.

빌리는 기사들을 읽는 틈틈이 소파 쪽에 눈길을 돌려 톰이 잘 자고 있는지 체크했다. 그러다가 두 번은 자리에서 일어나 마치 몸이 아픈 아이를 돌보듯 담요를 끌어 올려 톰의 몸을 덮어주었다.

빌리의 눈길이 벽난로 맨틀피스 위에 놓인 디지털 액자 속 파노라마 사진들에 한참이나 머물렀다. 사진으로 보기에 오로르는 발랄하면서도 우아한 매력을 동시에 풍기는 여자였다. 어딘가 모르게 강렬하고 순수한 이미지가 돋보였다.

빌리는 정말이지 하늘이 불공평하다는 걸 새삼 느꼈다.

어떤 여자는 미모와 지성, 부와 재능을 동시에 갖고 태어났는데 왜 나는 그렇지 못할까.

빌리는 창턱에 걸터앉아 포석을 때리며 쏟아지는 빗줄기를 하염없이 바라보았다. 유리창에 자신의 모습이 어렸다. 마음에 들지 않았다. 그녀는 얼굴이 전체적으로 각진 데다 이마가 넓은 자신의 외모가 싫었다. 능청능청한 몸태는 자칫 사람들에게 메뚜기로 비칠 것도 같고, 생기다 만 듯 자그마한 가슴, 아담한 히프, 꺽다리 특유의 야무지지 못한 몸놀림, 얼굴의 주근깨 따위는 정말 질색이었다. 물론 미끈하게 뻗은 다리가 그런 단점들을 어느 정도 커버해주고 있긴 하지만 말이다. 톰이 소설에서 '남자를 유혹할 때 치명적인 무기'라 묘사할 만큼 그녀의 다리는 정말 봐줄 만했다. 남자들(다 신사는 아니지만)은 대개 그녀의 다리만 봐도 넋을 잃을 정도였다.

손님방 드레싱 룸의 문을 열자 깔끔하게 정리돼 있는 옷장이 나타났다. 오로르의 옷들이 그대로 걸려 있는 것으로 보아 두 사람이 얼마나 급작스럽게 파국을 맞았는지 알 수 있었다.

빌리는 마치 보물상자라도 발견한 어린 소녀처럼 눈을 반짝이며 옷장 안을 구경했다. 발망 재킷, 베이지색 버버리 트렌치코트, 에르메스 버킨백(그것도 진품), 노티파이 청바지 등 고급 패션의 필수 아이템들이 죄다 구비돼 있었다.

미닫이식 신발장을 열자 그야말로 성배聖杯가 나타났다. 크리스티앙

루부탱 하이힐. 한번 신어보지 않을 수 없지. 하이힐이 거짓말처럼 그녀의 발에 꼭 맞았다. 옅은 색 청바지와 새틴 톱을 입고 거울 앞에 선 그녀는 잠시 신데렐라가 된 듯한 기분에 사로잡혔다.

빌리는 마지막으로 톰의 침실로 들어갔다. 램프들은 다 꺼져 있는데 방 전체가 푸르스름한 빛에 잠겨 있는 듯한 느낌이 들어 신기했다. 빛의 진원지는 바로 벽에 걸린 그림이었다. 그녀는 부드럽게 포옹하고 있는 그림 속 연인들을 보며 잠시 황홀한 기분에 젖어 들었다. 어둠 속에서 반짝이는 빛을 내는 마르크 샤갈의 그림은 어딘가 모르게 비현실적인 느낌이 들었다.

8. 삶을 도둑질한 여자

세상이 당신에게 선물로 주진 않는다, 내가 장담한다. 삶을 원한다면, 도둑질하라.
_루 안드레아 살로메

따뜻한 기운이 온몸으로 퍼져나가며 내 얼굴을 감쌌다. 안전하고 포근한 느낌이었다. 엄마의 배 속 같은 안온한 잠에서 깨고 싶지 않아 눈을 뜨고 싶은 마음을 억지로 참았다. 포근한 누에고치 속에 머물러 있는 내게 희미한 노랫소리가 들려왔다. 최신 레게 히트곡의 후렴 가락이 어린 시절 먹던 바나나 팬케이크, 캐러멜 입힌 사과의 추억 가득한 냄새와 뒤섞이며 귓가를 간질였다.

눈부신 햇살이 거실 가득 쏟아져 들어왔다. 편두통은 이미 말끔히 사라진 뒤였다. 나는 손으로 햇빛을 가리며 고개를 테라스 쪽으로 돌렸다. 광택을 낸 티크 사이드 테이블 위에 있는 소형 라디오가 바로 노래의 진원지였다.

그제야 테이블 주변을 오가는 움직임이 눈에 들어왔다. 허벅다리까지 한쪽에 옆트임이 들어간 원피스의 하늘거리는 치맛자락이 빛을 등진 채 살랑살랑 춤을 추고 있었다. 화들짝 놀라며 몸을 일으킨 나는 소파에 기대앉았다. 가느다란 어깨끈이 달린 원피스는 분명 낯이 익었다. 투명한 옷자락 뒤에 비치는 저 낯익은 몸.

"오로르……."

나는 그녀의 이름을 웅얼거렸다.

일순간, 그 투명하고 야시시한 실루엣이 앞으로 성큼성큼 걸어 나오며 해를 가렸다.

오로르가 아니었다. 자기가 소설 속 주인공이라고 착각했던 야심한 새벽의 그 미치광이 여자였다.

자리를 박차고 일어났던 나는 비로소 실오라기 하나 걸치지 않은 알몸이란 사실을 깨닫고 다시 이불을 뒤집어썼다.

저 정신 나간 여자가 언제 내 옷을 벗긴 거야?

어디 팬티라도 떨어져 있지 않나 해서 주변을 두리번거렸지만 보이지 않았다.

내가 가만히 있을 줄 알아?

나는 덮고 있던 베드스프레드를 대충 허리에 감고 테라스로 뛰쳐나갔다.

바람이 구름을 몰아내 티 없이 맑은 하늘이 매혹적인 푸른빛을 뿌리고 있었다. 오로르의 여름용 원피스를 입은 빌리의 '클론'이 햇살 사이로 날개를 파닥이는 꿀벌처럼 테이블 주변을 분주히 오갔다.

"이봐요, 여태 여기서 뭐하는 거죠?"

나는 소리를 버럭 질렀다.

"애써 아침 식사까지 준비한 사람한테 고마움을 표하는 인사치고는 상당히 특이하시네요."

그녀는 어느새 동글동글한 팬케이크 말고도 자몽주스 두 잔에 커피까지 끓여놓았다.

"당신은 무슨 권리로 내 옷을 벗긴 거죠?"

"그거야 피장파장이죠. 어젯밤 음흉스럽게 내 몸을 아래위로 훑어볼 때는 조금도 체면을 차리지 않던 사람이 새삼스럽긴."

"난 이 집 주인이에요."

"이제 그만하시죠. 그깟 아랫도리 좀 봤다고 이렇게 난리칠 것까진 없잖아요."

"아랫도리?"

"그래요, 당신의 쪼그만 그분, 당신의 쪼그만 거시기……."

내 쪼그만 그분! 내 쪼그만 거시기!

나는 허리에 둘렀던 이불을 더욱 단단히 동여맸다.

"그래도 형용사 '쪼그만'에서 정겨운 느낌이 나지 않아요? 사실, 그런 쪽하고는 거리가 먼 양반인데……."

"이제 그만. 농담은 거기까지!"

내가 그녀의 말을 잘랐다.

"혹시라도 내가 그런 입에 발린 소리에 넘어갈 사람이라 생각한다면……."

그녀가 내게 커피잔을 건넸다.

"지금처럼 소리 지르지 않고 얘기하는 적도 있긴 있어요?"

"그리고 무슨 자격으로 남의 원피스를 꺼내 입고 그래요?"

"이 원피스, 저한테 잘 어울리지 않아요? 옛날 여자 친구 옷이죠? 설마 댁이 여장을 한다는 건 차마 상상이 안 되고……."

의자에 주저앉은 나는 눈을 문지르며 정신을 가다듬었다. 간밤에 순진하게도 나는 이 여자를 만난 걸 환상이라 여겼다. 그런데 불행하게도 현실이었다. 살아 있는 여자, 더구나 사람 속을 뒤집는 데는 천재적인 재능을 가진 여자가 바로 눈앞에 있었다.

"식기 전에 커피 마셔요."

"고맙지만 사양하겠어요."

"얼굴이 마치 죽다 살아 돌아온 사람 같은데, 커피 싫어요?"

"당신이 끓인 커피는 마시지 않겠다는 것이지 싫다고 한 적 없어요."

"왜죠?"

"당신이 내가 마실 커피에 뭘 넣었을지 어떻게 알아요."

"설마 내가 당신을 독살할까 봐 걱정하는 거예요?"

"당신 같은 미치광이 여자들에 대해서는 내가 좀 알거든."

"나 같은 미치광이 여자?"

"그래요, 당신 같은 미치광이들은 흠모하는 남자 배우나 작가들에게 사랑받고 있다는 황당무계한 신념으로 무장한 섹스 중독자들일 경우가 많지."

"내가 섹스 중독자? 이봐요, 작가 아저씨. 그건 아저씨의 희망사항이겠죠. 내가 정말로 당신을 흠모한다고 믿는다면 제발 꿈 깨요."

나는 수평선 위에서 이글거리는 태양을 바라보며 관자놀이를 문질렀다. 경부가 뻣뻣해지며 두개골이 갑자기 지끈지끈 아파 오기 시작하더니 머리 뒤쪽에서 극심한 통증이 일었다.

"좋아요, 이제 시답잖은 농담은 그만둡시다. 성가시게 경찰을 부르게 하지 말고, 이제 조용히 집으로 돌아가요. 알았어요?"

"당신이 진실을 인정하고 싶지 않아 하는 건 잘 알겠어요. 그런데……."

"그런데, 뭐요?"

"나는 정말로 빌리 도넬리거든요. 정말 당신의 소설 속 인물이란 말이죠. 당신도 그렇겠지만 나에게도 역시 지금 상황이 얼마나 끔찍한지 알아주었으면 해요."

나는 어안이 막혀 결국 커피를 한 모금 입에 댔고, 잠시 망설이다 잔을 깨끗이 비웠다. 커피에 독이 들어갔을지 모르지만 당장은 효과가 나타나지 않았다.

나는 여전히 여자에 대해 경계심을 늦추지 않았다. 어렸을 때 TV에서 존 레논의 살해범을 다룬 프로그램을 본 기억이 났다. 살해범은 존 레논이 누리는 인기를 조금이라도 나눠 가지고 싶은 마음에 범행을 저질렀다고 했다. 물론 나는 존 레논도 아니고, 내 눈앞에 있는 아가씨도 그의 살해범인 마크 데이비드 챕맨과 달리 무척이나 예쁘고 선해 보이는 건 사실이지만 무턱대고 안심할 수는 없었다. 스토커들은 대개 정신질환을 앓고 있기 때문에 충동적이고 난폭하게 일을 저지를 수 있다는 걸 잘 알고 있었다. 나는 최대한 편안한 목소리로 여자를 설득하기 위해 애썼다.

"이봐요, 아가씨. 아가씨는 지금 정신적으로 많이 혼란스러운 상태인 것 같아요. 물론 그럴 수 있어요. 사람은 누구나 한 번쯤 힘든 고비를 맞죠. 혹시 최근에 직장에서 쫓겨났거나 가까운 사람을 잃었어요? 아니면 남자 친구가 결별을 선언하던가요? 그도 아니면 혹시 사람들에게 배척당한다는 느낌 때문에 울화가 치밀던가요? 혹시 그렇다면 내가 잘 아는 정신과 의사가 있는데……."

그녀가 소피아 슈나벨 박사가 쓴 처방전 한 장을 눈앞에서 흔들어 보이며 내 말을 중단시켰다.

"오히려 정신과 의사가 필요한 쪽은 당신 아닌가요?"

"이런! 언제 내 물건까지 뒤졌어."

"맞아요. 당신 물건을 뒤졌어요."

그녀가 내 잔에 다시 커피를 따르며 대답했다.

정말 기가 막힐 노릇이었다. 과연 나는 이 사태에 어떻게 대응해야 한단 말인가? 경찰을 불러야 할까, 아니면 의사를 불러야 할까?

뻔뻔한 태도로 보아서는 전과기록이나 정신 병력이 있는 여자가 분명했다. 완력을 사용해 쫓아내는 게 가장 손쉬운 방법이겠지만 괜히 저 앙큼한 여자의 몸에 잘못 손을 댔다가 성추행범으로 몰리기 십상일 듯했다. 그런 위험을 감수하면서까지 완력을 사용하고 싶지는 않았다.

"아가씨, 외박을 했으니 친구나 가족들이 걱정이 정말 많을 거예요."

나는 결국 부드럽게 설득하기로 마음먹었다.

"연락할 사람이 있으면 내 전화를 써도 좋아요."

"호의는 고맙지만 필요 없어요. 일단 내 걱정을 하는 사람이 아무도 없거든요. 슬픈 일이지만 분명한 사실이에요. 그리고 당신 전화는 최근에 정지된 걸로 아는데요."

그녀가 거실로 들어가며 맞받아쳤다.

그녀는 내가 집필용 책상으로 쓰는 커다란 테이블을 향해 걸어갔다. 멀리서 그녀가 만면에 웃음을 띠고 요금 고지서 뭉치를 흔들어 보였다.

"그리 놀라울 것도 없죠. 몇 달째 전화 요금을 안 냈으니."

내 인내심이 한계에 봉착했다. 나는 충동적으로 그녀를 밀치고는 뒤로 넘어지는 그녀를 팔로 가까스로 잡았다. 폭행죄를 뒤집어쓴다 해도 어쩔 수 없었다. 그녀의 방정맞은 입이 재잘거리는 소리를 계속 듣고 있느니 차라리 그 편이 나을 듯했다. 나는 한쪽 손으로 그녀의 허리 아래를 받치고 다른 손으로 뒷무릎을 떠받치며 그녀를 단단히 잡았다. 그녀가 몸을 버둥거리며 발악했지만 나는 테라스로 그대로 걸어 나가 창문에서 멀찍이 떨어진 곳에 그녀를 내던지듯 '내려놓고' 잽싸게 거실로 뛰어 들어와 통유리 창문을 쾅 소리가 나게 닫았다.

상황 종료!

뭐니 뭐니 해도 역시 고전적인 방법이 최고라니까.

내쫓으면 간단하게 끝날 일을 뭣 때문에 골치 아프게 일일이 상대해주고 있었을까. 처리하고 보니 그다지 어려운 일도 아니군 그래. 소설에다 이러쿵저러쿵 그럴 듯한 이야기들을 써놓으면 뭐해. 때로는 펜 대신 칼을 휘두르는 것도 나쁘지 않군.

나는 흐뭇한 미소를 지으며 '밖에 갇힌' 그녀를 내다보았다. 그녀가 기분 좋아하는 내 모습을 보더니 세 번째 손가락을 치켜들었다.

드디어 혼자다.

나는 정말 조용한 시간이 필요했다. 진정제가 없으니 아이팟에 의지할 수밖에 없었다. 진통제 탕약을 조제하는 신관神官의 심정으로 정성 들여 마일즈 데이비스, 존 콜트레인, 필립 글래스 등 이질적인 음악을 조합한 플레이리스트를 만든 다음 사운드독에 꽂았다. 거실 가득 마일즈 데이비스의 〈카인드 오브 블루(Kind of Blue)〉가 울려 퍼졌다. 재즈 마니아가 아닌 사람들도 좋아하는 재즈 명곡.

나는 부엌에서 다시 커피를 끓여 지금쯤이면 테라스의 불청객이 사라졌겠지, 하는 생각을 하며 거실로 돌아왔다. 그러나 내 예상은 보기 좋게 빗나갔다.

한눈에도 기분 나쁜(이것도 무진장 완곡하게 표현할 때) 그녀가 아침 식사를 차렸던 식기 일체를 부수고 있었다. 커피팟, 접시, 찻잔, 유리 쟁반, 깨질만한 건 몽땅 테라코타 타일 바닥으로 내동댕이쳤다. 그러다 갑자기 발작하듯 미닫이 유리 패널을 주먹으로 치기 시작하더니 끝내 정원 의자를 집어 들고 힘껏 유리창을 향해 집어 던졌다. 그러나 강화 유리에 부딪힌 의자는 맥없이 뒤로 튕겨져 나갈 뿐이었다.

"내가 바로 빌리라니까!"

그녀가 몇 번이나 악을 바락바락 써댔다. 아니, 사실은 내가 직접 들은 소리는 아니고 3중 유리창으로 새어 들어오는 소리를 그저 짐작한 것이다. 여자가 밖에서 난리 발광을 치고 있으니 조만간 이웃에서도 알게 될 것이다. 결국 말리부 콜로니의 경비를 담당하는 경호 업체에 제보가 들어가게 되면 경비원들이 나 대신 저 성가신 아가씨를 깔끔하게 처리해줄 것이다.

어느 순간, 여자가 창틀 앞에 털썩 주저앉았다. 여자는 풀이 죽어 의기소침한 모습으로 두 손으로 머리를 감싸 쥐고 있었다. 여자가 괴로워하는 모습이 안쓰러워 한참 동안 지켜보고 있으려니 그녀가 한 말들이 자꾸만 신경 쓰였다. 아니 그녀가 한 말들이 내게 자꾸만 의문을 불러일으켰다.

그녀가 고개를 들었다. 헝클어진 금빛 머리카락 사이로 몇 분 전까지만 해도 차분하기 짝이 없던 그녀의 물망초 같은 눈망울이 혼란스럽게 흔들리는 게 보였다.

나는 천천히 유리문을 향해 다가가 그녀처럼 통유리창에 기대앉았다. 나는 여자의 태도가 돌변한 이유까지는 몰라도 최소한 무슨 일이 벌어졌는지 알아야겠다는 생각으로 그녀의 눈을 빤히 바라보았다. 그때, 그녀의 눈꺼풀이 고통스럽게 바르르 떨리고 있는 게 보였다. 뒷걸음을 해 창문에서 조금 물러나자 온통 피로 물든 그녀의 살색 원피스가 눈에 들어왔다. 나는 그녀가 두 손으로 잡고 있는 빵 칼을 보고 나서야 자해 사실을 알아차렸다. 나는 즉각 일어나 밖으로 나가려 했지만 그녀가 바깥쪽 창문 손잡이를 테이블로 막아놓아 유리문이 열리지 않았다.

이유가 뭐죠?

내가 눈으로 그녀에게 물었다.

그녀의 눈빛에서 적개심이 읽혔다. 그녀는 대답 대신 피가 튀는 왼손으로 유리창을 몇 번이나 탕탕 쳤다. 드디어 처참하게 피를 흘리는 그녀의 손이 동작을 멈추었다. 유리 너머로 그녀의 살에 새겨진 숫자 세 개가 보였다.

144

9. 어깨 문신

피로 아로새긴 숫자들이 내 눈앞에서 춤을 추었다.

144

평소 같았으면 반사적으로 911에 구조요청을 했을 텐데 나는 오늘은 왠지 미적거리고 있었다. 출혈이 심한 편이었지만 다행히 치명상은 아닌 것 같았다.

저 여자의 행동을 어떻게 이해해야 하지? 왜 자해했을까? 미친 여자니까. 맞아, 그런데 정말 그게 전부일까? 내가 자기 말을 안 믿어주니까. 그런데 144라는 숫자와 그녀가 지금까지 나한테 했던 얘기가 대체 무슨 관련이 있단 말인가?

그녀가 손바닥으로 유리문을 세게 두드렸다. 그녀의 손가락이 테이블 위에 놓인 책을 가리켰다.

내 소설, 이야기, 주인공들, 픽션.

이제야 해답이 명확해졌다.

144 페이지.

나는 책을 집어 들고 문제의 페이지가 나올 때까지 책장을 급하게 넘겼다. 다음 문장으로 시작하는 챕터의 앞머리였다.

처음으로 잭과 섹스를 나눈 다음 날, 빌리는 보스턴의 한 문신 가게를 찾아갔다. 바늘이 그녀의 어깨 위를 오가면서 살 속으로 잉크를 주입하고, 작은 점들을 연결해 아라베스크 무늬를 새겼다. 사랑하는 감정의 정수를 표현하기 위해 어느 전통 있는 인디언 부족이 사용했던 상징. 당신의 일부가 내 안으로 영원히 들어와 마치 독약처럼 퍼졌습니다, 라는 표현. 삶의 역경을 헤쳐 나가기 위해 그녀가 앞으로 부표처럼 의지하기로 마음먹은, 몸에 새긴 글씨.

나는 고개를 들어 '방문객'을 바라보았다. 그녀는 몸을 웅크린 채 앉아 있었다. 무릎을 구부려 세운 그녀는 턱을 괴고는 멍한 눈으로 나를 쳐다보고 있었다.

내가 잘못한 건가? 이 의도된 연출 뒤에 정말 어떤 진실이 숨어 있는 걸까? 나는 긴가민가하며 통유리창을 향해 다가갔다. 창문 뒤에서 그녀의 시선이 갑자기 불을 뿜었다. 그녀가 목에 손을 넣어 원피스 어깨끈을 아래로 끌어내렸다. 그녀의 견갑골 언저리에 내가 잘 아는 문양이 보였다. 사랑하는 감정의 실체를 표현하기 위해 인디언 야노마미족이 사용했던 상징이었다.

당신의 일부가 내 안으로 영원히 들어와 마치 독약처럼 퍼졌습니다.

10. The Paper Girl

소설가들의 머릿속은 늘 소설의 주인공들이 차지하고 있다. 아니 사로잡고 있다.
미신적인 농부의 아낙이 예수·마리아·요셉에, 미치광이가 악마에 사로잡혀 있듯이.

_낸시 휴스턴

한차례 폭풍이 휩쓸고 지나간 집에 이제야 겨우 고요가 찾아들었다.
순순히 안으로 들어온 여자가 욕실로 간 사이, 나는 차를 끓이고 약장
을 열어 쓸 만한 약이 있는지 찾아보았다.

말리부 콜로니

오전 9시

그녀가 내가 앉아 있는 부엌 테이블에 와서 앉았다. 샤워를 하고 나서
내 목욕 가운을 걸치고 수건으로 상처 부위를 묶어 지혈을 한 상태였다.

"응급처치용 약상자가 있긴 한데 내용물이 빈약해요."

그녀는 소독약을 찾아내 정성껏 상처를 닦았다.

"왜 이런 짓을 했죠?"

"내 말을 귓등으로 흘려들어 놓고, 뭘!"

그녀는 상처를 옆으로 벌려 창상의 깊이를 확인했다.

"병원으로 가요. 봉합수술을 해야겠어요."

"혼자 할 수 있어요. 내가 간호사라는 걸 잊었어요? 외과수술용 실하고 바늘만 있으면 돼요."

"이런! 지난번에 상비약을 구입하면서 그건 깜빡 잊고 안 샀어요."

"상처 봉합용 테이프 같은 것도 없어요?"

"이봐요, 여긴 해변에 있는 별장이지 보건소가 아니에요."

"그럼 혹시 명주실이나 말총 같은 건요? 그 정도로도 봉합이 가능한데. 아니, 이 집에 더 쓸 만한 물건이 있더라. 내가 어디선가 그 기적의 물건을 분명 봤는데……."

그녀가 말을 하다 말고 스툴에서 일어나더니 마치 제 집인 양 내 책상 앞으로 걸어가 서랍을 하나씩 열어보며 내용물을 뒤지기 시작했다.

"여기 있다. 찾았어요."

그녀가 멀쩡한 손에 튜브형 초강력 순간접착제를 들고 의기양양하게 부엌으로 돌아와 앉았다.

그녀는 조그만 용기('도자기 용품 전용'이라는 설명이 적혀 있었다)의 뚜껑을 돌려 연 다음 살짝 짜면서 상처 위에 조금 떨어뜨렸다.

"잠깐, 이래도 되는 건지 알고나 하는 거예요? 지금 영화 찍는 거 아니거든요."

"알아요, 하지만 영화 주인공은 아니어도 소설 주인공이라는 건 맞거든요."

그녀가 짓궂게 맞받아쳤다.

"너무 걱정 말아요. 어차피 이런 용도에 쓰라고 만든 물건이니까."

그녀가 벌어진 상처를 손으로 꼭 오므린 다음 접착제가 효과를 발휘

할 때까지 몇 초 동안 세게 누르고 있었다.

"자, 이제 됐어요."

그녀가 '사이비' 봉합을 끝낸 손을 자랑스럽게 내밀었다.

그녀는 내가 버터를 발라준 식빵을 우적우적 씹어 먹으며 차를 한 모금 마셨다. 찻잔 너머 그녀의 눈동자는 여전히 내 의중을 헤아려 보기 위해 갖은 애를 쓰고 있었다.

"아까보다 훨씬 친절해지긴 했지만 여전히 내 말을 믿지 않죠?"

그녀가 옷소매로 입가를 닦으며 내 마음을 슬쩍 떠보았다.

"문신은, 절대적인 증거라 할 수 없어요."

내가 조심스럽게 운을 뗐다.

"자해는 증거가 되죠? 그것도 아닌가요?"

"아가씨가 충동적이고 난폭한 사람이라는 증거는 되겠네."

"그럼 나한테 뭐든 물어보세요."

나는 고개를 가로저었다.

"난 작가이지 형사나 기자가 아니거든요."

"너무 쉬울 것 같아 그러죠, 아닌가요?"

나는 찻잔에 든 차를 개수대에 쏟아 버렸다. 차라면 딱 질색을 하는 내가 뭣 때문에 애를 써가며 마시고 있었을까.

"내 말, 잘 들어요. 내가 아가씨한테 거래를……."

나는 미처 말을 끝맺지 않고 어떤 방식으로 이야기를 꺼낼지 고민하며 긴장을 조성했다.

"거래요?"

"내가 '빌리'의 신상에 관한 몇 가지 질문을 던져 아가씨를 테스트해볼 거예요. 만약 내 질문에 단 한 번이라도 틀린 답을 하면 이 집에서 조용히 사라져주길 바라요."

"그럴게요."

"이제 서로 합의했고, 내 질문에 한 번이라도 틀리게 답하면 더 이상 잔말하지 않고 떠나야 해요. 그렇지 않으면 당장 경찰을 부르겠어요. 이번에는 푸줏간에서 고기 써는 칼을 들고 할복을 한다고 협박해도 소용없을 거예요. 테라스에 피를 쏟으며 나가떨어져도 눈도 꿈쩍 안 할 테니까."

"당신은 원래 그런 사람이에요? 아니면 일부러 좀 더 과격하게 구는 거예요?"

"아무튼 두 말 하기 없기예요."

"좋아요, 그럼 슬슬 질문을 던져보시죠."

"이름, 생년월일, 출생지?"

"빌리 도넬리, 1984년 8월 11일, 미시건호 근처 밀워키에서 태어났어요."

"어머니 성함은?"

"발레리아 스탠윅."

"아버지 직업은?"

"국내 2위의 맥주 업체인 밀러 양조공장에서 일했어요."

그녀는 한 치의 망설임도 없이 질문마다 즉각 대답했다.

"가장 절친한 친구는?"

"안타깝지만 친구라 부를만한 애들은 아직 없어요. 그냥 함께 몰려다니는 또래들이 있을 뿐이지."

"첫 섹스는?"

그녀가 잠시 대답을 망설이며 씁쓸한 눈길로 나를 쳐다보았다. 그녀의 심기가 불편해진 건 오로지 내 질문 탓이라는 걸 알아두라는 뜻 같았다.

"열여섯 살 때, 프랑스에서 코트다쥐르로 언어 연수 갔을 때. 남자 이름은 테오."

질문과 대답이 되풀이되면서 내 마음에도 조금씩 동요가 일기 시작했다. 흡족한 미소를 짓는 것으로 보아 그녀는 자신이 우위에 섰다는 사실을 의식하는 듯했다. 어쨌든 한 가지는 확실했다. 그녀는 내 소설들을 처음부터 끝까지 암기하고 있었다.

"좋아하는 음료수는?"

"코카콜라. 라이트나 제로 말고 레귤러 진짜 말이에요."

"좋아하는 영화는?"

"〈이터널 선샤인〉. 사랑의 고통을 감동적으로 그린 영화죠. 시적이고 애절하다고 할까? 그 영화 봤어요?"

그녀가 길쭉길쭉한 다리를 쭉 뻗으며 소파에 앉았다. 나는 다시 한번 빌리와 너무나 흡사한 그녀의 외모에 깜짝 놀랐다. 윤기 나는 금발, 꾸밈없는 자연미, 빈정거리는 말투, '도발적이며 이죽거리는' 혹은 '똑 부러지지만 어느 순간 어린애처럼 느껴지는'이라고 묘사한 것으로 기억나는 음색까지.

"남자를 볼 때 가장 중요하게 생각하는 포인트는 뭐죠?"

"프루스트의 질문*이랑 비슷한 거예요?"

---

*작가 마르셀 프루스트가 10대 때 또래 소녀한테서 받은 질문지에 답한 내용들에서 유래했다. 보통 인성에 관한 짧은 질문들이다

"그 비슷한 거라 할 수 있어요."

"솔직히 말해 난 남자다운 남자가 좋아요. 굳이 잠재된 여성성을 끌어내려는 남자들은 그다지 좋아하지 않아요. 혹시 제 말 이해되세요?"

나는 회의적인 표정으로 대충 고개를 끄덕였다. 질문을 계속하려는데 갑자기 그녀가 말을 가로막고 나섰다.

"그럼 당신은요? 당신은 여자를 볼 때 뭘 가장 중요하게 생각하죠?"

"상상력이 가장 중요하고, 그 다음은 유머. 흔히 인간 지성의 중요한 결과물이 유머라고들 하잖아요."

그녀가 오로르의 사진들이 차례로 지나가는 디지털 액자를 가리켰다.

"그런데 당신이 좋아하는 피아니스트는 그다지 유머러스한 사람은 아닌 것 같아요."

"그만 본론으로 돌아가죠."

나는 소파에 앉아 있는 그녀 옆에 앉았다.

"일방적으로 질문을 하니까 아주 신이 나죠? 권력을 휘두르는 게 재밌어 죽겠죠?"

그녀가 농담을 던졌지만 나는 정신을 흐트러뜨리지 않으려고 애쓰며 심문을 계속했다.

"외모 중에서 꼭 한 가지 바꾸고 싶은 부분이 있다면?"

"지금보다 볼륨도 있고, 살집도 좀 더 있었으면 좋겠어요."

나는 그야말로 놀라 자빠질 지경이었다. 모든 답이 내가 생각하는 빌리와 정확히 일치했기 때문이었다. 여자가 완전히 미쳐 자기 자신이 빌리라 착각하면서 완벽에 가까운 연기를 하고 있거나, 그녀가 진짜 빌리이거나(그렇다면 내가 미친 것이겠지) 둘 중 한 가지 같았다.

"자, 이만하면 의혹이 모두 풀렸나요?"

그녀가 비아냥거리는 투로 말했다.

"당신의 대답들은 내 소설을 철저하게 공부했다는 걸 보여주는 증거일 따름이에요."

나는 당황스러운 마음을 감추기 위해 대충 그렇게 둘러댔다.

"그럼 다른 질문을 더 해보세요."

어차피 그럴 생각이었다. 나는 보란 듯이 휴지통에 책을 처넣어버리고 집필용으로 사용하는 초경량 노트북을 켰다. 사실 내가 소설에서 보여주는 주인공들에 대한 정보는 실제로 확보하고 있는 정보의 극히 일부에 불과했다. 내 '영웅들'과 완벽한 공감대를 이루기 위해 나는 등장인물마다 약 20페이지에 이르는 상세한 인물정보 파일을 만들어 두고 있었다. 생년월일부터 좋아하는 노래, 유치원 시절 선생님 이름까지 가능한 한 많은 정보를 파일에 저장해두고자 했다. 막상 출간된 소설에는 내가 준비한 인물정보에서 사분의 일 정도만 나올 뿐이지만 보이지 않는 물밑 작업이 있기에 글쓰기라는 연금술이 가능한 것이리라. 나는 그런 사전 작업들 덕분에 내 소설의 주인공들이 현실성을 확보할 수 있는 것이라 믿고 있다. 독자들이 내 소설에 나오는 주인공들과 자신을 동일시하거나 감정이입을 하는 것도 그런 이유 때문일 것이다.

"질의응답을 계속할까요?"

빌리에 관한 인물정보 파일을 열며 나는 다시 한번 그녀의 의사를 물었다. 그녀가 커피 테이블 서랍을 열더니 앙증맞은 은도금 라이터와 주인인 나는 거기 있는지조차 몰랐던 던힐 담뱃갑을 꺼냈다. 아마도 내가 오로르를 만나기 전에 사귄 여자들이 두고 간 게 틀림없었다. 그녀가 제법 멋진 폼으로 담배를 피우기 시작했다.

"물론이에요."

나는 노트북 스크린을 들여다보며 눈에 띄는 대로 이것저것 묻기 시작했다.

"좋아하는 록 그룹은?"

"음, 〈너바나〉. 아니 〈레드 핫〉!"

"어쨌든 둘 다 색다른 취향은 아니군."

"그렇지만 정답이잖아요."

그녀의 말은 옳았다. 소 뒷걸음치다 쥐 잡은 격이었다. 하긴 요즘에 레드 핫 칠리 페퍼스를 좋아하지 않는 사람이 어디 있겠는가.

"좋아하는 음식은?"

"직장 동료가 물었으면 체면상 시저 샐러드라고 대답하겠어요. 안 그러면 먹다 죽은 귀신이 붙은 여자로 오해할 테니까. 하지만 내가 진짜로 좋아하는 음식은 피시 앤 칩스!"

이번에는 도저히 운이라고 치부할 수 없었다. 내 이마에서 식은땀이 흘러내리기 시작했다. 아무도, 심지어 밀로도 내가 기록해 놓은 '비밀' 인물정보를 본 적이 없었다. 내 개인 컴퓨터에만 저장된 내용이고, 접근이 철저히 차단돼 있었다. 도저히 납득이 안 되는 일이라 나는 끝까지 질문을 포기할 수 없었다.

"연인과 사랑할 때 즐겨 하는 체위는?"

"어림 반 푼어치도 없는 소리."

그녀가 소파에서 일어나 부엌으로 가더니 수도꼭지를 틀어 담배를 껐다.

내가 생각해도 치사하기 짝이 없는 질문이었지만 그녀가 대답이 없는 걸 보고 나는 겨우 자신감을 되찾았다.

"지금까지 사귄 남자 숫자는? 이번에는 노코멘트를 허용할 수 없어요. 묵비권을 행사할 권리도 없으면서 방금 전 예외 찬스를 써버렸으니까."

그녀가 아주 복잡한 심경을 대변하듯 호의적인 것과는 상당히 거리가 먼 눈길로 나를 빤히 쳐다보았다.

"결국 당신도 다른 남자들과 똑같군요. 그렇죠? 남자들이란 오로지 그것밖에 관심이 없어."

"나는 한 번도 내 입으로 다른 사람들과 다르다고 말한 적 없어요. 자, 몇 명인지 어서 대답해봐요."

"어차피 다 알고 있으면서 뭘 그래요. 한 열 명쯤······."

"정확히 몇 명인지 말해봐요."

"절대로 당신이 보는 앞에서 내가 관계했던 남자들을 손꼽아 세어볼 거라 기대하지 말아요."

"왜, 시간이 너무 많이 걸릴 것 같아요?"

"무슨 뜻이에요? 혹시 내가 몸 파는 여자라도 된다는 뜻이에요?"

"난 그런 뜻으로 말한 적 없어요."

"밖으로 내뱉지는 않았지만 속으로는 백 번도 넘게 그럴 거라 생각했겠죠."

나는 그녀가 느낄 수치심 따위는 안중에도 없다는 듯 끝까지 대답을 종용했다. 질문이 아니라 거의 고문에 가까웠다.

"그래서 몇 명이냐니까?"

"내 기억으로는 열여섯 명 정도."

"그럼 그 열여섯 명 중에 사랑한 사람은 몇 명이었죠?"

그녀가 '후우' 한숨을 내쉬었다.

"두 명. 처음 남자와 마지막 남자. 이름은 테오와 잭."

"어수룩한 숫총각과 카사노바라……. 양극단의 인물을 사랑하셨군."

그녀가 경멸 어린 눈빛으로 나를 노려보았다.

"클래스 한번 대단하셔. 진짜 젠틀맨이시라니까."

그녀는 내 공격적인 태도만 보고도 자신이 매번 정답을 맞히고 있다는 사실을 충분히 알 수 있었을 것이다.

딩동!

초인종 소리를 들었지만 나는 문을 열어줄 생각이 없었다.

"이제 저속하기 짝이 없는 질문들은 다 끝냈어요?"

그녀가 덤빌 듯 사나운 기세로 물었다.

나는 함정이 있는 질문을 한 가지 준비해두고 있었다.

"요즘 머리맡에 두고 읽는 책은?"

그녀가 난처하다는 듯 어깨를 으쓱했다.

"글쎄요. 책을 잘 안 읽어서요. 책 읽을 시간도 별로 없고."

"궁색한 변명은 그만둬요."

"내가 책도 안 읽는 속 빈 강정처럼 보여요? 실제로 그렇다면 죄다 당신 탓이잖아요. 당신의 상상력 속에서 나온 사람이 나란 걸 항상 기억해주길 바라요. 나를 이렇게 만든 사람은 바로 당신이란 걸."

딩동! 딩동!

초인종 소리가 신경질적으로 변해가는 것으로 보아 방문객은 차츰 평정심을 잃어가는 듯했다. 아마 나보다는 방문객이 먼저 제풀에 지칠 게 분명했다.

그녀가 번번이 정답을 이야기하는 바람에 당혹스러운 한편 상황이 전혀 예기치 않은 쪽으로 치닫는 바람에 나는 차츰 자제력을 잃어가고 있었다. 이제 내가 그녀에게 질문을 던지는 게 아니라 숫제 괴롭히고 있다는 것조차 인식하지 못하고 있었다.

"가장 후회되는 일은 뭐였죠?"

"아직 아이가 없는 것."

"지금껏 살아오면서 가장 행복했던 순간은 언제였죠?"

"내가 마지막으로 잭의 품에서 잠이 깼을 때."

"마지막으로 언제 울었죠?"

"생각 안 나요."

"대답해요."

"모르겠어요. 별것 아닌 일로도 잘 우니까."

"그래도 울 만큼 큰일이 있었을 텐데……."

"아, 6개월 전, 강아지 주사 맞힐 때요. 강아지 이름이 아르고스예요. 그쪽 파일에 안 써 있어요?"

딩동! 딩동! 딩동!

그 정도쯤에서 질의응답을 마쳐야 했다. 그녀는 이미 필요 이상의 증거를 보여주지 않았는가. 그런데 나는 그저 어리둥절하기만 했다. 이 장난 같은 게임이 나를 번쩍 들어 다른 차원에, 내 머리가 완강하게 수용을 거부하는 다른 현실에 메다꽂아버린 것이다. 나는 갈피를 잡지 못하고 괜스레 '빌리'에게 화풀이를 해댔다.

"당신이 가장 두려워하는 건?"

"미래."

"당신 인생에서 가장 참혹했던 날은 언제죠?"

"제발, 그건 묻지 말아요."

"마지막 질문이에요."

"제발……."

나는 그녀의 팔을 꽉 잡았다.

"어서 대답해요!"

"이거 놔요. 아파요."

그녀가 악을 쓰며 발버둥 쳤다.

"톰!"

문 뒤의 목소리가 소리를 질렀다.

내 손아귀에서 빠져나온 그녀의 얼굴은 핏기 없이 창백했고, 눈은 고통으로 이글거리고 있었다.

"톰! 어서 문 열란 말이야. 불도저로 밀고 들어가기 전에."

"밀로, 나도 넌 줄 알았다."

빌리는 어느새 몸을 피해 테라스에 나가 있었다. 마음을 아프게 해서 미안하다고 위로해주고 싶은 마음이 간절했다. 이제야 그녀의 슬픔이나 분노가 위장된 게 아니었다는 걸 깨달았기 때문이다. 하지만 이제야 겨우 누군가를 붙잡고 내가 겪은 일을 털어놓고 놀란 가슴을 달랠 수 있게 되었다는 생각에 내 발길은 나도 모르게 현관 쪽으로 향하고 있었다.

11. 맥아더파크의 소녀

친구는 우리한테 달린 날개가 나는 방법을 잊었을 때 우리를 들어 올려주는 천사 같은 존재다.

_무명

"너, 하마터면 불도저에 깔릴 뻔했던 거 알아?"

밀로가 거실로 들이닥치면서 큰소리를 땅땅 쳤다.

"이런! 아직도 그 모양이야? 중탄산염이라도 맡은 얼굴이잖아."

"용건이 뭐야?"

"실례가 안 된다면 내 차를 찾아가려고 왔어. 담보 집행관 손에 넘어가기 전에 신나게 드라이브라도 한번 해볼까하고……."

말리부 콜로니

오전 10시

"안녕, 톰!"

캐롤이 집 안으로 들어섰다.

그녀는 경찰 제복 차림이었다. 문밖을 슬쩍 내다보니 집 앞에 경찰차가 세워져 있었다.

"설마 날 체포하러 온 건 아니지?"

나는 캐롤을 안아주며 농담을 건넸다.

"너, 피가 나잖아!

그녀가 깜짝 놀라며 소리쳤다.

나는 그 소리에 순간적으로 미간을 찌푸렸지만 곧 내 셔츠에 묻은 핏자국을 발견하고 나서 한 소리라는 걸 알게 되었다. 빌리의 피 묻은 손이 남긴 흔적이었다.

"걱정 마. 내가 흘린 피가 아니니까."

"그렇게 말한다고 내가 안심할 것 같아? 피가 아직 응고되지도 않았어."

캐롤의 목소리에 의구심이 가득했다.

"너희 두 사람, 내 말 좀 들어봐. 너희들은 정말 상상도 하지 못할 일이 벌어졌어. 어젯밤에……."

"잠깐! 이 원피스는 누구 거야?"

피 묻은 실크 드레스를 집어 든 밀로가 내 말을 중도에서 끊었다.

"오로르 옷, 그런데……."

"오로르 옷? 설마 너 다시……."

"오로르 옷을 다른 여자가 입었던 거야."

"너, 지금 사귀는 여자 있어? 그렇다면 정말 좋은 징조라 할 수 있지. 혹시 우리가 아는 여자야?"

밀로가 필요 이상으로 수선을 피웠다.

"음, 그렇다고 할 수 있지."

캐롤과 밀로는 아연실색한 듯 눈빛을 주고받더니 동시에 물었다.

"그게 누군데?"

"테라스를 내다봐. 너도 보고 나면 깜짝 놀랄 테니까."

둘은 약속이라도 한 듯 황급히 거실을 가로질러 테라스로 나갔다.

잠시 침묵이 흘렀다. 그런데 밀로의 입에서 뜻밖의 말이 튀어나왔다.

"테라스에 뭐가 있다는 거야?"

나는 깜짝 놀라 테라스로 나갔다. 상쾌한 바람이 나를 맞았다.

테이블과 의자는 뒤집힌 채 나뒹굴었고, 바닥은 깨진 유리 조각들로 발 디딜 틈이 없었다. 커피, 바나나 콩포트, 메이플시럽이 바닥에 흘러 있었지만 빌리의 흔적은 그 어디에도 보이지 않았다.

"테라스에서 핵실험이라도 했어?"

캐롤이 궁금해하며 물었다.

"카불보다 더한 곳이 여기네."

밀로가 한마디 더 보탰다.

나는 손차양을 하고 멀리 수평선을 바라보았다. 간밤에 폭풍우가 휩쓸고 지나간 해변은 모처럼 자연 그대로의 거친 모습을 보여주고 있었다. 강한 파도가 해변의 백사장에 나뭇조각, 갈색 해초, 낡은 서핑보드, 자전거 따위를 실어다 놓고 사라졌다. 어쨌든 한 가지만은 확실했다. 빌리는 이제 어디론가 종적을 감추어버렸다.

직업적 본능에 충실한 캐롤이 유리창 옆에 쭈그리고 앉아 마르기 시작한 혈흔을 날카로운 눈길로 들여다보고 있었다.

"누구랑 치고받고 싸운 거야?"

"아니야. 그게, 그냥……."

"설명을 듣지 않고는 절대로 그냥 넘길 일이 아니란 걸 명심하는 게 좋아."

밀로가 말했다.

"야, 이 벽창호 같은 자식아. 내 말이 끝날 때까지 가만히 듣고 있었으면 설명이 아니라 설명 할아버지라도 벌써 들었겠다."

"그래, 그놈의 설명 좀 속 시원히 들어보자. 대체 어떤 놈이 테라스를 이렇게 난장판으로 만들어놓은 거야? 원피스에 묻은 피의 주인공은 누군데? 교황? 마하트마 간디? 마릴린 먼로?"

"빌리 도넬리."

"빌리 도넬리라면, 네 소설에 나오는 등장인물?"

"그래, 맞아."

"넌 사람을 놀려먹는 게 그리 재미있니?"

밀로가 벌컥 화를 냈다.

"그렇잖아도 너 때문에 얼마나 애간장이 타는지 알아? 네가 살인을 저지른다 해도 난 묵묵히 도울 사람이야. 근데 넌 기껏 생각해낸다는 게 친구를 바보로……."

캐롤이 자리에서 일어나 권투 심판 같은 제스처를 취하며 우리 둘 사이에 끼어들더니 자식을 야단치는 엄마처럼 말했다.

"타임아웃. 자, 이제 시답잖은 말다툼은 그만두고 테이블에 앉아 차분하게 이야기를 좀 해볼까."

결국 우리는 대화 테이블에 모여 앉았다.

나는, 야심한 새벽 빌리와의 기이한 만남부터 오늘 아침 그녀의 존재를 인정하는 것으로 끝난 질의응답에 이르기까지, 내가 겪었지만 정말 믿기 힘든 일들을 친구들에게 자세히 들려주었다.

"그러니까 네 소설에 등장하는 빌리가 인쇄가 잘못된 문장 때문에 너희 집으로 뚝 떨어졌다는 말이지? 빌리가 알몸이어서 네 옛날 여자 친구의 원피스를 입혔고, 그녀가 바나나 팬케이크를 만들어 아침을 차려 줬고, 넌 감사의 뜻으로 그녀를 테라스에 가뒀다는 거야? 네가 마일즈 데이비스의 노래를 듣는 동안 빌리가 정맥을 긋는 바람에 피가 사방으로 튀었고, 그녀는 '도자기 전용' 초강력 접착제로 상처를 봉합했단 말이지? 너희 두 사람은 곧 진실게임을 시작했어. 빌리는 널 섹스 편집증 환자쯤으로 여기고, 넌 빌리를 창녀쯤으로 치부하며 티격태격했지만 결국 서로에게 쌓였던 앙금을 다 풀어버리게 되었어. 그런데 우리가 초인종을 누르는 순간 빌리가 마법의 주문을 외우며 뿅 사라져 버렸어. 내 말이 모두 맞니?"

"내가 아예 말을 말았어야지. 나만 우스운 놈이 될 줄 알았다니까."

나는 억울했지만 뾰족하게 반박할 말이 없어 가슴이 답답했다.

"마지막으로 한 가지만 더 묻자. 그 앙금의 재료가 콩이니 팥이니?"

"밀로, 쓸데없는 소리는 그만해!"

옆에서 잠자코 듣고 있던 캐롤이 언성을 높였다.

밀로가 걱정스러운 얼굴로 나를 쳐다보았다.

"넌 한시바삐 정신과 상담을 받아야겠다."

"필요 없어. 난 컨디션이 아주 좋으니까."

"그래, 우리가 이렇게 망하게 된 건 전적으로 내 탓이지. 어떡하든 너에게 기한 내에 소설을 써야 한다는 부담을 주지 말았어야 했어. 하지만 톰, 네가 정말 걱정돼. 넌 지금 제정신이 아니라니까."

"기력이 쇠한 탓이야. 과로 때문에 빚어진 일시적인 증세일 수도 있어. 정말이지 꼬박 3년 동안 한시도 쉬지 못했어. 밤을 새가며 글을 쓰고, 독자들을 만나고, 강연을 하고, 또 작품 구상이나 홍보를 위해 여기저기 여행도 했지. 그런 강행군을 3년 동안이나 지속하며 버틸 수 있는 사람은 없어. 그런 와중에 오로르와의 이별이 촉매제 역할을 한 셈이지. 넌 지금 휴식이 필요해. 단지 그것뿐이야."

캐롤이 말했다.

"날 어린애 다루듯 취급하지 마."

"넌 정신과 상담을 받아야 한다니까."

밀로가 같은 말을 되풀이했다.

"의사가 우리한테 최면 치료 요법 얘길 했어."

"그게 무슨 말이야? '의사가 우리한테'라니? 나한테는 아무런 귀띔도 하지 않고 슈나벨 박사에게 내 얘기를 했단 말이야?"

"다 널 위해서 그랬어. 절대로 너한테 해를 끼치려는 게 아니었다는 걸 잘 알잖아?"

밀로가 나를 진정시키기 위해 애썼다.

"단 몇 분만이라도 날 좀 가만히 내버려둘 수 없어? 가끔은 내 인생에 대해 신경 끄고, 네 인생이나 맘껏 즐기며 살면 안 될까?"

밀로는 내 말에 가슴이 아프다는 듯 잠시 할 말을 잃었다. 그는 고개를 절레절레 흔들며 뭔가 말을 할 듯했다가 결국 굳은 표정으로 입을 꾹 다물었다. 그는 커피 테이블 위에 놓여 있는 담뱃갑에서 던힐을 한 개비 꺼내 물었다. 해변에서 혼자 담배를 피우고 돌아오려나 보았다.

나는 캐롤과 단둘이 남게 되었다. 그녀가 담배를 꺼내 한 모금 빨더니 내게 건네주었다. 앙상한 야자수들 뒤에 몸을 숨기고 어른들 몰래 빠끔거리며 담배를 피우던 맥아더파크의 어린 시절이 떠올랐다. 지금은 근무 중이 아니라는 사실을 깨달은 듯 그녀가 단정하게 틀어 올렸던 머리를 풀어 헤쳤다.

캐롤의 흑진주 빛 머리카락이 감색 경찰 제복 위에서 넘실거렸다. 새까만 머리카락과 대비되는 맑고 빛나는 눈동자, 얼굴에 언뜻언뜻 남아 있는 표정들이 어린 시절의 그녀 모습을 떠올렸다.

호감이나 친밀감 혹은 우정이라는 말은 캐롤과 나의 관계를 설명하기에 턱없이 부족했다. 우리는 세상 물정 모르는 어릴 때만 맺어질 수 있는 관계, 좋은 일보다는 궂은일에 더욱 결속력이 강한 관계, 결코 변치 않는 의리로 맺어진 영원한 관계였다.

캐롤과 단둘이 있을 때면 어린 시절 겪었던 혼돈스런 상황이 부메랑처럼 날아와 나를 할퀴고 지나갔다. 우리가 바라볼 수 있는 세상의 전부나 다름없었던 맥아더파크의 지저분한 공터들, 우리를 가두었던 그 악취 나는 수렁과 질식할 것 같았던 공기, 학교가 파한 후 철책으로 둘러쳐진 농구장에서 나누었던 고통스러운 대화의 기억들……

오늘도 나는 우리가 아직 열두 살에 머물러 있는지도 모른다고 생각했다. 수백만 부가 팔린 내 소설들, 캐롤이 체포한 수많은 범죄자들은 우리 둘이 맡은 연기에 필요한 소품에 불과할지도 모른다고 생각했다. 우린 아직도 그 혼돈의 거리에서 벗어나지 못했다고……

사실 우리 셋 다 아이를 낳지 않은 건 결코 우연이 아니었다. 우리는 각자 자신의 강박증과 싸우기에도 벅차 생명을 잉태해 흔적을 남기겠다는 희망 따위는 품어 볼 틈이 없었다. 솔직히 나는 캐롤의 근황에 대해 잘 몰랐다. 요즘은 얼굴을 볼 기회도 뜸했고, 더러 만날 기회가 생겨도 서로 본질적인 문제는 건드리지 않으려 애썼다. 어쩌면 우리가 입에 올리지만 않는다면 과거의 존재 자체를 부정할 수 있을 거라 믿었는지도 몰랐다. 하지만 사람이 산다는 건 그리 간단하고 단순한 문제가 아니었다. 어린 시절의 아픈 기억을 잊기 위해 밀로는 허랑방탕하게 살고 있고, 나는 크리스털 메스를 흡입하고 있고, 온갖 중독성 약물로 하루하루 버티며 필사적으로 글쓰기에 매달려 있다.

"난 거창한 이야기는 하기 싫어."

캐롤이 티스푼을 빙글 돌리며 말했다.

밀로가 없으니 굳이 유쾌함을 가장할 필요가 없다고 느껴서인지, 그녀의 어두운 얼굴에 수심이 그대로 드러나 있었다.

"너와 난 살아서도 죽어서도 친구야. 너에게 필요하다면 난 콩팥을 두 개라도 떼어줄 수 있어."

"내가 어떻게 너한테 그런 걸 바라겠니?"

"기억하기로 넌 늘 날 도와주기만 했어. 이젠 내가 널 도울 차례가 되었는데 난 보다시피 너무 무능해."

"괜한 일로 속 끓이지 마. 난 아무렇지 않으니까."

"아니, 괜찮지 않아. 한 가지는 꼭 알아줬으면 해. 밀로와 내가 이전과 다른 삶을 살고 있는 건 오로지 네 덕분이야."

나는 어깨를 으쓱 추어올렸다. 솔직히 난 그녀의 말처럼 우리가 이전과는 다른 삶을 살고 있는 것인지조차 확신할 수 없었다. 물론 그 당시보다는 좋은 집에 살고 있고, 내부에서 우리를 갉아먹던 공포가 사라진건 사실이었다. 하지만 하늘에서 내려다보면 우리는 결코 맥아더파크에서 그리 많이 벗어나지는 못했을 것이다.

"아침에 일어나면 난 늘 네 생각부터 해. 네가 무너지면 우리도 함께 무너질 수밖에 없어. 네가 포기한 인생이라면 나에게도 별 의미가 없을 거야."

무슨 말도 안 되는 소리냐고 타박해주고 싶었지만 차마 입이 떨어지지 않았다. 그 대신 생각지도 못했던 말이 내 입에서 불쑥 튀어나왔다.

"캐롤, 넌 지금 행복하니?"

캐롤이 무슨 소리냐는 듯 내 얼굴을 물끄러미 쳐다보았다. 생존 문제에 밀려 행복 따위에 내줄 자리는 아예 없다는 눈빛으로.

"아까 말한 소설 주인공 얘기는 정말 말도 안 돼."

"그래, 내 생각에도 억지스럽긴 해."

나도 즉각 수긍했다.

"내 말 잘 들어, 톰. 변함없는 우정과 사랑으로 널 대하는 것 말고 내가 구체적으로 어떻게 너한테 힘이 될 수 있을지 모르겠어. 그래서 말인데 최면요법 말이야. 한번 시도해보는 게 어때?"

치료 얘기라면 아예 듣기도 싫었지만 나는 친구의 진심 어린 염려에 코끝이 찡해져 그냥 따뜻한 눈길로 그녀를 쳐다보았다.

"난 이제 치료비를 낼 돈도 없어."

그러나 내 빈약하기 짝이 없는 핑계는 아무런 소용이 없었다.

"네가 처음으로 인세를 받았던 날 기억해? 너무 엄청난 액수라면서 나한테 나눠주고 싶다고 했잖아. 그때 나는 당연히 거절했는데 넌 내 은행 계좌번호를 어떻게 알아냈는지 수표를 입금해주었어. 은행 잔고에 30만 달러도 넘게 남았다고 찍힌 거래 내역서를 받아 든 내 표정이 어땠는지 알아?"

그 이야기를 하는 동안 캐롤의 얼굴에 잠시 미소가 어렸고, 눈물이

글썽글썽하던 눈에 생기가 돌았다.

돈만 있으면 모든 문제가 해결될 거라 믿었던 시절을 떠올리자 내 입가에 살짝 미소가 번졌다. 일순간이나마 현실의 압박감으로부터 조금 벗어나는 듯했지만 우리를 기다리는 현실은 그다지 달라진 게 없었다. 비탄에 젖은 듯 눈물이 가득 고인 그녀의 두 눈이 바로 지금 우리가 겪고 있는 현실이었다.

"제발 부탁인데 이번 치료 비용은 내가 낼 수 있게 해줘."

캐롤의 얼굴은 어느새 내가 어릴 적 알고 있던 학대 받는 소녀로 돌아가 있었다. 그녀를 달래기 위해 나는 꼭 치료를 받겠다고 약속했다.

12. 약물 중독 치료

죽음이 찾아와 너의 눈을 가져갈 것이다.
_자살 당시 체사레 파베제의 침실 나이트 테이블에서 발견된 시의 제목

부가티의 핸들을 잡은 밀로는 평소답지 않게 천천히 차를 몰았다. 팽팽한 긴장감이 더해진 침묵이 차 안을 휘감았다.

"괜찮으니까 이제 얼굴 좀 펴봐. 지금 베티 포드(캘리포니아 소재 유명 약물 중독 치료센터)에 가는 것도 아니잖아."

"흠……."

차를 타기 전 밀로와 나는 차 키를 찾느라 한바탕 목소리를 높이며 으르렁댔다. 서로 치고받기 일보 직전까지 갔을 만큼 험악한 분위기였다. 열쇠는 찾지 못하고, 서로 상처가 되는 말만 주고받다 결국 심부름센터에 연락해 밀로가 사무실에 보관해두었던 보조키를 가져왔다.

나는 분위기를 조금이나마 부드럽게 만들기 위해 라디오를 틀었다. 그러나 라디오에서 흘러나오는 에이미 와인하우스의 노래는 도리어 차 안의 긴장감을 높였다.

They tried to make me go to Rehab(그들은 내가 약물 중독 치료를 받게 하려고 애를 썼지)

I said No, No, No(난 말했지, 싫어, 싫어, 싫어)

나는 체념한 심정으로 창문을 내리고 눈앞을 스쳐 지나가는 해변의 야자수들을 바라보았다. 어쩌면 밀로의 말이 맞는지도 몰랐다. 난 지금 미쳐 가고 있는지도, 환각에 시달리고 있는지도.

사실 나 또한 그 비슷한 생각을 한 적이 있었다. 집필에 몰두하다 보면 아슬아슬한 외줄 타기를 하는 듯한 느낌이 들 때가 많았다. 글쓰기에 빠져 살다 보면 현실의 자리를 허구에 내주는 적도 많았다. 내 소설 속 영웅들이 너무나 현실적이다 못해 내가 가는 곳마다 나타나곤 했다. 그들의 고통, 회의, 행복이 온전히 내 것이 되어 집필을 끝내고 나서도 쉽게 현실 세계로 돌아오지 못했다.

소설의 주인공들은 꿈속까지 나를 따라왔고, 아침을 먹으려고 식탁에 앉으면 어김없이 거기에 앉아 있었다. 내가 쇼핑할 때, 식당에서 저녁 식사를 할 때, 화장실에서 볼일을 볼 때, 심지어 섹스를 할 때조차 그들은 여지없이 나와 함께 했다. 짜릿한 감동과 황홀한 혼란이 교차하는 순간이었다. 현실과 허구의 경계를 넘나드는 아찔하고 위험한 순간들과 수시로 맞닥뜨리긴 했지만 여태껏 광기로 치달은 적은 단 한 번도 없었다. 그런데 벌써 여러 달째 단 한 줄도 쓰지 못하고 있는 지금 갑자기 그런 일이 벌어질 이유가 없지 않은가.

"너에게 돌려줄게."

밀로가 조그만 주황색 플라스틱 용기를 내 쪽으로 던졌다.

받아 보니 내가 복용하는 진정제들이었다.

나는 뚜껑을 돌려 용기를 열고 나를 조롱하듯 쳐다보는 납작한 막대 모양의 흰색 알약들을 들여다보았다. 약을 끊게 하려고 난리를 칠 땐 언제고, 이제 와서 순순히 돌려주는 이유가 뭐지?

"뭐든 갑자기 끊는 건 좋은 생각이 아니었어."

밀로가 어안이 막힌 내게 약을 돌려주는 이유를 설명해주었다.

내 심장이 달음박질치기 시작했고, 심리도 급속도로 불안정해졌다. 나는 금단현상이 나타난 마약중독자처럼 갑자기 외로웠고, 몸이 구석구석 아팠다.

외상도 없는데 어떻게 이리 고통스러울 수 있을까?

머릿속에서 루 리드의 오래된 노랫가락이 윙윙거리며 떠올랐다.

'나는 그를 기다리고 있어.'

나는 그를 기다린다. 내 딜러를 기다린다. 그 딜러가 내 절친한 친구라는 건 참으로 묘한 일이다.

"최면 치료를 받고 나면 넌 완전히 새사람이 될 거야."

밀로가 내 기운을 북돋아주기 위해 애썼다.

"넌 갓난아기처럼 아마 열흘쯤 푹 자게 되겠지."

밀로는 최대한 명랑한 어조로 얘길 하려 애썼지만 그 역시 이 치료법에 대해서는 몹시 회의적이라는 사실을 나는 모르지 않았다.

나는 진정제 용기를 손에 꽉 움켜쥐었다. 손아귀에 얼마나 힘을 가했는지 약이 든 용기가 바스라질 것 같았다. 이 작은 진정제를 한 알만 입안에 쏙 밀어 넣어도 당장 기분이 유쾌해질 것이다. 서너 알만 더 있으면 정신이 알딸딸해지는 건 시간문제일 것이다. 나한테 유난히 잘 받는 약이니까.

"당신은 운이 좋은 편입니다. 사실 심각한 부작용으로 고생하는 사람들이 많거든요."

슈나벨 박사가 그렇게 위로의 말을 해준 적이 있었다.

나는 큰맘 먹고 진정제가 담긴 용기를 그대로 주머니에 집어넣었다.

"최면 치료법이 효과가 없으면 다른 방법을 시도해보는 거야. 뉴욕에 커너 맥코이라는 의사가 있대. 그가 최면요법으로 기적에 가까운 치료 효과를 낸다더라."

최면, 약물에 의존하는 수면, 온갖 약들……. 문득 나는 아무리 고통뿐인 현실일지라도 계속 도망을 치는 건 지긋지긋한 일이라 생각했다. 현실이 아무리 고통스럽더라도 신경 이완제의 힘을 빌려 열흘 동안 멍한 상태로 누워 있고 싶지 않았다. 그렇게 무력감을 용인받는 상태가 되기 싫었다. 설령 죽는다 하더라도 현실과 다시 정면 승부를 펼쳐보고 싶은 욕구가 솟구쳤다.

오래전부터 나는 창작과 정신병의 미묘한 연관성에 대해 깊은 관심을 가지고 있었다. 까미유 끌로델, 모파상, 네르발, 아르또는 서서히 광기로 빠져든 대표적인 예라 할 수 있었다. 버지니아 울프는 강물에 뛰어들어 목숨을 끊었고, 체사레 파베제는 호텔 방에서 바르비투르산을 복용하고 생을 마감했다. 니콜라 드 스탈은 창문에서 투신자살했고, 존 케네디 툴은 머플러를 자동차 실내로 연결해놓고 배기가스를 들이마셨다. 엽총으로 자신의 머리를 겨냥해 자살한 헤밍웨이는 두말할 것도 없었다. 커트 코베인도 마찬가지였다. 어느 어슴푸레한 새벽, 그는 시애틀 근처에서 가공의 죽마고우에게 보내는 짤막한 글을 마지막으로 휘갈겨 놓고 머리에 총을 쏘아 생을 마감했다.

'서서히 꺼져 가는 것보다는 활활 불태우는 게 낫다.'

다 나름대로 선택한 해결책들이었지.

각자 선택한 방법은 달랐어도 결과는 한 가지였다. 현실만으로는 부족하기에 예술이 존재한다면, 예술만으로 부족한 순간이 오면 결국 광기와 죽음으로 그 부분을 채울 수밖에 없다. 나에게는 위대한 예술가들에 버금가는 재능은 없지만 불행하게도 그들을 괴롭히던 신경증은 고스란히 지니고 있었다.

밀로는 핑크빛 대리석과 유리가 어우러진 빌딩의 조경이 잘된 주차장에 차를 세웠다. 소피아 슈나벨 박사 클리닉이었다.

"우린 네 동지지 적이 아니야."

캐롤이 우리를 뒤따라 출입문 계단으로 올라서면서 다시 한번 나를 안심시켰다.

우리 셋은 함께 병원 건물 안으로 들어갔다. 나는 접수창구에서 내 앞으로 이미 진료 예약이 되어 있고, 병원 측에서 어제부터 내 입원 준비를 해두고 있었다는 사실에 깜짝 놀랐다.

나는 친구들을 따라 말없이 엘리베이터에 올랐다. 투명 캡슐이 순식간에 우리를 빌딩의 꼭대기 층에 내려놓았다. 여비서 아가씨가 우리를 넓은 진료실로 안내한 다음 곧 슈나벨 박사가 올 거라 말하고는 밖으로 나갔다.

넓게 탁 트인 진료실은 커다란 테이블과 흰색 가죽 소파를 중심으로 인테리어가 잘되어 있었다.

"이 의자 좋은데!"

밀로가 휘파람을 불며 손바닥 모양으로 생긴 의자에 앉았다.

환자들이 쉽게 속마음을 털어놓을 수 있게 실내에 불상을 비롯해 다양한 불교 관련 조각품들을 장식해 차분한 분위기를 연출해놓았다. 청동 석가모니상, 도자기로 만든 법의 바퀴, 영양羚羊 두 마리, 대리석 분수 따위들…….

나는 평소 버릇대로 당장에 재밌는 코멘트나 실없는 농담 하나쯤 튀어나올 법한 밀로의 입을 유심히 쳐다보았다. 온갖 조각품들이며 특이한 인테리어 콘셉트에 이르기까지, 한눈에 봐도 얘깃거리가 넘쳐나는 방이었다. 그런데 밀로의 입은 오늘따라 좀처럼 열리지 않았다. 나는 그제야 밀로가 심각한 비밀을 숨기고 있을지도 모른다고 생각했다.

나는 도움을 구하는 간절한 심정으로 캐롤과 눈을 마주치려 애썼다. 그러나 그녀 역시 벽에 걸린 소피아 슈나벨의 학위들을 흥미롭게 들여다보는 척할 뿐 내 눈길을 의식적으로 회피했다.

에단 휘태커가 암살된 이후 소피아 슈나벨은 '스타들의 정신과 의사'로 입지를 굳혔다. 배우, 가수, 프로듀서, 스타 연예인, 정치인, '누구의 아들', '누구의 아들의 아들', 할리우드의 대스타들 상당수가 그녀의 환자라 할 수 있었다.

소피아 슈나벨은 다양한 사람들이 고민을 털어놓고 몇 분 동안 스타 의사의 심리 상담(프로그램의 제목)을 받는 형식으로 진행되는 TV 프로그램을 진행하고 있었다. 출연자들은 흔히 불행했던 유년 시절, 약물 중독, 간통, 섹스 테이프, 3인 섹스에 대한 환상, 차마 꺼내지 못했던 속내 이야기를 털어놓았다.

소피아 슈나벨을 바라보는 엔터테인먼트 업계의 반응은 극명하게 엇

갈렸다. 일부에서는 그녀를 숭배하기에 이르렀는가 하면 일부에서는 갈수록 커져가는 그녀의 영향력을 두려워했다. 20년 동안 정신과 상담을 해오는 동안 슈나벨이 존 에드거 후버 파일에 버금가는 X파일을 보유하게 되었다는 이야기가 공공연하게 나돌았다. 할리우드 스타들의 말 못 할 비밀이 담긴 X파일, 수천 시간에 이르는 상담 녹음테이프들이 그녀의 수중에 들어있었다. 고객의 비밀보호 차원에서 철저한 비공개를 원칙으로 하는 개인정보들이었다. 그러나 만약 일이 잘못돼 이 지극히 개인적인 정보들이 세상에 공개되는 날에는 엔터테인먼트 업계가 쑥대밭이 되는 건 물론이려니와 정계와 사법당국 관련자들까지 공포에 떨게 되어 있었다.

최근에 벌어진 사건은 슈나벨의 영향력을 다시 한번 확인시켜주는 계기가 되었다. 몇 달 전, 슈퍼마켓 체인인 〈그린 크로스〉의 창업주 고 리처드 해리슨의 억만장자 미망인 스테파니 해리슨(그녀 역시 슈나벨의 환자였다)이 서른두 살의 젊은 나이에 약물 과다복용으로 사망하는 사건이 발생했다. 부검 결과 사망자의 장기에서 항우울제, 진통제, 다이어트용 약물의 성분이 발견되었다. 그냥 지나칠 수도 있는 일이었지만 문제는 검출된 약물의 양이 지나치게 많았다는 점이었다.

고인의 오빠는 TV에 출연해 슈나벨이 동생의 죽음에 책임이 있다고 주장했다. 능력 있는 변호사와 사설탐정들을 고용해 여동생의 아파트를 조사한 결과 슈나벨이 써준 50장도 넘는 처방전을 발견했다는 것이었다. 그는 차명으로 다섯 사람에게 허위 처방전을 작성해준 사람이 바로 소피아 슈나벨이었다고 폭로했다. 과다 약물 복용으로 사망한 마이클 잭슨 사건의 충격이 채 가시기도 전에 터진 일이라 슈나벨은 난감하기 이를 데 없었다. 마이클 잭슨의 사망은 재력가 환자들을 위해 선심용 처방전을 발행하는 의사들이 부지기수라는 사실을 미국인들에게 직접적으로 확인시켜주는 계기가 되었다.

캘리포니아 주정부는 잘못된 의료 관행에 제동을 걸겠다며 슈나벨을 허위 처방전 발행 혐의로 고소했지만 웬일인지 금세 꼬리를 내리고 고소를 취하했다. 검찰에서 이미 기소에 필요한 증거물을 확보해둔 상태에서 이루어진 주정부의 급작스런 입장 변화는 도무지 이해할 수 없는 행태로 받아들여졌다.

다수의 언론이 검찰의 정치적 결단이 부족한 상황에서 빚어진 해프닝이었다고 보도한 그 사건은 결과적으로 슈나벨을 함부로 손댈 수 없는 거물급 인사로 각인시켜주는 결과를 낳았다. 슈나벨에게 진료를 받는 특권 그룹에 속하려면 기존 환자 한 사람의 추천이 필요했다. 그녀도 엘리트층 내에서만 폐쇄적으로 소통되는 '고급 정보' 중 하나였던 것이다.

어딜 가야 최상의 코카인을 구하지? 가장 높은 수익성을 보장하는 증권 트레이더는 누구지? LA 레이커스의 경기를 관람할 수 있는 박스 좌석 티켓은 어떻게 구하지? 콜걸 같지 않은 콜걸을 불러 데이트를 하려면 어디로 전화를 걸어야 하지(남자들의 경우), 또는 표가 나지 않게 가슴 성형을 하려면 어떤 성형외과 의사를 찾아가야 하지(여자들의 경우) 같은 정보들과 하등 다르지 않은.

나는 밀로가 작업을 걸었다 실패한 적 있는 캐나다 출신 여배우의 추천을 받아 그 바늘구멍 같은 관문을 뚫는 데 성공했다. 그 여배우는 현재 유명 드라마에 출연하고 있었다. 극심한 광장공포증을 앓다 슈나벨을 만나 완치된 그 여배우를 처음 보는 순간 몹시 경박하다는 인상을 받았는데 알고 보니 매우 감각적이고 교양 있는 사람이었다. 그녀 덕분에 나는 존 카사베츠의 영화와 로버트 라이먼의 그림을 처음으로 접하게 되었다.

나는 소피아 슈나벨과는 한 번도 정말로 통한다는 느낌을 받아본 적이 없었다. 우리 둘의 만남은 단순히 약을 처방하고 처방받는 관계에 머물렀지만 그녀나 나는 아쉬울 게 없었다. 그녀 입장에서는 고액의 진료비를 내는 나와의 상담이 몇 분을 넘기지 않아 좋았고, 내 입장에서는 그녀가 군말하지 않고 내가 요구하는 대로 온갖 쓰레기 같은 약들을 처방해주니 좋았다.

"안녕하세요."

슈나벨 박사가 TV 프로그램에서 보이는 매력적인 미소를 지으며 진료실로 들어섰다. 가슴이 깊게 파인 셔츠 위에 몸에 꼭 끼는 가죽 재킷을 입고는 단추를 풀어놓은 상태였다. 그녀가 즐겨 입는 옷차림이었다. 그녀를 보며 유행할 조짐이 있는 패션이라 평가하는 사람들도 종종 있긴 있는 모양이었다.

슈나벨 박사를 처음 보는 건 아니었지만 나는 새삼 그녀의 어마어마한 머리숱을 보고 깜짝 놀랐다. 나름 부한 머리를 가라앉힌답시고 파마를 한 듯했다. 영 어색한 파마 때문에 내 눈에는 마치 아직 온기가 남아 있는 비숑프리제의 시체를 머리에 이식해놓은 것처럼 보였다.

그녀가 밀로와 캐롤에게 말하는 품으로 보아 그들의 만남이 처음은 아니라는 확신이 들었다. 그들은 나를 대화에서 제외하고 마치 내 부모처럼 행동하려 들었다. 그들은 내 의사를 묻지도 않고 이미 모든 결정을 내린 상태였다.

한 시간 전까지만 해도 나와 가슴 뭉클한 얘기를 주고받았던 캐롤이 지금은 냉정하고 차가운 사람으로 돌변한 느낌이 들어 여간 불안하지 않을 수 없었다. 그녀의 얼굴에 탐탁하게 생각지 않는 일에 어쩔 수 없이 관여해야만 할 때의 당혹감과 망설임이 드러나 보였다. 상대적으로 밀로는 외견상 결의에 차 있는 것처럼 보였지만, 그의 그런 자신감 있는 모습이 속마음과는 많이 다를 거라 직감했다.

소피아 슈나벨의 애매모호한 설명을 듣는 동안 나는 비로소 정확하게 사태 파악을 할 수 있었다. 그녀에게 최면 치료 같은 건 애초부터 계획에 없었던 것이다. 그녀가 나를 상대로 온갖 검사를 진행하는 진짜 목적은 나를 감금하려는 것이다. 밀로가 내 후견인이 되어 돈 문제에 대한 책임을 회피하려고 수를 꾸미고 있는 것이다. 캘리포니아주에서는 환자가 공공의 안녕을 저해할 만큼 불안정한 상태로 판단될 경우 의사 직권으로 72시간 동안 감금을 요청할 수 있는 법 규정이 있었다.

나를 감금해야 할 환자의 범주로 분류하는 게 그다지 어렵지는 않겠지. 지난 일 년 동안 나는 실제로 몇 차례 위법행위를 저질렀고, 아직 사법 절차가 마무리되지 않은 미제의 사건도 남아 있었다. 게다가 나는 마약 소지 혐의로 기소되었다가 보석으로 풀려난 상태였다. 이런 상황에서 빌리 이야기(밀로가 지금 의사에게 아주 상세하게 들려주고 있었다)는 치명타가 될 것이다. 나는 즉시 환각에 시달리는 정신병자 취급을 받을 게 분명했다. 놀라움은 거기서 끝나지 않았다. 캐롤이 내 셔츠와 테라스 유리창에 묻은 혈흔 얘기를 꺼내는 게 아닌가.

"여기 셔츠에 묻은 피가 당신 피 맞나요, 보이드 씨?"

슈나벨이 나를 보며 물었다.

나는 대답하고 싶지 않았다. 어차피 슈나벨은 나를 믿지 않을 것이다. 그녀의 의견은 이미 확고하게 정리됐을 것이다. 그녀가 감정서를 비서에게 타이핑 시키는 소리가 귀에 들리는 듯했다.

이 환자는 몸을 자해하고 타인에게도 심각한 상해를 가하려 한 적이 있다. 판단력이 심각하게 흐려진 환자는 치료의 필요성을 받아들일 수 없는 입장이다. 이에 환자에 대한 감금 조치가 필요한 것으로 보인다.

"그럼, 몇 가지 검사를 해볼까요?"

아니, 사실 난 검사에 응하고 싶지 않았다. 인위적인 최면 상태에 들어가고 싶지 않았다. 약도 먹고 싶지 않았다. 더 이상의 불편한 대화를 피하기 위해 나는 자리에서 일어났다.

나는 조그만 불꽃과 꽃문양으로 장식된 〈법의 바퀴〉 조각상을 앞에 세워 놓은 반투명 유리 칸막이 벽을 따라 몇 발짝 걸었다. 1미터 높이의 〈법의 바퀴〉에서 고통에서 벗어나는 길을 일러주는 여덟 개의 살이 뻗어 나오고 있었다. 다르마의 바퀴는 그렇게 계속 도는 것이다. '정해진 것'을 향해 계속 나아가라, '올바른 행동'에 도달할 때까지 길을 모색하라.

나는 별안간 이치를 깨달은 사람처럼 조각상을 들어 올려 통유리 창을 향해 힘껏 집어 던졌다. 유리창이 산산조각으로 부서졌다.

캐롤이 지른 비명 소리가 기억난다.

바람에 펄럭이던 반들반들한 커튼들이 기억난다.

돌풍이 밀려들던 큰 구멍이 기억난다.

종이들이 날리고 화병이 쓰러졌던 게 기억난다.

하늘의 부름이 기억난다.

도약하지 않고 허공으로 나를 떨어뜨렸던 기억이 난다.

그렇게 내던져진 내 몸이 기억난다.

맥아더파크 소녀의 슬픔이 기억난다.

13. 도망자들

많은 사람들이 나한테 언제가 되면 현실의 사람들을 데리고 영화를 만들 거냐고 물어온다.
대체 현실이란 무엇인가?
_팀 버튼

"참 오래도 걸리네요!"

투덜투덜하는 목소리가 들려왔다.

그런데, 분명 천사의 목소리는 아니고, 성 피에르의 목소리는 더더욱
아니었다.

바로 빌리 도넬리의 목소리!

클리닉 주차장

정오

나는 몸에 커튼을 휘감은 채로 두 층 아래로 추락해 소피아 슈나벨의
진료실 창문 바로 아래에 주차되어 있던 다 찌그러진 닷지 자동차 지붕
위로 떨어졌다. 갈비뼈가 함몰되고, 무릎과 경부, 발목에 통증이 느껴
졌지만 죽지는 않았다.

"재촉하긴 싫지만 지금 당장 여길 뜨지 않으면 저 사람들이 당신에게

강제로 환자복을 입히려 달려들 거예요."

마음이 다급해진 빌리가 말했다. 그녀는 이번에도 오로르의 옷장에 있던 흰색 탱크톱과 물 빠진 블루진, 은빛 레이스가 달린 몸에 착 달라붙는 재킷을 마치 제 옷처럼 걸치고 있었다.

"설마 그 고물차 지붕 위에서 크리스마스를 맞을 생각은 아니겠죠?"

그녀가 '부가티'라는 글자가 박힌 고리에 매달린 열쇠 꾸러미를 흔들어 보였다.

"밀로의 차 열쇠에 손을 댄 게 당신이었어?"

나는 닷지 자동차에서 뛰어내리며 소리를 질렀다.

"지금 누구한테 고마워해야 할 처지인데 그래요?"

내 몸은 좀 전까지만 해도 몇 군데 경상을 입은 걸 빼면 대체로 멀쩡해 보였는데 착지하는 순간 내 입에서 고통스러운 비명이 터져 나왔다. 발목을 삐어 한 발짝도 걸을 수 없었다.

"저기 있어."

밀로가 주차장으로 쫓아 들어오며 소리쳤다. 럭비선수처럼 체격이 건장하고 생김이 우락부락한 남자 간호사 셋이 밀로의 지시를 받고 나를 추격하기 시작했다.

빌리가 재빨리 부가티 운전석에 앉았고, 나도 곧 뒤따라 들어가 조수석에 앉았다. 그녀가 주차장 출구를 향해 전속력으로 차를 몰고 있는 가운데 자동문이 내려오며 닫히는 모습이 보였다. 그녀는 자신 있게 자갈 바닥으로 드리프트를 하며 차를 몰았다.

"돌아와, 톰!"

캐롤이 번개처럼 지나가는 우리를 보며 간절히 소리쳤다.

거구의 사내 셋이 차 앞을 막아서려 했지만 한눈에 보기에도 잔뜩 신이 난 빌리는 기어를 바꾸며 가속 페달을 세게 밟았다.

"솔직히 다시 만나게 돼 좋다고 고백해야죠."

빌리가 득의만면해하며 소리치는 동안 바리케이드를 부순 부가티는 우리를 태우고 자유를 향해 달려가고 있었다.

14. Who's that girl?

싸워라! 꺼진 불을 다시 살려라.
_딜런 토머스

"자, 이제, 어디로 갈까요?"

양손으로 안전벨트를 꽉 움켜쥐고 있던 내가 물었다.

피코 블러바드로 방향을 꺾어 달리던 부가티는 이제 퍼시픽 코스트 하이웨이를 질주하고 있었다.

운전석에 앉은 빌리는 마치 자신이 아일톤 세나라도 되듯이 급정거, 급가속, 급회전을 반복하며 거칠게 차를 몰았다.

"이 차 완전 로켓 같아요."

빌리는 대답 대신 차에 대한 감탄사를 쏟아놓았다.

나는 이제 막 하늘을 향해 이륙하는 비행기 안에 앉아 있는 듯한 기분이었다. 머리를 좌석 등받이에 꼭 붙이고 앉은 나는 범상치 않은 손놀림으로 기어 변속을 해대는 그녀를 물끄러미 구경하고 있었다. 그녀의 얼굴에는 재밌어 죽겠다는 기색이 역력했다.

"차가 좀 시끄럽죠, 안 그래요?"

"시끄럽다니요? 지금 농담해요? 이 엔진 소리는 모차르트 음악이라고요."

내 말에 빌리가 전혀 반응하지 않자 나는 더럭 짜증이 나 그녀에게 되물었다.

"어디로 가려고요?"

"멕시코."

"멕시코?"

"당신 여행 가방이랑 세면도구는 내가 챙겨 왔어요."

"그게 무슨 소리야? 난 아무 데도 안 가요."

일이 돌아가는 양상에 짜증이 치민 나는 발목을 치료하게 병원이 보이면 내려달라고 했지만 그녀는 끝내 내 말을 무시하며 계속 달렸다.

"차 세워요."

나는 빌리의 팔을 거칠게 잡아채며 요구했다.

"아파요."

"당장 차 세우란 말이야."

빌리가 급히 브레이크를 밟으며 갓길로 차를 몰았다. 옆으로 살짝 미끄러져 나간 부가티가 뿌연 먼지 구름을 일으키며 멈춰 섰다.

"멕시코 어쩌고저쩌고 하는 얘긴 도대체 뭐죠?"

차 밖으로 나온 우리는 도로변 잔디 화단 위에 서서 서로를 향해 언성을 높였다.

"당신은 용기가 없어 못 갈 것 같아 내가 한번 데려다 주려고요."

"아, 그래요? 무슨 뚱딴지 같은 소린지 얘기해줄래요?"

자동차 소음 때문에 나는 고래고래 악을 쓰듯 얘기하게 되었고, 그

바람에 늑골의 통증이 더욱 심해졌다.

"거기서 오로르를 다시 찾아와요."

그녀가 **빽** 소리를 지르는 순간 화물차 한 대가 고막을 찢을 듯한 경적을 울리며 바로 옆을 스쳐 지나갔다.

나는 기가 막혀 그녀를 물끄러미 쳐다보았다.

"난 오로르가 왜 등장해야 하는지 모르겠어요."

오염된 대기는 답답하고 끈적끈적했다. 도로변 철책 너머로 멀리 로스앤젤레스 국제공항의 활주로와 관제탑들이 보였다.

빌리가 차 트렁크를 열더니 〈피플 매거진〉을 꺼내 내 앞으로 내밀었다. 경쟁이라도 하듯 다양한 기사제목들이 잡지의 표지를 차지하고 있었다. 브란젤리나 커플의 결별 위기, 철부지 피트 도허티의 돌출 행동, 포뮬러1 챔피언 라파엘 바로스가 새 연인 오로르 발랑꾸르와 멕시코에서 휴가를 보내는 장면을 찍은 사진들.

자학하는 심정으로 표시된 페이지를 찾아 잡지를 넘기자 두 사람을 찍은 근사한 화보 사진들이 나왔다. 깎아지른 절벽들, 하얀 모래, 터크와즈 빛 바다, 스페인 귀족 청년의 품에 안긴 편안한 모습의 오로르는 눈부시게 아름다웠다.

눈앞이 아찔해왔다. 뒤통수를 제대로 얻어맞은 기분으로 기사를 읽어보려 애썼지만 글자가 도저히 눈에 들어오지 않았다. 기사 첫머리 문장만이 고통스럽게 내 머릿속에 각인되었다.

오로르 : 우리가 만난 지 얼마 되지 않았지만 라파엘이 내가 찾던 그 사람이란 느낌이 와요.

라파엘 : 오로르가 내게 아기를 선물하는 날 우리의 행복은 보다 완벽해질 겁니다.

나는 역겨운 표정으로 쓰레기만도 못한 기사가 실린 잡지를 내던져버리고는 운전석에 앉아 차 문을 닫았다. 시내로 돌아갈 생각으로 차를 돌리자 빌리가 차 앞을 가로막고 선 채 아래위로 팔을 흔들었다.

"이봐요, 날 혼자 내버려두고 가면 안 되죠."

차에 타자마자 빌리는 잠시도 쉴 틈을 주지 않고 따발총처럼 말을 쏘아댔다.

"지금 당신의 마음이 괴롭다는 건 충분히 이해하지만 자기연민은 결코 도움이 안 돼요. 당신은 지금 내 의도를 전혀 이해하지 못하고 있어요."

나는 생각을 차분하게 정리하려 애쓰며 차를 몰았다. 아침부터 벌어진 일을 하나도 빠짐없이 되씹어 생각해보아야 했다.

"어디로 가려고요?"

"우리 집에."

"이제 당신 집은 없어졌어요. 하긴 나 역시 마찬가진가? 내 집도 없어졌으니까."

"변호사를 구해야겠어."

내가 입속말로 중얼거렸다.

"변호사를 만나보고 내 집과 밀로 녀석이 날린 돈을 되찾을 방법을 알아볼 거야."

"그건 불가능해요."

그녀가 고개를 가로 저으며 단호하게 말했다.

"입 닥쳐요. 아가씨가 뭘 안다고 나서. 당신 일이나 신경 써요."

"이건 내 일이기도 해요. 그 망할 파본 때문에, 당신의 잘못 때문에 오도 가도 못하는 신세가 됐으니까."

차가 신호등에 걸리자 나는 호주머니부터 뒤졌다. 나는 진정제 용기가 손에 잡히고 나서야 비로소 안도감을 느꼈다. 갈비뼈가 부러지고, 겹질린 발목은 시큰거리고, 심장은 시퍼렇게 멍이 들었다. 그런 만큼 진정제를 세 알쯤 먹는다고 해서 죄책감을 느낄 필요는 없었다.

"참 손쉬운 방법이네요."

빌리의 말에는 책망과 실망의 의미가 함께 담겨 있었다.

일순간 그녀를 목 졸라 죽이고 싶은 기분이었지만 나는 심호흡을 크게 하며 냉정을 유지했다.

"그렇게 뒷짐 지고 앉아 진정제나 입 안에 털어 넣고 있으면 저절로 여자 친구를 되찾아올 수 있는 거예요?"

"당신은 나와 오로르의 관계에 대해 아무것도 몰라요. 나는 이미 그녀의 마음을 다시 얻기 위해 할 수 있는 걸 다 했어요."

"당신의 방법이 서툴렀거나 타이밍이 나빴을 수도 있어요. 아니면 당신이 여자에 대해 아는 것도 없으면서 다 알고 있다고 착각하는 것일 수도 있죠. 내가 당신에게 도움을……."

"나를 정말로 돕고 싶다면 단 일 분 만이라도 제발 그 입 좀 다물어줘요."

"내가 사라져주면 좋겠어요? 그럼, 다시 글을 써요. 당신이 소설을 빨리 끝낼수록 난 허구의 세계로 빨리 돌아가게 될 테니까."

빌리가 내게 멋지게 한 방 먹였다고 생각하는지 흡족한 표정으로 팔짱을 끼고 앉아 내 반응을 살폈지만 나는 대꾸하지 않았다.

"이것 봐요, 그러지 말고 우리 거래를 하는 게 어때요?"

빌리가 신이 나서 다시 이야기를 시작했다.

"나는 당신이 오로르를 되찾아 오는 걸 돕고, 당신은 날 위해 3부작 소설의 마지막 편을 쓰는 거예요. 내가 다시 책 속으로 돌아갈 수 있는 방법은 그것밖에 없으니까."

황당무계한 제안이라 너무나 어이가 없어 나는 눈꺼풀을 문지르며 대꾸하지 않았다.

"당신 노트북을 챙겨 왔어요. 트렁크 안에 들어있어요."

그런 사소한 정보가 내 마음을 움직이는 데 크게 도움이 되리라 굳게 믿는 듯 그녀가 말꼬리를 덧붙였다.

"그리 쉽게 해결될 문제가 아니란 말이에요. 소설은 쓰려고 마음먹는다고 해서 당장 쉽게 써지지 않아요. 소설은 일종의 연금술이에요. 책을 다 끝내려면 밤낮없이 죽어라 일해도 최소 6개월이 필요해요. 안타깝게도 지금 난 그 일을 할 힘도 남아 있지 않고, 하고 싶은 마음도 없어요."

빌리가 빈정거리며 나를 흉내냈다.

"소설은 쓰려고 마음먹는다고 해서 당장 쉽게 써지지 않아요. 소설은 일종의 연금술이에용……."

잠자코 있던 빌리가 별안간 폭발하듯 감정을 분출했다.

"제발 괴로움을 핑계 삼아 자기 연민에 빠져 허우적거리는 짓 좀 그만둘 수 없어요? 당신 스스로 무기력의 사슬을 끊지 못하면 패배의 구렁텅이에서 영영 벗어날 수 없게 돼요. 하긴 새롭게 용기를 내는 것보다 서서히 자신을 파괴해가는 게 훨씬 쉬운 일이긴 하겠죠."

나는 그녀에게 정곡을 찔렸다.

뭐라 대답하지 않았지만 난 그녀의 말을 모두 듣고 있었다. 그녀의 말은 한군데도 틀린 구석이 없었다. 병원에서 조각상을 유리창으로 집어던지는 순간 내 마음속에서 뭔가 뻥 뚫리는 것 같은 느낌이 들었다. 아주 잠깐일 뿐이었지만 일종의 반발심, 내 삶을 다시 틀어쥐고 싶은 열망이 꿈틀거렸다. 하지만 갑자기 타올랐던 전의는 순식간에 다시 사그라지고 없었다.

"당신이 지금 자신과 혹독한 싸움을 하지 않으면 어떻게 되는지 알아요?"

"그걸 알고 있으면 내게도 좀 알려줘요."

"앞으로 약이든 마약이든 점점 더 양을 늘려야 할 거예요. 그때마다 타락과 자기혐오를 향해 한 발 한 발 더 다가가게 되겠죠. 그러다가 땡전 한 푼 남아 있지 않게 되면 어느 날 아침 차가운 길바닥에서 시체로 발견되겠죠. 팔에 주사기가 꽂힌 만취 상태로."

"생각만 해도 멋진 그림이네요."

"당신이 알아둬야 할 게 한 가지 더 있어요. 지금 변화를 이루지 못한다면 다시는 글을 쓸 수 있는 에너지를 얻기 힘들 거예요."

나는 두 손을 운전대에 얹어놓은 채 멍한 눈으로 도로를 응시했다. 그녀의 말은 대체적으로 옳았다. 하지만 이미 변화를 꾀하기에는 너무 늦은 것인지도 몰랐다. 그동안 나는 내 안의 파괴적인 본능과 투쟁하는 대신 자포자기 심정이 되어 돌이킬 수 없는 지경까지 나를 내몰고 있었다.

빌리가 나에게 따가운 시선을 던졌다.

"당신이 책을 통해 옹호해온 가치들, 가령 불행을 돌파하는 의지, 역전을 이끌어내는 투지, 고꾸라져도 다시 일어나 재도약하는 승부근성 따위는 글로 표현하기는 쉬울지 몰라도 실천하기는 대단히 어려운 문제죠."

그동안 쌓인 피로와 두려움, 북받쳐 오르는 감정 때문인지 그녀의 목소리가 갑자기 몹시 갈라졌다. 나로서는 미처 예기치 못한 일이었다.

"난 뭐죠? 나 따위는 안중에도 없어요? 일이 이렇게 되는 바람에 난 모든 걸 잃었어요. 가족, 직장, 등 붙이고 누울 수 있는 집도 없이 세상에 내던져졌어요. 나를 도와줄 수 있는 사람이라고는 당신이 유일한데 자기 연민의 늪에 빠져 허우적대고나 있고."

빌리가 느끼는 고통이 내게도 전해져오는 듯했다. 나는 당황스러운 마음에 고개를 돌려 그녀를 쳐다보았다. 마땅히 대꾸할 말이 떠오르지 않았다. 그녀의 얼굴은 빛으로 둘러싸였고, 그녀의 눈 속에서는 다이아몬드 가루가 반짝이고 있었다.

그 순간, 나는 백미러를 슬쩍 돌아본 다음 힘껏 가속페달을 밟았다. 길게 늘어선 자동차 행렬을 추월해 쏜살같이 질주한 부가티는 방향을 틀어 남쪽을 향해 달리기 시작했다.

"어디로 가는 거예요?"

빌리가 눈에 맺힌 눈물을 닦으며 물었다.

"멕시코. 내 인생을 되찾고, 당신 인생을 바꿔야지."

15. 협약

눈속임도, 특수효과도 없다.
종이 위에 던져진 글자들이 그것을 탄생시켰고,
종이 위의 글자들만이 우리를 그것으로부터 자유롭게 만들 것이다.
_스티븐 킹

우리는 토랜스 비치를 조금 지나 한 주유소 앞에 차를 세웠다. 정말
이지 부가티는 로켓 엔진으로 만든 듯 연료를 엄청나게 소비했다.

퍼시픽 코스트 하이웨이

LA 사우스 베이

오후 2시

주유를 기다리느라 서 있는 차량 행렬을 보고 나는 오래도록 기다리
고 서 있으니 차라리 내 손으로 직접 무인 주유기에서 기름을 넣어야겠
다고 생각했다. 차에서 내리던 나는 거의 비명을 지를 뻔했다. 통증이
점점 심해지면서 발목이 탱탱 부어오르기 시작한 것이다. 나는 카드를
집어넣은 다음, 집 주소에 해당하는 우편번호를 입력했다. 그리고…….

이 카드로는 주유가 불가능합니다.

주유기 스크린 위로 디지털 활자로 된 메시지가 지나갔다. 단말기에

꽂혀 있던 내 플래티넘카드를 뽑아 셔츠 소매에 대고 쓱쓱 문지른 다음 다시 한번 결제를 시도했지만 이번에도 실패였다.

빌어먹을……

지갑을 뒤졌지만 나온 돈이라곤 달랑 20달러짜리 지폐 한 장이 전부였다. 신경질이 난 나는 조수석 창문 쪽으로 몸을 숙이면서 투덜거렸다.

"카드가 안 돼요."

"흠, 당연한 거 아닌가요? 요술 카드도 아니고, 계좌에 땡전 한 푼 남아 있지 않잖아요."

"혹시 수중에 돈 좀 있어요?"

"내가 돈을 어디에 감췄을 것 같아요?"

빌리가 차분히 응수했다.

"알몸으로 당신 집 테라스에 떨어진 사람이 돈이 어디 있겠어요?"

나는 구시렁거리며 절뚝절뚝 주유소 상점 안 계산대를 향해 걸어갔다.

상점 안은 사람들로 붐볐다. 스탄 게츠와 주앙 질베르토의 마법 같은 앙상블이 빚어내는 〈더 걸 프롬 이파네마(The Girl From Ipanema)〉가 흘러나오고 있었다. 40년도 넘게 엘리베이터 안, 슈퍼마켓, 주유소 같은 데서 이 명곡을 쉴 새 없이 틀어 보사노바의 걸작을 훼손시키는 게 못내 안타까웠다.

"차 멋지네."

계산대 줄에 서 있던 누군가가 휘파람을 불었다.

주유소 직원과 손님 여럿이 호기심 어린 눈으로 창밖의 부가티를 내다보기 시작했고, 사람들이 금세 차 주변으로 모여들었다. 내가 계산대에 있는 사람에게 신용카드가 되지 않더라고 하자 진지한 얼굴로 내 사정을 들어주었다.

당장 휘발유 10리터를 주유할 돈이 없어 그렇지 내 얼굴이 꽤나 호남형이긴 하지. 게다가 200만 달러짜리 자동차까지 몰고 나타났으니…….

차 주변에 몰려선 사람들의 질문이 빗발쳤지만 나는 한마디도 대답할 수 없었다.

차를 주문할 때 30만 달러를 선금으로 낸다는데 정말이에요?

시속 400킬로미터까지 주행속도를 높이려면 비밀 키를 작동시켜야한다던데 사실이에요?

기어 박스 하나만 해도 15만 달러나 나간다는 게 정말이에요?

막 계산을 끝낸 손님(머리가 희끗희끗하고 마오 칼라가 달린 흰색 셔츠를 입은 50대의 점잖은 중년 신사)이 농담조로 내가 차고 있는 손목시계를 살 테니 그 돈으로 기름을 넣으면 어떻겠는지를 물었다. 그러자 경매 아닌 경매가 시작되면서 사람들이 진지하게 가격을 부르기 시작했다. 주유소 직원 하나가 100달러, 뒤이어 150달러를 부르자 주유소 매니저가 200달러까지 높여 불렀다.

밀로한테 선물로 받은 것으로 심플한 메탈 케이스, 화이트와 블랙으로 이루어진 눈금판, 검정색의 악어가죽 시곗줄이 어우러진 깔끔한 디자인 때문에 나 역시 좋아하는 시계이긴 했다. 하지만 나는 자동차만큼 시계에도 문외한이었다. 시계는 그저 시간만 알려주면 된다고 생각하는 사람이니까.

줄을 서 있던 사람들이 너도나도 재미삼아 경매에 참여하면서 입찰가는 순식간에 350달러까지 올라갔다. 그때 마오 칼라 셔츠를 입은 중년 신사가 기다렸다는 듯이 지갑에서 두툼한 지폐 다발을 꺼냈다. 그런 다음 100달러짜리 지폐 10장을 세어 계산대에 올려놓았다.

"당장 거래를 성사시키는 조건으로 일천 달러를 낼 용의가 있소."

그의 목소리에는 다소 비장감이 서려 있었다.

나는 선뜻 결정을 내리지 못했다. 그 몇 분 사이, 나는 지난 2년 동안 본 것보다 더 여러 번 시계를 들여다보았다. 발음도 불가능해 보이는 시계 브랜드 'IWC 샤프하우젠'은 나에게 별다른 의미가 없었고, 나는 평소 명품에 능통한 사람도 아니었다. 도로시 파커의 작품이라면 몇 페이지든 암송할 수 있어도, 시계 브랜드라면 두 개 이상 열거할 수 없는 사람이 바로 나였으니까.

"거래가 성사됐습니다."

시계를 팔아 일천 달러를 챙긴 나는 계산대에서 기름 값 200달러를 선불로 냈다. 나는 밖으로 나오다 말고 계산대로 다시 돌아가 혹시 다친 발목에 감을 수 있는 붕대 같은 건 없냐고 물었다. 나는 흡족한 거래를 했다는 생각에 뿌듯한 마음으로 차로 돌아와 주유구에 호스를 꽂았다. 시계를 산 남자가 나를 향해 손짓을 보내며 자신의 벤츠 쿠페를 타고 주유소를 유유히 빠져 나가는 모습이 보였다.

"어떻게 했어요?"

빌리가 차창을 내리며 물었다.

"어쨌든 당신 덕을 본 건 없어요."

"돈이 어디서 났는지 얘기 좀 해봐요."

"편법을 좀 썼지."

나는 주유기 스크린에 나타나는 숫자들을 쳐다보며 어깨에 잔뜩 힘을 주었다. 내가 어지간히 궁금증을 부채질했는지 빌리가 채근하듯 또 물었다.

"어떤 방법을 썼는데요?"

"손목시계를 팔았어요."

"그 포르투기즈 말이에요?"

"포르투기즈?"

"당신 시계가 바로 IWC '포르투기즈' 모델이잖아요."

"난 몰랐는데 가르쳐줘서 고맙네."

"얼마를 받았는데요?"

"일천 달러. 이 돈이면 멕시코까지 가는 기름 값은 충분할 거요. 길을 떠나기 전에 당신한테 점심도 사줄 수 있을 테고."

그녀가 어깨를 으쓱 추어올렸다.

"에이, 그러지 말고 솔직하게 말해봐요."

"솔직하게 얘기한 거예요. 일천 달러 받았어요."

나는 주유 호스를 다시 주유기에 꽂으며 대답했다.

빌리가 갑자기 손으로 머리를 감싸 쥐었다.

"최소한 4만 달러는 넘게 받을 수 있는 시계를 고작 일천 달러를 받고 팔았단 말이에요?"

당장은 그녀가 그저 농담을 한다고 생각했다.

시계 하나가 그렇게 비쌀 리 없지. 그런데 그녀가 계속 죽상을 짓는 걸 보고는 내가 제대로 속았다는 사실을 깨닫지 않을 수 없었다.

30분 후

헌팅턴 비치를 지난 도로변 패스트푸드점

나는 화장실에서 물수건으로 얼굴을 닦고 발목에 붕대를 감은 다음
테이블에 앉아 있는 빌리에게로 돌아왔다. 그녀는 스툴에 올라 앉아 엄
청나게 큰 바나나 스플릿을 숟갈로 떠먹고 있었다.

치즈버거 두 개에 프렌치프라이까지 어지간히 많이 먹었는데, 저게
또 들어간단 말이야? 저렇게 먹으면서 어떻게 날씬한 몸매를 유지할 수
있을까?

"음, 맛있어. 좀 드실래요?"

빌리가 입 안 가득 아이스크림을 물고 말했다.

나는 사양하고 나서 그녀의 코끝에 묻은 휘핑크림을 냅킨으로 닦아
주었다. 그녀가 씩 웃으며 커다란 지도를 펼치더니 원정 루트를 상세히
일러주기 시작했다.

"자, 아주 간단해요. 잡지에 나온 대로라면 오로르와 그녀의 남자 친
구는 이번 주말까지 카보산루카스의 고급 호텔에서 휴가를 보내기로
되어 있어요."

빌리는 몸을 숙이면서 펠트펜으로 바하칼리포르니아수르주 최남단
에 작은 십자 표시를 했다. 그곳은 파도가 높아 서핑을 즐기기에는 최
적지라는 말을 들은 적이 있었다.

"바로 옆 동네도 아닌데 비행기를 타는 게 낫지 않겠어요?"

내가 커피를 한 잔 더 따르며 묻자 그녀가 나를 향해 눈을 흘겼다.

"비행기를 타려면 돈이 많이 있어야 하는데, 그 돈을 대려고 달랑 하
나 남은 물건을 처분하면 안 되겠죠."

"차를 팔 수 있을지도 몰라요."

"싱거운 소리 그만하고 집중 좀 해봐요. 나 역시 여권이 없다는 걸 잘

알면서."

빌리가 지도 위에 손가락을 올려놓고 가상 이동 루트를 그려 보였다.

"여기서 샌디에이고까지 200킬로미터 좀 넘게 남았어요. 될 수 있으면 돈을 아껴야 하니까 웬만하면 고속도로나 톨게이트는 피하는 게 좋겠어요. 내가 운전하면 4시간 안에 멕시코 국경까지 도착할 수 있는데……."

"내가 당신한테 운전대를 맡길 것 같아요?"

"내가 당신보다는 좀 나을 것 같아요. 당신은 자동차하고 그리 친하지 않잖아요. 당신은 기계보다는 머리 쓰는 쪽에 소질이 있는 사람이 맞잖아요. 더구나 당신은 발목을……."

"흠……."

"혹시 화났어요? 설마 나한테 운전대를 맡기는 게 싫어 그런 건 아니죠? 유치한 마초 단계는 벗어난 줄 알았는데."

"알았으니까, 이제 그만 해요. 일단 샌디에이고까지만 당신이 운전하는 걸로 하고, 갈 길이 머니까 그 다음은 교대로 해요."

이 역할 분담이 마음에 들었는지 그녀가 계속해서 이동 계획을 설명했다.

"순조롭게 이동한다면 저녁에 티후아나에서 국경을 넘을 수 있을 거예요. 국경을 지나게 되면 내친 김에 쉴 만한 모텔이 나올 때까지 줄곧 달려야 할 거예요."

쉴 만한 모텔이라? 우리가 마치 여행길에라도 오른 사람들처럼.

"모텔에서 쉰 다음, 새벽 일찍 일어나 출발해야겠죠. 카보산루카스가 티후아나에서 1,200킬로미터 거리니까, 저녁 때쯤 당신의 여인이 묵고 있는 호텔에 도착할 수 있을 거예요."

말로는 아주 간단하고 쉬워 보였다.

호주머니에 들어 있던 내 휴대폰이 부르르 떨었다. 전화를 걸 수는 없어도 받을 수는 있었다. 밀로의 번호가 찍혀 있었다. 그가 벌써 한 시간째 10분 간격으로 메시지를 남기고 있었지만 나는 보지도 않고 받는 즉시 지워 버렸다.

"그럼, 그렇게 하기로 합의한 거예요. 난 당신이 애인하고 화해할 수 있게 도와줄 거예요. 그 대신 당신은 마지막 권을 집필하는 거예요."

그녀가 합의 내용을 요약해 말했다.

"당신은 도대체 무슨 근거로 내가 오로르와 다시 시작할 수 있다고 믿는 거죠? 그녀는 지금 포뮬러1 챔피언과 한창 열애 중이라는 걸 몰라요?"

"그 문제는 내가 알아서 할게요. 당신은 소설 집필에만 전념하면 돼요. 나와 관련된 계약 내용을 반드시 지키면서 써야 할 거예요."

"당신과 관련된 계약 내용이라니요?"

빌리는 숙제를 시작하기 전에 골똘히 생각에 잠긴 어린아이처럼 펠트 펜을 잘근잘근 씹었다.

"첫 번째."

그녀가 냅킨 위에 큼지막하게 '1)'이라고 쓰면서 이야기를 시작했다.

"앞으로 당신 소설 속에서 날 희생양으로 삼지 말아요. 당신은 한심한 남자들을 내 침대로 끌어들이는 게 그리도 재미 있어요? 자기 부인에 대한 신비감이 사라졌다고 생각하는 유부남들, 나를 부인 대신 하룻밤 쾌감의 상대로 여기는 남자들을 등장시키는 게 그렇게 신나요? 당신 소설을 좋아하는 독자들이야 내 불행을 보며 즐거워할지 몰라도 당사자인 나는 정말 힘들고 괴롭다는 걸 알아줬으면 해요."

빌리의 느닷없는 넋두리를 듣고 있자니 나는 할 말이 없었다. 내가 소설 속에서 빌리를 무자비하게 다룬 건 사실이었다. 하지만 그건 소설 속 이야기일 뿐이었다. 빌리는 어차피 허구의 인물이었다. 나와 독자의 상상 속에서만 존재하는 인물, 즉 실체 없는 관념의 산물일 뿐이었다. 종이에 인쇄된 몇 줄의 글이 물질적 존재의 전부인 여주인공. 그런데 지금 피조물이 창조자에게 반기를 들고 있는 것이 아닌가.

"그 다음……."

빌리가 종이 냅킨 위에 '2)'라고 쓰고는 얘기를 계속했다.

"난 이제 가난에 쪼들려 사는 게 지긋지긋해요. 내가 하는 일이 보람되긴 하지만 암 병동에서 고통 받으며 죽어가는 사람들에게 둘러싸여 지내는 건 정말이지 우울하죠. 난 스펀지처럼 환자들의 고통을 빨아들이며 살고 있어요. 게다가 학자금 대출을 받느라 빚까지 졌어요. 간호사가 수시로 금덩어리를 받는 직업은 아니죠."

"내가 어떻게 해주면 좋겠어요?"

"소아과 병동으로 근무처를 옮기고 싶어요. 죽음보다는 새로운 생명을 접하고 싶어요. 벌써 2년째 부탁해오고 있지만 심보가 고약한 코르넬리아 스키너가 번번이 거절하고 있죠. 암 병동에 사람이 모자란다면서. 그리고 또……."

"그리고 또 뭐죠?"

"가외 수입이 생기면 형편이 지금보다 나아질 테니까 조금이나마 유산을 물려받는다는 설정도 나쁘지는 않을 텐데……."

"떡줄 사람은 생각도 않는데 갈수록 점입가경이네."

"당신은 손해 볼 거 없잖아요? 당신 입장에서는 식은 죽 먹기일 것 같은데……. 그냥 한 줄 써넣어주면 되잖아요. 내가 아예 내용까지 써줄까요? '빌리가 상속자로 지정되어 먼 친척 아저씨로부터 50만 달러를 상속받게 되었다.' 뭐 그 정도면 충분하지 않겠어요?"

"그러니까 당신 말인즉슨 친척 아저씨 중에서 한 사람쯤 죽어도 괜찮다는 거예요?"

"아, 그럼 가까운 아저씨 말고 내가 한 번도 본 적 없는 분, 가령 증조할아버지의 형제쯤으로 해두면 되잖아요. 영화에 나오는 것처럼 말이에요."

"자, 그럼 이것으로 산타 할아버지한테 보내는 선물 리스트는 끝이에요. 그럼 슬슬 다시 떠나봅시다."

"아직 한 가지 더 있어요."

빌리의 어조가 한결 부드러워졌다.

"제일 중요한 건데……."

빌리가 냅킨 끄트머리에 '3)' 이라고 쓴 다음 이름을 하나 적었다.

잭

"잘 들어요. 난 잭이 현재 부인과 관계를 완전히 정리하고 나한테 왔으면 좋겠어요."

빌리의 목소리가 심각해 보였다. 잭은 그녀의 애인이었다. 어린애가 둘 딸린 유부남으로 자기밖에 모르는 이기주의자이긴 해도 얼굴 하나는 정말 잘 생긴 날건달이었다. 그녀는 2년째 잭과 파멸에 이르는 치정 관계를 유지해오고 있었다. 잭은 질투심과 독점욕이 강하고 나르시시즘에 빠진 변태 성욕자로 그녀를 손아귀에 넣고 떡 주무르듯 주물렀다. 그녀를 기분에 따라 품에 안았다 버려도 되는 정부 취급을 하며 무시하고 모욕하고, 때로는 거짓 사랑의 맹세로 그녀를 현혹시켰다.

나는 분통이 터져 고개를 저었다.

"잭은 머리가 달릴 자리에 불알이 달린 작자일 뿐이에요."

미처 피할 겨를도 없이 빌리의 손이 번개처럼 날아와 내 **뺨**을 후려쳤다. 나는 그 바람에 스툴에서 떨어지며 나뒹굴었다.

식당 안에 있던 손님들이 모두 내 반응을 살피며 우리에게 시선을 집중시켰다.

대체 이 여자는 왜 그 한심한 놈을 감싸려 드는 거야?

내 머릿속 분노의 목소리가 울화를 터뜨리며 물었다.

그놈을 사랑하니까! 당연한 걸 왜 물어?

내 양심의 목소리가 대답했다.

"당신이 내 애정 문제까지 이래라저래라 할 수는 없어요. 내가 당신의 애정관계에 대해 가치 판단을 내리지 않는 것처럼 말이죠."

빌리가 나를 노려보며 말했다.

"나는 당신이 오로르와 재결합할 수 있게 도와주고, 당신은 내가 매일 아침 잭의 품에서 눈을 뜰 수 있게 소설을 쓰는 거예요. 이제 거래에 합의한 거예요?"

빌리는 냅킨에 작성한 임시 계약서에 서명하고 나서 사각형 종이를 조심스럽게 찢어 내 앞에 펜과 함께 내밀었다.

"거래에 합의했어요."

나는 아직도 얼얼한 **뺨**을 문지르며 대답했다.

나는 계약서에 서명한 다음 테이블 위에 팁을 몇 달러 남기고 패스트 푸드점을 나왔다.

"오늘, **빰** 맞은 것에 대해서는 언젠가 반드시 갚아줄 날이 있을 거요."

나는 그녀를 노려보며 다짐하듯 말했다.

"그거야 두고 볼 일이겠죠."

빌리는 태연하게 웃으며 운전석에 앉았다.

16. 속도 제한

여기서 반 시간 거리야. 10분 후면 도착해.
_쿠엔틴 타란티노 감독의 〈펄프 픽션〉 중에서

"속도를 너무 내고 있어요."

우리는 벌써 3시간째 차를 몰고 있었다.

일백 킬로미터 정도 해안을 따라 뉴포트 비치, 라구나 비치, 산 클레멘테를 지나 달리다가 정체가 심한 해안 도로 대신 오션사이드 다음에서 캘리포니아주 고속도로 78번을 타고 에스콘디도를 거쳐 가는 지름길을 택했다.

"속도를 너무 낸다니까."

빌리가 아무런 반응이 없어 나는 똑같은 말을 되풀이했다.

"말도 안 되는 소리 말아요. 이제 겨우 백이십이잖아요."

"이 길은 구십이 제한속도란 말이에요."

"그래서요? 이 물건이 있는데 뭐가 걱정이에요?"

빌리가 차에 설치된 과속 감시 레이더 감지장치를 가리키며 흐뭇한 표정을 지었다.

내가 핀잔을 주려고 입을 여는 찰나 계기판에 깜박깜박 불이 들어왔다. 엔진에서 심하게 덜커덩거리는 소리가 나더니 차는 몇 미터쯤 가다 아예 멈춰서 버렸다. 나는 가뜩이나 울화가 끓어오르던 차여서 이때다 싶어 그녀에게 비난을 퍼부어댔다.

"오로르와 재결합을 하네 마네 할 때부터 말도 안 되는 소리라 생각했어. 어차피 멕시코까지 가지도 못할 거야. 돈도 없고, 지략도 없고, 이젠 설상가상 차까지 고장 났잖아."

"너무 그렇게 흥분하지 말아요. 문제가 뭔지 알아보지도 않고 뭘 그리 징징 대고 그래요. 내가 차를 고쳐볼 테니까 잠자코 기다려봐요."

빌리가 차 문을 열고 밖으로 내렸다.

"당신이 이 차를 고쳐요? 무슨 수로? 부가티를 무슨 자전거쯤으로 알아요?"

빌리가 전혀 당황하지 않고 보닛을 들어 올리더니 무슨 꿍꿍이속인지 여기저기 손을 대기 시작했다. 뒤따라 차에서 내린 나는 그녀에게 온갖 질책을 쏟아부었다.

"전자 장치가 많아 구조가 복잡한 차란 말이에요. 이런 차들은 아무리 사소한 결함을 찾아내더라도 엔지니어들이 열댓 명쯤 달라붙어야 해요. 이런 문제들 지긋지긋해서 더는 못 하겠어. 난 여기서 차를 얻어 타고 말리부까지 가겠어요."

"어쨌든 고장 핑계를 대고 나와 어떻게 해볼 생각이었다면 당장 포기하는 게 좋을 거예요. 이미 물 건너간 일이니까."

빌리가 보닛을 닫으며 말했다.

"차를 고쳤어요?"

"그러니까 하는 소리죠."

"지금 사람 놀려요?"

빌리가 시동을 걸자 엔진이 부르릉 부르릉 소리를 내며 당장이라도 앞으로 내달릴 것처럼 위용을 과시했다.

"그리 큰 문제가 아니었어요. 라디에이터의 전원이 끊기니까 4번째 터보 컴프레서의 작동이 자동 중단된 거죠. 그 바람에 중앙 유압 시스템의 경보등에 불이 들어왔던 거예요."

"그 정도면 진짜 별일 아니었네."

말은 그렇게 했지만 나는 놀라 자빠질 지경이었다.

다시 차에 올라 길을 떠나면서 나는 궁금증을 견디지 못하고 물었다.

"차에 대해서는 어디서 배웠어요?"

"다 알고 있으면서 뭘 시치미를 떼고 그래요."

나는 잠시 내 소설 속 인물 정보를 머릿속으로 한참 동안 떠올려보고 나서야 비로소 해답을 찾을 수 있었다.

"당신 남자 형제 둘?"

"맞아요. 당신이 정비공으로 만들어 놓은 우리 오빠들의 열정을 조금 물려받았을 뿐이죠."

"속도를 너무 내잖아요!"

"아휴 이제 그만! 또 그 소리!"

20분 뒤

"한 가지 더 말하겠는데 앞으로는 미친 듯이 무작정 차선을 바꾸지 말고 반드시 깜빡이부터 넣고 진입하기예요."

빌리가 나를 보며 장난스럽게 혀를 쏙 내밀었다.

우리는 막 란초 산타페를 지나 15번 국도로 진입하기 직전이었다. 대기는 후텁지근했고, 오후 끝자락의 햇살이 나무들을 물들이면서 좌우로 늘어선 황토색 언덕들에 선명한 빛을 더해주고 있었다. 여기서부터 멕시코 국경은 그리 멀지 않았다.

"한마디만 더 하죠. 사람 고문하는 것도 아니고 몇 시간째 왕왕거리는 음악 좀 꺼줄 수 없어요?"

내가 카 라디오를 가리키며 말했다.

"언어를 제대로 순화시켜 사용하는 분이시네요. 작가 티가 팍팍 나잖아."

"정말 궁금해서 그러는데 리믹스의 리믹스, 형편없는 힙합, 어딘가 모르게 복제한 듯한 R&B 여가수들의 노래 따위는 대체 왜 듣는 거죠?"

"꼭 우리 아빠처럼 말씀하시네."

"그리고 이 쓰레기들은 다 뭐예요?"

빌리가 어이없다는 듯 시선을 하늘로 돌렸다.

"쓰레기라니? 〈블랙 아이드 피스(The Black Eyed Peas)〉라는 그룹이죠."

"제대로 된 음악을 들을 때가 있긴 해요?"

"당신이 보기에 '제대로 된 음악'은 뭐죠?"

"요한 세바스찬 바흐, 롤링 스톤즈, 마일즈 데이비스, 밥 딜런……."

"기회가 되면 들어보죠, 영감님."

빌리가 라디오를 끄며 이죽거렸다.

3분 동안 입을 꾹 닫고 있던(이 정도면 그녀 입장에서 많이 참았다)

빌리가 다시 말을 걸어왔다.

"몇 살이에요?"

"서른여섯."

나는 미간을 찌푸렸다.

"저보다 열 살이나 많네요."

"그래서 뭐 어쨌다는 거요?"

"어쩌긴, 그냥."

빌리가 휘파람을 불었다.

"혹시 세대 차이가 난다는 둥 쓸데없는 말을 할 생각이라면 아예 꺼내지도 말아요, 우리 아가씨!"

"'우리 아가씨'라고 하는 게 어쩜 우리 할아버지랑 똑같냐."

나는 다시 라디오를 켜고 재즈 채널을 찾기 시작했다.

"자기가 태어나기도 전에 작곡된 음악만 듣는 건 아무래도 좀 이상하지 않아요?"

"그럼 당신이 좋아하는 애인 잭은 어쩌고? 가만 있자 잭이 몇 살이더라?"

"마흔둘. 하지만 당신만큼 쉰세대는 아니거든요."

"말도 안 돼. 아침에 샤워할 때마다 욕실에서 거울을 들여다보며 드라이기를 마이크 삼아 〈마이 웨이〉를 흥얼거리며 프랭크 시나트라 흉내를 내는 사람인줄 모르나보네."

빌리가 눈이 휘둥그레져 나를 쳐다보았다.

"뭘 그렇게 놀라요? 이런 게 바로 작가의 특권인데. 나는 당신들이 가장 감추고 싶은 비밀까지 속속들이 알고 있어요. 아니, 정말 농담이 아니라 대체 잭이 어디가 그렇게 좋아요?"

빌리가 어깨를 으쓱 추어올렸다.

"잭을 죽도록 사랑해요. 그 이유를 설명할 수는 없어요."

"그래도 이유가 뭔지 생각해봐요."

빌리의 태도가 진지해졌다.

"잭을 처음 본 순간부터 우리 사이에는 뭔가 특별한 느낌이 있었어요. 어떤 확신, 일종의 본능적 끌림 같은 것이었죠. 서로 이 사람이다, 알아본 거죠. 오래전부터 함께였던 사람들처럼."

막 지껄이네. 하나같이 진부한 얘기들. 어쩌겠어, 불행하게도 다 내 탓인 걸.

"그렇지만 잭은 당신을 아주 우습게 여기잖아요. 둘이 처음 만났을 때는 의도적으로 결혼반지를 빼지 않나, 만난 지 6개월이 넘어서야 유부남이란 사실을 밝히지 않나!"

나쁜 기억을 상기시키자 그녀의 얼굴이 창백해졌다.

"우리끼리 얘기지만 잭은 단 한 번도 부인과 관계를 정리하겠다고 마음먹은 적이 없어요."

"그래요, 당신이 바로 그 부분을 바꿔주었으면 하는 거예요."

"잭한테 갖은 모욕을 당하면서, 한바탕 시원하게 욕을 퍼붓기는커녕 신처럼 떠받들고 사는 당신이란 여자는 정말!"

빌리는 내 말에 일언반구 대꾸도 하지 않은 채 운전대만 잡고 있었다. 그 바람에 차는 다시 속력을 올리며 앞으로 질주했다.

"지난겨울에 일어난 끔찍한 일, 기억해요? 잭이 당신한테 철석같이 약속했죠. 이번에는 꼭 둘이서 함께 새해 아침을 맞이하자고. 잭과 함께 새해 아침을 시작하는 게 당신에게 얼마나 소중한 의미인지는 내가 더 잘 알죠. 당신은 그날에 상징적인 의미를 부여하고 있었으니까. 당신은 잭을 기쁘게 하려고 모든 준비를 했어요. 하와이에 예쁘고 아담한 방갈로를 예약하고, 여행 비용도 당신이 일체 부담하기로 했어요. 여행을 하루 앞둔 날, 잭이 도저히 시간을 낼 수 없다고 전화했어요. 다른 때와 똑같은 핑계를 대면서. 부인 때문에, 아이들 때문에. 그 다음은 어떻게 됐는지 굳이 말하지 않아도 기억하죠?"

내가 그녀의 대답을 기다리는 사이, 속도계는 훌쩍 시속 170킬로미터를 넘어서고 있었다.

"속도가 너무 빨라요."

빌리가 핸들에서 한 손을 떼더니, 나를 향해 적의 가득한 눈으로 가운데 손가락을 치켜들었다. 바로 그 순간, 단속 카메라가 오늘 최고로 확실한 건수를 잡으며 플래시를 터뜨렸다.

빌리가 브레이크를 꽉 밟았지만 이미 엎질러진 물이었다.

고전적인 수법이지. 한적한 시골 동네 초입, 인가가 나타나기 최소한 800미터 전쯤 이루어지는 과속 단속.

사이렌 소리와 회전 경보등 불빛.

나무 사이에 숨어 있던 보안관의 포드 크라운 순찰차가 도로로 튀어나왔다. 뒤를 돌아보니 뒤쪽 차창 너머로 우리를 뒤쫓는 경찰차의 경광등 불빛이 보였다.

"속도를 너무 많이 낸다고 당신한테 최소한 열 번은 얘기했을 텐데……."

"당신이 나한테 못되게 굴지만 않았어도……."

"자기 책임을 다른 사람한테 떠넘기는 것만큼 쉬운 게 없긴 하지."

"내친김에 경찰차를 확 따돌려 버릴까요?"

"어리석은 소리 그만하고 차를 갓길에 얌전히 세워요."

나는 깜빡이를 넣고 마지못해 갓길에 차를 세우는 그녀를 계속해서 괴롭히며 잘못을 다그쳤다.

"정말 대책 없는 여자네. 당신은 면허증도 없으면서 절도 차량을 몰았어요. 게다가 샌디에이고 카운티의 과속 단속 역사상 최고 기록으로 달린 게 확실해요."

"알았어요. 그 도덕군자 같은 소리는 들을 만큼 들었으니 제발 그만해요. 이제야 당신 애인이 내뺀 이유를 알겠어요."

나는 눈을 부릅뜨고 그녀를 노려보았다.

"당신은 뭐라 규정할 말이 없는 여자야. 당신 혼자 이집트에 내린 10가지 재앙에 맞먹으니까."

앞으로 벌어질 일을 생각하는데 정신이 팔려 나는 그녀의 대답이 귀에 들어오지 않았다. 보안관은 일단 본부에 지원을 요청할 테고, 우리를 순찰차에 태워 경찰서로 데리고 간 다음 도난당한 차를 찾았다고 차주인 밀로에게 연락할 것이다. 빌리가 신분증도 운전 면허증도 없다는 사실이 확인되면 상황은 더욱 심각하게 꼬이게 될 것이다. 게다가 내가 가석방 상태인 유명 작가라는 사실이 밝혀지면 사태는 걷잡을 수 없이 복잡해질 게 분명했다.

순찰차가 우리 차 몇 미터 뒤에서 멈춰 섰다. 빌리는 차의 시동을 끄고 나서 의자에 앉은 채 어린아이처럼 다리를 심하게 떨었다.

"바보처럼 굴지 말고 핸들에 손 얹고 차분하게 앉아 있어요."

빌리가 가슴을 더 노출한답시고 셔츠 단추를 하나 더 풀고 있는 걸 보고 있자니 나는 더욱 화가 치밀었다.

"지금 보안관을 흥분시킬 작정인 모양인데 당신이 무슨 짓을 저질렀는지 감이 그렇게 없어요? 당신은 제한속도 90킬로미터 구간을 170킬로미터로 달렸어요. 엄청난 과속으로 달리는 범법 행위를 저질렀단 뜻이에요. 즉심에 회부돼 족히 몇 주는 콩밥을 먹어야 할 상황이란 말이에요."

한눈에 봐도 그녀의 얼굴은 파리하게 질려 있었다. 그녀는 추후에 벌어질 일을 상상하며 불안한 눈길로 뒤를 돌아보았다.

보안관은 차에 회전 경광등을 계속 켜둔 채 아직 햇살이 남아 있는데도 우리 차를 향해 전조등을 비추었다.

"무슨 생각일까요?"

빌리가 걱정스레 물었다.

"차 번호판을 데이터베이스에 입력한 다음 조회 결과를 기다리는 거예요."

"멕시코에 도착하려면 아직 멀었죠?"

"그래요. 아직 멀었어요."

나는 잠시 후 다시 쐐기를 박듯 말했다.

"안타깝게도 당신은 잭과 재회할 날이 아직 멀었어요."

한 일분쯤 무거운 침묵이 흐른 다음 보안관이 드디어 세단 순찰차에서 내려서는 모습이 보였다.

백미러를 통해 보안관이 놓칠 염려가 없는 먹잇감을 뒤쫓는 차분한 포식자처럼 우리를 향해 뚜벅뚜벅 걸어오는 모습을 보고 있으려니 느닷없이 기분이 우울해졌다.

자, 이걸로 우리의 모험은 끝이구나.

뱃속이 텅 빈 것 같았다. 갑자기 강한 상실의 느낌, 격렬한 공허감이 엄습해왔다. 지금까지 살아오면서 가장 기이하고 비정상적이고 특이한 하루였다. 채 하루도 안 돼 전 재산을 잃었고, 내 소설에 등장하는 가장 고약한 여주인공이 난데없이 우리 집 거실로 들이닥쳤고, 정신병원에 감금당하기 싫어 창을 깨고 두 층을 뛰어내려 자동차 지붕 위에 떨어졌다. 4만 달러나 되는 시계를 일천 달러에 팔았고, 머리가 휙 돌아갈 정도로 여자에게 세게 따귀를 얻어맞았고, 패스트푸드점 냅킨에 작성한 만화 같은 계약서에 사인을 했다.

그런 일을 한꺼번에 겪었는데도 컨디션은 전보다 훨씬 좋았다. 몸에서 다시 활기와 생동감이 느껴졌다. 나는 이제 곧 영영 이별을 앞둔 사람처럼, 다시는 마주앉아 얘기를 나누지 못할 사람처럼 애틋한 눈길로 빌리를 쳐다보았다. 이제 곧 우리에게 걸려 있던 마법이 풀어질 것처럼…….

그때 나는 처음으로 그녀의 눈에서 안타까움과 고통을 읽었다.

"아까 따귀 때린 거 정말 미안해요. 내가 너무 심했어요."

빌리가 사과했다.

"흠……."

"그리고 시계 말인데 당신이 모르고 한 일인데 너무 몰아붙였어요. 그것도 정말 미안해요."

"괜찮아요. 사과 받아줄게요."

"오로르에 대해서도 그렇게 말하면 안 되는데 내가 너무 오버했어요."

"아, 이제 그만해요. 그렇다고 일일이 호들갑스럽게 사과할 건 없어요."

보안관이 부가티를 사기라도 할 사람처럼 차를 끼고 한 바퀴 돌더니, 기쁨의 순간을 최대한 만끽하려는 듯 번호판을 꼼꼼하게 확인했다.

"그래도 당신과 보낸 시간이 마냥 헛되진 않았어요."

나는 머릿속에 떠오른 생각을 솔직하게 말했다.

소설에 나오는 인물은 역시 현실 세계에서 살 수 없구나, 하는 생각이 퍼뜩 뇌리를 스쳤다. 나는 빌리를 속속들이 알고 있었다. 그녀의 결점, 고통, 순수한 생각, 여린 마음까지. 어찌 보면 그녀가 그런 일을 당하는 건 전적으로 내 책임이었다. 그녀에게 감옥의 고통까지 맛보게 하고 싶지는 않았다.

나와 시선을 맞추려고 애쓰는 그녀의 눈에서 나는 다시 희망을 읽었다. 우린 어느새 한 배를 타고 있었다. 우리는 아직 함께였다.

보안관이 차창을 똑똑 두드리며 창문을 내리라는 신호를 보냈다.

빌리는 얌전히 지시를 따랐다.

'카우보이' 보안관은 제프 브리지스 스타일의 남성미 넘치는 사람이었다. 그을린 얼굴에 애비에이터 선글라스를 착용했고, 작은 버클이 잔뜩 달린 묵직한 황금빛 사슬이 그의 가슴 위로 늘어뜨려져 있었다. 보안관은 젊고 예쁜 아가씨가 올가미에 걸려든 게 흡족한 듯 내 존재는 노골적으로 무시했다.

"헤이, 아가씨."

"네, 보안관님."

"얼마나 빨리 달리고 있었는지 알아요?"

"족히 백칠십은 되었을 거예요, 아닌가요?"

"그렇게 속도를 낼만한 사정이라도 있었나요?"

"너무 바쁜 일이 있어서 그만."

"차가 아주 근사해 보입니다."

"그렇죠? 보안관님이 타고 온 고물차하곤 다르죠. 저런 고물차는 기 껏해야 백이십이나 백삼십을 넘기 어려울 테니까요."

빌리가 보안관의 순찰차를 가리키며 말했다.

보안관의 얼굴이 순식간에 붉으락푸르락 변해갔다. 그가 원칙대로 처리해야겠다는 판단을 내리는 순간이었다.

"면허증하고 자동차 등록증을 보여주시죠."

"잘해보슈."

빌리가 차의 시동을 걸며 차분하게 말했다.

보안관이 한쪽 손으로 허리를 짚으며 경고했다.

"당장 시동을……."

"그 고물차로는 절대 우릴 못 잡을 테니 알아서 하시지."

17. 빌리와 클라이드

조만간 우린 함께 체포되겠지
난 상관없어, 내가 두려운 건 보니 때문이야
저들이 날 죽이는 건 괜찮아
이 보니는, 내가 두려운 건 클라이드 배로우 때문이야

_세르주 갱스부르

"차를 버리고 가야 돼요."

부가티는 유칼리나무들이 늘어선 좁다란 시골길을 전속력으로 질주했다. 보안관은 추격을 포기하는 대신 경찰에 경계령을 내려 협조를 요청했을 게 뻔했다. 재수 없으면 뒤로 자빠져도 코가 깨진다더니 전방 몇 킬로미터에 해병대 캠프가 있어 그 근방은 군사보호 지역이었다. 왠지 조짐이 좋지 않아 보였다.

별안간 하늘에서 묵직한 엔진 소리가 들려오기 시작해 우리는 조마조마하기 짝이 없었다.

"저 헬기 소리, 우릴 뒤쫓는 걸까요?"

빌리가 걱정스럽게 물었다.

창문을 내리고 고개를 빼서 올려다보니 상공에 경찰 헬기가 떠 있었다.

"그런 것 같아요."

심한 과속에, 공권력 모독에, 뺑소니까지. 보안관이 사건을 크게 만들어 제대로 본때를 보일 작정이라면 우리는 정말 막다른 골목에 몰리게 된 것이라 할 수 있었다.

숲길이 나타나자 빌리는 숲 속으로 차를 몰아 후미진 곳에 차를 세웠다.

"이제 국경까지 40킬로미터 정도 남았어요. 샌디에이고에 가면 우선 다른 차를 알아봐요."

빌리가 내 말을 듣더니 짐 가방이 가득 실린 트렁크를 열었다.

"자, 이건 당신 물건이에요. 내가 대충 몇 가지 챙겨 왔어요."

빌리가 딱딱한 재질의 낡은 샘소나이트 가방을 휙 내던지는 바람에 나는 흙바닥에 나동그라질 뻔했다. 그녀가 오로르의 옷장에서 슬쩍한 옷과 신발들로 가득 찬 가방들을 안타깝게 쳐다보기만 할 뿐 선뜻 고르지 못했다.

"대충 골라요. 어차피 밤마다 무도회에 갈 것도 아니잖아요."

나는 그녀에게 선택을 재촉했다.

빌리는 큼지막한 모노그램 백 한 개와 은색 뷰티케이스를 집어 들었다. 내가 가방을 들고 걷기 시작하자 그녀가 내 팔을 잡았다.

"잠깐! 뒷좌석에 당신에게 줄 선물이 있어요."

나는 그녀가 무슨 농간을 부리나 싶어 한쪽 눈썹을 치켜 올리며 슬쩍 차 안을 들여다보았다.

비치 타월에 싸인 물건은 샤갈의 그림이었다.

"당신이 무척이나 애착을 가진 물건 같아서."

나는 감격한 눈으로 그녀를 쳐다보았다. 당장 포옹이라도 해주고 싶은 심정이었다.

뒷좌석에서 몸을 동그랗게 말고 있는 연인들은 드라이브인 극장에서 첫 데이트를 즐기는 대학생들처럼 열정적으로 서로를 껴안고 있었다.

항상 그렇듯 그림을 보고 있으려니 기분이 한결 차분해지며 가슴이 뭉클했다. 연인들은 그렇게 영원한 모습으로 서로에게 닻을 내리고 있었다. 그 둘을 잇는 강한 끈이야말로 내 상처를 어루만져주는 치료제였다.

"당신이 웃는 건 처음 봐요."

나는 그림을 팔에 끼고 빌리와 함께 나무들 사이로 도망쳤다.

우리는 마치 노새처럼 짐을 잔뜩 지고 숨을 헐떡거리고 땀을 비 오듯 쏟으며(솔직히 빌리보다는 주로 내가) 헬기의 추격에서 벗어나기 위해 비탈길을 내달렸다. 아직 헬기가 우리를 발견하지 못한 건 분명했지만 머리 위에서 주기적으로 우르릉거리는 소리가 몹시 위압적으로 느껴졌다.

"젠장맞을! 도저히 안 되겠어요. 도대체 이 가방 안에 뭘 집어넣었어요? 무슨 금고를 나르는 것도 아니고."

내가 숨을 헐떡거리며 투덜댔다.

"당신은 스포츠하고 안 친하니까."

빌리가 뒤를 돌아다보며 말했다.

"요즘 내가 좀 늘어져 있긴 했지만 당신도 나처럼 2층에서 뛰어내렸어 봐요. 그런 고약한 말은 차마 입에 담지도 못할 테니까."

빌리는 양손에 하이힐을 들고 나무와 덤불 사이를 우아하게 빠져나갔다. 마지막으로 가파른 비탈길을 내려가니 드디어 포장도로가 나왔다. 국도는 아니지만 제법 널찍해 양 방향으로 차가 지나다닐 수 있는 길이었다.

"당신이 보기에 어느 쪽으로 가야 할 것 같아요?"

빌리가 내게 물었다.

나는 겨우 안도하는 마음으로 가방을 내려놓은 다음 무릎에 손을 얹고 숨을 골랐다.

"난 전혀 모르겠어요. 내 이마에 구글맵스라고 찍혀 있진 않으니까."

"히치하이크를 해야겠어요."

빌리가 내 말을 싹 무시한 채 자기 생각을 말했다.

"우리처럼 짐이 많은 사람을 누가 태워주겠어요."

"당신이야 태워줄 사람이 없겠죠. 하지만 나는……."

빌리가 길가에 쭈그리고 앉아 가방을 뒤지더니 갈아입을 옷을 꺼냈다. 그녀는 부끄러워하는 기색도 없이 단추를 끄르고 청바지를 벗더니 초미니 팬츠로 갈아입었다. 상의로는 어깨가 넓고 각이 진 연한 청색 발망 쇼트재킷을 걸쳤다.

"10분 안에 우리 두 사람이 차에 타고 있을 테니 두고 봐요."

빌리가 선글라스를 고쳐 쓰고 걸음걸이까지 건들건들하며 자신 있게 말했다.

나는 다시 한번 그녀의 양면성에 기겁했다. 그녀는 불과 일분 전까지만 해도 장난기 많고 순진한 아가씨에 불과했는데 순식간에 도발적인 매력을 과시하는 여자로 변모해 있었다.

"'미스 캠핑 카라바닝'께서 아예 로데오 드라이브 부티크들을 몽땅 털어 오셨네."

나는 그녀를 뒤따라 걸으며 놀리듯이 말했다.

"미스 캠핑 카라바닝이 당신은 아주 밥맛 떨어진다고 전해달라는데요."

몇 분이 흘렀다. 그동안 차가 스무 대 정도나 지나갔지만 단 한 대도 멈춰 서지 않았다. 샌디에귀토 파크에 근접했다는 푯말이 하나 보이더니 잠시 후 5번 국도로 진입이 가능한 분기점이라는 푯말이 나타났다. 그제야 우리는 길은 맞지만 반대 방향으로 걸어가고 있었다는 걸 깨달았다.

"길을 건너서 히치하이크를 해야겠어요."

"기분 상하게 할 뜻은 전혀 없지만 혹시 당신의 유혹 작전이 한계에 봉착한 건 아니겠죠?"

"두고 봐요. 내가 5분 안에 당신이 가죽시트에 편안히 궁둥이를 붙이고 앉을 수 있게 해줄 수 있는지 없는지? 그렇게 의심스러우면 우리 내기라도 할까요?"

"그러시든지."

"돈이 얼마나 남았는데요?"

"700달러 조금 넘게 남았어요."

"시간을 재도 좋아요. 5분이에요. 아, 안 되지. 당신은 시계가 없으니까."

"내가 이기면 당신은 나한테 뭘 줄 건데요?"

빌리는 대답을 회피한 채 진지해졌다가 별안간 체념한 사람처럼 말했다.

"아무래도 당신 그림을 팔아야 할까 봐요."

"말도 안 돼."

"그럼 대체 무슨 돈으로 차를 사고 숙박비를 내죠?"

"아니, 누가 이런 허허벌판에서 그림을 팔아요? 이런 그림은 미술품 경매장에서나 거래하는 거예요. 눈앞에 나타나는 주유소에 들어가 아무렇게나 팔아넘길 물건이 아니란 말이에요."

빌리가 얼굴을 찡그리며 잠시 생각에 잠겼다가 다른 제안을 내놓았다.

"그럼 파는 대신 저당을 잡히는 건 어때요?"

"이 그림은 마르크 샤갈의 진품이에요. 제발 할머니한테 물려받은 반지 정도로 취급하지 말아요."

빌리가 어깨를 으쓱하는 순간 낡은 적갈색 픽업트럭이 속도를 늦추
며 우리 앞을 스쳐 지나갔다. 그런데 우리를 10여 미터 정도 지나쳤던
트럭이 후진을 해 우리 쪽으로 다가오기 시작했다.

"돈 내놔!"

빌리가 깔깔깔 웃었다.

낡은 트럭 안에 타고 있던 멕시코인 남자 둘(아침에 국경을 넘어와 공
원에서 조경 인부로 일하고 저녁이 되면 플라야스 데 로사리토의 집으
로 돌아가는 사람들이었다)이 우리를 샌디에이고까지 태워주겠다고 했
다. 둘 중에서 연장자는 지금보다 서른 살 정도 더 먹고, 체중이 30킬
로그램 정도 더 붙은 영화배우 베니치오 델 토로를 연상시키는 외모였
고, 다른 한 사람은 에스테반이라는 감미로운 이름에 걸맞게 온화한 마
스크의 젊은이였다.

"딱 〈위기의 주부들〉에 나오는 섹시한 정원사처럼 생겼어."

빌리가 젊은 남자가 한눈에 마음에 든다는 듯 신이 나서 야단법석을
떨었다.

"세뇨라, 우스떼드 뿌에데 우싸르 엘 아시엔또, 뻬로 엘 세뇨르 비아
하라 엔 라 까후엘라."

"지금 뭐라는 거죠?"

내가 빌리에게 부정적인 대답을 기대하며 물었다.

"에스테반이 나는 앞자리에 태워줄 수 있지만 당신은 짐칸에 타야 한
대요."

빌리는 나를 골탕 먹이는 게 재밌어 죽겠다는 말투였다.

"아까는 가죽시트에 앉혀준다고 철석같이 약속하더니만……."

나는 투덜거리며 트럭의 적재함으로 올라가 연장과 건초 자루들 사이에 자리를 잡고 앉았다.

아이브 갓 어 블랙 매직 우먼 I've got a Black Magic Woman?

카를로스 산타나가 연주하는 기타 소리가 픽업트럭의 창을 통해 흘러나왔다. 서스펜션이 낙후된 50년대 식 픽업트럭은 요동이 무척이나 심했다. 주행 거리계가 한 바퀴 돌고도, 수십 번이나 더 도장을 했을 게 틀림없는 고물차였다.

나는 짚단 위에 올라앉아 그림에 달라붙는 먼지를 털어내며 '푸른 연인들'에게 말했다.

"정말, 미안한 얘기지만 우린 잠시 헤어져 있어야 할 것 같아."

빌리가 했던 말을 되새기다 보니 문득 떠오르는 생각이 있었다. 작년에 〈베니티 페어〉지에서 크리스마스 특별호에 실을 글을 써달라는 청탁을 받은 적이 있었다. 클래식 문학 작품을 하나 골라 패러디하는(일부에서는 문학을 모독하는 이단 행위라고 펄쩍 뛰겠지만) 것이 〈베니티 페어〉지에서 제시한 집필 가이드라인이었다. 나는 발자크의 단편소설 하나를 현대적인 버전으로 고쳐 쓰게 되었다. 그 단편소설의 주인공인 젊은 상속녀는 재산을 모두 탕진하고 나서 우연히 어느 전당포에 취직하게 된다. 그곳에서 그녀는 주인의 소원은 무엇이든 들어줄 수 있는 '나귀 가죽'을 발견하게 된다.

독자들의 반응은 좋은 편이었지만 솔직히 내가 보기에도 그다지 잘 쓴 소설은 아니었다. 작품을 쓰기 전 자료조사를 하는 과정에서 나는 캘리포니아주에서 가장 영향력 있는 전당포 업자로 손꼽히는 요시다 미츠코를 만날 기회가 있었다. 그는 개성이 아주 강한 사람이었다.

〈소피아 슈나벨 클리닉〉처럼 요시다 미츠코의 전당포 비즈니스도 로스앤젤레스 골든 트라이앵글의 뷰티풀피플들 사이에서는 최고급 정보로 통했다. 사람 사는 곳이면 어디나 마찬가지, 할리우드 최고 갑부들도 현금 압박에 시달리게 되어 고가 소장품을 급히 처분해야 할 때가 종종 있나 보았다. 베버리힐즈에서 성업하는 스무 명 가량의 전당포 업자들 중에 요시다 미츠코는 단연 최고 상류층만을 상대하는 사람이었다.

나는 〈베니티 페어〉지의 주선으로 로데오 드라이브 근처 작고 허름한 전당포에서 요시다 미츠코를 만났다. '스타들의 전당포'를 자처하는 그의 사무실 벽에는 곤경에 처한 사실을 들킨 게 부끄러워 주인의 사진 촬영 요구에 어색한 포즈로 응한 스타들의 사진들이 즐비하게 걸려 있었다. 알리바바의 동굴이라고 해도 손색없는 그의 전당포 창고에는 각양각색의 물건들이 있었다.

내가 언뜻 기억하는 것만으로도 유명 재즈 여가수가 소유했던 그랜드 피아노, LA다저스 팀의 주장이 분신처럼 아꼈던 야구배트, 1996년산 매그넘 사이즈 돔 페리뇽, 르네 마그리트의 그림, 유명 래퍼가 타던 주문형 롤스로이스 자동차, 어느 크루너*가 타던 할리 데이비슨 오토바이, 1945년 산 샤또 무똥 로칠드 와인 여러 박스, 차마 이름을 밝힐 수 없는 전설적인 남자 배우가 오스카 위원회의 금지 조치에도 아랑곳하지 않고 담보로 잡힌 오스카상 황금 트로피 등 이루 셀 수가 없었다.

나는 여전히 통화가 불가능한 내 휴대폰을 열고 주소록을 검색해 요시다 미츠코의 전화번호를 찾아냈다. 그런 다음 앞쪽으로 몸을 기울여

*크룬 창법으로 노래하는 가수

픽업 조수석에 앉아 있는 빌리에게 고함을 질렀다.

"당신의 새 남자 친구에게 전화 좀 빌려 쓸 수 있는지 물어봐줄래요?"

잠시 '정원사' 친구와 협상을 벌이는 것 같던 빌리가 말했다.

"에스테반이 전화를 쓰려면 50달러를 내라는데요."

나는 가격을 흥정하느라 시간을 낭비할 수 없어 즉시 지폐 한 장을 건네고 90년대 식 고물 노키아를 건네받았다. 저절로 그 시절의 향수에 젖어들게 만드는 전화기였다. 칙칙한 색깔에 볼품없이 무겁기만 한 전화기, 카메라 기능도 와이파이 기능도 없었지만 통화에는 전혀 문제가 없었다.

신호음이 한 번 울리고 나서 요시다 미츠코가 전화를 받았다.

"안녕하세요? 톰 보이드입니다."

"뭘 도와드릴까, 친구?"

이유는 알 수 없었지만 요시다 미츠코는 내게 호감을 가지고 있었다. 나는 내 글에서 그를 그다지 매력적인 인물로 그리지 않았는데도 기분 나쁜 내색은커녕 도리어 그런 '예술적' 관심이 자신만의 아우라를 돋보이게 해준다고 생각하는 눈치였다. 그는 내 글에 대한 답례로 유명 작가 트루먼 카포티의 친필 사인이 들어 있는《인 콜드 블러드》초판을 내게 선물로 주었다.

내가 정중하게 안부를 묻자 요시다 미츠코는 경기 침체와 주식 폭락 때문에 전에 없던 성황을 누리고 있다며 이미 샌프란시스코에 분점을 열었고, 조만간 산타바바라에 3호점을 열 계획을 갖고 있다고 말했다.

"의사들, 치과의사들, 변호사들이 타고 다니던 렉서스 차며 골프채, 심지어 부인들이 입던 밍크코트를 들고 날 찾아오고 있어. 당장 세금 낼 돈이 없다는 거야. 자네가 나한테 전화한 것도 분명 그럴 만한 이유가 있어서겠지. 자네도 나하고 거래할 물건이 있지? 그렇지?"

나는 즉시 마르크 샤갈의 그림 이야기를 꺼냈지만 그는 예의에 어긋나지 않는 정도의 관심만 보일 뿐이었다.

"자네도 알다시피 미술시장이 아직 침체기를 벗어나지 못하고 있어. 내일 우리 가게에 들러 좀 더 자세하게 얘기를 나누어보세."

나는 미츠코에게 지금 샌디에이고에 와 있으며 내일까지 기다릴 수 있는 처지도 아닐뿐더러 2시간 내로 돈이 필요하다고 설명했다.

"자네 휴대폰도 끊긴 모양이군. 발신자 전화번호를 보니 자네 번호가 아닌 걸 보면. 이쪽에 남 이야기 좋아하는 호사가들이 오죽 많아야지. 삽시간에 소문이 퍼지는 곳이라……."

"그들이 어떤 얘기들을 하던가요?"

"자네가 집 안에 틀어박혀 소설은 안 쓰고 약이나 한대."

내 침묵이 그의 말이 사실이라는 걸 웅변으로 증명해준 셈이었다. 갑자기 수화기 너머로 그가 노트북 자판을 두들기는 소리가 들려왔다. 나는 그가 최근 경매시장에 나온 샤갈의 작품들에 대한 입찰가를 조회하는 중일 거라 짐작했다.

"일단 내가 휴대폰을 재개통시켜주지. 자네 TTA 쓰지? 약 2천 달러쯤 들 거야."

내가 가타부타 대답도 하지 않았는데 벌써 그의 이메일 함에서 메일이 발송되는 소리가 들려왔다. 슈나벨 박사가 사생활을 무기로 사람들을 쥐락펴락한다면 미츠코는 돈줄을 당겼다 풀었다 하면서 사람들에게 영향력을 행사하고 있었다.

"그림은 3만 달러 정도 쳐줄 수 있네."

"설마 농담이시겠죠? 최소한 이십 배는 더 값이 나가는 그림인데."

"물론 앞으로 이삼 년 후 소더비에서 경매를 하면 사십 배도 더 받아낼 수 있을지도 모르지. 러시아 신흥 부자들이 블랙카드*가 따끈따끈해질 때까지 돈을 쓰고 싶은 마음이 다시 생긴다면 말일세. 하지만 오늘 저녁에 당장 현금을 만지고 싶으면 내가 샌디에이고에 있는 동업자한테 줘야 하는 고액의 수수료는 떼고 계산해야지. 난 자네한테 2만 8천 달러 이상은 줄 수 없네."

"조금 전만 해도 3만 달러라 했잖습니까?"

"휴대폰 재개통 비용 이천 달러는 제해야지. 그리고 또 한 가지, 내가 말하는 그대로 해주겠다는 약속을 해줘야겠어."

나에게 다른 선택의 여지가 있던가? 나는 원금에 5부 이자를 쳐 4개월 이내에 돈을 갚으면 그림을 다시 찾을 수 있다는 걸 위안으로 삼기로 했다. 가능한 일인지 확신할 수 없었지만 위험을 무릅쓸 수밖에 없었다.

"절차에 대해서는 내가 자네 휴대폰으로 문자를 보내 알려주겠네. 아 참, 자네 친구 밀로한테 담보로 잡힌 색소폰을 찾아갈 날이 며칠 안 남았다고 전해주게."

전화를 끊고 에스테반에게 골동품 전화를 돌려주는 순간, 샌디에이고 시내가 눈앞에 나타났다. 해가 지평선을 향해 하강하고 있었다. 멕시코 국경이 가까워졌다는 걸 일러주는 오렌지 빛 석양에 잠긴 도시는 아름다웠다. 신호등에 걸리자 빌리가 자리에서 일어나 내가 앉아 있는 짐칸으로 옮겨 왔다.

"푸, 얼어 죽겠네."

*신용카드 사용이 많은 부자들에게만 지급되는 검은색 카드

빌리가 양다리를 비비며 말했다.

"아무렴, 그런 차림이라면……."

빌리가 메모지 한 장을 내 눈앞에서 흔들어 보였다.

"저 사람들한테 자동차 정비소를 운영하는 친구의 주소를 받았어요. 우리에게 적당한 차를 구해줄 수 있대요. 당신은 진척이 좀 있어요?"

나는 휴대폰 화면을 물끄러미 내려다보았다. 기적처럼 휴대폰이 재개통되더니 내장 카메라로 사진을 찍어 보내라는 미츠코의 문자 메시지가 도착했다.

나는 빌리의 도움을 받아 다양한 각도에서 사진을 찍고 나서 그림 뒤쪽에 붙은 진품 인증서를 클로즈업해 찍었다. 그 다음, 휴대폰으로 다운로드 받은 응용프로그램을 돌려 자동으로 날짜 입력, 암호화, GPS 데이터 입력을 마친 사진들을 미츠코가 지정한 보안 서버로 송신했다. 미츠코는 이러한 라벨링 작업이 있어야 앞으로 제 3자와 소송이 붙었을 때 법원에 증거자료로 제출할 수 있다고 했다.

채 10분도 되지 않아 사진을 찍어 보내고 나서 픽업트럭이 샌디에이고 기차역에 우리를 내려줄 때쯤 벌써 그림을 받고 2만 8천 달러를 우리에게 내줄 동업자의 주소를 알려주는 미츠코의 확인 메시지가 도착했다.

나는 빌리가 트럭에서 내리게 잡아주고 나서 트럭에 실었던 여행 가방들을 챙긴 다음 두 조경 인부에게 태워줘서 고맙다는 감사 인사를 전했다.

"씨 부엘베스 뽀르 아끼, 메 야마스, 데 아꾸에르도?(이 근방에 오게 되면 꼭 전화해요, 알았죠?)"

에스테반이 너무 노골적으로 빌리에게 작업을 걸어왔다.

"씨, 씨!"

빌리가 마지막이라고 아예 작정한 듯 교태를 부리며 남자의 머리를 손으로 쓰다듬었다.

"저 사람이 뭐래요?"

"별거 아니에요. 그냥 여행 잘 하라고."

"그래, 난 아주 싹 무시하는군."

나는 씩씩거리며 택시 승강장으로 가서 줄을 섰다.

나를 향해 은근한 미소를 짓는 그녀를 보고 있자니 나도 모르게 입에서 선심성 약속이 튀어나왔다.

"어쨌든 일이 순조롭게 풀리기만 하면 오늘 저녁은 나와 함께 퀘사디아하고 칠리 콘 카르네를 먹게 될 거예요."

먹는 얘기가 나오자마자 눈이 번쩍 뜨인 그녀가 조잘조잘 이야기보따리를 풀어놓기 시작했다. 몇 시간 전만 해도 귀에 거슬리던 소리였는데 지금은 경쾌하고 친근한 음악처럼 들렸다.

"우리 엔칠라다도 먹어요. 엔칠라다가 뭔지는 알죠?"

빌리가 흥분해서 설명하기 시작했다.

"내가 정말 좋아하는 음식이거든요. 특히 토르티야 속에 닭고기를 넣고 노릇노릇하게 구운 엔칠라다를 좋아하죠. 엔칠라다는 돼지고기나 새우로도 만들 수 있어요. 하지만 나초는 정말 질색이에요. 에스까몰레도 먹어봤어요. 에스까몰레가 나오는 식당을 찾아야 할 텐데. 개미 알을 재료로 만들었는데 최고급 요리로 통하죠. 에스까몰레를 곤충에 든 캐비아라 한대요. 친구들과 여행할 때 딱 한 번 먹어봤는데 정말 그 맛에 반했어요."

18. 모텔 까사 델 쏠[*]

지옥은 고독이라는 단어 속에 고스란히 담겨 있다.
_빅토르 위고

"그렇지 뭐. 부가티를 타다 이런 차를 보려니 기분이 꿀꿀하네요."
빌리의 말투에 살짝 실망감이 묻어났다.

샌디에이고 근교 – 저녁 7시
초라한 정비소의 낡고 어두운 창고 안

빌리가 휠 커버도 크롬도 없는 1960년대 식 피아트 500에 들어가 앞좌석에 앉았다. 멕시코 인부들로부터 소개 받은 정비소 주인은 이 경차를 마치 스테이션 왜건이라도 되는 양 소개하며 어떻게든 우리에게 팔아보려고 기를 썼다.

"외장이 조금 떨어지는 건 사실인데, 힘은 끝내주죠. 내가 보장한다니까요."

"아무리 그래도 캔디 핑크로 도색을 한 건 좀!"

*까사 델 쏠은 스페인어로 '태양의 집'이라는 뜻

"우리 딸이 끌던 차라서."

멕시코 계 정비소 주인 산토스가 말했다.

"헉!"

빌리가 제 머리를 쥐어박았다.

"아저씨 딸이 가지고 놀던 바비 인형 차는 아니고요?"

나는 머리를 안으로 밀어 넣고 차 내부를 살펴보았다.

"뒷좌석이 떨어져나갔네."

"그만큼 짐 실을 공간이 넉넉해진 거죠."

나도 차를 모르지 않는다는 사실을 보여주려고 헤드라이트와 깜빡이 상태를 체크했다.

"이것들 규격에 맞는 게 확실해요?"

"멕시코 규격에는 맞아요."

나는 휴대폰으로 시간을 확인했다. 미츠코가 지정한 전당포 업자에게 그림을 맡기고 2만 8천 달러를 받고 난 다음 택시로 이곳 정비소까지 이동하느라 너무 많은 시간을 허비했다. 정비소 주인이 폐차 직전의 차를 내놓긴 했지만 어차피 면허증이 없어 정상적인 방법으로는 차를 살 수도, 렌트할 수도 없는 처지라 달리 선택의 여지가 없었다. 게다가 멕시코 번호판이 붙어 있어 국경을 통과할 때 훨씬 수월할 게 분명했다. 우리는 결국 1천 200달러를 주고 차를 넘겨받았다. 비좁은 공간에 내 큼지막한 여행 가방과 빌리의 소지품들을 구겨 넣느라 한참을 씨름해야 했다.

"이게 사람들이 '뽀 드 야우르(요구르트 병)'라 부르는 차 아니에요?"

나는 젖 먹던 힘을 다해 겨우 트렁크를 닫았다.

"엘 보떼 데 요구르?"

정비소 주인은 우리에게 팔아먹으려는 차에 왜 요구르트가 들어간 별명이 붙었는지 모르겠다며 시치미를 뚝 뗐다.

이번에는 내가 운전대를 잡았다. 도로로 나서자 조금 긴장이 되었다. 어둠이 깔린 데다 동네 분위기도 왠지 심상치 않아 보였다. 눈앞에 온통 옥외 주차장들과 상업 지대들만 펼쳐져 있었기 때문이다. 국경 초소로 통하는 805번 도로를 타고나서야 두려움이 사라졌다.

부가티의 포효하던 엔진 소리는 피아트 500의 가래 끓는 소리로 바뀌었고, 타이어는 연신 털털거리는 소리를 냈다.

"기어를 2단으로 바꿔봐요."

보다 못한 빌리가 말했다.

"벌써 4단으로 놓고 달리고 있어요."

빌리가 시속 70킬로미터에서 간당간당 흔들리는 속도계 바늘을 들여다보았다.

"고작 이게 최고 속력이야?"

빌리가 분통을 터뜨렸다.

"적어도 속도위반으로 걸릴 염려는 없겠어."

그럭저럭 우리가 탄 차는 티후아나로 넘어가는 대규모 국경 검문소에 도착했다. 검문소는 차들로 붐비고 있었고, 장내는 떠나갈 듯 시끌시끌한 분위기였다. 나는 '내국인 전용'이라는 안내판이 붙은 줄에 차를 대면서 빌리에게 마지막으로 한 번 더 주의를 주었다.

"보통 이 줄에 서면 검문당할 위험이 없어요. 하지만 만의 하나라도 검문을 당하는 일이 생기면 당신이나 나나 즉시 감옥행이라는 걸 명심해요. 여기서는 어떻게 빠져나갈 방법도 없어요. 그러니까, 섣불리 허튼 짓 하지 말아요. 알았어요?"

"네, 잘 알겠습니다."

빌리가 베티붑처럼 눈을 깜빡거리며 말했다.

"아주 간단해요. 당신은 입을 꾹 다물고, 눈썹도 꿈쩍 않고 가만히 앉아 있기만 하면 돼요. 우린 이제부터 열심히 일하고 집으로 돌아가는 평범한 멕시코 노동자들이에요. 알았어요?"

"발레, 세뇨르."

"제발 그 사람 속 뒤집는 소리 좀 그만할 수 없어요?"

"무이 비엔, 세뇨르."

길을 떠나고 나서 처음으로 행운의 여신이 우리에게 미소를 지었다. 우리는 검문도 거치지 않고 미처 5분도 지나지 않아 멕시코 국경을 무사히 통과했다.

우리는 멕시코에서도 계속 해안도로를 따라 이동했다. 낡은 카세트 라디오가 여행의 무료함을 달래줄 거라 기대하며 조수석 수납함을 열었더니 엔리케 이글레시아스의 노래 테이프밖에 없었다. 빌리는 엔리케 이글레시아스의 노래가 좋아 죽겠다는 표정인데 반해 나는 귀라도 틀어막고 싶은 심정이었다.

엔세네다에 도착하자 갑자기 천둥이 치며 비가 억수처럼 퍼붓기 시작했다. 앞 유리창이라고는 손바닥만 한데다 제대로 기능하지 못하는 싸구려 와이퍼가 달린 차라 양동이로 물을 들이 붓듯 쏟아지는 빗줄기를 도저히 감당해내지 못했다. 운전을 하면서 수시로 팔을 밖으로 뻗어 중간에 걸려 꿈쩍하지 않는 와이퍼를 한 번씩 손으로 움직여줘야 했다.

"오늘은 이만 쉬었다 갈까요?"

"나도 그러자고 얘기할 참이었어요."

처음으로 나타난 모텔에는 안타깝게도 빈 방이 남아 있지 않았다.

차 안에서는 한 치 앞도 보이지 않았다. 어쩔 수 없이 시속 20킬로미터로 거북이 주행을 하다 보니 다른 운전자들에게 엄청난 방해가 되었다. 뒤따르던 차들이 한참동안 신경질적으로 경적을 울리며 우리를 산텔모까지 호위했다.

드디어 까사 델 쏠이라는 모텔의 불 켜진 간판이 보였다. 지지직거리는 소리를 내는 입간판에 '빈 방 있음'이라고 써진 글자를 보는 순간 나는 그나마 안도감이 들었다. 모텔 주차장에 서 있는 차들로 봐서는 베드 앤 브렉퍼스트의 운치와 안락함은 애초에 기대하지 않는 게 나을 듯했다. 어차피 신혼여행을 온 것도 아닌데 아무렴 어떤가.

"방은 하나만 잡을 거죠?"

빌리가 모텔 로비로 통하는 문을 열며 짓궂게 물었다.

"침대 두 개짜리 방 하나."

"설마 내가 당신을 덮칠 거라 생각하는 건……."

"솔직히 그런 걱정은 하지 않아요. 난 정원사도 아니고, 당신 타입이 아니라서."

프런트 데스크 직원이 끄응 하는 소리로 우리를 맞았다.

빌리가 방부터 보겠다고 했지만 나는 열쇠를 집어 들고 숙박료를 선불로 지불했다.

"어차피 달리 갈 데도 없잖아요. 저 장대비 속을 뚫고 더는 못 가요. 난 이미 지칠 대로 지쳤어."

단층 모텔 건물은 앙상하게 마른 나무들이 비바람에 고개를 꺾고 서 있는 뜰을 중심으로 U자 형태를 이루고 있었다. 우리가 묵을 방은 이미 예상했다시피 퀴퀴한 냄새가 나는 데다 어둡고 볼품없는 방이었다. 아 이젠하워 집권 시절에나 유행했을 가구들이 비치된 방. 바퀴 네 개의 이 동식 선반 위에 올려놓은 텔레비전은 스피커가 스크린 밑에 달린 구형 으로 가라지 세일을 찾아다니는 사람들에게나 인기가 있을 법한 고물 이었다.

"과거의 모텔 투숙자가 이 텔레비전으로 인간이 최초로 달에 착륙하 는 장면을 지켜봤거나 케네디 대통령 암살 사건을 접했을 수도 있겠어요."

빌리가 농담을 던졌다.

나는 호기심에 텔레비전을 켰다. 희미하게 치직거리는 소리가 들려올 뿐 화면은 좀처럼 잡히지 않았다.

"어쨌든 이 화면으로 다음 슈퍼볼 결승전을 보지는 못할 것 같은데……."

욕실의 샤워부스는 그나마 꽤 널찍했는데 샤워 꼭지에 온통 녹이 나 있었다.

"내가 한 가지 좋은 방법을 가르쳐줄게요. 나이트테이블 뒤를 보면 청소가 제대로 된 방인지 아닌지 알 수 있어요."

그녀가 나이트테이블을 앞으로 살짝 끌어내더니 비명을 질렀다.

"웩!"

그녀의 하이힐이 열심히 바닥을 기어가는 바퀴벌레를 향해 날아갔다. 약간의 위안을 기대한 듯 그녀가 나와 눈을 맞추며 응석을 부렸다.

"우리 멕시코식 저녁이나 먹으러 가요."

하지만 나는 출발 당시의 들뜬 기분은 이미 사라진 지 오래였다.

"이봐요. 여긴 식당도 없고, 밖에서는 계속 황소 오줌 줄기 같은 비가 쏟아지고 있어요. 난 눈꺼풀이 저절로 내려앉을 만큼 피곤해서 이 빗속을 뚫고 밖으로 나갈 마음이 없어요."

"당신도 다른 남자들과 똑같아. 약속만 번지르르하게 하고 지키는 게 없지."

"난 발 닦고 잠이나 잘 테니까 알아서 해요."

"잠깐! 그럼 우리 어디 가서 술이나 한잔 할까요. 오는 길에 봤는데 작은 바 하나가 여기서 500미터도 안 되는 곳에 있던데."

나는 신발을 벗고 침대에 벌러덩 드러누웠다.

"난 빠질 테니까 혼자 다녀와요. 밤도 깊었고, 내일 갈 길도 멀고. 게다가 나는 바를 별로 좋아하지 않거든요. 더구나 노변에 있는 바라면……."

"좋아요, 나 혼자 다녀올게요."

빌리가 옷을 챙겨들고 욕실 안으로 들어가더니 잠시 후 몸에 꼭 끼는 가죽 재킷과 청바지를 입고 나왔다. 밖으로 나가려던 그녀가 할 말이 있는 듯 머뭇거리다 말했다.

"아까 당신이 내가 그쪽 타입이 아니라 했잖아요?"

"그런데요?"

"당신이 보기에 나와 어울리는 남자는 어떤 스타일인데요?"

"음, 예를 들자면 잭 같은 멍청이나 당신의 뇌쇄적인 눈빛과 도발적인 옷차림에 혹해 차를 운전하는 내내 껄떡거리며 쳐다보던 에스테반 같은 사람……."

"진심으로 그렇게 생각해요? 아니면 심보가 고약해 그냥 엿이나 먹으라고 해보는 소리예요?"

"나는 있는 그대로 말하는 거예요. 당신이란 여자가 원래 그렇거든요. 당신을 창조한 사람이 나라서 그걸 누구보다 잘 알죠."

갑자기 얼굴 표정이 굳어진 빌리가 아무 말 없이 문고리를 잡았다.

"잠깐!"

내가 문턱까지 빌리를 뒤따라가며 말했다.

"돈이라도 좀 가져가요."

빌리가 나를 무섭게 쏘아보며 말했다.

"나를 정말로 잘 안다면 내가 바에서 평생 한 번도 돈을 내고 술을 마셔본 적이 없다는 걸 잘 알 텐데요?"

혼자 방에 남은 나는 미지근한 물로 샤워를 하고 발목에 새 붕대를 감은 다음 잠옷으로 입을만한 옷을 꺼내기 위해 가방을 열었다. 빌리 말대로 가방 안에 내 컴퓨터가 들어 있었다. 마치 컴퓨터가 내 손길을 기다리는 불길한 물건처럼 느껴졌다. 나는 몇 분 동안 방 안을 어슬렁거리다 벽장을 열고 옷걸이에 재킷을 건 다음 베개를 찾으려고 여기저기 뒤졌지만 끝내 찾지 못했다. 나이트테이블 서랍 하나에서 싸구려 보급판 신약 성경 한 권과 이전 투숙객들이 두고 간 게 분명한 소설책이두 권 나왔다. 카를로스 루이스 사폰의 《라 쏨브라 델 비엔또(바람의 그림자)》는 예전에 내가 캐롤한테 선물한 책이었다. 다른 한 권은 《라 꽁빠냐 데 로쓰 안헬로쓰》라는 제목의 책으로 내 처녀작 《천사들의 동행》의 스페인어 번역본이었다. 나는 부쩍 호기심이 일어 책장을 넘기기 시작했다. 책 주인이 이따금 밑줄을 그어놓은 것도 보이고, 몇몇 페이지들에는 메모를 끼적거려놓은 것도 보였다. 그 사람이 내 책을 좋아했는지 싫어했는지 알 수는 없지만 내 이야기에 흥미를 가진 것만큼은 분명해 보였다. 작가의 입장에서 가장 중요한 건 바로 독자의 관심이었다.

뜻밖의 발견에 갑자기 기분이 좋아진 나는 손바닥만한 포마이카 책상에 앉아 컴퓨터를 켰다.

혹시라도 창작열이 다시 살아났을지 모르지! 혹시라도 다시 글을 쓸 수 있을지 모르지!

운영 시스템이 작동되며 패스워드를 입력하라는 표시가 떴다.

불안감이 슬그머니 고개를 들었지만 나는 애써 흥분 때문이라 해석했다. 컴퓨터 배경화면인 지상낙원 같은 풍경이 펼쳐지는 순간, 나는 워드 프로그램을 실행시켰다. 화면 위의 커서가 내 손가락들이 한시바삐 키보드 위를 내달리길 기대하며 깜빡이고 있었다. 내 심장 근육이 바이스에 물려 압박당하기라도 하듯 맥박이 빨라지기 시작했다. 현기증이 나고 구역질이 일며 나는 후다닥 컴퓨터를 덮었다.

젠장.

창작력의 부재. 작가의 백지 공포증.

지금까지는 이런 일이 나에게 닥치리라고는 꿈에도 생각지 못했다. 영감의 부재 따위는 폼을 잡고 글을 쓰는 인텔리들한테나 일어나는 일이지 열 살 때부터 머릿속으로 온갖 이야기를 지어내며 살아온 나 같은 픽션 중독자와는 무관한 일이라 여겼다.

창작에 필요한 영감의 매개인 절망감이 부족하다는 걸 느끼면 그런 상황을 일부러 만드는 예술가들도 더러 있긴 하다. 가끔은 자신이 겪은 슬픔과 방황을 창작을 위한 디딤돌로 삼는 예술가들도 있다. 프랭크 시나트라는 에바 가드너와 헤어지고 나서 〈아임 어 풀 투 원트 유(I'm a Fool To Want You)〉를 작곡했다. 아폴리네르는 마리 로랑생과 결별한 후시 〈미라보 다리 아래 센 강은 흐르고〉를 썼다. 스티븐 킹도 《샤이닝 (The Shining)》을 집필할 때 술과 마약의 힘을 빌렸다고 고백한 적이 있다.

그들처럼 위대한 예술가는 못 되지만 나는 지금껏 글을 쓰기 위해 흥분제를 필요로 한 적은 없었다. 몇 년 동안 끓어오르는 상상력의 분출구를 만들어주기 위해 휴일을 잊은 채 밤낮으로 글을 썼다. 마치 오랫동안 최면에 걸린 사람처럼, 일종의 트랜스 상태로 나만의 세계에서 살았다. 그 축복받은 시간 동안 글쓰기는 내게 그 어떤 콜라 맛보다 상큼하고 황홀했고, 그 어떤 만취 상태보다 더욱 기분이 고양된 상태였다.

하지만 지금은 다 지난 일이 돼버렸다. 옛날 일이. 나는 글쓰기를 포기했고, 글도 나를 버렸다.

나 자신을 너무 강하다고 과대평가하지 말자. 겸허하게 중독 사실을 받아들이자. 나는 침대에 누워 불을 끄고 나서도 한참동안 몸을 뒤척였다. 잠이 오지 않았다. 무력감 때문에 괴로웠다.

어쩌다 제 앞가림도 못하는 형편이 되었을까? 어쩌다 내 소설 속 주인공들의 운명에까지 무관심하게 되었을까?

구식 플립 시계 라디오가 23시를 가리키고 있었다. 빌리가 돌아오지 않아 불안해지기 시작했다. 왜 그녀에게 그토록 모진 말을 했을까? 그녀의 출현이 당혹스러웠고, 다짜고짜 내 인생에 끼어 든 그녀를 어떻게 대해야 할지 난감하긴 했다. 하지만 가장 큰 이유는 지금 나에게 그녀를 상상의 세계로 되돌려 보낼 수 있는 능력이 없다는 것에 좌절했기 때문이었다.

나는 침대에서 일어나 급히 옷을 입고 아직 비가 내리는 모텔 밖으로 나섰다. 족히 10분쯤 걸어가니 멀리서 린떼르나 베르다(그린 랜턴) 바의 불 켜진 초록색 입간판이 보였다.

대부분 남자 손님들이 테이블을 차지하고 있는 허름한 바였다. 실내는 사람들로 북적였고, 분위기는 뜨겁게 달아올라 있었다. 테이블 위로 데킬라 잔이 정신없이 돌았고, 낡은 스피커는 록 음악을 토해냈다. 술병을 빼곡하게 올려놓은 쟁반을 든 여종업원 한 명이 테이블을 돌며 알코올을 보충해주느라 여념이 없었다. 카운터 뒤에서는 할쑥한 작다리 하나가 입방정을 떨며 좌중을 웃기느라 한창이었고, 단골손님들이 팔로마라 부르는 또 다른 여자 바텐더는 주문을 받으면서 봄바를 추고 있었다.

내가 맥주를 시키자 그녀가 병 주둥이에 라임 한 쪽을 꽂은 코로나 맥주를 건넸다. 나는 가게 안을 한번 빙 둘러보았다. 색칠한 나무 병풍들이 어설프게 마야 미술 분위기를 풍기는 가운데 벽에는 옛날 서부 영화 포스터들이 지역 축구팀 깃발과 나란히 걸려 있었다.

바 구석에 앉아 있는 빌리가 보였다. 그녀와 동석한 사내 둘이 거드름을 피우며 떠들썩하게 농지거리를 주고받고 있었다. 나는 맥주병을 들고 그들을 향해 다가갔다. 빌리가 나를 보고도 못 본 척했다. 동공이 커진 걸로 보아 벌써 제법 마신 품새였다. 내가 아는 그녀는 결코 술을 잘 마시는 체질이 아니었다. 나는 옆에 앉은 사내놈들과 그들의 한심한 수작에 대해서도 훤히 알았다. 하룻밤 먹잇감으로 삼을만한 여자를 찾아내는 데는 귀신같은 꼴통 놈들.

"어서 일어나 모텔로 돌아가요."

"가만 놔둬요. 당신이 내 아버지야, 남편이야? 같이 놀러 가자고 하니까 콧방귀를 뀌며 욕을 해댈 때는 언제고."

빌리가 어깨를 으쓱 추어올리며 보울에 든 과카몰리에 토르티야를 찍어 먹었다.

"어린애처럼 굴지 말아요. 당신이 술을 이기지 못한다는 걸 잘 알면서 왜 그래요?"

"나, 술 엄청 잘 마시거든요."

그녀가 반항이라도 하듯 테이블 중간에 있던 메스칼 병을 번쩍 들어 한 잔 더 따르고는 동석한 사내 둘에게 건넸다. 그러자 남자들이 병째 벌컥벌컥 마시기 시작했다. 지저스라는 글씨가 박힌 티셔츠를 입은 근육질 사내가 갑자기 통과의례라도 되듯 내게 술병을 건넸다.

나는 의심쩍은 눈으로 술병 바닥을 내려다보았다. 사내들의 힘과 정력을 높여준다는 속설이 있는 전갈이 병 속에 들어 있었다.

"난 이런 거 안 마셔요."

나는 즉각 거절했다.

"술을 안 마시려면 조용히 꺼져줬으면 좋겠어. 보다시피 이 아가씨는 우리와 함께 좋은 시간을 보내는 중이거든."

나는 발길을 돌리기는커녕 테이블로 더 바짝 다가가 지저스 티셔츠를 입은 놈을 쩨려보았다. 내가 아무리 제인 오스틴이나 도로시 파커를 좋아한다 해도 빈민가에서 어린 시절을 보냈다. 한때 나도 주먹깨나 휘둘러보았고, 숱하게 얻어터지기도 했다. 지금 내 앞에 있는 조무래기보다는 훨씬 인상이 우락부락 한데다 칼까지 들고 설치는 놈들과 맞붙어 싸운 적이 한두 번이 아니었다.

"주둥이 닥쳐라."

그렇게 말한 나는 다시 빌리를 설득했다.

"지난번 보스턴에서 당신이 아주 진탕 마셨을 때 뒤끝이 안 좋았다는 거 기억나요?"

빌리가 경멸어린 눈초리로 나를 쏘아보았다.

"당신은 항상 이런 식이죠? 당신은 가슴에 상처를 주고 괴롭히는 이야기들밖에 모르는군요. 당신은 정말 사람 마음을 아프게 하는 데는 도가 튼 사람이에요."

잭이 그녀와 함께 떠나기로 했던 하와이 여행을 돌연 취소해야겠다고 통보한 후 그녀는 울적한 기분을 달래려고 올드 스테이트 하우스 근처에 있는 레드 피아노라는 바에 간 적이 있었다. 그녀는 당시 엄청난 충격을 받아 그야말로 심신이 온통 지친 상태였다. 그녀는 바에서 만난 폴에게서 보드카를 몇 잔 얻어 마셨다. 폴은 인근 영세 상인들 사이에서는 꽤 알려진 사람으로 조그만 가게 체인을 여러 개 운영하고 있었다. 폴이 그녀를 집까지 데려다주겠다고 했다. 그녀는 굳이 '노'라 하지 않았고, 폴은 그걸 승낙의 뜻으로 받아들였다.

택시에 오르자마자 폴이 그녀에게 노골적으로 집적거리기 시작했다. 그녀는 싫다는 표시를 분명히 했는데 상대가 알아들을 만큼 완강하지 못했나보았다. 게다가 폴은 은연중 그녀가 공짜 술을 얻어 마셨으니 조금이나마 보답하지 않겠냐는 기대감을 갖고 있었다. 그녀는 머리가 빙글빙글 돌아 제정신이 아니었다. 그녀가 사는 아파트 앞에 도착하자 폴이 로비까지 따라 들어와 한잔 더 하자며 끈덕지게 치근거렸다. 거절에 지친 그녀는 결국 폴과 함께 엘리베이터에 올랐다. 폴이 괜한 소란을 피워 잠든 이웃을 깨울까 봐 걱정이기 때문이다. 그 이후에 일어난 일은 아무것도 기억나지 않았다.

이튿날 아침, 그녀는 치마가 걷어 올려진 채로 소파에서 잠이 깼다. 그 후 세 달 동안 그녀는 극심한 불안감에 시달리며 에이즈 검사와 임신 테스트를 거듭했다. 그녀는 그날 자신이 내보인 태도에도 어느 정도 책임이 있다고 생각했기 때문에 차마 남자를 상대로 법적 소송을 벌일 수는 없었다.

내가 지나간 기억을 상기시키자 빌리는 눈물이 그렁그렁한 눈으로 나를 노려보았다.

"왜죠? 왜 당신의 소설에 등장하는 나에게는 그리 지저분한 일들만 일어나야 하죠?"

그 질문이 내게 비수처럼 날아와 꽂혔다. 나는 솔직하게 대답했다.

"아마도 내 안에 있는 악마적인 근성들을 당신이라는 인물을 통해 표출하게 되는 것 같아요. 내가 가장 혐오하는 음험한 부분들, 내게 결코 용납이 안 되는 모습들, 때로 내게 인간쓰레기라는 느낌을 주는 그런 내면의 악마들."

빌리는 어안이 막힌 표정을 지으면서도 나를 따라 자리에서 일어나려고 하진 않았다.

"이제 나와 같이 모텔로 돌아가요."

나는 빌리의 팔을 잡아끌었다.

"꼬모 친가스!(찰거머리 같은 새끼잖아!)"

지저스가 휘파람을 불며 우리 사이에 끼어들었다.

나는 못 들은 척 계속 빌리를 쳐다보았다.

"우린 한 배를 탔어요. 당신은 내게 하나뿐인 기회고, 나는 당신에게 하나뿐인 기회니까."

빌리가 뭐라 대답하려는 순간, 지저스가 나를 향해 '오또(호모)'라는 귀에 익은 단어를 내뱉었다. 한때 맥아더파크에서 우리와 이웃에 살았고, 지금은 우리 집에서 파출부로 일하는 온두라스 출신의 테레사 로드리게즈 할머니가 단골로 내뱉는 욕이기 때문에 나도 그 뜻을 알고 있었다.

내 주먹이 용수철처럼 튀어 나갔다. 중·고등학교 시절에 흔히 날렸던 완벽한 오른손 강펀치 그대로였다. 지저스 녀석이 옆 테이블로 나가 떨어지며 파인트 맥주병들과 타코 접시들이 허공으로 날아올랐다. 녀석의 면상을 정통으로 갈기긴 했는데 안타깝게도 그 한 방이 마지막이었다.

바 안은 순식간에 후끈 달아올랐다. 볼거리가 생겨 신이 난 손님들이 함성을 지르며 난투극의 시작을 반겼다. 난데없이 뒤에서 나타난 두 녀석이 양쪽에서 나를 잡고 공중으로 번쩍 들어 올린 사이 얼결에 근질근질하던 몸을 풀 기회를 얻게 된 한 놈이 나를 사정없이 두들겨 패기 시작했다. 바에 발을 들여놓은 게 진정 후회가 될 만큼 얼굴, 가슴, 배를 향해 전광석화 같은 주먹이 비 오듯 쏟아졌다. 집단 구타를 당하는 와중인데도 나는 이상하리만큼 쾌감을 느꼈다. 내가 마조히스트기 때문이 아니라 이런 수난은 속죄를 위한 필연적 과정이라는 생각이 들어서였다.

나는 머리를 숙인 채 입가를 타고 흘러내리는 피의 비릿한 맛을 느꼈다. 가끔씩 과거의 기억들과 바 안에서 벌어지는 장면들이 눈앞에서 마치 정지 화면처럼 동시에 펼쳐졌다. 나 아닌 다른 사람을 향해 있던 오로르의 사랑 가득한 눈길, 밀로의 배신, 캐롤의 황망한 눈빛, 주먹이 날아올 때마다 가볍게 몸을 떨며 봄바 춤을 추는 팔로마의 허리 아래

새겨진 문신, 그런 이미지들 사이로 일순간 빌리의 실루엣이 끼어들었다.

빌리가 나를 향해 걸어오고 있었다. 전갈이 든 술병을 손에 들고 있던 그녀가 나를 구타했던 놈의 머리통을 힘껏 후려쳤다. 순식간에 바안 분위기가 험악하게 변했다. 드디어 파티가 끝났다는 생각이 들자 나는 안도감이 들었다. 정체를 알 수 없는 팔들이 내 몸을 번쩍 들어 올려 빗속으로 내던지는 것 같았다. 진창에 코를 박고 고꾸라지는 것으로 내가 주연한 활극은 모두 끝났다.

19. 로드무비

행복은 무지갯빛으로 색이 변하다 손을 대면 톡 터지는 비누 거품 같다.
_발자크

"밀로, 문 열어!"

제복을 갖춰 입은 캐롤이 법에 따른 공권력을 행사하며 세게 문을 두
들기고 있었다.

퍼시픽 펠리세이즈

아침 안개에 싸인 아담한 이층 주택

"경고하는데, 지금은 너의 친구가 아닌 경찰 신분으로 말하는 거야.
캘리포니아주 법의 이름으로 명한다. 빨리 문 열어."

"캘리포니아주 법이라고? 개나 물어가라 그래라."

밀로가 문을 열어주며 구시렁거렸다.

"말 한번 정말 건설적으로 하네."

캐롤이 친구를 나무라며 집 안으로 들어갔다.

밀로는 팬티에 낡은 스페이스 인베이더스 그림이 새겨진 티셔츠 차림

이었다. 낯빛은 창백하고, 눈가는 거무스름하고, 머리에는 폭탄이라도 떨어진 듯했다. 양쪽 팔에 새겨진 마라 살바트루차 갱단의 카발라 문신들이 음험한 광채를 발하며 이글거리고 있었다.

"아직 아침 7시도 안 됐어! 한창 꿈나라를 헤매는 사람을 깨우고 난리야. 손님까지 와 있는데."

거실에 있는 유리 테이블 위에 빈 싸구려 보드카 병 하나와 텅 빈 마리화나 봉지 하나가 보였다.

"이런 짓은 이제 그만둔 줄 알았더니……."

캐롤이 쓸쓸한 어조로 말했다.

"너도 보다시피 난 사는 건 개판이고, 나 때문에 친구가 쫄딱 망했는데도 도와줄 능력도 없어. 그래서 술을 진탕 마시고 마리화나도 몇 대 피웠어."

"게다가 손님도 있어."

"그래, 내 문제니까 신경 꺼. 알겠어?"

"누구야? 사브리나? 아님 비키?"

"틀렸어. 크릭 애비뉴에서 두 당 50불에 건진 창녀들이야. 이제 설명이 충분했어?"

그 말이 사실인지, 아니면 속을 뒤집으려고 꺼낸 얘긴지 감을 잡지 못한 채 서 있는 캐롤의 입가가 실룩거렸다.

밀로는 커피머신을 켜고 하품을 하며 원두 캡슐을 집어넣었다.

"좋아, 캐롤. 꼭두새벽부터 잠을 깨운 이유나 들어보자."

캐롤은 잠시 혼란스러웠던 마음을 수습하고 정신을 가다듬었다.

"어제 저녁, 내가 본부에 요청해 도난당한 부가티 차량에 대해 수배령을 내려놨거든. 특이사항이 있을 경우 즉시 연락을 달라 했지. 그 결과 어떻게 됐는지 알아? 차가 샌디에이고 인근 야산에서 발견됐다는 연락이 왔어."

그제야 밀로의 얼굴이 환하게 펴졌다.

"그럼 톰은 어떻게 된 거야?"

"톰에 대한 정보는 아직 없어. 부가티가 과속 검문에 걸렸는데, 여자 운전자가 검문 중 달아났다는 보고만 올라와 있어."

"여자 운전자라고?"

"그 지역 경찰에 따르면 운전을 한 사람이 톰이 아니라 젊은 여자였대. 보고서에 그녀와 동승한 남자가 있었다고 기재돼 있긴 하지만."

캐롤이 욕실 쪽에서 나는 소리를 듣고 귀를 쫑긋 세웠다. 샤워기에서 물이 흘러나오는 소리와 헤어드라이어가 윙윙거리는 소리가 섞여 들려왔다. 욕실 안에 두 사람이 있다는 뜻이었다.

"샌디에이고 근처라 했어?"

캐롤이 경찰 보고서를 다시 확인하며 대답했다.

"란초 산타페 근처의 작은 마을이래."

밀로가 머리를 긁적긁적하자 그렇지 않아도 고슴도치처럼 하늘로 치뻗었던 머리카락이 더욱 헝클어졌다.

"내가 렌트한 차를 직접 운전해 현지로 가봐야겠어. 서둘러 움직이면 톰의 행방을 찾는데 단서가 될 만한 걸 찾을 수 있을지도 모르잖아."

"나도 같이 가."

"그럴 필요 없어."

"네 의견을 묻는 게 아니야. 네가 뭐라 하든지 나는 갈 테니까."

"경찰서에는 뭐라 둘러댈 건데?"

"휴가를 쓴 지 한참 됐으니까 걱정할 것 없어. 너 혼자보다는 우리 둘이 있는 게 일을 하기에도 훨씬 수월할 거야."

"톰이 바보 같은 짓을 할까봐 걱정이야."

밀로가 멍하니 허공을 바라보았다.

"그런 너는? 네가 하는 짓은 바보 같지 않고?"

캐롤이 무섭게 밀로를 몰아붙였다.

그때 욕실 문이 벌컥 열리며 남미 출신 아가씨 둘이 조잘조잘 떠들어대며 밖으로 나왔다. 머리에 수건을 질끈 동여맨 여자는 반 나체였고, 다른 여자는 목욕가운을 걸치고 있었다.

캐롤은 그 여자들을 보고 있자니 마치 자신의 과거 모습을 거울에 비춰보고 있는 것 같아 구역질이 치밀었다. 조금 더 상스럽고 세파에 닮았을 뿐 맑은 눈동자의 여자와 늘씬한 키에 보조개가 쏙 들어간 여자의 모습에는 분명 자신의 과거 모습이 들어 있었다. 아직 맥아더파크를 벗어나지 못했더라면 지금 분명 그녀들처럼 되어 있을 것이다.

캐롤은 스산해지는 마음을 애써 감췄지만 밀로는 그녀의 마음을 벌써 눈치 챘다. 밀로는 부끄러운 마음을 애써 감췄지만 캐롤은 그의 마음을 이미 읽었다.

"자, 나는 본부로 돌아가 휴가를 쓴다고 얘기해야겠어."

캐롤이 불편한 침묵을 깨며 말했다.

"너는 샤워를 하고 나서 여자 친구들을 집에까지 데려다 줘. 그런 다음 한 시간 후에 우리 집으로 와. 알았지?"

멕시코 바하 반도

오전 8시

나는 불안한 마음으로 한쪽 눈을 떴다. 물기가 빠진 도로에 비친 찬란한 태양이 군데군데 빗방울이 남아 있는 차 앞 유리창에 아침 햇살을 반사시키고 있었다.

나는 플러시 담요를 뒤집어쓴 채 피아트 500 조수석에서 몸을 웅크린 채 잠이 깼다. 근육은 경직됐고, 코는 막혀 맹맹했다.

"어때요? 한숨 늘어지게 잤어요?"

빌리가 물었다.

나는 목 근육이 뭉쳐 반쯤 마비된 것 같은 몸을 일으켜 앉으며 인상을 찌푸렸다.

"여긴 어디예요?"

"오가는 인적도 없고, 가도 가도 끝이 없는 황야의 도로를 달리고 있어요."

"밤새 운전한 거예요?

빌리가 기분 좋게 고개를 끄덕이는 사이 나는 백미러로 내 형편없는 몰골을 들여다보았다. 간밤에 얻어터진 흔적들 때문에 보기에 흉했다.

"당신한테 아주 잘 어울리는 모습이죠?"

빌리는 농담이 아니라 진심으로 말한 것이었다.

"사실 전 같은 엄친아 스타일은 별로였거든요. 약간 재수 없었죠."

"칭찬인지 욕인지 모호하게 표현하는데 일가견이 있으시네."

나는 앞을 내다봤다. 지금까지 왔던 길보다 훨씬 더 황량한 풍경이 펼쳐지고 있었다. 바닥이 쩍쩍 갈라진 좁은 도로 양편으로 사막의 작은 산들이 나타났고, 이따금 돌 선인장, 잎이 실한 용설란 같은 식물들이 시야에 들어왔다. 다행히 지나다니는 차는 없었지만 도로 폭이 워낙 좁아 맞은편에서 버스나 트럭이라도 오면 아슬아슬한 상황이 벌어질 것 같았다.

"이제부터 내가 운전할 테니 눈을 좀 붙여요."

"어차피 주유소가 보이면 멈췄다 가야 해요. 그때까지는 내가 운전할게요."

하지만 주유소는 눈에 띄지 않았고, 그나마 나타나는 곳도 대부분 영업을 하지 않았다. 우리는 주유소를 찾아 유령이 나올 듯 외진 마을을 여러 개 지나치다가 비상등을 켜고 도로변에 멈춰 서 있는 오렌지색 코르베트를 발견했다. 젊은 히치하이커(디오더런트 광고에 모델로 나왔으면 인기 상한가를 쳤을 외모)가 자동차 보닛에 기대서서 양손에 '기름 떨어졌어요' 라고 쓴 작은 팻말을 들고 서 있었다.

"도와줄까요?"

빌리가 측은한 표정을 지으며 말했다.

"안 돼요. 여행자들의 금품을 털려고 자동차 고장을 가장한 고전적인 사기 수법인지도 모르잖아요."

"지금 그 말은 멕시코 사람들을 다 도둑놈 취급한다는 뜻이에요?"

"그게 아니라 세상의 모든 미남들과 친구하고 싶어 하는 당신의 편집증 때문에 또 재수 없는 일을 당하게 될지도 모른다는 뜻이에요."

"막상 차를 얻어 탈 때는 당신도 뛸 듯이 좋아했잖아요."

"이봐요, 지금은 너무나 분명한 상황이라니까. 저 녀석이 우리 돈과 차를 갈취하려는 수작이란 말이에요. 그게 당신이 바라는 일이라면 차를 세워도 좋아요. 하지만 나는 절대로 동의할 수 없어요."

다행히도 그녀는 위험을 감수하는 대신 남자를 그대로 지나쳐 운전
을 계속했다.

마침내 주유소를 찾은 우리는 기름을 넣고 나서 구멍가게 같은 식료
품점 앞에 잠시 차를 세워두었다. 길쭉하게 생긴 낡은 진열창 뒤로 몇
가지 안 되는 과일과 유제품, 빵들이 놓여 있었다. 우리는 요기 거리를
산 다음 몇 킬로미터쯤 더 가 차를 세우고 조슈아나무 아래에 자리를
잡고 앉아 즉석 피크닉을 즐겼다.

나는 김이 모락모락 피어오르는 커피를 홀짝거리며 앉아 다소 놀라
운 마음으로 빌리를 관찰했다. 빌리는 담요를 깔고 앉아 계피 폴보론과
아이싱 슈거를 듬뿍 친 추로스를 몇 개째나 먹고 있었다.

"정말 맛이 끝내준다! 당신은 안 먹어요?"

"아직 앞뒤가 맞지 않는 게 있단 말이야."

나는 생각에 빠져 있다가 엉뚱한 대답을 했다.

"내 소설 속에 나오는 당신은 입맛이 까다로운 사람이거든요. 그런데
내가 지금까지 보아 온 당신은 손에 집히는 대로 입으로 가져가는 사람
이란 말이지."

빌리는 자신도 미처 의식하지 못한 사실이었다는 듯 잠시 말이 없다
가 그 이유를 설명했다.

"그건 현실의 삶 때문일 거예요."

"현실의 삶?"

"난 픽션의 세계에 속한 인물인 만큼 현실의 삶은 내 세계가 아니죠."

"그게 대체 당신의 식탁과 무슨 상관이 있다는 거죠?"

"픽션의 세계에서보다 현실의 삶에서는 모든 게 더 맛있고, 탐스럽게 살이 올라 있어요. 비단 음식만 그런 게 아니죠. 공기는 산소로 넘쳐나고, 풍경은 형형색색이어서 매순간 감탄사가 흘러 나와요. 그 반면에 픽션의 세계는 어찌나 우중충한지……."

"픽션의 세계가 우중충하다고요? 그건 사람들이 보통 얘기하는 것과는 상반되는 생각이란 거 알아요? 대부분의 사람들은 불만족스런 현실로부터 도피하기 위해 소설을 읽거든요."

빌리가 더없이 진지한 목소리로 대답했다.

"당신은 스토리를 만들고, 감정과 고통의 느낌을 묘사하는 것에는 뛰어난 사람일지 몰라요. 하지만 삶의 소금이 되는 '깊은 맛'을 그릴 줄은 몰라요."

"작가로서 그다지 듣기 좋은 소린 아닌데요."

나는 그녀가 작가로서의 내 결점을 지적한다고 생각해 따지듯이 물었다.

"당신이 말한 그 '깊은 맛'이라는 게 정확히 뭘 염두에 둔 말이죠?"

빌리가 예를 찾으려 애를 쓰다 조금 전에 산 망고를 자르며 말했다.

"예를 들어 이런 과일의 맛 말이에요."

"어떤 거요?"

고운 얼굴을 바람결에 내맡기려는 듯 그녀가 고개를 하늘로 들고 눈을 감았다.

"그러니까 바람이 우리의 얼굴을 훑고 지나갈 때의 느낌 같은 것……."

"난 도통 무슨 말을 하는지 모르겠군."

나는 동의하지 않는다는 뜻으로 입을 삐죽 내밀었지만 그녀의 말이 전적으로 틀리지 않다는 걸 알고 있었다. 나는 순간적인 경이를 포착하는 데 서툰 작가였다. 왠지 그런 느낌은 나한테 잘 와닿지 않았다. 내 자신이 그 경이의 순간을 손에 잡지도, 즐길 줄도 모르는 사람이니 독자들에게 그 느낌을 제대로 전달한다는 건 아예 불가능한 일이었다.

"아니면 가령……."

빌리가 눈을 뜨며 손가락으로 먼 곳을 가리켰다.

"지금 저 언덕 뒤로 흩어지는 발그스름한 구름의 모습 같은 것."

빌리가 갑자기 자리를 털고 일어서더니 신이 나서 얘기를 계속했다.

"가령 당신은 소설에 '빌리가 디저트로 망고를 하나 먹었다'고 쓰지 절대로 공을 들여 망고의 깊은 맛을 상세히 묘사하려 들지는 않을 거란 말이죠."

빌리가 즙이 뚝뚝 떨어지는 망고 한 조각을 내 입 안에 조심스럽게 밀어 넣었다.

"자, 맛이 어때요?"

급소를 찔려 기분은 상했지만 나는 그녀가 바라는 대로 과일의 맛을 최대한 정확히 살려 묘사했다.

"잘 익은 게, 적당히 싱싱하고."

"조금 더 노력해봐요."

"깊고 달콤한 맛. 진한 향의 과육이 입에서 살살 녹아요."

빌리가 흐뭇한 미소를 짓는 걸 보고 나는 계속 지껄였다.

"태양을 가득 머금은 황금빛 구름……."

"그렇다고 너무 오버하지는 말아요. 누가 들으면 청과상인들이 과일 선전에 나선 줄 알겠네!"

"당신은 내가 뭘 하든 트집이야."

빌리가 담요를 개 들고 차를 향해 걷기 시작했다.

"이제 뭔 얘기를 하는지 알겠죠? 다음에 책을 쓸 때는 꼭 유념해야 할 부분이에요. 과일이면 종이 씹는 맛이 아니라 제대로 된 과일 맛이 나게 그려요. 과일의 오묘한 빛깔과 살이 붙은 입체감 있는 세상에서 살게 해달란 말이에요."

샌디에이고 프리웨이

"좆이 다 얼어붙겠네. 이제 창문 좀 올려줄래?"

밀로와 캐롤은 한 시간째 차를 달리고 있었다. 얘기를 해봤자 서로 기분만 망칠 것 같아 일부러 뉴스 채널에 라디오 주파수를 맞춰 놓고 지역 정치를 주제로 이루어지는 토론 프로그램을 경청하는 척 하고 있었다.

"그렇게 고상한 말로 부탁하니까 기꺼이 서비스를 해줘야지."

캐롤이 창을 올리며 말했다.

"이젠 내가 말하는 스타일까지 문제 삼고 싶어?"

"그래. 시도 때도 없이 쏟아지는 너의 저속한 말투를 문제 삼고 싶다. 어쩔래?"

"미안해. 난 펜대 잡는 글쟁이가 아니라 그런지 입이 좀 걸어. 그건 네가 이해해야지."

캐롤이 기가 막힌다는 듯 밀로의 얼굴을 쳐다보았다.

"잠깐 네가 정확히 하려는 얘기가 뭐야?"

밀로가 미간을 찌푸린 채 라디오 볼륨을 높이며 말하고 싶지 않다는 무언의 메시지를 던졌다가 갑자기 생각을 고쳐먹은 듯 캐롤의 아킬레스건을 건드렸다.

"너와 톰 사이에 무슨 일이라도 있었던 거야?"

"뭐?"

"넌 오래전부터 톰을 좋아했잖아. 안 그래?"

캐롤은 기가 차서 말이 나오지 않았다.

"너 정말 그렇게 생각하는 거야?"

"몇 년 전부터 넌 톰이 친구로만 여기지 말고 여자로 봐주길 고대했어. 적어도 내 생각은 그래."

"너 이제부터 대마초 좀 끊고, 독한 술도 그만 마셔라. 계속 그렇게 헛소리를 지껄였다간 그냥 콱……."

"그냥 콱 뭐?"

캐롤이 고개를 절레절레 흔들었다.

"너란 놈의 창자를 들어내 아주 서서히 죽여주는 거지. 그리고 너와 똑같은 클론을 일만 명쯤 복제해 한 놈 한 놈씩 죽여 버리는 것이지. 아주 고통스럽고 잔인하게."

"이제 그만해! 무슨 뜻인지 대충 알겠으니까."

밀로가 캐롤의 말을 잘랐다.

멕시코

달팽이처럼 느리긴 해도 차는 차곡차곡 주행거리를 쌓아갔다. 산 이그나치오를 지나 왔는데도 우리가 탄 요구르트 병은 끄떡없이 잘 굴러가고 있었다.

나는 참으로 오랜만에 마음이 편안했다. 차창 밖으로 펼쳐지는 풍경도 좋았다. 특히 마카담식 자갈 도로의 냄새에서 느껴지는 알알한 해방감이 맘에 쏙 들었다. 간판도 없는 허름한 시골 가게들과 도로변에 방치된 고물 자동차들의 잔해를 지나쳐 달리다 보면 전설적인 66번 도로 위에 있는 것 같은 기분이 들었다.

그러다가 오후로 넘어가기 무섭게 우리 차 앞에 장애물이 나타났다. 꽤나 삭막한 들판을 따라 달리고 있을 때였다. 바리케이드도 철책도 없는 시골 도로가 양떼에 완전히 점령당해 있었다. 맛있게 점심 식사를 끝내고 한창 소화에 열중하고 있는 어마어마한 양떼가 길 한가운데서 재잘재잘 수다를 떠는 중이었다. 인근에 농가도 있고, 큰 농장들도 군데군데 보이는데, 아무도 밖으로 나와 차가 지나갈 수 있게 양떼를 도로 밖으로 끌어내주는 사람이 없었다. 한참 동안 경적을 울려 보고 온갖 손짓 발짓을 다하며 소리쳐 보았지만 도로를 무단 점거한 반추동물들은 눈 하나 꿈쩍하지 않았다.

빌리가 체념하고 담배에 불을 붙이는 사이 나는 남은 돈이 얼만지 세어보았다. 내 지갑 밖으로 오로르의 사진이 삐져나온 걸 본 빌리가 재빨리 잡아챘다.

"그 사진, 이리 줘요!"

"잠깐만 보고 줄게요. 당신이 찍은 사진이에요?"

순수한 느낌을 풍기는 흑백사진이었다. 핫팬츠에 남자 셔츠를 걸친 오로르가 내가 사랑이라고 믿었던 불꽃을 가득 담은 눈으로 나를 바라보며 웃고 있었다.

"솔직하게 말해봐요. 당신의 피아니스트 여자 친구는 어떤 점이 좋았어요?"

"그녀의 어떤 점이 좋았는지 물었어요?"

"얼굴이 예쁘다는 건 나도 인정해요. '모델 같은 완벽한 몸매에 거부할 수 없는 매력을 지닌 여자'를 찾는 남자에게는 딱이겠죠. 하지만 그녀에게 또 다른 매력이 있어요?"

"제발 그런 얘기는 그만둡시다. 비열한 머저리를 보고도 좋아 죽겠다던 사람이 나한테 훈계를 늘어놓을 생각일랑 말아요."

"그 여자의 교양미에 혹했어요?"

"그래요, 오로르는 교양미와 지성미를 풍기는 여자죠. 당신 같은 사람에게는 하품 나오는 얘기로 들리겠지만 난 시장 바닥 같은 데서 소리 지르고, 욕하고, 위협하고, 총질하고, 잠시도 조용할 날이 없는 동네에서 자랐어요. 내 주변에 TV 가이드 말고는 책이라곤 없었죠. 쇼팽이니 베토벤이니 하는 이름은 전혀 다른 세상 얘기였어요. 섹스, 마약, 랩, 문신, 인조 손톱 따위의 허접한 소리만 듣고 자란 놈이 쇼펜하우어나 모차르트이야기를 밥 먹듯이 꺼내는 파리지앵을 사귀니까 황홀할 수밖에요."

빌리가 고개를 끄덕였다.

"나이스 샷! 하지만 당신이 오로르를 좋아했던 건 예쁘기 때문이었을 거예요. 그녀가 지금보다 50킬로그램쯤 더 나가는 몸이었으면 당신을 감동시키긴 어렵지 않았을까요? 아무리 모차르트니 쇼팽이니 늘어놓는다고 해도……."

"자, 그 얘긴 그만하고 운전이나 열심히 해요."

"당장 앞으로 가라고요? 설마 우리 차가 양을 들이받아도 멀쩡할 거라 생각한다면……."

빌리가 던힐을 한 모금 빨더니 다시 물었다.

"오로르가 쇼펜하우어를 들먹인 게 두 사람이 배를 맞추기 전이었어요, 아니면 그 후였어요?"

나는 어안이 막힐 따름이었다.

"만약 내가 당신에게 그런 질문을 했으면 아마 벌써 귀싸대기를 한 대 얻어맞았겠죠? 그렇지 않아요?"

"그냥 웃자고 해본 소리였어요. 당신이 볼이 발개지면서 어쩔 줄 몰라 하는 게 너무 재밌으니까."

참 나, 이런 여자를 내가 만들었다니.

말리부

테레사 로드리게즈는 매주 한 번씩 톰의 집에 와 파출부 일을 하고 있었다. 요즘은 사람들과 부딪치는 걸 싫어하는 톰이 늘 현관문에 할 일이 없으니 그냥 돌아가라는 내용의 메모를 붙여놓고 있었다. 하지만 수고비는 전액 봉투에 넣어 메모지 옆에 함께 붙여두곤 했다.

한데 오늘은 문에 톰이 적어놓은 메모가 보이지 않았다.

다행이야.

테레사는 사실 일도 안하고 거저 돈을 받는 게 영 불편했다. 더군다나 맥아더파크의 어린 시절부터 지금껏 누구보다 톰을 잘 아는 그녀로서는 여간 걱정스러운 게 아니었다.

그 옛날, 테레사는 톰과 같은 건물에 살았고, 캐롤과는 같은 건물 같은 층에 살았다. 톰과 캐롤은 그녀가 남편과 사별한 뒤 혼자 살던 방 두 개짜리 아파트에 수시로 찾아와 학교 숙제를 하고 가곤 했다. 신경증 환자에 바람둥이 엄마가 수시로 사내들을 끌어들이고 집안 살림을 내던지는 톰의 집이나, 개망나니 같은 아버지의 욕지거리가 끊일 날이 없는 캐롤의 집에 비해 그녀의 집은 공부하기에 더없이 좋은 장소였다.

문을 열고 열쇠 꾸러미를 손에 들고 안으로 들어선 테레사는 난장판이 된 집을 보고 할 말을 잃었다. 한동안 엄두를 못 내던 그녀는 겨우 일을 하기 시작했다. 청소기를 돌리고, 바닥에 걸레질을 하고, 식기 세척기를 돌리고, 산더미 같은 다림질 거리를 처리하고, 쓰나미가 휩쓸고 간 듯한 테라스를 청소했다.

테레사는 분류해놓은 재활용 쓰레기를 봉투에 담아 플라스틱 쓰레기통에 넣어 집 밖에 내놓은 다음 세 시간 만에 톰의 집을 나섰다.

말리부 콜로니를 담당하는 쓰레기 수거 차량이 재활용 쓰레기를 수거하기 위해 톰의 집 앞에 멈춰 선 것은 오후 5시가 조금 넘는 시간이었다.

쓰레기 수거 작업을 맡은 인부는 존 브래디였다. 그는 톰의 집 앞에 나와 있는 큼지막한 재활용 쓰레기통 하나를 들어 올리다가 그 안에서 새 책이나 다름없는 《천사들의 3부작》 중 2권을 발견했다. 그는 일단 책을 따로 챙겨놓았다가 쓰레기 수거 작업이 끝난 다음 책 상태를 꼼꼼하게 살폈다.

와! 특별 에디션으로 예쁘게 제작한 책이잖아! 판형도 큰 데다 고딕풍의 근사한 표지와 수채화 삽화까지 들어 있네.

이미 1권을 읽은 존의 아내는 2권의 포켓판이 나오기만 손꼽아 기다리고 있었다. 아내에게 책을 주면 몹시 좋아할 게 분명했다.

존 브래디가 책을 손에 들고 집으로 들어서자 아내 자넷이 생각대로 반색했다. 당장 부엌 식탁에 앉아 책을 읽기 시작한 자넷은 너무 열중한 나머지 저녁 요리로 준비한 그라탱을 오븐에서 꺼내는 걸 깜빡했다.

존 브래디는 잠자리에 들어서도 책을 손에서 놓지 못하는 아내를 보며 오늘 밤에는 마누라 손 한번 잡아 보지 못한 채 적적하게 등을 돌리고 자야겠다고 마음먹었다. 그는 아내 손에 책을 쥐어 주는 바람에 저녁도 굶고 아내와의 잠자리도 포기해야 하는 불행을 자초한 것이라 여기며 언짢은 기분으로 잠을 청했다. 그는 아내 대신 모르페우스의 품에서 위안을 얻으며 서서히 잠속으로 빠져들었다. 모르페우스는 기분 좋은 꿈으로 그를 위로해주었다. 그가 열렬히 좋아하는 LA다저스가 월드시리즈에 진출해 뉴욕양키즈를 이기고 우승하는 꿈이었다. 그러나 꿈결 속에서 한창 행복에 젖었던 그는 아내가 소리를 지르는 바람에 깜짝 놀라 눈을 번쩍 떴다.

"존!"

옆에 있던 아내가 악을 쓰며 소리를 질렀다.

"당신, 어떻게 나한테 이럴 수 있어?"

"어떻게, 뭐가?"

"책이 266페이지에서 딱 끊겼어. 나머지는 다 백지뿐이란 말이야."

"그게 내 책임은 아니잖아?"

"당신이 일부러 이런 책을 구해온 거 아니야?"

"말도 안 돼! 무슨 근거로 그런 소리를 하는 거야?"

"어찌됐든 빨리 뒷얘기를 마저 읽고 싶어."

존이 안경을 쓰고 알람시계를 들여다보았다.

"지금은 새벽 2시야. 이 한밤중에 어디 가서 책을 구해오란 말이야?"

"〈마켓24〉는 밤새도록 문을 열잖아. 여보, 제발 새 책으로 한 권 사다 줘. 2권이 1권보다 훨씬 재미있단 말이야."

존은 한숨을 푹 내쉬었다. 기쁠 때나 괴로울 때나 함께 하기로 언약하고 결혼해 30년을 함께 살아온 아내가 아니던가. 오늘 밤은 괴로운 날에 속했지만 아내의 말을 들어주지 않을 수 없었다.

아직 잠이 덜 깬 몸을 힘겹게 일으켜 세운 존은 청바지와 두툼한 스웨터를 입고 차고로 내려왔다. 퍼플 스트리트의 〈마켓24〉 앞에 도착한 그는 손에 들고 온 파본을 길거리 휴지통 속으로 휙 집어던졌다.

빌어먹을 책 같으니!

멕시코

목적지가 얼마 남지 않았다. 이정표를 보니 우리의 최종 목적지인 카보산 루카스까지는 채 150킬로미터도 남아 있지 않았다.

"기름을 꽉 채우는 건 이번이 마지막이에요."

빌리는 주유소로 들어가 차를 세웠다. 그녀가 엔진도 *끄기* 전에 티셔츠에 파블로라는 이름의 명찰을 단 청년이 부지런히 움직이며 기름을 넣고 차 유리창을 닦아주었다.

땅거미가 내려앉고 있었다. 빌리는 실눈을 뜨고 유리창 너머로 간이식당의 메뉴가 적힌 선인장 모양의 팻말을 읽고 있었다.

"배고파 죽겠네. 뭐 좀 먹고 가요. 저 간이식당에서 기름기는 많지만 맛이 무진장 좋은 음식을 팔 것 같은데."

"그렇게 음식에 욕심내다가 소화불량 걸리겠어요."

"괜찮아요. 당신이 고쳐줄 테니까. 친절한 의사선생님 노릇을 하는 당신 모습이 상상만으로도 섹시한데요."

"당신이란 사람 정말 중증이야!"

"이게 다 누구 탓인데 그래요? 그리고 진지하게 얘기하지만 가끔씩 고삐 좀 늦추고 살아요. 걱정도 조금씩만 해요. 너무 두려워하지 말고 삶이 당신에게 주는 선물을 자연스럽게 받아들여요."

어라. 이젠 아예 파울로 코엘료 흉내까지.

먼저 차에서 내려선 빌리가 식당으로 향하는 나무계단을 올라갔다. 꼭 끼는 청바지에 바디라인이 그대로 드러나는 가죽점퍼를 입고 은색 뷰티케이스까지 든 그녀의 카우 걸 같은 차림이 주변 풍경과 너무나 잘 어울렸다. 나도 파블로에게 기름 값을 내고 그녀를 따라 계단을 올라갔다.

"차문을 잠그게 열쇠를 이리 줘요."

"괜찮아요. 제발 사서 걱정하지 말아요. 차는 잠시 잊어버리고 나와 함께 토르티야랑 프와브롱 파르시나 사주고 맛에 대해 멋지게 묘사해봐요."

마음이 약한 나는 마지못해 식당 안으로 그녀를 뒤따라 들어갔다. 그때만 해도 식당에서 나름 좋은 시간을 보내고 나오겠구나 생각했다. 하지만 그런 생각은 이 비현실적인 여행길에 오르기 시작할 때부터 악착같이 우리를 뒤쫓으며 골탕 먹이는 것에 재미를 붙인 불행의 여신의 존재를 계산에 넣지 않은 착각에 불과했다.

"아니, 자……자동차."

내가 막 테라스에 앉아 옥수수 크레이프의 맛을 보려는데 빌리가 더듬거리며 말했다.

"뭐요?"

"자동차가 보이지 않아요."

빌리가 주차장을 가리키며 황망한 표정을 지었다.

나는 음식은 입에 대보지도 못하고 식당을 뛰쳐나왔다.

"뭐, 사서 걱정 하지 말라고? 고삐를 늦추며 살라고? 당신이 나한테 충고랍시고 한 소리 맞죠? 내 이럴 줄 알았다니까. 그 놈들한테 차에 기름까지 꽉 채워 선물한 꼴이 됐잖아."

빌리가 아주 잠깐 동안 무안해하더니 특유의 냉소적인 태도로 돌아와 생사람을 걸고넘어졌다.

"차를 도둑질 당할 걸 알고 있었던 사람이 왜 돌아가 차 문을 잠그고 오지 않는데요? 결국 당신이나 나나 피장파장이네요."

나는 다시 한번 그녀의 목을 조르고 싶은 충동이 이는 걸 초인적인 의지를 동원해 겨우 참았다. 이제 우리는 차도 짐도 몽땅 털리고 달랑 몸만 남게 되었다. 삽시간에 깜깜한 어둠이 내리더니, 슬금슬금 차디찬 냉기가 옷 속을 파고들기 시작했다.

란초 산타페
보안관 사무실
"서전트 알바레즈가⋯⋯당신의 동행입니까?"
"그 말뜻은?"
밀로가 운전면허증과 부가티 보험증을 건네며 부보안관에게 되물었다.

약간 민망해진 그가 유리창 너머에서 다른 직원과 함께 서류를 작성하느라 여념이 없는 캐롤을 가리키며 보다 더 분명하게 물었다.

"저기 저 여자 분이 당신과 그냥 친구 사입니까? 아니면 '여자 친구'입니까?"
"왜요? 캐롤에게 데이트 신청이라도 하게요?"
"솔직히 말해 아직 남자 친구가 없으면 생각이 있어요. 정말이지⋯⋯."
밀로에게 의도를 의심받지 않는 선에서 적당한 표현을 찾기 위해 고심하던 그는 스스로 생각하기에도 어설픈 짓을 하고 있다는 생각이 들었는지 말끝을 흐렸다.

"당신은 보안관 직분에나 충실하세요. 생각 있으면 한번 데이트를 신청해 보시던지. 내 주먹이 당신 턱주가리로 날아가는지 안 날아가는지 정말 궁금하다면 말입니다."

따끔한 맛을 본 부보안관이 밀로의 서류를 확인하고 나서 부가티의 열쇠를 내밀었다.

"이제 차를 가져가도 좋습니다. 모든 절차상의 문제가 해결됐습니다. 앞으로는 아무에게나 차를 빌려주지 마세요."

"아무에게나 빌려준 게 아니라 절친한 친구 놈이었습니다."

"그럼 앞으로는 친구를 가려서 사귀어야겠습니다."

밀로의 입에서 싫은 소리가 튀어나오려는 찰나 캐롤이 사무실 안으로 들어섰다.

"보안관님, 검문 당시 운전석에 앉아 있던 사람이 여자였던 게 맞습니까?"

"서전트 알바레즈, 날 믿어도 좋아요. 나도 여자인지 남자인지 정도는 구분할 줄 아는 사람이니까."

"혹시 조수석에 탑승한 남자가 이 사람 맞습니까?"

캐롤이 톰의 사진이 표지에 박힌 소설책을 그의 눈앞에서 흔들어 보였다.

"솔직히 서전트의 친구라는 남자의 얼굴은 제대로 보지 못했어요. 난 그저 연한 금발머리 아가씨와 이야기를 나누었죠. 아가씨가 보통내기가 아니더군요."

밀로는 그에게 더 물어봤자 시간 낭비라 생각하고 서류를 돌려달라고 했다. 보안관이 서류를 돌려주며 입이 근질근질해 더 이상 못 참겠다는 듯 물었다.

"팔에 새긴 문신, 마라 살바트루차 같은데 맞습니까? 인터넷에서 그 갱단에 대한 정보를 본 적이 있죠. 누구든 그 갱단에 한번 가입하면 죽기 전에는 빠져나오지 못하는 것으로 나와 있던데 말입니다."

"인터넷에 올라온 글을 곧이곧대로 다 믿으면 안 되죠."

밀로가 사무실을 나서며 한마디 했다.

주차장으로 나온 밀로는 차의 상태를 꼼꼼하게 살폈다. 차 상태는 깨끗한 편이었고, 연료도 넉넉하게 들어 있었다. 트렁크 안에 짐 가방들이 그대로 실려 있는 것으로 보아 톰이 황급히 차를 버리고 도주했을 가능성이 농후했다. 가방들을 열어보니 여자 옷과 화장품들이 잔뜩 쏟아져 나왔다. 조수석 수납함에서는 지도와 〈피플 매거진〉 한 부가 나왔다.

"뭐 좀 찾아냈어?"

캐롤이 주차장으로 나오며 물었다.

"글쎄……."

밀로가 지도에 표기된 이동경로를 가리키며 캐롤에게 물었다.

"그 오소리 같은 보안관 놈이 너에게 데이트 신청 안 했어?"

"전화번호를 알려달라면서 조만간 식사라도 한번 같이 했으면 좋겠다고 하더라. 왜, 문제 있어?"

"문제야 없지. 한데 네가 보기에는 그놈 하는 짓이 좀 꼴통 같지 않아?"

꺼져 자식아, 하고 욕지거리라도 쏟아낼 것 같던 캐롤의 입에서 엉뚱한 말이 튀어나왔다.

"너 이거 봤어?"

캐롤이 낙원 같은 해변에서 물놀이를 즐기고 있는 오로르와 라파엘 바로스를 찍은 사진들을 가리켰다.

밀로는 지도에 펠트펜으로 표시된 십자 표시를 가리키면서 친구에게 물었다.

"우리 멕시코 해안의 근사한 호텔에서 주말을 보내는 건 어떨까? 괜찮지 않겠어?"

멕시코

엘 자카탈의 주유소

빌리가 챈틸리 레이스가 달린 실크 반소매 잠옷의 주름진 부분을 쓰다듬으며 말했다.

"네 여자 친구에게 이걸 한번 선물해봐. 네가 뒤로 벌렁 나자빠지도록 네 여자 친구가 새로운 모습을 보여줄 거야. 세상에 이런 게 있었나 싶을 만큼 화끈하고 끝내주는……."

파블로의 눈이 휘둥그레졌다. 빌리는 벌써 10분 동안 주유소 아르바이트를 하는 청년의 스쿠터와 자신의 뷰티케이스를 맞교환하려고 애쓰고 있었다.

"이거야말로 진짜로 죽여주는 건데 말이야."

빌리가 가방을 열어 뚜껑의 결정면이 다이아몬드처럼 빛나는 크리스털 병을 꺼내 보여주었다. 그녀가 뚜껑을 열더니 신비스런 분위기를 조성하며 마치 놀라운 마술이라도 한 장면 보여줄 것처럼 폼을 잡았다.

"어서 향기를 들이마셔봐."

빌리가 향수병을 청년의 코 가까이 가져다 댔다.

"코를 톡 쏘면서 정신을 후리는 향기가 맡아지지? 왠지 음란하면서 교태가 줄줄 흐르는 냄새가? 제비꽃, 석류, 핑크 페퍼, 재스민의 에센스에 취해보라니까."

"어린애 타락시키려고 작정했어요? 이제 그만해요. 괜히 사고나 치지 말고."

내가 보다 못해 끼어들었다.

하지만 이미 최면술에 걸려든 파블로의 귀에는 빌리가 떠들어대는 소리가 모두 아름다운 음악처럼 들릴 뿐이었다.

"이 머스크, 프리지아, 일랑일랑 꽃이 발산하는 향기에 취해보란 말이야."

나는 아무래도 미심쩍은 생각이 들어 스쿠터를 자세히 살펴보았다. 이탈리아 산 베스파 스쿠터를 복제해 멕시코 국내에서 1970년대에 생산해 유통시킨 짝퉁 오토바이였다. 벌써 도장을 수십 번은 갈아치웠을 것 같은 스쿠터의 외관에는 가지각색 스티커들이 화석처럼 박혀 있었다. 심지어 '1986 멕시코 월드컵'이라는 스티커도 붙어 있을 정도였다.

그런 와중에도 빌리의 허위 과대광고는 계속되고 있었다.

"파블로 내 말을 잘 들어봐. 여자가 이 향수를 뿌리면 육감적이 되어 마법의 정원으로 들어가게 돼. 이 향기가 여자를 야성적이고 사나운 호랑이로 만드는 것이지. 굶주린 호랑이. 섹……."

"이제 그 가당찮은 사기 좀 그만 쳐요. 어차피 저 고물 스쿠터에 두 사람이 타는 건 무리니까."

"왜 못 타요? 내가 무슨 덤프트럭처럼 육중한 줄 아시나봐!"

빌리가 오로르의 뷰티케이스가 뿜어내는 여성적 마술의 정수에 넋을 잃은 파블로를 잠시 제쳐두고 반격에 나섰다.

"스쿠터는 위험해요. 어두운 밤인데다 도로정비도 제대로 되지 않아 군데군데 움푹 파이거나 불룩 튀어나온 곳이 얼마나 많은데……."

"뜨라또 에초(거래가 성사된 거죠)?"

파블로가 우리 쪽으로 걸어오며 물었다.

빌리가 호들갑을 떨며 축하를 보냈다.

"파블로, 정말 잘 선택했어. 내 말만 믿어. 앞으로 네 여자 친구가 널 업고 다닐 테니까!"

빌리가 파블로의 손에서 열쇠 꾸러미를 건네받으며 호언장담했다.

나는 머리를 절레절레 저었다.

"어리석었어. 이 고물 스쿠터로는 분명 20킬로미터도 못 가 퍼지고 말 거야. 벨트가 다 삭아빠졌을 테니까. 그리고……."

"톰."

"뭐요?"

"스쿠터에는 벨트가 없거든요. 기계에 대해 잘 알지도 못하면서 아는 척 행세 좀 하려 들지 말아요."

"20년 동안 시동 한 번 걸어보지 않았는지 어떻게 알아?"

나는 스쿠터에 키를 꽂았다.

엔진이 두세 번 쿨럭이며 기침소리를 내더니 힘겹게 부르릉거리기 시작했다. 빌리가 오토바이 뒤에 올라타더니 두 손으로 내 허리를 감고는 어깨에 머리를 기댔다.

스쿠터가 밤의 정적을 깨뜨리며 요란하게 달리기 시작했다.

20. 천사들의 도시

중요한 건 우리가 날리는 펀치가 아니라 우리를 향해 날아드는 펀치,
우리가 이겨내고 앞으로 나가는데 밑거름이 되는 펀치이다.
_랜디 포시

카보산 루카스

라 푸에르타 델 파라이소 호텔

스위트룸 12호실

커튼 사이로 아침햇살이 스며들었다. 눈을 뜬 빌리가 늘어지게 하품을 하며 기지개를 켰다. 알람시계의 디지털 눈금이 오전 9시가 조금 넘는 시각을 가리키고 있었다.

빌리가 침대에 누운 채 몸을 옆으로 돌려보니 톰이 몇 미터쯤 떨어진 침대에서 몸을 잔뜩 웅크린 채 잠에 빠져 있는 모습이 보였다. 그들은 어젯밤 늦게 욱신욱신 쑤시는 몸을 이끌고 호텔에 도착했다. 파블로의 골동품 스쿠터가 목적지를 십여 킬로미터 앞두고 수명을 다하는 바람에 두 사람은 마을에서 이곳 호텔까지 몇 시간을 으르렁대고 싸우면서 걸어왔다.

핫팬츠와 끈 달린 탱크톱 차림의 빌리가 마룻바닥으로 내려선 다음

살금살금 소리를 죽이며 소파 쪽으로 걸어갔다. 방에는 퀸 사이즈 침대 두 개 말고도 중앙에 벽난로가 있고, 멕시코 전통 가구들과 평면 스크린, 각종 멀티미디어 플레이어, 와이파이 인터넷 등 현대 첨단 전자 제품들이 구비된 널찍한 거실이 있었다. 한기를 느낀 빌리가 톰의 재킷을 집어 케이프처럼 걸쳐 입은 다음 통 유리창을 열고 밖으로 나갔다.

빌리는 테라스에 발을 내딛는 순간 숨이 멎는 것 같았다. 어젯밤에는 몸이 녹초가 되어 한시바삐 잠을 자야겠다는 생각에 급급해 미처 주변 경치를 즐길 여유가 없었다. 그런데 아침에 일어나 보니⋯⋯.

빌리는 햇살이 가득한 테라스 앞쪽으로 걸어갔다. 태평양과 코르테스 해가 만나는 바하 반도 최남단의 풍경이 발아래에 마법처럼 펼쳐져 있었다. 그녀는 입가에 미소를 머금고, 눈에는 반짝이는 보석을 품은 채 난간에 기대어 섰다. 백여 채 정도 되는 아담한 집들이 산을 병풍 삼아 옹기종기 늘어서 있었고, 그 앞쪽으로는 사파이어 빛깔의 바다에 몸을 담근 백사장이 길게 펼쳐져 있었다. '천국으로 통하는 문'이라는 뜻의 '라 푸에르타 델 파라이소'라는 호텔의 이름이 전혀 어색하지 않은 풍경이었다.

빌리는 아마추어 천문가 투숙객들을 위해 설치해둔 망원경에 눈을 가져다 댔다. 그녀는 하늘이나 산을 관찰하는 대신 호텔 야외 수영장을 향해 초점을 맞추었다. 물이 찰랑찰랑 넘쳐흐르는 수영장들이 3층에 걸쳐 해변까지 이어지며 대양과 합쳐지는 듯한 착각을 불러일으켰다.

짚으로 지붕을 엮은 호상 가옥 여러 개가 파란 바다에 떠 있는 작은 섬들처럼 사람들을 맞이하고 있었다. 부지런한 사람들은 벌써 일광욕으로 하루를 시작하고 있었다.

망원경에 눈을 고정시킨 빌리의 입에서 감탄사가 저절로 터져 나왔다.

저 카우보이 모자를 쓴 남자는 젠장 보노라고 해도 믿겠어. 그리고 저 아이들을 데리고 있는 키 큰 금발 머리는 클라우디아 쉬퍼랑 완전 판박이네. 어 어, 저기 머리를 위로 말아 올린, 머리에서 발끝까지 문신을 한 섹시한 갈색 머리, 어머나, 저건…….

그렇게 몇 분간 눈요기를 하던 빌리는 서늘한 바람이 불자 갑자기 한기를 느끼고는 등나무 의자에 몸을 웅크리고 앉았다. 양 어깨를 손으로 비비며 몸을 덥히던 그녀는 재킷 안주머니에서 뭔가 불룩하게 손에 잡히는 걸 느꼈다. 톰의 지갑이었다. 모서리가 다 해진 오돌토돌한 가죽 소재 지갑은 부피가 두툼했다. 그녀는 호기심이 이는 바람에 전혀 거리낌 없이 지갑을 열었다. 지갑이 두툼했던 건 샤갈의 그림을 저당 잡히고 받은 지폐들이 잔뜩 들어 있기 때문이었다. 빌리가 정작 관심을 가진 건 돈보다는 다른 내용물이었다. 어제 잠깐 본 적 있는 오로르의 사진을 뒤집어 보니 뒷면에 여자 글씨체로 이렇게 적혀 있었다.

사랑, 그건 당신이 내 단도가 되고,
내가 그 단도를 집어 들고 내 안을 후비는 일이다.
A.

치, 어디서 베껴 쓴 게 분명하네. 로맨틱하면서도 고딕적인 분위기를 주기 위해 일부러 고통을 쥐어짜내며 작위적으로 표현한 이기적인 문구에 불과해.

빌리는 사진을 다시 제자리에 집어넣은 다음 지갑 속의 다른 내용물을 살피기 시작했다. 신용카드 몇 장, 여권, 애드빌* 두 알 외에 별다른 건 없었다.

그럼 지폐 포켓 밑에 불룩 튀어나온 이건 대체 뭐야?

좀 더 꼼꼼하게 지갑을 이리 저리 돌려가며 살피다 보니 안감 비슷한 것을 지갑 속에 덧대고 굵은 실로 꿰맨 부분이 눈에 띄었다.

예기치 않았던 발견에 깜짝 놀란 그녀는 머리를 묶었던 헤어클립을 풀어 뾰족한 끝으로 바느질 솔기를 조금 뜯어 벌렸다. 그리고 나서 지갑을 살살 흔들었더니 반짝거리는 금속 물체가 손바닥으로 툭 떨어졌다.

권총의 탄피였다.

빌리의 심장이 무섭게 달음박질치기 시작했다. 엄청난 비밀을 훔쳐보았다는 생각에 그녀는 서둘러 다시 카트리지 케이스를 안감 속으로 밀어 넣었다. 그런데, 그 안에서 또 다른 물체가 잡혔다. 누렇게 색이 바랜 사진, 조금 흐릿하게 나온 폴라로이드 사진 한 장이었다. 콘크리트 건물들과 철책을 배경으로 다정하게 껴안고 있는 한 젊은 커플을 찍은 사진이었다. 사진 속의 남자가 톰이라는 건 쉽게 알 수 있었다. 다만 그는 아직 스무 살 안쪽의 앳된 모습이었다. 여자는 그보다 더 어려 열일곱이나 열여덟쯤 돼 보였다. 남미 출신으로 보이는 예쁘장한 소녀. 키가 늘씬하게 크고 이목구비가 섬세한 그녀의 맑고 예쁜 눈이 흐릿한 사진 속에서도 선명하게 돋보였다. 포즈로 보아 그녀가 사진기를 직접 치켜들고 찍은 사진이 분명했다.

"어이, 체면 차릴 필요 없어요!"

빌리는 화들짝 놀라 손에 쥐고 있던 사진을 떨어뜨렸다.

*타이레놀과 유사한 진통제

뒤를 돌아보니…….

라 푸에르타 델 파라이소 호텔

스위트룸 24호실

"어이, 체면 차릴 필요 없다!"

뒤에서 누군가의 목소리가 들려왔다.

망원경에 눈을 고정시킨 밀로가 반나체로 물 밖에서 일광욕을 즐기는 두 나이아드*의 늘씬한 몸매에 한참 동안 정신이 팔려 있을 때, 캐롤이 예고도 없이 테라스로 들이닥쳤다. 밀로가 깜짝 놀라 뒤돌아보니 캐롤이 도끼눈을 뜨고 그를 노려보고 서 있었다.

"그 망원경은 카시오피아 자리나 오리온 자리를 살피라고 설치해둔 거야. 너처럼 눈요기를 할 때 이용하라고 설치해둔 게 아니거든!"

"저 끝내주는 아가씨들 이름이 혹시 카시오피아나 오리온인지도 모르잖아?"

밀로가 턱으로 핀업 걸들을 가리키며 받아쳤다.

"그걸 지금 농담이라고 하는 거야?"

"네가 내 마누라나 엄마라도 돼? 그런 그렇고, 내 방에는 어떻게 들어왔어?"

"내 직업이 형사란 걸 잊었어? 이깟 호텔 방문 따위를 여는 게 나한테 문제가 될 거라 생각한다면 큰 오산이지."

캐롤이 등나무 의자 위에 천 가방을 던지며 말했다.

"이건 엄연히 사생활 침해잖아."

*그리스신화에 나오는 물의 요정

"아니꼬우면 경찰에 신고를 하든지."

"너, 그걸 지금 농담이라고 하는 거야?"

화가 난 밀로가 어깨를 으쓱 올리며 화제를 바꾸었다.

"내가 프런트 데스크에 확인해봤는데 톰이 '여자 친구'와 이 호텔에 투숙한 게 맞더라."

"나도 이미 알고 있거든. 내가 조사한 바로는 스위트룸 12호실, 침대 두 개짜리 방에 들었더군."

"넌 그나마 침대가 두 개라 안심이지?"

캐롤이 한숨을 푹 내쉬었다.

"그런 소리를 할 때마다 넌 똥인지 된장인지 구분하지 못하는 돌대가리 같아."

"그럼 오로르는? 그녀에 대해서도 좀 알아봤어?"

"그야 당연하지."

이번에는 캐롤이 망원경을 들고 해변을 향해 렌즈를 고정시켰다.

캐롤은 투명한 파도가 훑고 지나간 드넓은 모래사장을 주의 깊게 살펴보았다.

"내가 수집한 정보가 정확하다면 오로르가 지금쯤 있어야 할 곳은…… 바로 여기야."

캐롤이 망원경의 방향을 고정하고 나서 밀로에게 자리를 내주었다.

해변 가까이에서 오로르가 섹시한 점프 수트 차림으로 라파엘 바로스와 수상 스키를 즐기고 있었다.

"저 남자 꽤 괜찮아 보이지 않아?"

캐롤이 밀로를 옆으로 밀치고 다시 망원경을 차지했다.

"네 눈에는 저 녀석이 정말 괜찮게 보여?"

"지독하게 취향이 까다롭지 않은 이상 저 정도면 인정해줘야지. 저 각진 어깨에 운동선수다운 가슴 봤어? 얼굴은 배우처럼 생겼는데 저 딱 벌어진 어깨는 그리스신화에 나오는 신들보다 더 다부져 보이잖아."

"이제 됐으니까 그 정도로 끝내라."

밀로가 구시렁거리며 다시 캐롤을 밀쳐내고 망원경을 차지했다.

"오리온과 카시오피아 아가씨들을 보라고 비치해둔 물건으로 지금 뭘 보고 있는 거야."

캐롤이 새로운 눈요기 거리를 물색하기 시작하는 밀로를 보고 피식 웃었다.

"저 갈색머리 여자, 로큰롤 스타일로 머리 틀어 올린 여자, 저 여자……."

"그래, 그 여자 맞아."

캐롤이 그의 말을 자르며 화제를 돌렸다.

"이제 눈요기는 그만 하고 호텔비를 어떻게 할 생각인지 이야기해줄래?"

"전혀 대책이 없어."

밀로가 씁쓸한 표정을 지으며 말했다. 그가 '눈요기 장난감'에서 눈을 떼더니 의자에 놓인 가방을 들어 올리며 캐롤 앞에 앉았다.

"이 가방, 제법 무게가 나가는군. 안에 뭐가 들었는데 그래?"

"톰한테 전해줄 거야."

밀로가 추가 설명을 요구하는 표정으로 미간을 찌푸렸다.

"어제 아침, 너희 집에 가기 전에 톰의 집에 잠깐 들렀거든. 톰의 행방을 찾는 데 단서가 될 만한 게 없는지 좀 뒤져볼 생각이었어. 톰의 방으로 올라갔는데, 글쎄 벽에 걸려 있던 샤갈 그림이 없어져 버린 거야."

"젠장!"

"너 혹시 톰이 그림 뒤에 비밀금고를 숨겨 놓았다는 걸 알고 있었니?"

"아니."

밀로는 잠시나마 다시 희망에 부풀었다. 혹시라도 톰이 비상금으로 챙겨 둔 돈이 나와 조금이나마 빚을 갚을 수 있을지도 모르는 일이었기 때문이다.

"갑자기 호기심이 발동하면서 비밀번호를 조합해 비밀금고를 열어보고 싶더라고."

"그래서 결국 금고를 열었어?"

"19940707을 넣으니까 열리더군."

"너의 머리에 그 숫자들이 번쩍 떠오른 거야? 마치 신의 계시처럼?"

밀로가 빈정거렸다.

캐롤은 밀로의 냉소적인 반응을 철저하게 무시했다.

"톰의 스무 번째 생일을 입력한 거야. 1994년 7월 7일."

그 말에 밀로는 갑자기 얼굴 표정이 어두워지며 나지막한 목소리로 툴툴거렸다.

"그때는 내가 너희들 곁에 없었어. 그렇지?"

"그래, 넌 감옥에 있었지."

바로 그 순간, 천사가 밀로의 가슴을 향해 우수의 화살을 몇 개 쏘고 지나갔다. 유령과 악마들은 그가 조금이라도 경계를 늦추길 기다리며 늘 그의 주변을 배회했다. 그의 머릿속에서 대조적인 이미지들이 겹쳐지고 있었다. 호화 호텔의 모습과 더러운 감옥의 모습. 부자들의 천국과 가난뱅이들의 지옥.

15년 전, 밀로는 치노의 남자 형무소에서 9개월간 수감생활을 했다. 기나긴 암흑기였고, 지옥 같은 세월에 종지부를 찍는 고통스러운 정화의 시간이었다. 밀로는 출감 후 새 삶을 살기 위해 발버둥을 쳐왔지만 늘 미끄럽고 불안정한 땅에 서 있는 것 같은 기분으로 살아 왔다. 발아래의 땅이 곧 내려앉기라도 하듯 마음이 조마조마한 나날이었다. 안전핀 뽑힌 수류탄 같은 그의 과거가 언제 그의 머릿속에서 뻥 터질지 모르는 일이었다.

밀로는 괴롭고 우울한 기억들에 휩쓸려들지 않기 위해 여러 번 눈을 깜빡였다.

"금고 속에 뭐가 들어 있었는데?"

밀로가 딱딱한 목소리로 물었다.

"내가 톰의 스무 번째 생일에 선물했던 거."

"뭔지 봐도 돼?"

캐롤이 고개를 끄덕였다.

밀로가 가방을 들어 테이블에 올린 다음 지퍼를 열었다.

스위트룸 12호실

"지금 남의 물건으로 뭐하는 거예요?"

나는 빌리의 손에서 지갑을 낚아챘다.

"신경질 내지 말아요."

나는 반 혼수상태에서 힘들게 잠이 깼다. 입 안은 텁텁했고, 전신은 욱신거려 쑤시고, 발목이 심하게 화끈거렸다. 마치 세탁기 안에서 빙글빙글 돌며 밤을 보내고 난 것처럼 불쾌한 기분이었다.

"난 남의 지갑을 허락 없이 뒤지는 여자들을 가장 혐오하거든요. 어떻게 당신이란 여자는 내가 싫어하는 결점은 죄다 가지고 있어요?"

"그만해요. 그게 다 누구 탓인데 그래요?"

"사생활은 소중한 거예요. 당신이 살아오는 동안 책 한 권 펼쳐본 적 없는 여자란 건 잘 알지만 앞으로 기회가 생기면 솔제니친이 쓴 책을 한 번 읽어봐요. '우리가 누리는 자유는 다른 사람이 우리의 삶에 대해 모르는 것을 기반으로 한다.'고 아주 고개가 절로 끄덕여지는 내용을 써 놨으니까."

"난 그저 균형을 바로잡고 싶었을 뿐이에요."

빌리가 변명했다.

"웬 균형?"

"당신은 내 인생에 대해 모르는 게 없잖아요. 그런 만큼 내가 당신의 인생에 약간의 호기심을 느끼는 건 자연스러운 귀결이 아닐까요?"

"아니, 내가 보기에는 조금도 자연스럽지 않아요. 지금 우리에게 벌어지고 있는 일들 중에서 자연스러운 건 아무것도 없어요. 당신은 당신이 속했던 픽션 세계를 떠나지 말았어야 했고, 나는 이 여행에 당신을 따라나서지 말았어야 했어요."

"오늘 아침 따라 고슴도치처럼 유난히 까칠하게 구시네."

적반하장도 유분수지. 지금 도리어 나한테 핀잔을 줘!

"이봐요, 당신이 아전인수에 뛰어난 사람인지는 모르겠지만 나한테는 어림없어요."

"이 아가씬 누구예요?"

빌리가 폴라로이드 사진을 가리키며 물었다.

"교황님의 여동생, 대답이 됐어요?"

"아니, 좀 시시한 응수네요. 소설에서는 정작 그렇게 안 쓸 사람이."

이 여자는 정말 철면피라니까!

"이름은 캐롤. 내 어린 시절 친구."

"친구 사진을 왜 신주단지 모시듯 지갑에 넣고 다녀요?"

나는 경멸하는 눈빛으로 그녀를 흘겨보았다.

"아, 됐어요. 빌어먹을! 당신의 캐롤 따위에는 어차피 관심도 없었으니까."

빌리가 화를 내며 테라스로 나갔다.

나는 고개를 숙여 손에 들고 있는 누렇게 색이 바랜 사진을 내려다보았다. 몇 년 전 지갑 속에 넣고 꿰맨 다음 한 번도 꺼내 본 적 없는 사진이었다.

사진을 찍었던 날의 추억이 되살아났다. 머릿속이 아득해지며 나는 어느새 16년 전 그 시절로 되돌아가 있었다. 내 팔에 안긴 캐롤이 소리를 질렀다.

"잠깐! 움직이지 마! 치즈!"

찰칵, ㅈㅈㅈㅈㅈ.

즉석 사진기에서 사진이 빠져 나오는 특유의 소리가 귓가에 생생하게 들려오는 듯했다.

캐롤이 하지 말라는 데도 억지로 사진을 낚아채 들여다보는 내 모습이 보였다.

"헤이, 조심해. 손가락 자국 생기겠어. 마르게 놔둬."

캐롤이 빨리 말리려고 폴라로이드 사진을 흔들며 도망치는 나를 쫓아오는 게 보였다.

"나도 좀 보자! 나도 좀 보자!"

마법 같은 3분간의 기다림. 캐롤은 내 어깨에 기대 필름 위에서 서서히 사람 형상이 드러나는 순간을 조마조마하게 지켜보고 있었다.

캐롤이 드디어 나타난 사진을 보며 한바탕 크게 웃었다.

빌리가 아침 식사 쟁반을 티크 원목 테이블에 내려놓았다.

"오케이, 당신 물건을 뒤진 건 정말 잘못했어요. 솔제니친인지 뭔지 하는 작가의 말에는 나도 동감이에요. 사람은 누구나 비밀을 간직할 권리가 있죠."

나는 상당히 마음이 진정되었고, 그녀도 아까보다는 한결 차분해보였다. 그녀는 내 잔에 커피를 따라주었고, 나는 빵에 버터를 발라 그녀에게 건네주었다.

"그런데, 그날 무슨 일이 있었어요?"

빌리가 결국 호기심을 참지 못하고 물었다. 하지만 그녀의 목소리에서는 더 이상 엿보기 욕망이나 병적인 호기심이 느껴지지 않았다. 어쩌면 그녀는 내가 겉으로는 부인하면서도 속으로는 캐롤과 관련된 내 삶의 한 토막을 속 시원히 누군가에게 털어놓고 싶어 한다는 느낌을 받은 것인지도 몰랐다.

로스앤젤레스

맥아더파크

1994년 7월 7일

그해 여름은 아주 무더웠다. 도시 전체가 가마솥처럼 이글거리며 달아올랐다. 아스팔트가 깔린 농구장 바닥까지 누글누글해질 만큼 맹렬한 더위였지만 웃통을 벗어 붙인 십여 명의 사내 녀석들은 매직 존슨 흉내를 내며 연신 바스켓을 향해 뛰어올랐다.

"어이, 거기 밥맛! 여기 와서 재주 한번 부려보지 그러냐?"

나는 대꾸하지 않았다. 아니 내게는 아예 아무런 소리도 들리지 않았다. 최대한 볼륨을 높인 워크맨에서 흘러나오는 비트 음과 둔탁한 저음이 외부로부터 들려오는 욕지거리들을 차단해주고 있었다. 나는 철책을 따라 걷다가 주차장 입구에 서 있는 나무 아래 앉았다. 나무에 잎이 조금 남아 있어 작은 그늘을 만들어주고 있었다. 냉방이 되는 도서관만큼은 못했지만 책을 읽기에 그 그늘만큼 시원한 곳은 없었다. 나는 마른 풀 위에 앉아 나무 둥치에 등을 기댔다.

나는 음악의 보호 아래 나만의 세계에 있다. 손목시계를 들여다본다. 오후 1시. 나는 베니스 비치의 널빤지를 깐 해변 산책로에서 아이스크림을 파는 아르바이트를 하고 있다. 베니스 비치로 떠나는 버스 시간까지는 아직 30분 정도가 남아 있다. 그 자투리 시간을 잘만 활용하면 미스 밀러가 추천해준 책을 몇 페이지 정도 더 읽을 수 있다. 내게 폭넓은 추천 도서 리스트를 만들어준 밀러 교수는 젊고 똑똑한 사람으로 문학을 전공했으며 나에 대해 좋은 인상을 가지고 있다.

지금 내 가방 속에는 셰익스피어의《리어왕》, 알베르 카뮈의《페스트》, 말콤 로리의《화산 아래서》, 장장 1,800페이지에 달하는 제임스 엘로이의《LA 4부작》이 들어 있다. 내가 요즘 워크맨으로 듣는 음악은 음울한 가사들이 주를 이루는 R.E.M의 최신 앨범이다. 물론 랩도 즐겨 듣는다. 바야흐로 웨스트 코스트의 전성기다. 닥터 드레의 플로우, 스눕 도기 도그의 갱스터 펑크, 투팍의 분노까지. 그 음악들에 대해 나는 묘하게 애증이 섞인 감정을 느낀다. 그 음악들의 가사는 듣는 사람에게 삶의 지평을 확대해주는 내용이 아니다. 대개는 대마초에 대한 옹호, 경찰에 대한 욕지거리, 동물적 섹스, 총과 차를 숭상하는 이야기들이다. 하지만 그 음악들이야말로 우리의 일상과 주변 세계를 고스란히 반영하고 있다. 죽음이 난무하는 거리, 게토의 삶과 절망, 갱스터들의 전쟁과 살육, 경찰의 야만적 응징, 열다섯 어린 나이에 임신해 학교 화장실에서 아이를 낳은 여자아이들 이야기.

그 음악들 속에서는 내가 사는 빈민가에서와 마찬가지로 마약이 전지전능한 지위를 부여받고 있다. 권력, 돈, 폭력, 죽음의 뿌리는 모두 마약으로 귀결된다. 그 음악을 하는 래퍼들은 우리와 다르지 않은 사람들이라는 느낌이 강하게 든다. 우리처럼 길거리를 돌아치다 경찰들과 총질이나 하고, 거지 신세가 되지 않는다면 기껏 철창이나 병원 신세를 져야 하는 인생들.

멀리 캐롤이 걸어오는 모습이 보인다. 오늘 따라 밝고 투명한 색상의 원피스를 입어서인지 상큼하고 발랄해 보인다. 평소 캐롤이 즐겨 입는 옷 스타일과는 많이 다르다. 캐롤은 대부분의 또래 동네 여자아이들처럼 트랙슈트, 후드 달린 티, XXL 사이즈 티셔츠로 여성적인 체형을 가리고 다닌다. 그녀가 묵직한 배낭을 메고 집적거리는 건달 놈들의 시답잖은 농담과 희롱을 무시하며 내가 있는 '초록의 섬'을 향해 다가오고 있다.

"안녕, 톰."

"안녕, 캐롤."

나는 마침내 헤드폰을 귀에서 빼낸다.

우리가 알고 지낸 지는 벌써 10년째다. 밀로를 제외하고는 캐롤은 내게 하나밖에 없는 친구다. 캐롤은 미스 밀러 말고 나와 유일하게 이야기가 통하는 사람이다. 우리 관계는 아주 독특하다. 캐롤은 내게 여동생이나 여자 친구 이상의 존재다. 우리 관계에는 한마디로 뭐라 단정지을 수 없는 '독특한' 면이 있다.

오래전부터 알고 지낸 우리의 관계는 4년 전부터 급격히 달라졌다. 나는 바로 옆집, 내 방에서 불과 10미터도 떨어지지 않은 곳에 무시무시한 지옥의 공포가 도사리고 있다는 사실을 발견했다. 매일 아침 층계에서 마주치는 소녀의 내면에서는 이미 생명이 사그라지고 있었다. 그녀에게는 사람 취급을 받지 못하며 끔찍한 수난을 겪어야 하는 숱한 밤들이 있었다. 누군가가 그녀의 피를, 생명을, 수액을 빨아먹고 있었다.

안타깝게도 내겐 그녀를 도울 방법이 없었다. 나는 외톨이였으니까. 고작 열여섯 살이던 내게는 돈도, 패거리도, 총도, 탄탄한 근육도 없었다. 가진 거라곤 비교적 잘 돌아가는 머리와 굳은 의지뿐이었는데, 그것만으로는 그녀가 처한 상황을 바꿀 방법이 없었다.

나는 그녀의 의사를 존중하는 가운데 내 나름대로 도울 수 있는 방법을 찾았다. 나는 그녀와 판박이처럼 비슷한 처지의 소녀 델릴라와 어릴 때부터 그녀를 지켜주는 수호천사 라파엘의 이야기를 끝도 없이 써내려갔다.

2년 동안 매일이다시피 캐롤을 만나는 동안 내 이야기는 새록새록 흥미를 더해갔다. 그녀는 내가 지은 허구의 이야기가 삶의 고통을 견디는 방패 역할을 해준다고 말했다. 내 이야기의 주인공들이 보여주는 인생역정이 그녀를 상상의 세계로 이끌어내 잠시나마 끔찍한 현실을 잊게 해준다는 것이었다.

나는 다른 방법으로는 캐롤을 도울 수 없었기에 델릴라의 이야기에 한껏 상상력을 불어넣기 위해 힘을 기울였다. 나는 신비하고 로맨틱한 로스앤젤레스를 배경으로 시네마스코프 영화 같은 상상의 세계를 창조하기 위해 여가 시간의 대부분을 썼다. 자료 조사를 하고, 신화에 대한 각종 서적을 탐독하고, 옛날 마법서들을 두루 섭렵했다. 그 결과 나는 밤을 꼬박 새워가며 자신들만의 고민과 고통을 지닌 다양하고 생생한 인물들을 탄생시켰다.

초현실적인 동화로 출발한 내 이야기는 시간의 흐름과 함께 점점 살이 붙으면서 성장소설이 되었다가 드디어 한 편의 거대한 서사시로 탄생하게 되었다. 내가 모든 열정과 능력을 바쳐 쓴 픽션의 세계가 그로부터 15년 후 수백 만 독자들의 심금을 울리며 나를 일약 유명인사로 만들어준 것이다.

내가 언론사와 인터뷰를 하지 않고, 기자들을 피하는 이유는 바로 그것이다. 《천사 3부작》의 탄생 배경은 내가 이 세상에서 오직 한 사람과 나누고 싶은 비밀 이야기이기 때문이다.

"뭘 듣고 있니?"

캐롤은 지금 열일곱 살이다. 그녀는 웃고 있다. 다시 생명력과 힘으로, 미래에 대한 계획으로 내면을 가득 채운 그녀는 무척이나 아름답다. 나는 그녀가 다시 생명력을 얻게 된 걸 다 내 덕분이라 생각한다는 걸 안다.

"시네이드 오코너가 리메이크한 프린스 곡인데 넌 모를 거야."

"지금 농담해? 〈낫싱 컴페어즈 투 유(Nothing compares 2 U)〉를

모르는 사람이 대체 어디 있다고?"

캐롤이 내 앞에 서 있다. 그녀의 가벼운 실루엣이 7월의 하늘을 배경으로 도드라져 보인다.

"시네라마 돔에서 하는 〈포레스트 검프〉 보러 갈까? 어제 개봉했는데 내용이 괜찮다더라."

"푸우……."

나는 열의 없이 대답한다.

"그럼 비디오 클럽에서 〈그라운드호그 데이(Groundhog Day)〉를 빌려보거나 〈엑스 파일스(The X Files)〉 녹화 테이프를 볼까?"

"난 안 되겠어, 캐롤. 오늘 오후에 일해야 하거든."

"그럼……."

캐롤이 아리송한 분위기를 풍기며 배낭에서 코카콜라 캔을 하나 꺼내더니 샴페인이라도 되는 양 마구 흔든다.

"……그럼 지금 당장 네 생일을 축하해야겠구나."

내가 뭐라 불평할 사이도 없이 그녀가 마개를 딴 콜라를 내 가슴과 머리가 흠뻑 젖도록 쏟아 붓는다.

"캐롤, 그만해! 너 돌았어? 대체 왜 그래?"

"걱정 마, 라이트라서 얼룩이 지지 않을 거야."

"그걸 말이라고 해!"

나는 화난 척하면서 옷에 묻은 콜라를 닦아낸다. 기분 좋게 웃는 캐롤의 모습은 보고만 있어도 마음이 행복해진다.

"우리가 지금처럼 계속 스무 살로 머무는 게 아니잖아. 그래서 너한테 꼭 특별한 걸 주고 싶었어."

캐롤의 말에는 비장감이 서려 있다.

캐롤이 다시 가방 속에서 큼지막한 선물 꾸러미를 꺼내 내게 건넨다. 한눈에 봐도 포장부터 고급인 게 '진짜' 상점에서 산 선물 같다. 손에 받아 든 선물이 너무 묵직해 나는 영 무안하다. 돈이 없기는 캐롤이나 나나 마찬가지다. 이런저런 아르바이트를 해서 버는 몇 푼 안 되는 돈은 대부분 학비에 보태고 있기 때문이다.

"자, 어서 열어봐. 마냥 돌부처처럼 서 있지만 말고."

마분지 포장 상자 속에는 내가 범접할 수 없는 물건이 들어 있다. 나같은 아마추어 글쟁이한테는 성배나 다름없는 찰스 디킨즈의 만년필이나 헤밍웨이의 로열 타자기보다 더 귀한 물건이다. 최고급 노트북인 '파워북 540C'. 두 달 전부터 나는 컴퓨터스 클럽 앞을 지나다닐 때마다 진열장에 있는 그 노트북에서 눈을 떼지 못한다. 컴퓨터사양도 훤히 외우고 있다. 33MHz 프로세서, 500MB 하드 디스크, 액티브 매트릭스 액정 디스플레이, 내장 모뎀, 배터리 지속 시간 3시간 30분, 최초의 트랙패드 도입. 3킬로그램이 조금 넘게 나가는 최고의 작업용 컴퓨터지만 가격은 무려 5천 달러나 된다.

"너한테 이 비싼 노트북을 받을 수는 없어."

"무슨 소리야. 받아도 돼."

나와 그녀는 동시에 감정이 북받친다. 그녀의 눈에 이슬이 고여 있다. 필시 내 눈에도 고여 있을 것이다.

"이건 선물이 아니야. 이건 내 책임감이야."

"캐롤, 나는 도통 무슨 말인지 모르겠어."

"나는 언젠가 네가 《델릴라 이야기》와 《천사 3부작》을 글로 쓰기를 원해. 그 이야기가 다른 사람들에게도 따스한 위안이 되길 바라."

"그 이야기라면 연필이나 만년필로도 충분히 쓸 수 있어."

"물론 그럴 수야 있겠지. 하지만 이 선물에는 대가가 있어. 넌 나와 반드시 약속을 해야만 하는 거야."

나는 할 말을 잃는다.

"이 엄청난 돈은 어디서 났어, 캐롤?"

"걱정하지 마. 내가 다 알아서 처리했으니까."

그리고 몇 초 동안 우리는 아무런 말이 없다. 나는 캐롤을 품에 꼭 안아주고 싶다. 아니, 키스라도 해주고 싶다. 아니, 사랑한다는 말이 튀어나올 것 같은 심정이다. 하지만 그녀와 나는 아직 그런 사이까지는 아니다. 그래서 나는 그녀에게 언젠가 꼭 그 이야기를 소설로 쓰겠다고 약속한다.

솟구치는 감정을 억누르기 위해 그녀가 가방 속에 있던 마지막 물건을 꺼낸다. 블랙마마에게서 빌린 낡은 폴라로이드 카메라다. 그녀가 한 손으로 내 허리를 감싸고 다른 한 손으로 카메라를 하늘로 치켜들며 내게 포즈를 취하라 한다.

"잠깐! 움직이지 마! 치이이이즈!"

라 푸에르타 델 파라이소 호텔

스위트룸 12호실

"와, 캐롤이란 여자 정말 대단한데."

내가 이야기를 마치자 빌리가 나지막이 감탄사를 내뱉었다.

내가 전혀 딴 사람처럼 보이는 듯 나를 바라보는 그녀의 눈빛에 전에 없던 애정이 듬뿍 담겨 있었다.

"그 사람은 지금 어떻게 됐어요?"

"지금은 경찰이 됐죠."

나는 다 식어버린 커피를 한 모금 마셨다.

"그럼 그 컴퓨터는?"

"지금은 우리 집 금고 안에 들어 있어요. 그 컴퓨터로 《천사 3부작》의 초고를 다 썼어요. 내가 결국 약속은 지킨 셈이죠."

하지만 빌리는 내 말에 동의하지 않았다.

"세 권을 다 써야 약속을 지키는 거죠. 더러 시작하긴 쉬워도 끝을 잘 맺어야 비로소 진정한 의미가 있는 일들이 있는 법이에요."

빌리에게 그렇게 단정적으로 말하지 말라고 한마디 하려는 찰나 문 밖에서 노크 소리가 들려왔다.

룸서비스나 메이드일 거라 생각하고 추호의 의심도 없이 문을 활짝 열었는데, 밖에 서 있는 사람은 다름 아닌……

사람은 누구나 이런 경험을 하게 된다. 그 분은 우리가 필요로 하는 걸 바로 그 순간, 그 자리에 정확하게 갖다주기 위해 사람과 사물들 사이에 보이지 않는 끈을 만든다. 그 분은 하늘에 계신 창조자이며 그 은 총의 순간은 모두 그 분이 계획한 것이다.

"안녕."

캐롤이 인사했다.

"안녕 친구. 이렇게 다시 만나서 반가워."

밀로의 목소리였다.

21. 아모르, 데킬라 이 마리아치

그녀는 다른 남자의 여자처럼 아름다웠다.
_폴 모랑

호텔 부티크

두 시간 후

"자, 자! 어린애처럼 굴지 말아요."

빌리가 내 소매를 잡아끌었다.

"날 저 안으로 데리고 들어가서 뭘 하게요?"

"당신은 지금 당장 새 옷이 필요해요."

내가 문 앞에 버티고 서서 꼼짝하지 않자 그녀가 세게 등을 떠밀었다.
나는 회전문 속으로 딸려 들어가 호텔의 고급 부티크 바닥에 고꾸라졌다.

"당신, 병이야. 아, 내 발목. 어떨 때 보면 당신은 머릿속이 빈 여자
같다니까."

나는 몸을 일으키며 소리를 질렀다.

빌리가 엄하기 짝이 없는 초등학교 선생님처럼 팔짱을 끼고 서 있
었다.

"이봐요, 지금 당신 옷차림은 정말 말이 아니거든요. 피부는 여섯 달 동안 해를 못 봐 핏기라곤 없지, 머리는 제멋대로 텁수룩하게 자라 남들이 보면 단골 미용사가 작년에 죽은 줄 알겠어요."

"그래서요?"

"여자의 마음을 사로잡고 싶으면 스타일부터 바꿔야 한다는 거예요. 자, 따라와요."

나는 쇼핑할 기분이 아니었지만 마지못해 그녀의 뒤를 따라 걸었다. 유리돔으로 천장을 만든 넓은 매장 안은 멕시코 풍이라기보다는 런던, 뉴욕, 파리에 있는 고급 부티크들의 아르누보 스타일을 연상시키는 인테리어로 꾸며져 있었다. 천장에는 크리스틸 샹들리에들과 애매하게 예술사진을 흉내 낸 브래드 피트, 로빈 윌리엄스, 크리스티아누 호날두의 대형 사진들이 나란히 걸려 있었다. 나르시시즘과 허영심을 한꺼번에 풍기는 곳이었다.

"좋아요, 스킨케어부터 시작하죠."

빌리가 자신 있게 말했다.

스킨케어라……

나는 한숨이 저절로 나와 고개를 절레절레 흔들었다.

복제한 인조인간 같은 화장품 코너 점원들이 옷을 쫙 빼입고 서 있다가 빌리에게 다가와 도움을 주겠다고 했지만, 그녀는 물 만난 고기처럼 간단하게 도움을 거절했다.

"턱수염은 삐죽삐죽 개념 없이 자랐고, 옷차림새는 영락없는 크로마뇽인이란 말이에요. 당신에게 정말 안 어울리죠."

나는 기분 나쁠 만큼 단정적인 코멘트를 듣고도 입을 꾹 다물고 있었다. 어쨌든 지난 몇 달 동안 생각 없이 살았던 것만큼은 분명한 사실이었다.

빌리가 바구니를 하나 집어 들더니 화장품을 하나씩 담기 시작했다.

"클렌징용, 각질 제거용, 피부 정화용."

빌리가 옆 진열대로 옮겨가며 말했다.

"당신 친구들이 마음에 들어요. 특히 밀로라는 분, 정말 재미 있는 분이더군요. 당신을 다시 만난 것에 대해서도 얼마나 기뻐하던지……. 새삼 내 눈시울이 뜨거워지더라니까."

우리는 캐롤, 밀로와 어울려 두어 시간 가량 즐겁게 놀다오는 길이었다. 친구들과의 재회에 마음이 훈훈해진 나는 막연하게나마 상황이 호전되리라는 기대감을 품게 되었다.

"친구들이 우리 이야기를 믿었을까요?"

"글쎄요. 믿기 힘든 걸 믿는다는 건 그리 쉬운 일이 아니죠."

빌리도 솔직하게 인정했다.

호텔 수영장
지미의 바

초가지붕을 얹은 방갈로 스타일 바에서는 수영장은 물론 멋진 바다와 해변을 따라 아름답게 펼쳐진 18홀의 환상적인 골프코스가 내려다 보였다.

"빌리라는 여자, 네가 보기에는 어때?"

캐롤이 물었다.

"그 여자의 미끈하게 뻗은 다리를 보면 사내놈들 바지 안이 빵빵해지겠던데."

밀로가 코코넛 열매에 담겨 나온 칵테일을 빨대로 홀짝거리며 말했다.

캐롤이 기가 찬다는 듯 밀로를 빤히 쳐다보았다.

"왜 너에게는 모든 일이 섹스로 귀결되니? 언젠가 너에게 그 이유가 뭔지 꼭 설명을 들어야겠다."

밀로가 호된 야단을 들은 어린아이마냥 캐롤의 눈치를 살피며 어깨를 으쓱 추어올렸다. 바맨이 그들의 앞에서 캐롤이 주문한 '퍼펙트 애프터 에잇(Perfect After Eight)' 칵테일을 만드느라 조금 과장된 몸짓으로 셰이커를 격렬히 흔들어대고 있었다.

밀로가 다시 처음으로 화제를 돌렸다.

"그럼, 넌? 넌 그 여자에 대해 어떻게 생각하는데? 책에서 떨어졌네 어쩌네 하는 이야기를 무턱대고 믿는 건 아니지?"

"글쎄, 좀 엉뚱하게 들리긴 하지만 그 아이디어 자체는 아주 멋져."

캐롤이 생각에 잠기며 대답했다.

"외모가 소설 속의 여자와 소름 끼칠 만큼 닮은 건 인정하지만 난 동화나 마법 같은 건 안 믿는 사람이라."

캐롤이 쟁반에 들고 온 칵테일 잔을 내려놓은 웨이터에게 고개를 살짝 숙이며 감사를 표했다. 그녀는 밀로와 함께 수영장으로 자리를 옮겨 덱체어에 자리 잡고 앉았다.

"네 생각이야 어떠하든 상처를 간직한 주인공들이 무수히 등장하는 《천사 3부작》 이야기에 마법 같은 면이 있는 건 사실이잖아."

캐롤이 멀리 바다를 응시했다. 이왕 말을 꺼낸 김에 그녀는 그동안 마음속에 담고 있던 생각을 밀로에게 털어놓았다.

"그 소설은 뭔가 다른 점이 있어. 독자들을 일깨워주는 힘이 있지. 책을 읽다보면 독자들은 자신의 결점뿐만 아니라 잠재력까지 자각하게 돼. 그 이야기는 내 목숨을 구해주었고, 빈민가 출신인 우리 세 사람의 인생을 송두리째 바꿔주었어."

"캐롤?"

"뭐?"

"빌리라는 그 여자는 분명 사기꾼이야. 더 말할 필요도 없어. 톰이 심신이 허약해진 틈을 타 홀라당 벗겨 먹으려고 덤벼든 맹랑한 여자일 뿐이라니까."

"어디 벗겨 먹을 데가 남아 있어야지. 너 때문에 톰은 빈털터리가 되었잖아."

캐롤이 은근히 언성을 높였다.

"이제 사람 좀 작작 들볶아라. 나라고 뭐 이런 중압감에 시달리며 사는 게 쉬운 줄 알아? 나 역시 일을 이 지경으로 망친 내가 용서가 안 돼. 그 생각만 하면 밤에 잠이 안 올 지경이야. 몇 주 전부터 나도 만회할 방법을 찾느라 나름 고심하고 있었어."

캐롤이 길쭉한 덱체어에서 몸을 일으키며 밀로를 매섭게 쳐다보았다.

"죄책감에 시달린다는 놈이 밀짚모자에 손에는 코코넛 열매 칵테일까지 한 잔 들고 유유자적하고 있나?"

캐롤이 밀로에게 등을 돌리고 해변을 향해 발걸음을 옮겨놓기 시작했다.

"너무해!"

밀로가 덱체어에서 벌떡 일어나 캐롤을 뒤쫓기 시작했다.

"기다려!"

캐롤을 잡으려고 미끄러운 바닥을 뛰어가던 밀로가 갑자기 미끄러지며 공중으로 날아올랐다.

젠장!

호텔 부티크

"자, 지금 당신한테 필요한 물건은 바로 이런 것들이에요. 보습용 염소젖, 비누 그리고 이 필링용 젤."

빌리는 온갖 미용 관련 전문지식과 충고를 주절주절 늘어놓으며 바구니 가득 화장품을 담기에 여념이 없었다.

"당신 얼굴에 주름 방지용 크림은 꼭 권하고 싶어요. 당신 나이가 피부에 결정적인 영향을 미치거든요. 아직은 피부의 두께 때문에 세월의 골이 패지 않았지만 그 시절은 곧 지나가게 돼요. 이제야말로 피부에 주름이 잡히기 시작한다고 보면 돼요. 순진하게도 '주름 때문에 훨씬 매력적이네요.'라고 말하는 여자들의 마음에도 없는 말은 믿지 않는 게 좋아요."

한번 발동을 걸고 나더니 나는 안중에도 없는 듯 그녀 혼자 북 치고 장구 치며 이야기를 이끌어가고 있었다.

"음, 당신은 눈꺼풀 아래가 너무 처졌어요. 눈 밑쪽에 볼록 튀어나온 지방하고 다크 서클을 보면 마치 삼박사일 동안 MT라도 다녀온 사람 같아요. 최소한 밤에 8시간 정도는 자줘야 피부 노폐물이 원활하게 배출된다는 것 정도는 알고 있죠?"

"요 며칠 사이 당신 때문에 그럴 시간이 없었……."

"또 남 탓! 자, 콜라겐 세럼도 필요하고 피부를 구릿빛으로 멋있게 태워주는 셀프 태닝 제품도 집어넣어요. 내가 당신이었다면 호텔 스파를 한번 둘러 봤을 거예요. 스파에 가면 처지고 늘어진 살을 탄력 있게 해 주는 하이테크 장비가 있어요. 싫어요? 정말요? 그럼 이번엔 매니큐어, 당신 손톱을 보면 딱 밭을 매다 온 농부 아저씨라니까."

"내 손톱이 당신한테 하는 얘기까지 다 엿듣나보죠?"

우리는 향수 코너 쪽으로 가려고 진열대 모퉁이를 돌다가 실물 크기의 라파엘 바로스의 사진과 정면으로 마주쳤다. 딱 벌어진 어깨, 이글거리는 눈동자, 제임스 블런트를 닮은 턱수염, 아쿠아 플래시한 미소. 이 잘생긴 아폴론이 한 유명 고급 브랜드에서 새로 출시하는 '야생의 질주'라는 이름의 향수 모델로 활약하며 찍은 사진이었다.

내게 잠시 정신을 수습할 시간을 주는 것 같던 빌리가 위로랍시고 금방 말을 건넸다.

"저 사진, 포토샵 처리한 게 분명해."

나는 도리어 안절부절못하는 그녀의 모습이 측은할 뿐이었다.

"입 좀 닫아요, 제발."

내가 혹시라도 기분이 처질까 봐 그녀는 다시 나를 이리 저리 끌고 다니며 억지로 보물찾기에 참여시켰다.

"여기 있었네."

빌리가 한 진열대 앞에 멈춰 서며 탄성을 질렀다.

"당신의 피부가 환한 빛을 되찾으려면 이 아보카도 과육 마스크 팩이 필수죠."

"내가 이런 행주 같은 걸 뒤집어쓸 거라 기대하지 말아요."

"정 그렇다면 나로선 당신의 칙칙한 피부를 개선할 방법이 없네요!"

빌리가 차츰 자제력을 잃어가며 부글부글 끓던 내 머리에 기름을 들이 부었다.

"머리는…… 솔직히 나도 두 손 들었어요. 수세미처럼 부스스한 머리는 어찌해볼 도리가 없네요. 일단 여기선 케라틴 샴푸 정도만 사기로 하고, 내가 나중에 호텔 전속 미용사 조르지오와 약속을 잡아볼게요."

신이 난 빌리가 이번엔 남성복 코너로 이동했다.

"자, 이제 정말 진지하게 임해야 할 때가 됐어요."

최고의 요리를 위해 재료를 엄선하는 주방장처럼 빌리는 진열대들을 돌며 이것저것 골라 내 쪽으로 휙휙 던졌다.

"자, 이 옷 좀 입고 나와 봐요. 이거…… 음, 이 옷도 괜찮네."

나는 머리 위로 날아오는 푸크시아 빛 셔츠와 연보라 빛 재킷, 새틴 바지를 잡아들고 멍하니 서 있었다.

"이…… 이것들 남자 옷이 확실해요?"

"제발 요란스럽게 남자 옷 여자 옷 구별 좀 하지 말아요. 요즘은 '멋있는 남자들'이야말로 섬세한 패션을 추구하는 게 트렌드니까. 예를 들어 딱 붙는 스트레치 셔츠 말이에요. 내가 똑같은 옷을 잭한테도 사준 적이 있죠. 그리고……."

빌리는 아차 싶은지 말끝을 맺지 못했다.

나는 빌리의 얼굴을 향해 옷을 휙 집어던지고는 그 길로 조용히 상점을 나왔다.

정말이지, 여자들이란…….

나는 한숨을 푹 내쉬면서 회전문으로 들어섰다.

정말이지, 여자들이란…….

밀로는 한숨을 푹 내쉬었다.

밀로는 호텔 응급 진료실에서 의사한테 치료를 받고 돌아오는 길이었다. 그는 코를 탈지면으로 틀어막고 머리를 뒤로 젖히고 있었다. 그는 조금 전 캐롤 때문에 수영장에서 큰 망신을 당했다. 그녀를 뒤쫓아 뛰어가다 꽈당 미끄러지는 바람에 멋지게 공중제비를 돌며 '오리온과 카시오피아' 위에 정통으로 떨어졌다. 한쪽 여자의 엉덩이를 깔고 앉으며 바닥으로 떨어진 것도 창피한데 뿔난 망아지마냥 손에 들고 있던 코코넛 열매 칵테일을 그만 다른 여자의 가슴에 엎어버리고 말았다.

어떻게 번번이 되는 일이 없어.

밀로는 호텔 쇼핑몰 뜰 앞에 이르자 더욱 바짝 긴장했다. 바닥이 몹시 미끄러운 데다 통행이 많은 곳이었기 때문이다.

한 번 더 자빠질 수야 없지.

그렇게 단단히 다짐을 하고 있는데, 한 남자가 쏜살같이 회전문에서 튀어나오더니 그를 정면으로 들이받았다.

"당신 대체 눈을 어디다 달고 다니는 거야?"

밀로가 땅바닥에 코를 처박은 채 낑낑거렸다.

"밀로!"

나는 반가운 마음에 일단 밀로를 부축해 일으켰다.

"톰!"

"어디 다쳤어?"

"심각한 건 아니야. 나중에 얘기해줄게."

"캐롤은 어디 갔어?"

"캐롤이 또 히스테리를 부리지 뭐야."

"어디 가서 맥주라도 한잔 하면서 요기라도 할까?"

"그거 듣던 중 반가운 소리네."

우리는 편안한 분위기의 호텔 레스토랑 〈윈도우 온 더 시(Window on the Sea)〉로 들어갔다. 3층으로 이루어진 식당은 뷔페식으로 12개국의 다양한 요리를 선보이고 있었다. 흙벽에는 현지 미술가들이 그린 강렬한 색상의 정물화와 초상화 작품들이 걸려 있었다. 마리아 이스키에르도와 루피노 타마요의 작품들과 흡사한 분위기를 풍기는 그림들이었다.

손님들은 냉방이 잘 되는 실내나 야외 테이블을 선택해 앉을 수 있었다. 밀로와 나는 햇살이 가득한 수영장과 코르테스 해가 멋지게 내려다 보이는 야외 테이블에 자리를 잡았다.

밀로가 오늘따라 더 수다스러웠다.

"널 여기서 이렇게 만나니 얼마나 반가운지 모르겠다. 이제 좀 괜찮아진 거야? 얼굴만 봐도 그 전과는 확연히 달라. 이게 다 그 아가씨 덕분인 거야?"

"빌리가 날 수렁에서 끌어올려준 건 사실이야."

크리스털 샴페인 잔들과 푸아그라 캘리포니아롤, 바삭바삭한 스캠피 새우튀김을 담은 쟁반을 든 웨이터들이 테이블 주변을 분주히 오가고 있었다.

"그렇게 무턱대고 도망치기부터 하면 어떡해?"

밀로가 나를 나무라며 샴페인 두 잔과 에피타이저 한 접시를 쟁반에서 집었다.

"그렇게 충동적으로 일을 저지르는 바람에 이렇게라도 살아 있는 거야. 게다가 난 너희 두 사람이 작정하고 날 병원에 감금하려는 줄 알았거든."

"최면치료법은 분명 잘못이었어. 널 도와야겠는데 방법이 떠오르지 않아 지푸라기라도 잡는 심정으로 소피아 슈나벨한테 도움을 요청했던 거야."

"됐어, 다 지난 일이니까 잊어버려. 오케이?"

밀로는 나와 미래를 위해 함께 건배까지 하고서도 못내 찜찜한 눈치였다.

"내가 네 입으로 직접 얘기를 듣고 안심하고 싶어서 그러는데."

밀로가 결국 말문을 열었다.

"그 아가씨 말이야. 너, 그녀가 진짜 빌리라 믿는 건 아니지? 그렇지?"

"황당무계하게 들린다는 건 아는데 난 정말 그녀가 빌리라고 생각해."

"결국, 병원에 널 입원시키는 게 그리 나쁜 생각은 아니었다는 얘긴데."

밀로가 새우튀김을 입에 넣으며 미간을 찌푸렸다.

싱거운 소리는 그만하라고 밀로에게 핀잔을 주려는 순간 내 휴대폰이 진동과 함께 그르릉, 금속성 소리를 내며 문자 메시지의 도착을 알렸다.

안녕, 톰!

나는 메시지 송신자를 확인하면서 소스라치게 놀랐지만 답장을 하지 않을 수 없었다.

안녕, 오로르!

여긴 어쩐 일이야?

안심해, 당신을 만나러 온 건 아니니까.

밀로가 냉큼 의자에서 일어나더니 조금도 거리낌 없이 내가 옛 여자 친구와 주고받는 문자를 들여다보기 시작했다.

그럼 무슨 일로 왔는데?

며칠 쉬러 왔어. 당신도 알다시피 지난 한 해가 나한텐 꽤나 힘들었거든.

아까 부티크에 함께 있던 그 금발 아가씨를 이용해 내 질투심을 자극할 생각은 아니겠지?

"뭐 이런 몰염치한 계집애가 다 있어. 제발 신경 끄라고 해."
드디어 밀로의 감정이 폭발했다.
내가 미처 몇 자 쳐서 응수하기도 전에 상대편에서 다시 미사일이 날아왔다.

당신 친구한테 내 욕 좀 그만하라 그래.

"이게 정말!"

그리고, 당신 어깨 너머로 남의 문자 읽는 짓 좀 그만하라고.

밀로는 따귀라도 한 대 얻어맞은 것처럼 모욕감을 느끼며 우리 주변의 테이블들을 샅샅이 둘러보았다.

"저기 아래 있었네!"

밀로는 야외에 차려진 뷔페의 테이블 옆, 작은 알코브 속 테이블을 가리켰다.

나도 난간 너머로 밀로가 가리키는 곳을 내려다보았다. 파레오 드레스를 걸친 오로르가 발레리나 슬리퍼를 신고 앉아 라파엘 바로스와 식사하면서 블랙베리에 눈을 고정시키고 있는 모습이 보였다.

나는 오로르의 장단에 놀아나지 않으려고 휴대폰부터 끈 다음 밀로에게 진정하라고 일러두었다. 밀로는 샴페인 두 잔이 들어가고 나서야 겨우 마음이 가라앉았다.

"그럼, 예전보다 한결 좋아졌다니까 하는 소린데 앞으로는 어떻게 할 생각이니?"

밀로가 걱정스럽게 물었다.

"다시 교편을 잡을 생각이야. 가급적이면 해외에 나가고 싶어. 로스앤젤레스에는 괴로운 기억이 너무 많으니까."

"그래, 어디로 갈 생각인데?"

"우선 프랑스를 생각 중인데. 코트다쥐르의 한 국제학교에서 예전에 내 커리어에 관심을 보인 적이 있었어. 한번 가능성을 타진해봐야겠어."

"그럼 우릴 버리는 거구나."

밀로는 내 이야기를 아주 섭섭하게 받아들였다.

"우린 더 어른스러워져야 해, 밀로."

"그럼 글 쓰는 건 어쩔 거야?"

"글 쓰는 건 이제 끝났어."

빌리가 바람처럼 등장해 반기를 들었다.

"그게 무슨 말이야, 끝나다니? 그럼 나는?"

빌리가 악을 써댔다.

식당 안의 모든 시선이 힐책하듯 우리를 향해 쏟아졌다. 유명 스타들과 억만장자들이 주요 고객인 이 격조 높은 식당은 광대 짓을 일삼는 밀로, 발작을 수시로 해대는 빌리와 함께 있을 자리가 아니라는 생각이 들었다. 우리는 도시 근교의 소박한 주택에서 바비큐 그릴 위에 소시지나 올려놓고 구우며 맥주병이나 돌리고, 간이 농구대에서 농구나 하는 게 어울리는 사람들이었다.

"날 도와주겠다고 약속했잖아요."

악이 바친 빌리가 여전히 테이블 앞에 서서 고래고래 소리를 질렀다.

밀로가 옆에서 한 마디 거들었다.

"그건 그래. 네가 약속했으면……."

"밀로, 넌 나서지 마!"

나는 밀로를 향해 위협적으로 검지를 치켜들며 말을 잘랐다.

나는 빌리의 팔을 잡아끌고 사람들 눈에 띄지 않는 곳으로 갔다.

"이제 서로를 속이는 짓은 그만합시다. 나는 이제 글을 쓸 능력도 없고, 글을 쓸 마음도 없어요. 이게 현실이에요. 당신에게 이해해달라고도 안 해요. 그냥 곧이곧대로 받아들이길 바라요."

"그럼 나는요? 난 내 세상으로 돌아가야 한단 말이에요."

"앞으로 여기가 당신 세상이라 생각하고 살아요. 당신이 좋아 죽는 이 빌어먹을 '현실의 삶'에 뿌리를 내리란 말이에요."

"하지만 내 친구들은 어떡하고요?"

"당신은 친구가 없는 줄 알았는데?"

"그럼 잭이라도 다시 만나게 해줘요."

"당신에게 키스해줄 사람이 필요하다면 여기에도 널려 있어요."

"정말 당신이란 사람은 단단히 문제가 있어요. 우리 엄마는? 우리 엄마도 여기 널려 있어요?"

"빌리, 내 말 잘 들어요. 당신한테 벌어진 일은 내 탓이 아니에요."

"그럴지도 모르지만 우린 이미 계약서를 썼잖아요."

빌리가 주머니에서 우리가 약속했던 내용을 적어놓은 냅킨 조각을 꺼냈다.

"당신이 아무리 무책임한 사람이라도 최소한 자기 입으로 말한 약속은 지킬 줄 알았어요."

나는 빌리를 억지로 잡아끌다시피 하며 돌계단을 내려가 수영장 옆의 뷔페 테이블로 데려갔다.

"이제 당신도 약속을 지킬 수 없는 계약서 얘긴 그만해요."

나는 턱짓으로 자꾸만 볼썽사나운 행태를 보이는 우리를 빤히 쳐다보는 오로르를 가리켰다.

나는 헛된 기대를 품고 싶지도, 환상 속에 살고 싶지도 않았다.

"우리의 계약은 무효로 결정 났어요. 오로르는 새 인생을 살고 있고,

당신은 절대로 내가 그녀를 되찾아오게 해줄 수 없어요."

빌리가 도발적인 표정으로 나를 쳐다보았다.

"내기할까요?"

나는 영문을 모르겠다는 표정으로 허허롭게 팔을 벌렸다.

"마음대로 해요."

빌리가 나를 향해 천천히 다가오더니 빗장뼈에 살짝 손을 얹으며 부드러운 애무라도 하듯 내 입술에 살며시 자신의 입술을 포갰다. 그녀의 입술은 상큼하면서 달착지근했다. 나는 전혀 예기치 않았던 일이라 몸을 소스라뜨리며 멈칫했다. 내 심장이 쿵쿵거리고 뛰기 시작하면서 한동안 꺼졌던 격정의 불꽃이 일었다. 기습적인 키스는 일방적이었지만 이제는 내가 그 달콤한 순간을 놓치고 싶지 않았다.

22. 오로르

우리는 잔인한 전환기의 숲 속을 헤매었다 ; 우리의 고독 속을 헤매었다 ; (…)
절대를 향한 우리의 사랑 속을 헤매었다 (…) ; 묘지도 신도 없는 이교도 신비주의자들.
_빅토리아 오캄포가 피에르 드리외 라 로셸에게 보낸 서신 중에서

버번 스트리트 바

두 시간 후

번갯불이 잇달아 번쩍일 때마다 하늘 한복판에 얼룩무늬가 생겼다.
우르릉거리는 천둥소리를 동반하며 퍼부어대는 폭우에 야자수들이 무
섭게 흔들리고, 팔라파들의 초가지붕이 들썩이고, 수영장 가득 자잘한
흙탕물이 튀어 올랐다.

나는 뉴올리언스의 주택이 연상되는 콜로니얼 양식의 대농장 저택 안
에 꾸며진 와인 바의 지붕 덮인 테라스에 한 시간째 앉아 있었다. 나는
투숙객들이 폭우를 피해 안락한 스위트룸을 찾아 안으로 뛰어 들어오
는 모습을 관찰하며 커피를 마셨다.

나는 정신을 가다듬기 위해 혼자만의 시간이 필요했다. 빌리의 키스
에 마음이 흔들린 사실에도, 오로르의 질투심을 유발하겠다는 생각만
으로 저속한 연극에 장단을 맞추었다는 사실에도 화가 나 견딜 수가 없

었다. 틴에이저들처럼 무의미하고 유치한 짓을 벌였다고 생각하자니 얼굴이 화끈거렸다.

나는 눈두덩을 살살 문지르고 나서 어렵게 용기를 내 컴퓨터로 시선을 돌렸다. 한참 동안 나는 스크린의 하얀 공간 왼쪽에서 깜빡거리는 커서를 참담한 심정으로 바라보았다. 과거의 기억이 담긴 이 매킨토시 노트북이 내 창작열에 다시금 불을 지펴줄지도 모른다는 기대를 품고 캐롤이 일부러 가지고 온 것이었다. '왕성하게' 일하던 시절, 나는 이 키보드로 수백 페이지를 써내려갔었다. 하지만 컴퓨터가 요술방망이가 될 수는 없었다. 집중도 할 수 없고, 단 한 줄도 글을 쓸 수 없었다. 스스로에 대한 신뢰뿐만 아니라 이야기의 흐름을 완전히 잃어버렸다는 사실을 확인하는 순간이었다.

천둥이 치는 바람에 대기가 무겁게 착 가라앉아 있었다. 스크린 앞에서 꼼짝 않고 있다 보니 구역질이 올라오고 현기증이 났다. 내 정신은 다른 고민들 때문에 엉뚱한 곳을 헤매고 있었다. 이야기의 실마리를 풀어나가는 것이 히말라야를 등반하는 것보다 더 위험천만해 보였다.

나는 커피 잔을 비우고 나서 한 잔 더 주문하기 위해 자리에서 일어났다. 실내를 둘러보니 영국식 바 같은 느낌이 들었다. 내장재나 마케트리, 실내에 놓인 가죽 소파들이 편안하고 아늑한 분위기를 연출하고 있었다.

카운터로 다가가니 마호가니 바 뒤쪽으로 가지런히 정렬된 엄청난 양의 술병들이 보였다. 커피보다는 긁힌 레코드판으로 딘 마틴의 노래를 들으며 하바나 여송연을 입에 물고 위스키나 코냑을 한 잔 해야 할 것 같은 분위기였다.

마침 바 구석에서 누군가 피아노에 앉아 〈애즈 타임 고스 바이(As Time Goes By)〉를 연주하는 소리가 들려왔다. 나는 영화 〈카사블랑카〉에 나오는 흑인 피아니스트 샘이 앉아 있을 것 같은 착각에 피아노 쪽으로 고개를 돌렸다.

가죽으로 된 피아노 의자에 앉아 있는 사람은 바로 오로르였다. 그녀는 레이스가 달린 검정 레깅스 위에 긴 캐시미어 스웨터를 입고 다리를 양 옆으로 가지런히 모은 채 앉아 있었다. 그녀의 가느다란 다리는 검붉은색 킬힐로 이어지고 있었다. 그녀가 연주를 계속하면서 고개를 들어 나를 보았다. 그녀는 손에 보랏빛 매니큐어를 칠했고, 왼쪽 검지에는 카메오 반지를 끼고 있었다. 작은 십자가 모양의 검정색 보석이 박힌 목걸이는 그녀가 콘서트를 할 때 자주 착용하는 것이어서 내 눈에도 익숙했다.

나와 달리 그녀의 손가락은 자유롭게 건반 위를 움직였다. 어느새 〈카사블랑카〉에서 영화 〈프렌치 캉캉〉의 주제가로 넘어가나 싶더니, 또 다시 명곡 〈마이 퍼니 발렌타인(My Funny Valentine)〉의 음률이 그녀의 손끝에서 즉흥 연주로 흘러나오고 있었다.

한산한 바 안의 손님 몇 사람이 오로르가 뿜어내는 묘한 분위기에 매료되어 넋을 잃은 채 그녀를 바라보고 있었다. 그녀는 마를렌 디트리히의 신비함, 안나 네트레브코의 요염함, 멜로디 가르도의 섹시함을 동시에 풍겼다.

아직 약물을 끊지 못하고, 심한 이별의 홍역을 앓고 있는 나도 그녀에게서 눈을 뗄 수 없기는 마찬가지였다. 그녀를 눈앞에서 다시 보는 것만으로도 나는 너무나 고통스러웠다. 나를 떠나면서 그녀는 내게 있던 모든 긍정적 에너지를 함께 가져갔다. 내 희망과 자신감, 미래에 대한 믿음.

그녀 때문에 웃음과 색채가 사라진 내 삶은 이제 마른 논바닥처럼 쩍쩍 갈라졌다. 내 인생은 불타버린 민둥산처럼 나무도 새도 사라진 채 1월의 강추위 속에 꽁꽁 얼어붙었다. 의욕도 욕망도 다 잃어버린 나는 약의 힘을 빌려 내 신경세포들을 조금씩 불태우며 하루하루를 버티었다. 맨 정신으로는 도저히 마주할 수 없는 고통스러운 기억들을 그렇게 희석시킬 수밖에 없었다.

나는 치명적인 바이러스에 걸리듯 오로르와 사랑에 빠졌다. 내가 그녀를 처음 만난 건 로스앤젤레스 공항의 유나이티드 에어라인 탑승구 앞에서였다. 나는 책 홍보를 위해 서울에 가는 길이었고, 그녀는 프로코피예프의 곡들을 연주하기 위해 서울행 비행기에 오르는 길이었다. 나는 머리부터 발끝까지 그녀를 사랑하게 되었다. 우수에 찬 미소, 맑은 눈동자, 슬로 모션처럼 머리를 천천히 돌리며 머리를 귀 뒤로 쓸어넘기는 그녀만의 독특한 제스처까지. 그리고 나서 알게 된 음색의 변화 하나 하나, 그녀의 지성미, 유머 감각, 외모에 대한 겸손함까지. 그리고 시간이 지나면서 알게 된 그녀의 남모르는 결점들, 존재의 고통, 단단한 보호막 아래 감춰진 상처들까지. 처음 만난 몇 달 동안 우리는 사랑의 최절정을 경험하며 오만한 행복에 젖어들었다. 시간이 멎고, 산소가 넘쳐나고, 현기증으로 아찔한 순간들이었다.

물론 나는 행복에는 어느 정도 대가가 따른다는 것을 모르지 않았다. 내가 존경하는 작가들이 작품을 통해 던진 숱한 경고의 메시지들을 강단에 서서 문학을 가르친 내가 모를 리 없지 않은가. 스탕달과 그의 결정結晶 작용, 톨스토이와 사랑하는 남자를 위해 모든 걸 희생하고 철길로 뛰어든 안나 카레니나, 에테르 중독자가 되어 호텔방에서 처참한 고독을 견디다 못해 필연적인 파국을 맞는 《영주의 여자》의 두 연인 '아리안느와 솔랄'. 하지만 열정은 마약 같은 것이다. 파멸을 부른다는 사실을 뻔히 알면서도 일단 그 감정의 굴레에 한번 빠져들면 절대 헤어 나올 수 없다.

나는 오로르와 함께 해야만 비로소 나라는 존재가 완벽해진다는 착각에 빠져 우리 사랑은 영원할 거라고, 다른 사람들은 다 실패해도 우리는 사랑을 지켜낼 거라 자만했다. 하지만 오로르는 내 장점을 부각시켜주는 사람이 아니었다. 그녀와의 관계는 내가 혐오해 마지않던, 내가 오랫동안 극복하려고 부단히 애써 왔던 내 결점들을 고스란히 드러냈다. 독점욕, 미에 대한 강한 집착, 천사 같은 외모 뒤에는 반드시 아름다운 영혼이 숨어 있을 것이라는 망상, 이런 눈부신 여자와 사귄다는 사실이 내가 다른 남자와 다르다는 명백한 증거라고 여기는 자아도취적 자긍심.

물론, 오로르는 자신의 명성을 객관적으로 바라볼 줄 아는 사람이었고, 자기도취를 경계하면서 살고 있다고 입버릇처럼 말했다. 하지만 유명인인 그녀가 부단히 수양을 쌓는 건 결코 쉬운 일이 아니었다. 오로르의 나르시시즘적인 상처들은 시간이 갈수록 깊어졌다.

나는 다 알고 있었다. 오로르가 끊임없이 불안감에 시달리며 살고 있다는 사실을……. 남과 달리 하늘이 그녀에게 내려준 두 가지 귀한 선물, 즉 수려한 외모와 예술적 재능이 시들어갈까 봐 두려워하는 것이다. 오로르의 편안한 목소리가 언제 안정감을 잃을지 모른다는 사실을 나는 잘 알고 있었다. 자기 확신에 찬 성상聖像 뒤에는 내면의 고요를 찾지 못해 열등감에 시달리는 나약한 여자가 숨어 있었다.

오로르는 불안감을 억누르기 위해 정신없이 일에 매달렸다. 향후 3년간의 콘서트 일정을 미리 짜고, 전 세계의 수도를 돌며 쉴 새 없이 연주회를 개최했다. 가볍고 무의미한 연애 관계를 끊임없이 만들어내며 순간순간의 외로움을 달랬다. 나는 끝까지 어리석게도 내가 그녀가 닻을 내릴 항구가 될 수 있을 거라, 그녀가 내 여자가 될 수 있을 거라 믿었다. 그런 지속적인 관계를 만들어내기 위해서는 서로에 대한 신뢰가 절대적이었다. 애매모호한 태도와 질투심을 무기로 남자들의 마음을 사로잡는데 익숙해져 있던 오로르와는 그런 차분하고 안정적인 관계를 맺는 것 자체가 불가능했다.

결국 오로르와 나 사이에 금이 가기 시작했다. 무인도에서 살았다면 행복할 수도 있었겠지만 인생을 둘이서만 살 수는 없지 않은가. 파리, 뉴욕, 베를린에 있는 그녀의 사이비 지식인 친구들에게는 대중적인 내 소설들이 입맛에 맞지 않았고, 내 친구 밀로와 캐롤은 오로르가 치유 불능의 속물이며 거만한 이기주의자라며 경멸했다.

포효하는 천둥소리와 함께 빗발이 점점 굵어지며 창문에 두터운 장막을 드리웠다. 버번 스트리트 바의 조용하고 우아한 분위기 속에서 오로르가 피아노를 치며 블루스적인 감성으로 감미롭고 호소력 있게 부른 〈어 케이스 오브 유(A Case Of You)〉가 끝났다.

여기저기서 박수소리가 터져 나왔고, 그녀가 피아노 위에 놓여 있던 보르도 산 와인으로 입을 적신 다음 가볍게 고개를 끄덕여 청중에게 감사의 마음을 전했다. 그러고 나서 피아노 뚜껑을 닫으며 쇼 케이스의 끝을 알렸다.

"제법 그럴듯했어. 당신이 그쪽으로 나선다고 할까 봐 노라 존스가
은근히 걱정할 것 같던데?"

오로르가 나를 테스트하기 위해 마시던 와인 잔을 건넸다.

"당신 실력이 아직 녹슬지 않았는지 어디 한번 볼까?"

나는 그녀의 입술이 닿았던 자리에 내 입술을 포개며 와인을 마셨다.
둘이 사귀던 시절, 오로르는 아마추어 와인 양조가로서의 열정을 나와
함께 나누고 싶어 했다. 그러나 내가 와인 양조의 기본도 배우기 전에
그녀는 내 곁을 떠났다.

"으…… 샤또 라뚜르 1982년도 산인가?"

나는 머리에 떠오르는 대로 말했다.

확신이 없는 내 대답을 듣고 나더니 오로르가 입가에 옅은 미소를 머
금으며 말했다.

"샤또 마르고 1990년도 산."

"난 코카콜라 라이트가 더 어울리는 사람인가봐. 그건 밀레짐이 이만
큼 복잡하지 않거든."

오로르가 옛날처럼, 우리가 서로 사랑하던 때처럼 웃었다. 그녀가 머
리를 아주 천천히 움직였다. 좋은 사람 앞에 있을 때 그녀가 버릇처럼
하는 행동이었다. 핀으로 단정하게 묶은 그녀의 머리에서 금발 몇 올이
빠져나와 있었다.

"요즘 어떻게 지내?"

"잘 지내. 그런데 당신은 어째 영 구석기시대 전기에 꼼짝 않고 머물
러 있는 사람처럼 보여."

오로르가 내 수염을 의식하며 말했다.

"당신 입술은 괜찮아? 누가 꿰매줬어?"

나는 영문을 몰라 하며 미간을 찌푸렸다.

"뭘 꿰맸다고?"

"레스토랑에서 금발 아가씨가 당신한테서 떼어간 입술 말이야. 그 금발 아가씨, 당신의 새 여자 친구야?"

나는 대답을 피하며 카운터에 '여자 분하고 같은 걸로 한 잔'을 주문했다.

오로르가 집요하게 물었다.

"그 아가씨, 꽤 예쁘던데. 그다지 우아하진 않지만 분명 예쁘긴 했어. 어쨌든 당신들 두 사람 사이에 불이 붙은……."

나는 듣다못해 반격에 나섰다.

"그런 당신은, 당신의 운동선수 남자 친구와는 잘 돼가? 최고의 선택인지는 모르지만 잘 생긴 사람이란 것 하나는 인정해야겠던데? 어쨌든 두 사람, 아주 잘 어울려 보이더군. 당신이 목하 열애 중이라는 기사를 어딘가에서 읽었어."

"당신이 그런 신문들을 읽어? 예전에 그쪽 기자들이 우리 둘에 대해 엉터리 기사를 하도 많이 실어 지금쯤 당신도 면역력이 생겼을 줄 알았는데……. 내가 목하 열애 중이라고? 톰, 내가 한 번도 그런 걸 믿지 않은 사람이란 걸 누구보다 잘 알잖아?"

"나하고도 마찬가지였어?"

오로르가 와인을 한 모금 더 마신 다음 스툴에서 일어나 창가로 걸어가더니 창턱에 팔꿈치를 괴고 기대섰다.

"우리는 달랐지만 지금까지 내 관계는 다 밋밋했어. 다 유쾌한 만남이긴 했지. 열정을 쏟지 않으려고 내가 부단히도 애를 썼어."

오로르와 내가 다른 점 가운데 하나가 바로 그런 것이었다. 내게 사랑은 산소 같았다. 우리의 삶에 빛과 광채, 강렬한 에너지를 줄 수 있는 게 사랑이라 믿었다. 하지만 오로르는 아무리 멋진 사랑이라도 결국 환상이며 위선이라 여겼다.

오로르가 눈을 허공으로 향한 채 자신의 생각을 보다 구체적으로 피력했다.

"인연이 생겼다 사라졌다 하는 게 바로 우리 인생이야. 하루아침에 이별을 통보하고, 또 통보 받기도 하지. 우리는 간혹 헤어지는 이유도 모른 채 헤어지기도 해. 다모클레스의 칼이 언제 내 머리 위로 떨어질지 모르는데 내 모든 걸 상대에게 걸 수는 없어. 나는 내 변화무쌍한 감정들을 믿고 내 인생을 설계하고 싶지 않아. 감정은 바람 앞의 촛불처럼 불확실한 것이니까. 당신은 감정이란 믿을만하다고 생각하지? 하지만 방금 옆을 지나치는 여자의 치맛자락에, 그녀의 매혹적인 미소 한 번에 당장 흔들릴 수 있는 게 바로 인간의 감정이야. 내가 음악을 하는 건 왠지 알아? 음악이 내 인생을 버리지 않을 걸 알기 때문이야. 책도 영원히 그 자리에 있으니까, 나는 책을 사랑하지. 평생 사랑하는 사람들, 난 그런 사람들을 본 적이 없어."

"당신이 자아도취적인 예술가들과 유명인들 속에서 사니까 그래. 덧없는 관계들이 순간적으로 맺어졌다 사라지는 틈바구니에서."

오로르가 생각에 잠긴 채 테라스로 천천히 자리를 옮기더니 와인 잔을 난간에 올려놓았다.

"우리 관계는 연애 초기의 황홀감에서 한 발짝도 더 이상 나아가지 못했어. 관계를 흔들리지 않게 지탱해 나갈 지구력도 없었지."

나는 오로르의 의견에 동의할 수 없었다.

"지구력이 없었던 사람은 바로 당신이야. 우리 사랑이 실패한 책임은 전적으로 당신한테 있어."

다시 한번 번갯불이 번쩍 하늘을 가르더니 눈 깜짝할 사이에 비바람이 물러갔다.

"내가 원한 건 당신과 인생을 함께 하는 것이었어. 결국 사랑이란 바로 이런 게 아닐까. 서로의 차이점을 자양분 삼아 두 사람이 함께 삶을 일구어 가는 것."

날이 서서히 개면서 먹구름을 뚫고 손바닥만 한 파란 하늘이 고개를 내밀었다.

"내가 원한 건 당신과 함께 뭔가 이루어내는 기쁨을 맛보는 것이었어. 나는 충분히 그 약속을 지킬 준비가 돼 있었어. 당신 곁에서 삶의 시련을 함께 극복해나갈 준비가 돼 있었다는 뜻이야. 물론 쉽지는 않았겠지. 절대로 쉬운 게 아니니까. 하지만 난 그걸 간절히 원했어. 우리 삶에 놓인 장애물들을 차례차례 뛰어넘으며 빛나는 일상을 즐기며 살길 원했어."

바 안에서 다른 사람이 다시 피아노 앞에 앉은 모양이었다. 내밀하면서도 육감적인 음색으로 〈인디아 송(India Song)〉을 부르는 소리가 밖으로 흘러나왔다.

멀리서 라파엘 바로스가 서핑보드를 옆구리에 끼고 걸어오는 모습이 보였다. 나는 그와 얼굴을 마주치기 싫어 나무 계단 쪽으로 걸음을 옮겨놓으려 했다. 그때 오로르가 내 팔목을 잡고 놓아주지 않았다.

"나도 알아, 톰. 하지만 무엇보다 확실한 건 세상에서 변치 않는 건 아무것도 없다는 거야."

오로르의 목소리에 감정이 실려 불안하고 조마조마하게 들렸다. 팜 므 파탈의 가면에 금이 가는 순간이었다.

"사랑을 얻으려면 몸과 마음을 다 바쳐야 한다는 걸, 모두 다 잃을 수도 있다는 각오를 해야 한다는 걸 나도 알아. 그런데 나는 그럴 준비가 돼 있지 않았어. 지금도 마찬가지고."

오로르의 손을 뿌리치고 계단을 내려가는 내 등 뒤에서 그녀가 한마디 덧붙였다.

"내가 당신한테 그 반대라고 믿게 했다면 정말 미안해."

23. 고독(들)

인간 존재의 가장 밑바탕에 고독이 있다. 인간은 외로움을 느끼고 동류를 찾는 유일한 생명체다.
_옥타비오 파스

라 파스 지방

이른 오후

캐롤이 배낭을 메고 바위를 이리 저리 건너뛰었다. 그녀의 앞에는 톱니 모양 해안선이 끝없이 펼쳐져 있었다.

캐롤은 잠시 멈춰 서서 하늘을 올려다보았다. 소나기가 채 10분도 안 되게 쏟아졌는데, 온통 물에 빠진 생쥐 꼴이 되어 있었다. 옷은 흠씬 젖었고, 빗물이 얼굴을 타고 줄줄 흘러내렸다. 미지근한 빗물은 티셔츠 속까지 흠뻑 스며들었다.

나도 참 바보야!

캐롤은 머리를 털어 말리며 그렇게 생각했다. 구급상자와 비상식량을 챙길 생각을 했으면서 수건이나 갈아입을 옷을 가방에 넣어 올 생각은 왜 못 했을까. 구름이 물러가고 청명한 가을 햇볕이 내리쬐고 있었지만 몸을 말릴 수 있을 만큼 따스하지는 않았다.

캐롤은 몸에 한기가 들지 않도록 대기를 가르며 천천히 달리기 시작했다. 그녀는 일정한 속도로 해안선을 따라 달리면서 연이어 나타나는 작은 만들과 그 뒤로 선인장이 자라는 산들의 풍경을 만끽했다.

모래사장에 조금 못 미쳐 가파른 샛길 모퉁이에 이르렀을 때, 덤불숲 뒤에서 갑자기 어떤 남자가 불쑥 튀어나왔다. 남자를 피해 길 옆으로 조금 비켜 지나갈 생각이었는데 그만 나무 밑둥치에 발이 걸려 넘어지고 말았다. 순간적으로 비명을 지르며 고꾸라지던 그녀는 남자의 팔에 안겨 간신히 낙상을 면했다.

"나야, 캐롤!"

밀로가 부드럽게 친구의 몸을 떠받치며 말했다.

"너, 여기서 뭐하는 거야?"

캐롤이 밀로의 팔을 뿌리치며 소리쳤다.

"날 쫓아온 거야? 너, 돌아도 한참 돈 거 아니야?"

"사람을 보자마자 또 험악한 소리를 하고 있다."

"그 느끼한 눈 좀 저리 치우지 못해."

물에 젖은 옷이 몸에 찰싹 달라붙었다는 걸 의식한 캐롤이 짜증을 냈다.

"내가 수건하고 갈아입을 옷을 가져왔어."

밀로가 가방 안을 보여주며 말했다.

캐롤이 가방을 홱 잡아채들고 아름드리 금송나무 뒤로 가서 옷을 갈아입었다.

"눈요기를 할 생각이라면 꿈도 꾸지 마. 난 너하고 어울리는 플레이메이트 여자들과는 다르니까!"

"어차피 나무에 가려 보이지도 않으니까 걱정 마."

밀로는 캐롤이 휙휙 벗어던지는 축축한 티셔츠와 반바지를 받아들었다.

"내 뒤는 왜 자꾸만 졸졸 따라다니는 거야?"

"너와 즐거운 시간을 보내려고 그러지. 물어볼 말도 있고."

"네 입에서 어떤 얘기가 나올지 벌써부터 겁난다."

"아까 《천사 3부작》이 네 목숨을 구해줬다고 말했잖아. 그 말이 무슨 뜻이야?"

잠시 말이 없던 캐롤이 차갑게 내쏘았다.

"네가 좀 더 사람 구실을 하는 날이 오면 말해 줄게. 아직은 곤란해!"

캐롤이 그토록 단호한 면모를 보이는 건 생전 처음이었다. 그래도 밀로는 대화를 이어가려 애썼다.

"산책할 거라면 나한테 함께 가자고 하지 그랬어?"

"혼자 있고 싶었어. 넌 그런 눈치도 없니?"

캐롤이 케이블 스티치 스웨터를 입으며 밀로에게 핀잔을 주었다.

"다들 외로움에 몸부림치는 마당이야. 혼자인 것만큼 괴로운 게 세상에 어디 있다고."

헐렁한 남자 옷을 걸친 캐롤이 나무 뒤에서 걸어 나왔다.

"신경 꺼. 나에게 정말 괴로운 일은 너 같은 놈들을 억지로 상대해야 하는 것이니까."

밀로의 얼굴에 충격을 받은 기색이 역력하게 드러났다.

"도대체 내가 뭘 그리 잘못한 거야?"

"그만두자. 일일이 읊으려면 몇 시간으로도 모자랄 테니까."

캐롤이 다시 해변으로 내려가는 오솔길을 따라 걸음을 옮겼다.

"몇 시간이 되든 들어보고 싶어. 정말 궁금해서 그래."

밀로가 캐롤의 뒤를 바짝 따라 걷기 시작했다.

"넌 나이를 서른여섯이나 먹은 놈이 하는 짓이라곤 꼭 철부지 같아. 무책임하고, 눈치 없고, 하루가 멀다 하고 여자를 바꿔가며 즐기고. 아무튼 넌 사는 목적이라곤 세 가지밖에 없어 보여."

"세 가지라니?"

"차, 술, 섹스."

"말 다했어?"

"아니, 게다가 넌 내가 보기에 여자한테 전혀 안정감을 주지 못할 인간이야."

모래사장으로 내려선 캐롤이 친구를 돌아보며 악담을 퍼부었다.

"무슨 말인지 좀 더 구체적으로 해줄 수 없어?"

캐롤이 밀로의 앞에 버티고 서서 주먹 쥔 손을 허리에 얹고 그를 노려보았다.

"다시 말해 넌 '원 나이트 스탠드'용 남자야. 여자들이 외로울 때 재미 삼아 하룻밤 함께 보내고 싶은 남자. 넌 여자들이 절대로 미래의 아이 아빠로 생각하는 남자가 아니야."

"여자들 생각이 다 너와 똑같진 않잖아."

"그럴지도 모르지. 하지만 조금이라도 생각이 있는 여자라면 다 나 같을 거야. 네가 지금껏 우리에게 소개시켜준 여자들 중에 제대로 돼먹은 애가 있었니? 내가 알기로는 단 한 명도 없었어. 우리가 만난 여자들은 대부분 한결같았어. 스트립걸, 창녀나 다름없는 날라리들, 싸구려 나이트클럽에서 만난 애들. 먹고 마시고 노느라 밤을 새워 정신이 몽롱해진 애들을 새벽에 집으로 끌고 들어오기나 하고!"

"그러는 넌 우리한테 얼마나 근사한 녀석들을 선보였는데? 아니, 아니지. 하긴 넌 한 번도 남자를 사귀어본 적이 없지. 아무리 생각해도 그건 좀 이상하단 말이야. 서른 살을 넘긴 여자가 아직 연애 한번 못 해봤다는 게 말이야."

"내가 사귀는 사람이 있다고 동네방네 떠들고 다니지 않아서 그럴 수도 있잖아."

"대충 넘어가려 들지 마. 혹시 작가 선생님 사모님 자리가 탐이 나 그랬던 건 아니고? 책 표지에 작가와 다정하게 포즈를 취한 사모님으로 나오고 싶어서. 잠깐! 이럴 게 아니라 내가 그런 사진에 어울리는 표지 문안을 한번 써봐야겠다. '톰 보이드는 현재 매사추세츠주 보스턴에서 아내 캐롤, 자녀 둘과 함께 래브라도 강아지를 키우며 살고 있다.' 네가 진정 바라는 게 그런 거 아니었을까?"

"너, 이제 보니 보통 미친 게 아니구나. 지나가던 개가 웃을 소리 좀 그만해."

"너야말로 속옷 안이 들여다 보이는 뻔한 거짓말 좀 그만할 수 없어?"

"또 저질 음담이니? 너 정말 그쪽으로 단단히 문제가 있어 보인다."

"문제가 있는 사람은 내가 아니라 바로 너야. 넌 왜 한 번도 치마나 드레스를 안 입지? 왜 한 번도 비키니 수영복을 안 입지? 팔에 살짝 손만 닿아도 왜 그렇게 기겁하고 놀라지? 너, 혹시 남자보다는 여자한테 끌리는 사람······."

밀로가 미처 말을 끝맺기도 전에 캐롤이 그의 따귀를 후려쳤다. 강편치에 버금가는 위력이었다. 밀로는 다시 한 번 날아오는 캐롤의 손을 아슬아슬하게 붙잡았다.

"이거 놔!"

"진정해, 캐롤, 진정하라니까. 진정하기 전에는 이 손 못 놔!"

캐롤이 잡힌 손목을 빼내려고 미친 듯이 몸부림을 치는 바람에 밀로는 기우뚱거리며 중심을 잃고 말았다. 캐롤이 먼저 모래밭에 나뒹굴었고, 밀로도 쓰러지며 그녀의 몸 위로 포개졌다. 겨우 몸을 일으키려는 순간 밀로는 관자놀이에 와 닿는 총신의 차가운 감촉을 느꼈다.

"물러나!"

캐롤이 어느새 가방에 들어 있던 권총을 꺼내 들고 밀로를 위협했다. 그녀는 갈아입을 옷을 깜빡하는 적은 있어도 무기를 두고 다니는 적은 없었다.

"알았어, 조용히 물러나지."

밀로가 굳은 목소리로 말했다. 그는 넋이 빠진 얼굴로 천천히 자리에서 일어나 쓸쓸한 표정으로 친구의 얼굴을 바라보았다.

캐롤은 권총 손잡이를 양손으로 꼭 잡은 채 정신없이 그에게서 도망치고 있었다. 그녀의 모습이 시야에서 완전히 사라진 다음에도 밀로는 하얀 모래와 터크와즈 빛 바닷물에 둘러싸인 작은 산호초 위에서 한참 동안 서 있었다.

그날 오후, 맥아더파크 빈민가 임대 아파트의 그림자가 멕시코 끝까지 뻗쳐 있었다.

24. 라 쿠카라차

사랑은 손에 든 수은 같다. 손을 펴면 손바닥에 그대로 남아 있다. 손을 오므리면, 손가락 사이로 빠져나간다.

_도로시 파커

라 이하 데 라 루나 레스토랑

밤 9시

절벽에 매달린 듯 서 있는 고급 레스토랑이 수영장과 코르테스 해를 굽어보고 있었다. 낮에 비해 입체감은 덜하지만 신비하고 로맨틱한 느낌이 더해진 밤 풍경은 무척이나 아름다웠다. 덩굴식물들이 타고 올라간 트렐리스를 따라 걸어놓은 구리 랜턴들과 화려한 빛깔의 장식 촛대들이 테이블마다 은은한 빛을 비추었다.

은빛 반짝이 장식이 달린 드레스를 입은 빌리가 앞장서서 식당을 향해 걸어 들어갔다. 웨이트리스가 반갑게 우리를 맞아 먼저 와 기다리고 있는 밀로의 테이블로 안내해주었다. 벌써 얼큰하게 술이 취한 밀로는 아직도 캐롤이 나타나지 않는 이유를 설명해주지 않았다.

우리 자리에서 조금 떨어진 테라스 중간 테이블에서는 보석처럼 찬란한 빛을 발하는 오로르와 라파엘 바로스가 풋풋한 애정을 과시하고 있었다.

식사 분위기는 전체적으로 우울하게 가라앉아 있었다. 언제나 유쾌한 빌리도 오늘따라 어깨가 축 처져 있었다. 초저녁에 방으로 들어갔더니 그녀는 오후 내내 낮잠을 자고도 모자랐는지 침대에 누워 꼼짝하지 않으려 했다.

"여독이 풀리지 않아 그래요."

빌리는 적당히 둘러댔다. 나는 그녀를 어렵게 설득해 겨우 식사 자리에 데리고 나왔다.

"캐롤한테 뭔 일 있어요?"

빌리가 밀로에게 물었다.

눈에 벌건 핏발이 선 밀로는 당장에라도 테이블 위로 쓰러지기라도 할 것처럼 위태로워 보였다. 그가 웅얼거리며 뭐라 말하려는 순간, 노랫소리가 식당 안의 고요를 깨며 들려왔다.

라 쿠카라차 라 쿠카라차,

야 노 푸에데 카미나르

마리아치가 우리 테이블 앞에 멈춰 서서 세레나데를 불렀다. 바이올린 둘, 트럼펫 둘, 기타 하나, 기타론 하나, 비우엘라 둘로 구성된 악단의 연주 소리가 식당 안에 쾅쾅 울려 퍼졌다.

포르케 노 티에네, 포르케 레 팔타

마리후아나 케 푸마르

일단 마리아치 단원들의 의상부터 보는 이들의 눈길을 끌었다. 솔기에 수를 놓은 검은색 바지, 은색 단추가 달린 기장이 짧은 양면 재킷, 우아하게 맨 넥타이, 독수리 모양 버클이 달린 혁대, 반짝반짝 광을 낸 구두 그리고 비행접시마냥 챙이 넓은 솜브레로.

애달픈 목소리로 시작된 가락이 어느새 요란한 합창으로 변해 있었다. 내 귀에는 그 노래들이 삶의 기쁨을 표현한다기보다는 감정의 무분별한 배출로 들릴 뿐이었다. 그 노래들은 다소 억지스럽게 경쾌한 느낌을 주기도 했다.

"너무 키치적이지 않아?"

"무슨 말도 안 되는 소리예요. 내가 보기에는 클래스가 있어 보이는데."

빌리가 목청을 돋우었다.

나는 의아한 표정으로 빌리를 쳐다보았다. 우리 두 사람은 클래스라는 수식어에 대해 다른 정의를 내리고 있는 게 분명했다.

"이보세요, 두 분. 저 분들 좀 본받을 수 없어요? 저런 게 바로 살아 있는 남성미의 표출이 아닐까요?"

빌리가 밀로와 나를 보며 시끌시끌하게 한마디 하자 노래를 부른 남자가 콧수염을 쓰다듬었다. 칭찬을 받고 뿌듯해진 남자가 이번에는 정교한 댄스 스텝까지 곁들이며 또 한 곡을 멋지게 뽑기 시작했다.

파라 바일라르 라 밤바,
세 네세시타 우나 포카 데 그라씨아
우나 포카 데 그라씨아 파 미 파 티
아리바 이 아리바

마리아치의 연주는 그렇게 저녁 시간 내내 계속되었다. 악단은 테이블을 여기저기 옮겨 다니며 사랑과 용기, 여자들과 메마른 풍경의 아름다움에 대해 노래했다. 내 눈에는 지루한 공연으로 보일 뿐이었는데, 빌리에게는 멕시코 민족의 자긍심을 체현한 음악으로 들린 모양이었다.

연주가 끝나갈 무렵 멀리서 부릉부릉 모터의 엔진소리가 들려왔다. 식당 안에 있던 사람들이 일제히 바다 쪽으로 시선을 돌렸다. 수평선에 밝은 점 하나가 나타났다. 얼마 후, 둔중한 엔진소리가 점점 커지는가 싶더니 하늘에 낡은 수상 비행기 한 대가 모습을 드러냈다. 한 마리 새 같은 모습으로 급격하게 고도를 낮춘 비행기가 식당 위를 돌며 테라스를 향해 꽃을 투하하기 시작했다.

형형색색의 장미 수백 송이가 테라스로 쏟아져 내렸다. 반짝거리던 식당 바닥은 순식간에 장미꽃밭으로 변했다. 때 아닌 꽃비가 쏟아진 식당 곳곳에서 박수갈채와 환호성이 터져 나왔다. 바로 그 순간, 사람들 머리 위로 다시 등장한 수상비행기가 어지러운 안무를 선보이기 시작했다. 수차례 형광색 연막탄이 터지고 나서 하늘 한가운데 동화의 한 장면처럼 환하게 생긴 하트 무늬가 밤하늘로 흩어졌다. 손님들 사이에서 다시 한번 환호성이 터져 나오는 사이, 식당 안의 불이 모두 꺼졌다.

헤드웨이터가 오로르와 라파엘 바로스가 앉아 있는 테이블을 향해 천천히 걸어가는 모습이 보였다. 그의 손에 들린 은쟁반에는 다이아몬드 반지가 하나 올려져 있었다. 라파엘이 자리에서 일어나 오로르 앞에 무릎을 꿇고 앉아 청혼하는 사이, 웨이터 한 사람이 '예스'라는 대답과 동시에 샴페인을 터뜨릴 준비를 하며 조금 뒤쪽으로 물러났다. 라파엘이 계획한 이벤트가 한 치의 오차도 없이 완벽하게 실행에 옮겨지는 순간이었다. 적어도 끈적끈적한 로맨티시즘과 카탈로그에서 골라 뽑은 상투적인 이벤트를 좋아하는 사람들 눈에는 자못 색다른 장면임에 틀림없었다. 하지만 오로르가 제일 혐오하는 게 바로 이런 종류의 시끌벅적한 이벤트 아니었던가.

자리가 멀어 대답이 들리지는 않았지만 오로르의 입술 움직임만으로 뭐라 말하는지 알 수 있었다.

"미.안.해.요."

오로르의 말이 자기 자신을 향한 것인지, 좌중이나 라파엘 바로스를 향한 것인지는 알 길이 없었다. 남자들은 왜 이런 일을 벌이기 전에 한 번 더 깊이 생각하고 고민해보지 않을까?

연회장에 무거운 침묵이 감돌았다. 라파엘 바로스는 신처럼 우러러 보이는 존재에서 일순간 무릎 꿇고 사랑을 구걸하는 처량한 구애자로 전락했다. 어리둥절하고 수치스러운 마음에 소금 조각상처럼 딱딱하게 굳어버린 라파엘 바로스를 향해 좌중은 모두들 안타까운 마음을 금치 못했다. 그 순간, 그보다 먼저 비슷한 일을 겪은 적이 있는 나는 고소한 일이라고 쾌재를 부르기보다는 그에게 인간적인 연민을 느꼈다.

라파엘 바로스가 자리에서 벌떡 일어나 상처받은 위엄을 다시 추스르며 홀을 가로질러 걸어오기 전까지, 나로서는 꿈에도 생각하지 못했던 마이크 타이슨 식 강펀치가 나를 향해 날아오기 전까지만 해도 그랬다.

"그 비열한 놈이 당신 앞으로 걸어와 면상을 주먹으로 가격했군요."

모티머 필립슨 박사가 상황을 요약해 말했다.

호텔 클리닉

45분 후

"네, 뭐 대충 그렇습니다."

내 상처를 소독하는 그를 보며 나는 고개를 끄덕였다.

"운이 좋았어요. 출혈은 심했는데 코뼈가 부러지지 않았으니 천만다행이죠."

"그러게요."

"얼굴은 왜 그래요? 누구한테 흠씬 두들겨 맞은 것처럼 잔뜩 부어올랐어요. 최근에 누구하고 싸웠어요?"

"얼마 전, 바에서 지저스라는 놈이 이끄는 패거리들하고 잠깐 시비가 붙은 적이 있어요."

나는 대충 대답을 얼버무렸다.

"갈비뼈도 나가고 발목까지 심하게 삐었어요. 다친 부위가 엄청나게 부었어요. 오늘은 연고만 발라놓고, 내일 아침 다시 와 입빅붕대를 감아야 해요. 이 상처들은 또 어쩌다 그랬죠?"

"자동차 지붕 위로 떨어졌습니다."

내가 천연덕스럽게 대답했다.

"아주 맘껏 스릴을 즐기며 사는 분이군요."

"며칠 전부터 좀 그러긴 했어요."

호텔 내에 있는 클리닉은 보건소 수준이 아니라 최첨단 장비를 갖춘 초현대식 의료시설이었다.

"이 병원에서는 세계 최고의 유명 스타들을 보살피고 있어요."

내가 병원 시설에 놀라 한마디 하자 그가 말했다.

모티머 필립슨은 은퇴를 앞둔 노년의 신사로 영국적인 스타일의 의사였다. 훤칠한 키에 잘 빠진 몸매는 햇볕에 그을린 구릿빛 얼굴, 주름 잡힌 피부, 맑은 눈과 대비를 이루었다. 피터 오툴이 나이가 들어 영화 〈아라비아의 로렌스〉를 다시 찍었다면 딱 지금의 모티머 필립슨 같은 얼굴이었을 것이다.

모티머 필립슨은 내 발목을 마사지한 다음 간호사를 시켜 목발을 가져 왔다.

"당분간 땅에 발을 디딜 생각은 하지 말아요."

필립슨이 명함에 다음 날 예약 시간을 적어 내게 내밀었다. 나는 그에게 감사 인사를 한 다음 목발을 짚고 힘겹게 내 방으로 돌아왔다.

방 안은 은은한 빛 속에 잠겨 있었다. 방 가운데 비치된 벽난로에서 불꽃이 타닥거리고 타오르며 벽과 천장으로 따뜻한 온기를 퍼뜨리고 있었다. 빌리가 어디 있는지 찾아보았지만 그녀는 거실에도, 욕실에도 없었다. 그 대신 나나 시몬의 노랫소리가 나지막이 귓가에 들려왔다.

커튼을 걷고 테라스를 내다보니 빌리가 물이 찰랑찰랑한 노천형 욕조에서 눈을 감은 채 목욕을 즐기고 있었다. 부드러운 곡선형의 욕조에는 푸른색 모자이크 장식이 되어 있었다. 커다란 백조 부리 모양의 수도꼭지에서 욕조 안으로 쉴 새 없이 쏟아져 내리는 물줄기는 특별한 조명 덕분에 수시로 무지개 빛깔로 변모했다.

"들어올래요?"

빌리가 눈을 감은 채 은근히 나를 유혹했다.

가까이 다가가 보니, 스무 개 정도의 작은 초가 켜져 있는 욕조는 아늑한 불꽃의 보호막에 둘러싸여 있는 듯한 느낌이었다. 물 표면이 샴페인처럼 반짝거렸고, 욕조 바닥 노즐에서 표면으로 황금빛 기포들이 보글거리며 솟아올라왔다.

목발을 세워둔 나는 셔츠 단추를 풀고, 청바지를 벗고 욕조 안으로 들어갔다. 물은 좀 뜨겁다 싶을 만큼 따뜻했다. 욕조에 붙은 서른 개 정도의 제트 노즐에서 분사되는 물줄기들이 몸을 꼭꼭 주무르며 시원하게 마사지를 해주는 느낌을 전해주었다. 욕조 네 귀퉁이에 달린 방수 스피커에서는 매혹적인 음악이 흘러나오고 있었다.

눈을 뜬 빌리가 손을 뻗더니 필립슨 박사가 내 코에 붙여놓은 반창고를 어루만지기 시작했다. 욕조 아래쪽에서 비치는 조명 탓에 그녀의 얼굴은 창백해 보였고, 머리카락은 하얗게 세 보였다.

"전투에 지친 전사께서 휴식이 필요하시군요?"

빌리가 농담을 던지며 내가 있는 쪽으로 몸을 붙였다. 나는 그녀의 유혹에 넘어가지 않기 위해 정신을 바짝 차렸다.

"키스 에피소드를 또 한 번 재현할 필요는 없을 것 같은데요."

"감히 내 키스가 싫었다는 소리는 아닐 테고."

"그건 싫고 좋고의 문제가 아니지."

"그래도 분명 효과는 있었잖아요. 그러고 나서 얼마 후 당신이 사랑해마지 않는 오로르가 파혼선언을 했어요."

"뭐 그랬을 수는 있겠지만 지금 이 욕조 안에서라면 오로르와 함께 있는 것도 아니잖아요."

"누가 그래요?"

빌리가 내 품을 파고들며 말했다.

"방마다 테라스에 망원경이 설치돼 있어요. 이 호텔에서는 사생활이 완전히 노출돼 있다는 뜻이죠. 여태 그걸 몰랐어요?"

이제 빌리의 얼굴이 내 얼굴에서 불과 몇 센티밖에 떨어져 있지 않았다. 담록색 눈동자, 수증기 때문에 확대된 모공, 이마로 흘러내리는 땀방울.

"어쩌면 그녀가 지금 우릴 보고 있을지도 몰라요. 그래도 흥분되지 않는다고는 말하지 못하겠죠?"

나는 이런 종류의 장난이 딱 질색이었다. 나답지 않은 짓이었다. 하지만 키스의 강렬한 느낌이 되살아나면서 나도 모르게 한쪽 손을 그녀의 엉덩이에, 다른 손을 그녀의 빗장뼈로 가져갔다.

빌리가 부드럽게 내 입술에 자기 입술을 포개는 사이, 내 혀는 정신없이 그녀의 혀를 찾아 헤매고 있었다. 다시 한번 마법에 걸리는 순간이었지만 착잡하고 씁쓸한 마음 때문에 나는 오랫동안 그 순간을 즐길 수 없었다.

입 안에서 시큼하고 알싸하며 텁텁한 맛이 느껴지는 순간, 나는 펄쩍 뒤로 물러나며 입술을 뗐다. 나의 반응에 빌리는 아연실색했다. 바로 그때, 거무칙칙한 그녀의 입술과 보라색으로 변한 그녀의 혓바닥이 내 눈에 들어왔다. 그녀는 몸을 떨며 이를 딱딱 부딪치며 입술을 깨물고 앉아 있었다. 나는 불안한 마음에 황급히 욕조 밖으로 나와 그녀를 부축해 일으켰다. 그녀를 밖으로 데리고 나온 나는 수건으로 그녀의 몸을 문지르기 시작했다. 그녀의 다리가 후들거리면서 당장 앞으로 고꾸라질 것 같았다. 그녀가 발작하듯 심하게 기침을 하다가 토악질이라도 할 것처럼 나를 밀치며 앞으로 몸을 숙였다. 그녀가 왝왝거리면서 고통스럽게 뻑뻑한 점액 덩어리를 토해 놓더니 앞으로 쿵 쓰러졌다. 그런데 바닥에 보이는 건 토사물이 아니었다.

잉크였다.

25. 당신을 잃게 될지도 몰라

권총 총신을 이 사이에 물고 있으면 모음만 내뱉어진다.

_척 팔라닉의 소설 《파이트 클럽》을 각색해 영화로 제작한 데이비드 핀처 감독의 동명 영화 대사 중

호텔 클리닉

새벽 1시

"환자 분 남편 되세요?"

필립슨 박사가 빌리가 잠들어 있는 방을 가리켰다.

"아, 아닙니다."

내가 우물쭈물하며 말했다.

"우린 환자와 사촌 사입니다. 빌리에게는 유일한 가족인 셈이죠."

밀로가 그렇게 둘러댔다.

"흠……사촌 여동생하고 자주 목욕을 하십니까?"

의사가 나를 보며 짓궂게 물었다.

한 시간 반 전, 고난도의 퍼팅 샷을 치려던 그는 급히 연락을 받고 병원으로 불려왔다. 골프 바지 위에 하얀 가운만 걸친 그는 황급히 빌리를 진료했다. 그는 빌리의 목숨이 위험하다고 판단하고 즉시 입원시킨 다음 응급조치를 취해 목숨을 구했다.

대답을 기대하고 던진 질문이 아니어서 우리는 말없이 그를 따라 사무실로 들어갔다. 그의 길쭉한 형태의 사무실에서는 환하게 불이 켜진 잔디밭이 내다보였다. 그린처럼 매끈한 잔디밭 한가운데, 작은 깃발이 펄럭이고 있었다. 창문으로 다가가 보니 홀에서 7,8미터 정도 떨어진 지점에 멈춰 서 있는 골프공이 하나 보였다.

"솔직하게 얘기하죠."

의사가 우리에게 의자에 앉으라고 권하며 이야기를 꺼냈다.

"나는 당신들 여자 친구의 병명도, 발병 원인이 뭔지도 모릅니다."

의사가 가운을 벗어 옷걸이에 건 다음 우리와 마주 보고 앉았다.

"열이 심하고, 몸 전체 근육이 심하게 경직됐고, 배 속 내용물을 모두 토한 상태입니다. 두통이 있고, 호흡도 곤란하고, 몸의 균형을 잡지도 못하고 있죠."

"그렇다면?"

내가 의사의 입에서 진단이 나오길 기대하며 추궁하듯 물었다.

필립슨이 책상 제일 위 서랍을 열고 시가 통을 꺼냈다.

"환자가 심한 빈혈 증세를 보이기도 하는데, 내가 정말로 걱정하는 건 따로 있습니다. 환자가 엄청나게 많은 양을 토해놓은 거무죽죽한 물질 말이에요."

"잉크와 비슷한 것 같던데, 그런가요?"

"그럴 수도 있겠지요."

의사가 생각에 잠긴 표정으로 알루미늄 통에서 코이바 여송연을 꺼내 담배 잎을 가볍게 어루만졌다. 마치 새로운 의학적 발견이라도 머릿속에 떠오르기를 기다리는 사람처럼 보였다.

"일단 피 검사와 검은 토사물의 성분 검사 그리고 머리카락 성분 검사를 의뢰해 놓았습니다. 머리카락이 순식간에 허옇게 셌다고 했죠?"

"그런 일은 간혹 있지 않습니까? 심한 정신적 충격을 받으면 머리카락이 하룻밤 사이에도 셀 수 있다는 얘기를 어디선가 들은 적이 있습니다. 처형을 하루 앞둔 날 밤 머리가 백발이 된 마리 앙투아네트 같은 경우도 있지 않습니까?"

"말도 안 되는 소리. 화학적인 방법으로 탈색을 하지 않고는 머리카락의 색소가 그렇게 단시간에 빠질 수는 없어요."

"이 병원에도 그런 검사들을 할 수 있는 설비가 갖춰져 있습니까?"

의사가 여송연의 끝을 잘라냈다.

"눈으로 직접 보셔서 알겠지만 우리 클리닉은 최첨단 의료설비를 갖추고 있어요. 5년 전, 한 아랍 산유국 족장의 장남이 우리 호텔에 투숙한 적이 있습니다. 그런데 그 젊은 친구가 수상 스키를 타다가 그만 사고를 당했습니다. 아웃보드 모터보트와 심하게 충돌하는 바람에 꽤 오랫동안 혼수상태에 빠져들었죠. 그 친구의 아버지가 나를 찾아와 아들의 목숨을 살려주면 우리 병원에 상당한 재산을 기부하겠다고 약속하더군요. 치료를 받은 그 친구는 곧 후유증 없이 완쾌되었어요. 내가 실력이 좋아서라기보다는 그 친구가 운이 좋았던 것이겠지요. 그 족장이 약속을 지켜 어마어마한 금액의 돈을 기부하는 바람에 우리 병원이 이렇게 최고의 진료 설비를 갖추게 된 겁니다."

필립슨 박사가 우리를 문까지 배웅하기 위해 자리에서 일어섰다. 내가 필립슨 박사에게 빌리 곁을 지키고 싶다고 말했다.

"쓸데없는 짓입니다. 여긴 야간 당직을 서는 간호사도 있고, 생물학을 전공한 인턴도 두 명씩이나 있습니다. 당신 '사촌 여동생' 말고는 다른 입원 환자도 없어요. 우리가 한시도 눈을 떼지 않고 보살필 테니 걱정 말아요."

"제가 병원에 남아 있고 싶어 그럽니다, 선생님."

필립슨이 어깨를 으쓱 추어올리더니 다시 사무실로 들어가며 나지막이 말했다.

"갈비뼈에 금이 가고, 발목을 삔 사람이 비좁은 의자에서 등이 욱신거리도록 새우잠을 자는 게 소원이라면 마음대로 해요. 대신 내일 아침에 나한테 운신을 못 하겠다며 징징거릴 생각은 하지 말아요."

나를 빌리의 입원실에 혼자 남겨두고 가는 밀로의 얼굴에 수심이 가득했다.

"캐롤이 걱정돼 죽겠어. 휴대폰에 메시지를 수십 번이나 남겼는데 전화 한 통 없네. 내가 나가서 찾아봐야겠어."

"알았어. 조심해, 친구."

"잘 자, 톰."

복도에 서서 밀로의 뒷모습을 바라보고 서 있는데, 한참 앞으로 걸어가던 그가 갑자기 걸음을 멈추더니 방향을 바꾸어 걸어오기 시작했다.

"내가 너에게 꼭 전할 말이 있어. 진심으로 사과할게, 미안하다."

밀로가 내 눈을 똑바로 쳐다보며 사과했다.

"위험한 투자를 하는 바람에 내가 모든 걸 다 망치고 말았어. 똑똑한 짓이라 여겨 나도 모르게 시작했는데 결과적으로 쫄딱 망했어. 네 믿음을 저버렸고, 경제적으로 파산하게 만들었어. 정말 미안하다."

밀로의 목소리가 오늘 따라 더욱 침통하게 들렸다. 그가 눈을 한 번 깜박이자 굵은 눈물방울이 뚝뚝 떨어져 내렸다. 난생 처음 그가 우는 모습을 본 나는 당황스럽고 난처했다.

"내가 너무 어리석었어."

밀로가 눈두덩을 비비는 척하며 눈물을 닦았다.

"우리는 인생에서 가장 힘든 고비를 넘겼다고 믿었는데 결과적으로 내 생각이 틀렸어. 우리가 원하는 걸 얻는 것보다 얻은 걸 지키는 게 가장 힘들다는 걸 몰랐어."

"난 돈 따위에는 관심 없어. 돈으로 네 공허함이 채워졌니? 문제가 모두 해결됐니? 돈으로 이루어진 건 아무것도 없어. 그건 너도 잘 알잖아."

"두고 봐. 우린 지금껏 그래왔던 것처럼 이번에도 반드시 어려움을 극복해낼 테니까."

밀로가 기운을 차리려고 애쓰며 스스로에게 다짐하듯 말했다.

"행운의 여신이 우릴 그냥 지나치지는 않을 거야."

캐롤을 찾으러 밖으로 향하던 그가 손으로 내 목을 다정하게 감으며 자신 있게 말했다.

"이 상황은 내가 해결할 거야. 약속해. 시간이 좀 걸릴지 모르지만 반드시 해낼 거야."

나는 조용히 문을 열고 빠끔히 열린 문틈으로 방 안을 들여다보았다. 빌리의 병실이 푸르스름한 미광에 잠겨 있었다. 나는 발소리를 죽여 가며 침대로 다가갔다.

빌리는 고열로 신음하면서 자는 중간에도 계속 몸을 뒤척이고 있었다. 두꺼운 시트가 목까지 덮여 창백한 얼굴만이 이불 밖으로 나와 있었다. 오늘 아침까지만 해도 내 삶을 어수선하게 뒤흔들어놓던 금발의 회오리바람 같은 여자, 그렇게 활기차게 까불어대던 여자가 몇 시간 만에 10년은 늙은 모습으로 누워 있었다. 마음이 아파 한동안 옆에서 지켜보기만 하던 나는 용기를 내어 그녀의 이마를 살며시 짚었다.

"당신은 정말 특이한 여자야, 빌리 도넬리."

내가 침대로 몸을 숙이며 나지막이 말했다.

몸을 심하게 뒤척이던 그녀가 눈도 뜨지 않고 중얼거렸다.

"'골칫덩어리'라고 할 줄 알았더니만……."

"당연히 골칫덩어리가 맞긴 하지."

내가 감정을 숨기기 위해 핀잔을 주었다.

나는 그녀의 얼굴을 쓰다듬으며 고백했다.

"사실은 당신이 나를 암흑의 구렁텅이에서 구해줬어. 당신이 내 자신을 갉아먹던 슬픔을 매일 조금씩 걷어줬어. 당신의 그 환한 웃음과 고약한 심보 때문에 내가 서서히 말문을 열지 않을 수 없었으니까."

빌리가 뭔가 할 말이 있는 듯 짧고 거친 숨을 몰아쉬다 결국 포기하고 말았다.

"당신을 이대로 놔두지 않을 거야, 빌리. 내가 약속할게."

나는 빌리의 손을 잡으며 그녀를 안심시켰다.

모티머 필립슨은 성냥을 그어 하바나 여송연 끝에 불을 붙인 다음 퍼터를 들고 그린을 향해 갔다. 완만한 경사를 이룬 그린 위, 홀에서 7,8미터 정도 떨어진 거리에 골프공이 멈춰 있었다. 그는 시가를 한 번 쭉 빨아들인 다음 쭈그리고 앉아 어떤 샷으로 홀컵을 공략할지 고심했다. 고난도 퍼팅이긴 해도 이 정도 거리에서 샷을 날려 수백 번이나 성공시킨 경험이 있는 노련한 솜씨를 가진 그가 아니던가.

모티머 필립슨은 자리에서 일어나 자세를 잡고 정신을 집중했다. '운이라는 건 사람의 의지와 유리한 주변 여건이 결합된 결과물이다.'라는 세네카의 말이 떠올랐다. 모티머의 퍼터가 공을 때렸다. 그는 이 한 샷에 자신의 명운이 달린 듯 진지한 모습이었다. 또르르 그린 위를 구르기 시작하던 공이 이동경로를 이리 저리 바꾸더니 결국 홀컵을 살짝 스쳐 지나갔다.

오늘 밤에는, 주변 여건이 유리하지 않은 모양이었다.

밀로는 쏜살같이 호텔 앞뜰로 뛰어나와 주차요원에게 지하 주차장에서 부가티를 꺼내 달라 부탁했다.

밀로는 내비게이션을 켜고 캐롤과 마지막으로 헤어졌던 라 파스를 향해 차를 몰기 시작했다. 오후에 그는 해변에서 캐롤에게 쓰라린 상처가 있었다는 사실을 알게 되었다. 그는 차마 상상하지 못했던 상처가.

자기가 가장 사랑하는 사람들이 겪는 고통도 모르고 지나가는 때가 많은 거야.

밀로는 괜스레 마음이 헛헛해졌다. 그 역시 캐롤이 그에 대해 에두르지 않고 직설적으로 던지는 말 때문에 상처를 받은 적이 많았다. 캐롤이 보기에는 무식한 건달, 도시 빈민가 출신의 불량배, 일자 무식쟁이, 여자를 함부로 대하는 망나니 같은 놈으로 비쳤을지 모른다. 그가 지금껏 그런 인상을 바꾸려고 특별히 노력한 게 없다는 건 분명한 사실이었다. 솔직히 그런 이미지 뒤에 자신을 꼭꼭 숨겨두는 게 여러모로 편하기도 했다. 그는 미묘한 감정을 상대에게 표현하는데 매우 서툰 사람이었다. 캐롤의 마음을 얻을 수만 있다면 무슨 짓이라도 할 수 있지만, 그녀가 아직 그를 충분히 신뢰하지 않기에 자신을 있는 그대로 드러낼 용기가 없었다.

밀로는 맑은 밤공기를 가르며 30분 정도 길을 달렸다. 오염된 도시에서는 이미 사라진 지 오래된 밤하늘을 배경으로 산 그림자가 시커멓게 솟아 있었다. 목적지에 다다른 밀로는 숲길에 차를 세운 다음 가방에서 담요 한 장과 생수 한 병을 챙겨 넣고 해변으로 이어지는 자갈길을 걷기 시작했다.

"캐롤! 캐롤!"

밀로는 목청껏 친구의 이름을 불렀다.

구슬픈 흐느낌 소리를 내는 변덕스럽고 미지근한 바닷바람을 타고 밀로의 외침이 대기 중으로 흩어져갔다.

밀로는 오후에 캐롤과 말다툼 끝에 헤어졌던 해안을 다시 찾았다. 온화한 밤이었다. 자기도취에 빠진 금발의 보름달이 바닷물에 제 모습을 비쳐보고 있었다. 이렇게 별이 총총한 하늘을 보는 건 난생처음이었다. 그런데 아무리 둘러봐도 캐롤의 흔적을 찾을 수 없었다.

밀로는 횃불을 손에 들고 해안선을 따라 솟아있는 가파른 암벽들을 오르내리며 계속해서 캐롤을 찾아 헤맸다. 그는 5백 미터 정도 더 가다가 작은 만으로 내려가는 좁은 샛길로 접어들었다.

"캐롤!"

그는 다시 해변으로 내려오면서 캐롤의 이름을 계속 불렀다. 그의 목소리가 한층 더 크게 울려 퍼졌다. 뒤로 솟은 화강암 절벽이 바람을 막

아주어 만에서는 모래사장에 와서 부딪치는 파도 소리도 한결 누그러져 들려왔다.

"캐롤!"

촉각을 곤두세우고 앞으로 걸어가던 밀로의 눈에 만 끝에서 움직이는 물체가 잡혔다. 그는 암벽을 향해 천천히 걸어갔다. 다가가서 보니 암벽 꼭대기 부분에 길쭉하게 틈이 벌어져 있었고, 그 틈이 바위 속 천연동굴까지 이어지고 있었다.

그 동굴 속에 캐롤이 있었다. 그녀는 모래 위에 쓰러져 등을 오그리고 다리를 모은 채 웅크리고 있었다. 그녀는 머리를 앞으로 숙인 채 몸을 떨면서도 손에 움켜쥔 권총은 놓지 않고 있었다.

밀로는 친구의 옆에 무릎을 꿇고 앉으며 솔직히 약간의 두려움을 느꼈다. 그러나 친구의 상태를 확인하는 순간, 두려움은 금세 염려로 변했다. 그는 가방에 있던 담요를 꺼내 캐롤을 덮어주고 그녀를 부축해 일으킨 다음 차가 주차된 곳을 향해 걸었다.

"아까 너한테 막말한 거 잘못했어. 마음에 없던 말이었어."

"다 잊었어. 이제 다 잘될 거야."

바람이 한결 거세지며 한기가 느껴졌다.

캐롤이 밀로의 머리를 쓰다듬으며 눈물이 그득한 눈으로 그를 올려다보았다.

"너를 아프게 하는 일은 절대로 없을 거야."

밀로가 그녀의 귀에 대고 부드럽게 속삭였다.

"나도 믿어."

캐롤이 그의 목에 매달렸다.

주저앉으면 안 돼, 안나, 버텨야 돼, 버텨야 돼!

같은 날, 몇 시간 전, 로스앤젤레스의 한 서민가에서 안나 보로프스키가 총총히 거리를 따라 걸어 올라가고 있었다. 톡톡한 멜턴 풀오버에 달린 후드까지 덮어 쓰고 뛰다시피 걷고 있는 모습을 보면 영락없이 아침 조깅으로 몸매를 유지하려는 젊은 여성 같았다.

그러나 안나는 조깅을 하는 게 아니라 쓰레기를 줍고 있었다. 일 년 전만 해도 그녀의 삶은 그런 대로 괜찮았다. 저녁때 이따금씩 근사한 레스토랑에 가서 외식을 하기도 했고, 여자 친구들과 어울려 쇼핑을 할 때는 일천 달러가 넘는 금액을 척척 쓸 때도 있었다. 하지만 경기가 나빠지면서 그녀의 삶은 180도로 바뀌었다. 다니던 회사가 갑자기 대규모 인원 감축을 단행하는 바람에 그녀는 서비스 매니저로 일하던 직장을 하루아침에 그만두어야 했다.

직장에서 해고되고 나서 몇 달 동안은 잠시 힘든 시기를 겪고 있는 것뿐이라고 자기 자신을 다독이며 용기를 잃지 않았다. 그녀는 적합한 자리만 나오면 지체하지 않고 취직하겠다고 결심하고 낮에는 꼬박 컴퓨터 앞에 앉아 인터넷 채용 사이트를 뒤졌다. 이력서와 입사 지원 동기서를 여러 회사에 보내고, 채용 박람회에 참가하고, 비용을 들여 커리어 코칭 회사에 도움을 요청하기도 했다. 하지만 그녀의 모든 노력은 수포로 돌아갔다. 해고되고 나서 여섯 달 동안 변변한 면접 기회 한번 생기지 않았다.

안나는 먹고 살기 위해 어쩔 수 없이 몬테벨로의 한 양로원에서 청소 일을 시작했다. 그 일은 수입이 너무 작아 월세를 내기에도 빠듯했다.

안나는 퍼플스트리트에 이르러 걸음을 늦추었다. 아침 7시도 안 된 시각이어서 거리는 조용했지만, 곧 활기를 띠기 시작할 것이다. 아무리

궁색한 처지라도 그녀는 일단 스쿨버스가 떠난 다음 쓰레기통을 뒤지기로 생각하고 잠시 서서 기다렸다. 이 일에도 이력이 나서 그녀는 이제 체면이나 자존심 따위는 벗어던진 지 오래였다. 어차피 선택의 여지가 없었다. 개미보다는 베짱이에 가까운 근성은 연봉이 3만 5천 달러에 이르던 때에는 큰 문제가 아니었는데 이제는 그녀의 목을 죄어오며 거리로 나앉을 처지로 만들어 버렸다. 약간의 부채가 상황을 이렇게까지 심각하게 만든 근본적인 원인이었다.

처음에는 집 아래 슈퍼마켓의 컨테이너를 뒤져 유효기간이 지난 식품을 골라 먹어도 충분했다. 그런데 그녀와 똑같은 생각을 하는 사람들이 한둘이 아니었던지 저녁마다 노숙자, 일용직 노동자, 대학생, 가난한 퇴직자들이 컨테이너 주변으로 모여들었다. 급기야 슈퍼마켓 측에서 컨테이너에 세제를 뿌려놓는 바람에 그 속에 있는 식품들을 먹을 수 없게 되었다.

안나는 결국 옆 동네까지 원정을 감행할 수밖에 없게 되었다. 처음에는 치욕적으로 느껴지던 일이 시간이 갈수록 익숙해졌다. 인간이란 수치심에도 타성이 붙는 유일한 존재인 모양이었다.

처음 발견한 쓰레기통에는 쓰레기가 가득했다. 원정을 나선 소득이 있는 셈이었다. 반쯤 먹다 버린 치킨 너겟 한 봉지, 블랙커피가 아직 제법 들어 있는 스타벅스 일회용 커피 용기, 그리고 카푸치노가 든 또 다른 용기. 두 번째 쓰레기통에서는 찢어진 에이버크롬비 셔츠를 하나 건졌다. 집에 가서 깨끗하게 빨아 꿰매 입으면 될 것 같았다. 세 번째 쓰레기통에서는 근사한 인조가죽 표지를 씌운 소설책이 한 권 나왔다. 새것이나 다름없는 책이었다. 그녀는 그 보잘것없는 보물들을 가방에 챙겨 넣고 쓰레기 순례를 계속했다.

30분 후에 안나 보로프스키는 신축 아파트 단지에 있는 작은 집으로 돌아왔다. 아주 기본적인 가구만 들여놓아 소박하지만 깨끗하게 꾸며진 집이었다. 안나는 손부터 씻고 나서 커피와 카푸치노를 머그잔에 담아 너겟과 함께 전자레인지에 넣고 돌렸다. 아침 식사 준비가 끝나길 기다리는 동안 그녀는 오늘 아침 수확물을 주방 테이블 위에 올려놓았다. 책이었다. 고딕풍의 우아한 표지가 눈길을 끌었다. 표지 왼쪽 구석에 붙은 스티커가 저자의 이름을 알려주었다.

《천사 3부작》의 저자 톰 보이드

톰 보이드? 책을 좋아하는 여자 동료들의 입에서 그의 이름이 오르내리는 걸 몇 번 들은 적이 있지만 아직 읽어보지는 않은 작가였다. 잘하면 꽤 괜찮은 값에 팔 수도 있겠다는 생각을 하면서 책 표지에 묻은 밀크셰이크 자국을 닦아낸 다음, 이번에도 옆집 무선 인터넷 신호를 불법으로 잡아 인터넷에 접속했다. 아마존에 올라 와 있는 새 책의 가격은 17달러였다. 그녀는 자신의 이베이 계정에 접속한 다음 즉시 구매할 경우 14달러에 판매하겠다고 판매 리스트에 올려놓았다.

다음으로 그녀는 주워온 셔츠를 빨아 널고, '더러움을 씻어 내기' 위해 샤워를 한 다음 옷을 입으며 한참 동안 거울 앞에 서 있었다.

안나는 이제 막 서른일곱이 되었다. 그녀는 그동안에는 나이보다 젊어 보인다는 말을 들었는데 뱀파이어에게 젊음을 다 빨아 먹힌 듯 한순간에 늙어버렸다. 직장을 잃고 나서 정크 푸드로 끼니를 때우다 보니 10킬로그램 넘게 살이 쪘다. 그것도 얼굴과 엉덩이에만 집중적으로 살이 붙어 마치 거대한 햄스터처럼 보였다. 거울 앞에서 애써 미소를 지으려 했지만 거울 속에 비친 얼굴은 참담하기만 했다.

안나는 삶의 중심을 잃은 채 헤매고 있었고, 그녀의 딱한 처지는 거부감을 주는 얼굴에 고스란히 나타나 있었다.

빨리 움직여. 이러다 늦겠다!

안나는 연한 청바지 위에 후드 달린 트레이닝복 상의를 입은 다음 운동화를 신었다.

이만하면 됐어. 지금 뭐 클럽이라도 가는 줄 알아. 노인네들 똥이나 치우러 가는 주제에 쫙 빼입고 갈 필요가 뭐 있어!

안나는 냉소적인 태도로 임한 걸 금세 후회했다. 정말이지 길을 잃고 헤매는 기분이었다. 이렇게 힘든 데도 마음을 의지할 사람 한 명 없었다. 그녀를 도와줄 사람도, 속사정을 시원하게 털어놓을 수 있는 사람도 없었다. 진정한 친구가 있는 것도, 사귀는 남자가 있는 것도 아니었다(남자를 사귀지 않은 지 벌써 한참 되었다). 가족? 체면이 깎이는 게 싫어 이런 힘든 사정을 어머니나 아버지에게는 털어놓지도 않았다. 그리고 솔직히, 그 분들은 딸이 어떻게 사는지 궁금해 하지도 않았다. 가끔은 아직 부모와 5분 거리에 살고 있는 여동생처럼 고향인 디트로이트에 남아 있을 걸 잘못했다는 후회가 일기도 했다. 여동생 루시는 한 번도 큰 꿈을 꾸어본 적 없는 아이였다. 동생은 보험 세일즈맨으로 일하는 디트로이트 촌놈과 결혼해 빽빽거리는 아들놈을 하나 낳고 평범한 주부로 살아가고 있었다. 최소한 하루하루 끼니 걱정을 하며 살아야 할 형편은 아니었다.

문을 열고 밖으로 나가려는 순간, 안나는 극심한 좌절감을 맛보았다. 주변의 많은 사람들처럼 그녀도 약 없이는 살 수 없는 지경이 되었다. 등의 통증 때문에 먹는 진통제, 만성 편두통 때문에 달고 사는 이부프로펜 플래시. 오늘은 그런 것들보다 더 강력한 진정제가 필요할 것 같았다. 날이 갈수록 그녀는 더욱 극심한 불안 증세와 끝없는 두려움에 시달리며 살아가고 있었다. 그녀가 아무리 굳은 의지를 갖고 노력해도 인생은 결코 달라지지 않을 거라는 패배의식이 몸속 깊이 뿌리를 내리고 있었다. 가끔 불안감이 머리끝까지 차오를 때면 무슨 짓을 할지 모른다는 생각이 들었다. 몇 달 전, 그녀의 아파트에서 몇 블록 떨어진 곳에서 금융회사에서 중간 간부로 일했던 한 가장이 가족 다섯 명을 총으로 살해한 다음 스스로 목숨을 끊는 사고가 발생했다. 그는 유서를 통해 아무리 애써도 경제적인 어려움에서 헤어날 길이 없어 극단적인 선택을 하게 되었다고 밝혔다. 여러 달째 실업 상태였고, 주식시장이 폭락하면서 투자한 돈을 몽땅 날리게 돼 극심한 절망감을 느꼈던 것이다. 그녀는 언젠가 자신에게도 그와 비슷한 충동이 일지도 모른다는 끔찍한 생각을 하지 않을 수 없었다.

여기서 주저앉으면 안 돼, 안나. 버텨야 돼, 버텨야 돼!

안나는 요즘 정신을 바짝 차리려고 안간힘을 쓰고 있었다. 무엇보다 포기하고 싶은 마음이 생길 틈을 주지 않았다. 지금 두 손을 들고 항복하면 바로 나락이었다. 지금 살고 있는 아파트를 잃지 않으려면 사력을 다해 싸워야 했다. 더러는 굴 속에 든 동물 신세로 전락했다는 비참한 생각이 들 때도 있었다. 하지만 이 집에서는 최소한 몸이라도 씻고 안전하게 잠이라도 잘 수 있지 않은가.

안나는 아이팟의 헤드폰을 귀에 꽂은 다음 계단을 내려와 요양원으로 가는 버스를 탔다. 세 시간 동안 청소를 한 다음 점심 휴식 시간을 이용해 요양원 휴게실의 컴퓨터 앞에 앉아 인터넷에 접속했다.

좋은 소식이 있었다. 이베이에 올렸던 책이 그녀가 요구한 가격에 팔린 것이다. 그녀는 오후 3시까지 더 일을 한 다음 책을 부치기 위해 우체국에 들렀다.

보니 델 아미코 앞
캘리포니아 대학교, 버클리 캠퍼스

안나는 봉투에 책을 넣으면서 책의 절반이 인쇄가 안 된 백지 상태라는 사실을 꿈에도 몰랐다.

"이봐요, 기사 양반들, 조금 서두릅시다."

브루클린의 공단지대를 지나는 여덟 대의 세미트레일러 기사들의 무선 전화기로 지지직거리는 잡음과 함께 재촉하는 소리가 흘러나왔다. 뉴저지의 창고에서 화물을 싣고 코니아일랜드 인근의 재활용 공장까지 이동하는 트레일러들의 이동 시간과 이동 경로가 세심하게 관리되고 있었다. 수하물 도난을 방지하기 위해 현금 수송에 버금가는 철저한 관리 감독이 이루어졌다. 팔레트 30개씩을 적재한 트레일러 한 대에는 상자에 담긴 1만 3천 권의 책이 실려 있었다.

긴 화물 트럭 대열이 빗속에 파쇄 공장 정문으로 들어선 시간은 10시가 가까워 올 무렵이었다. 드넓은 대지 위에 사방으로 철책을 둘러친 공장은 마치 군 병영을 연상케 했다. 트레일러들이 번갈아가며 거대한 창고의 아스팔트 바닥에 화물을 내려놓았다. 아직 비닐 포장을 벗기지도 않은 수십 톤의 책이 바닥으로 쏟아져 내렸다.

출판사 책임자가 집달리 한 명을 대동하고 현장에 나와 전 과정을 감독하고 있었다. 인쇄 불량 때문에 10만 부의 책을 한꺼번에 폐기처분하는 일은 흔치 않았다. 트레일러가 한 대 들어올 때마다 집달리가 상자를 하나씩 개봉해 인쇄 불량 상태를 눈으로 직접 체크했다. 책마다 똑같은 결함이 발견되었다. 500페이지에 달하는 전체 분량에서 절반이 인쇄가 안 된 책들이었다. 이야기가 갑자기 266페이지에서, 그것도 미완성 문장에서 끊겨 있었다.

불도저 세 대가 책 더미 주변을 부지런히 오가며 마치 자갈을 운반하듯 책 상자들을 번쩍 번쩍 집어 들어 컨베이어벨트에 올려놓았다. 컨베이어벨트들이 빠른 속도로 고철 괴물들의 딱 벌린 아가리 속으로 달려 올라갔다.

괴물 같은 분쇄기 두 대가 수만 권의 책을 순식간에 꿀꺽 삼킨 다음 갈가리 찢어 자근자근 씹어 삼켰다. 소화가 끝나자 배가 갈리고, 껍질이 벗어지고, 갈가리 찢긴 책들이 야수의 내장을 빠져나와 압착기로 들어갔다. 잠시 후, 철사로 묶은 입방체 모양의 큼직큼직한 묶음들이 압착기 끝에서 툭툭 떨어졌다.

압착이 끝난 입방체 묶음들은 커다란 창고 한구석에 차곡차곡 쌓였다. 내일이면 이 묶음들은 다시 다른 트레일러들에 실려 이곳을 떠날 것이다. 펄프로 재생된 종이들은 신문, 잡지, 일회용 수건, 신발 상자로 다시 태어나게 될 것이다.

몇 시간 만에 작업이 종료되었다.

운반되어온 화물의 처리가 모두 끝나자 공장 책임자와 출판사 측 책임자 그리고 집달리가 파쇄 작업의 전 공정을 거친 책들의 총 수량을 정확히 기재한 서류에 각각 사인했다.

총 수량은 99,999권이었다.

26. 다른 곳에서 온 여자

추락하는 사람들은 떨어지면서 자신을 구하려는 사람들까지 함께 끌고 떨어질 때가 많다.

_슈테판 츠바이크

호텔 클리닉

오전 8시

"어이, 그렇게 돼지처럼 세상모르고 코를 골아대면서 어떻게 환자를 간호해요!"

나는 화들짝 놀라 눈을 번쩍 떴다. 떡갈나무 의자 팔걸이에 머리를 박고 웅크린 채 잠을 잔 탓에 등이 끊어지는 것 같고, 가슴이 뻐근하고, 다리에는 쥐가 났다.

어느새 빌리는 침대에 일어나 앉아 있었다. 백짓장 같던 얼굴이 조금이나마 혈색을 되찾았지만 하얗게 센 머리카락은 어제와 변함없었다. 어쨌든 그녀 특유의 거침없는 말이 입에서 흘러나오는 건 어느 모로 보나 청신호였다.

"몸은 좀 괜찮아요?"

"완전 찌뿌드드해요."

빌리가 분홍빛을 되찾은 혓바닥을 날름 내밀었다.

"거울 좀 가져다줄래요?"

"별로 좋은 생각 같지 않은데."

빌리가 굳이 달라기에 나는 어쩔 수 없이 욕실 벽에 걸린 작은 거울을 떼다주었다.

거울 속에 비친 모습을 보고 겁에 질린 그녀가 머리카락을 들춰보고, 벌려보고, 헝클어뜨려도 보고, 바짝 잡아당겨 머리 뿌리를 들여다보기도 했다. 탐스러웠던 금발이 하룻밤 사이에 할머니 같은 백발로 변한 걸 본 그녀는 경악을 금치 못했다.

"어떻게……어떻게 이런 일이 일어날 수 있죠?"

빌리가 뺨을 타고 흘러내리는 눈물을 손으로 훔치며 내게 물었다.

나는 그녀의 어깨에 손을 얹었다. 딱히 그녀가 납득할만한 설명을 해줄 재주가 없던 내가 뭔가 작은 위로가 될 말을 찾으려는 순간, 병실 문이 활짝 열리며 밀로와 필립슨 박사가 안으로 들어섰다.

옆구리에 봉투를 끼고 근심스러운 표정으로 방으로 들어선 의사가 우리를 향해 간단하게 인사만 건네고는 빌리의 침대 발치에 적힌 여러 가지 수치들을 한참동안 확인했다.

"대부분의 검사 결과가 나왔습니다, 마드모아젤."

몇 분간의 침묵을 깨고 우리를 쳐다보는 그의 눈에 흥분과 당혹감이 뒤얽혀 있었다. 가운 호주머니에서 하얀색 펠트펜을 꺼낸 그가 가지고 온 반투명 보드판에 뭔가 휘갈겨 쓰며 말을 꺼냈다.

"아가씨가 어제 토했던 검은 덩어리는 유성잉크가 맞습니다. 색소, 중합체, 각종 첨가물, 솔벤트에서 특징적으로 나타나는 성분들이 검출되었는데…….”

의사가 말도 끝맺지 않고 빌리에게 단도직입적으로 물었다.

“음독자살을 시도할 생각이었습니까, 마드모아젤?”

“말도 안 돼요.”

빌리가 펄쩍 뛰었다.

“단지 궁금해서 물어보는 겁니다. 미리 삼켰던 게 아니라면 어떻게 몸에서 유성잉크를 토해낼 수 있는지 의아해서 말입니다. 내가 알고 있는 한 그런 증세를 보이는 병은 없어요.”

“다른 결과는 없습니까?”

내가 이야기를 진척시키기 위해 의사에게 물었다.

필립슨 박사가 〈ER〉이나 〈그레이 아나토미〉 같은 의학 드라마에서 몇 번 들어본 적은 있지만 정확한 의미를 모르던 온갖 용어와 수치가 잔뜩 적힌 종이를 우리에게 한 장씩 돌렸다. NFS(혈구수 측정), 이온 수치, 요소尿素, 크레아티닌, 혈당, 간수치, 지혈…….

“예상했던 대로 피검사 결과 빈혈이 확인됐어요.”

필립슨이 보드판 위에 새로운 항목을 추가로 적었다.

“데시리터 당 헤모글로빈 수치가 9그램이니까, 정상수치에 못 미쳐요. 그것 때문에 얼굴이 창백하고, 극심한 피로감과 두통을 느끼고, 맥박이 빨리 뛰고 가끔은 어질어질하다고 느낀 겁니다.”

“대체 빈혈의 원인은 뭡니까?”

내가 물었다.

“빈혈의 원인을 판명하려면 몇 가지 추가 검사가 더 필요합니다. 그런데 지금 당장 걱정스러운 건 따로 있습니다.”

전문가가 아닌 내가 보기에도 피검사 결과에서 비정상적인 수치가 하나 눈에 띄었다.

"혈당 수치가 문제죠, 아닙니까?"

"맞아요. 혈당 수치가 리터 당 0.1그램이라면 유례가 없을 만큼 심각한 저혈당증입니다."

"유례가 없다'는 건, 무슨 뜻이죠?"

빌리가 걱정스럽게 물었다.

"혈액 속의 당 수치가 아주 낮을 때 의학용어로 저혈당증이라 하죠. 우리의 뇌는 글루코스를 충분히 공급받지 못하면 현기증과 피로감을 느껴요. 그런데 마드모아젤, 당신의 경우는 아주 특이해요."

"그 말씀은?"

"내 말은, 내가 아가씨한테 말을 하고 있는 지금 이 순간 아가씨는 벌써 사망했거나 심각한 혼수상태에 빠졌어야 정상이라는 얘기예요."

밀로와 내가 동시에 소리를 질렀다.

"분명 어떤 착오가 있었겠죠."

필립슨이 고개를 가로저었다.

"세 번이나 분석을 했어요. 이해가 안 되는 현상인데⋯⋯그런데 그보다 더 이상한 게 또 있습니다."

필립슨이 다시 뚜껑을 연 흰색 펠트펜을 공중으로 치켜들었다.

"어젯밤 내가 박사 논문을 지도하고 있는 인턴 학생 하나가 스펙토그래피를 했더군요. 질량을 측정해서 분자의 특성을 찾아내고 화학적 구조를 밝히는 첨단 검사인데⋯⋯."

"그냥 빨리 본론부터 말씀하세요."

내가 그의 말을 잘랐다.

"검사 결과 카본 하이드레이트가 비정상적으로 검출됐어요. 보다 명확하게 말하자면 몸속에 셀룰로스가 들어 있다는 뜻이에요, 마드모아젤."

필립슨이 보드판 위에 셀룰로스, 라고 큼직하게 적었다.

"다들 알겠지만 셀룰로스라는 건 나무의 주성분입니다. 솜이나 종이 같은 소재에도 상당한 양이 들어 있죠."

필립슨이 어떤 결론을 도출할 생각인지 나는 도통 감을 잡을 수 없었다.

"사람이 탁지면을 삼켰다고 가정해봐요. 어떤 일이 일어날까요?"

그 질문을 듣고 나서야 나는 그의 머릿속에서 일어나는 생각을 조금 더 이해할 수 있을 것 같았다.

"뭐, 별일 있겠어요? 화장실에 가 볼일을 보면 어차피 밖으로 다 빠져나올 텐데."

밀로가 간단하게 대답했다.

"그렇죠, 맞습니다. 인간의 몸은 셀룰로스 성분을 소화할 수 없습니다. 바로 그 부분이 소나 염소 같은 초식동물과 다른 점이죠."

"제가 이해하기로는······."

빌리가 대화에 끼어들었다.

"정상적인 인간의 몸에는 셀룰로스 성분이 없다. 그러니까······."

"네 맞습니다. 그러니까 아가씨 몸의 생물학적 구성이 보통 인간과는 다르다는 겁니다. 아가씨의 몸의 일부가 '식물'로 변하고 있는 것처럼 말이죠."

필립슨이 빌리를 대신해 말을 끝맺었다.

필립슨은 스스로 내린 결론이 차마 믿기지 않는 듯 한참동안 말이 없었다. 그가 봉투에서 마지막으로 검사지를 한 장 더 꺼냈다. 빌리의 머리카락을 분석한 결과가 담겨 있었다.

"환자의 머리카락에서는 소디움 하이드로설파이트와 하이드로젠 퍼록사이드, 일명……."

"……과산화수소."

내가 짐작으로 말했다.

"그래요, 그 두 성분이 상당량 검출되었습니다. 그런데 기본적으로 과산화수소라는 성분은 인간의 몸에서 자연스럽게 분비되는 것이에요. 나이가 들어 사람의 머리가 하얗게 세는 것도 과산화수소가 머리카락에 색깔을 만들어내는 색소의 합성을 억제하기 때문이죠. 그런데 보통의 경우 그 과정은 아주 서서히 일어나게 됩니다. 젊은 아가씨가 하룻밤 만에 머리가 저토록 하얗게 세는 건 처음 봤습니다."

"돌이킬 수 없을까요?"

빌리가 물었다.

"에……."

필립슨이 우물쭈물했다.

"병을 앓다 회복되거나 독한 치료를 중단하는 사람들 중에 부분적으로 이전의 머리색을 되찾는 경우를 더러 보긴 했습니다. 그런데 솔직히 말해 그런 경우는 지극히 드물죠."

심경이 복잡한 듯, 연민에 찬 눈빛으로 빌리를 쳐다보던 의사가 우리에게 자신의 입장을 솔직히 밝혔다.

"당신 병은 분명 내 능력 밖에 있어요. 이 조그만 병원에서 고칠 수 있는 병이 아닙니다, 마드모아젤. 오늘은 일단 우리가 상태를 지켜보긴

할 텐데, 조속히 귀국해 방법을 찾아보는 게 좋을 것 같습니다."

한 시간 후

필립슨 박사가 나가고 우리 셋만이 병실에 남았다. 빌리는 대성통곡
을 하다 겨우 잠이 들었다. 밀로가 털썩 의자에 주저앉아 빌리가 싫다
고 먹지 않은 병원식을 먹으며 의사가 두고 나간 보드판을 뚫어지게 쳐
다보았다.

색소
솔벤트 첨가제

빈혈
셀룰로스

과산화수소
소디움 하이드로설파이트

"뭔지 알 것 같기도 한데 말이야."

밀로가 벌떡 자리에서 일어나더니 보드판 앞에 서서 펠트펜을 집어
들고 괄호를 그리며 두 줄씩 묶었다.

"네 여자 친구가 토한 끈적끈적한 유성잉크 덩어리 말이야. 인쇄할 때
윤전기에서 사용하는 물질이거든. 특히 네 책을 인쇄할 때 쓰는 잉크란
말이지."

"아, 그래?"

"그리고 그 셀룰로스라는 건 나무의 주성분이라 했어. 여기까지 모두 맞지? 그런데 나무를 재료로 만드는 건…….."

"어…… 가구?"

"……바로 펄프야."

밀로가 필립슨 박사의 설명을 보충해가며 보드에 적어 넣었다.

"과산화수소와 하이드로설파이트는 표백을 할 때 쓰는 물질인데…….."

"……종이 말이야?"

밀로가 보드판을 내 쪽으로 돌려 해답을 보여주었다.

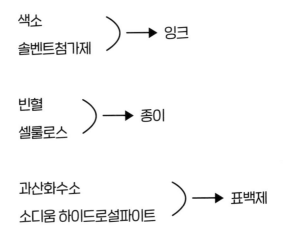

"처음에는 책에서 떨어진 소설 주인공 어쩌고 하는 네 말을 믿지 않았어. 하지만 이제는 나도 인정할 수밖에 없게 됐어. 네 여자 친구가 다시 종이로 변해 가고 있어."

잠시 멍하니 허공을 응시하던 밀로가 보드판의 도식을 완성했다.

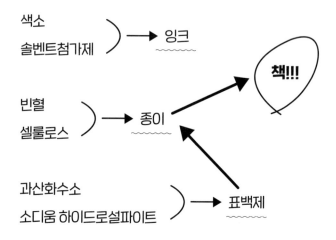

"픽션의 세계가 다시 위력을 발휘하기 시작한 거지."

밀로는 어느새 크게 손짓 몸짓을 해가며 병실 안을 서성대고 있었다.

"진정 좀 해봐. 그러니까 네가 하고 싶은 말은 정확히 뭐야?"

"확실해, 톰. 빌리가 종이로 만들어졌다면 한마디로 현실 세상에서는 살 수 없는 거야."

"물고기가 물 밖에서 살 수 없듯이?"

"바로 그거야. 우리가 어릴 때 봤던 영화를 한번 생각해봐. ET는 왜 갑자기 병이 났을까?"

"자기가 떠나온 별에서 오래 떨어져 살 수 없으니까 그런 거지."

"영화 〈스플래시〉에 나오는 인어가 왜 땅에서는 살 수 없을까? 왜 인간은 물속에서 살 수 없을까? 유기체마다 특성이 다르기 때문에 어떤 환경에서는 적응할 수 없는 거야."

밀로의 논리는 딱 한 가지 의문을 빼면 그럴 듯하게 들렸다.

"빌리는 나와 삼일 동안 함께 보냈어. 지금까지는 정말 생명력이 넘치는 아가씨였지. 현실에서의 삶이 빌리에게 맞지 않는다는 생각은 전혀 하지 못했어. 한데 갑자기 맥없이 쓰러질 수가?"

"그래, 처음 사흘 동안은 잘 적응하다가 갑자기 쓰러진 게 의문이긴 하네."

논리적이고 합리적인 결론을 도출해내고 싶어 하는 밀로는 다시 의자에 다리를 꼬고 앉아 심각해 보이는 얼굴로 생각의 고리를 연결해나가기 시작했다.

"'입구'에서부터 생각을 풀어나가야 돼. 픽션 속의 인물이 우리가 사는 현실로 들어오게 된 그 틈새에서부터."

"내가 너한테 여러 번 말했잖아. 빌리는 미완성 문장 한가운데서 딱 떨어졌다고."

나는 처음 만나던 당시 빌리가 했던 말을 그대로 적어 밀로에게 설명했다.

"아, 그래. 절반이 인쇄가 되지 않은 10만 권의 책! 그거야, 그게 바로 빌리의 '입구'야. 그 책들이 제대로 파쇄되었는지 확인해 봐야겠는데……."

밀로가 입을 딱 벌리고 있다가 황급히 휴대폰을 꺼내 들었다. 그는 수신된 이메일 수십 개를 정신없이 넘기며 검색한 끝에 마침내 찾고 있던 메일을 발견했다.

"빌리가 제일 처음 불편한 증세를 보이기 시작한 게 언제였지?"

밀로가 휴대폰 화면에서 눈을 떼지 않은 채 물었다.

"자정쯤이었던 것 같아. 내가 방으로 돌아갔을 때니까."

"그럼 뉴욕 시간으로는 새벽 두 시야, 그렇지?"

"응 맞아."

"이제 그녀가 그렇게 갑자기 아팠던 이유를 알겠어."

밀로가 내게 자신의 아이폰을 내밀었다.

아이폰의 스크린 위에 출판사에서 밀로에게 보낸 이메일이 떠 있었다.

보낸 사람 : robert.brown@doubleday.com

제목 : 파본 재고 폐기 처분 확인

보낸 날짜 : 2010년 9월 9일 02시 03분

받는 사람 : milo.lombardo@gmail.com

안녕하세요.

톰 보이드 작가의 《천사 3부작》 2권 특별 에디션 파본 재고 전량을 파쇄 후 폐기처분했음을 알려드립니다. 폐기된 도서의 총 수량은 99,999권이며, 어제 저녁 8시부터 오늘 새벽 2시까지 법원 집달리의 감독 하에 뉴욕 브루클린 소재 셰퍼드 공장의 파쇄 처리장에서 작업이 이루어졌습니다.

또 연락드리겠습니다.

R. Brown.

"메일이 도착한 시간이 보여?"

"그래, 빌리의 몸에 이상이 온 시간과 정확히 일치하고 있어."

"그렇다면 빌리의 신체는 파본들과 물리적인 연관이 있는 거야."

밀로가 자신 있게 말했다.

"파본들을 처리하는 동안 우리가 그녀를 죽이고 있었던 거구나!"

우리는 엄청난 발견에 극도로 흥분한 한편 몹시 초조해지기 시작했다.

"우리가 두 손 놓고 있으면 그녀는 죽고 말 거야."

"빌리를 구하려면 어떤 방법이 있을까? 출판사에서 재고 전량을 폐기 처분한 마당에!"

밀로의 말이 절망적으로 들렸다.

"아니, 아직 전량을 처분하지 않았어. 만약 그랬다면 빌리는 벌써 죽은 몸이겠지. 아직 파쇄 되지 않은 책이 최소한 한 권은 남아 있다는 얘기야."

"아! 내가 출판사에서 받아 너에게 준 책! 너, 그 책 어쨌어?"

나는 기억을 더듬으며 책이 어디 있는지 생각을 떠올리려 애썼다. 빌리가 흠뻑 젖은 모습으로 집에 나타났던 날, 그 책을 들춰보았던 기억이 났다. 그리고 그 다음 날 아침에도, 그녀가 나한테 몸의 문신을 보여주기 직전에, 그리고 나서는……

자꾸 머릿속이 흐트러지며 집중이 되지 않았다. 머릿속에서 온갖 이미지들이 한꺼번에 우수수 일어났다가 순식간에 사라졌다. 그리고 나서 한바탕 크게 싸우고 부엌 쓰레기통에 소설책을 집어던졌다.

"우린 이제 끝장이야."

내가 마지막 남은 책의 소재를 일러주자 밀로가 휘파람 소리를 내며 탄식했다.

나는 눈두덩을 세게 문질렀다. 나 역시 몸에 열이 많았다. 겹질린 발목은 참을 수 없을 만큼 아팠고, 모텔 근처 바에서 멕시코 놈들한테 두들겨 맞은 부위는 몹시 욱신거렸다. 갑자기 약물을 끊어 깜짝 놀란 내 몸이 즉각 반응을 보내왔고, 머리가 살짝 돈 놈한테 난데없이 주먹질을 당했고, 내 인생을 송두리째 흔들어놓은 여자한테 기습적인 키스를 당해 아직도 정신이 얼떨떨했다.

편두통에 시달리는 내 머릿속이 마치 분출 직전의 용암이 부글부글 끓고 있는 화산처럼 여겨졌다. 생각이 두서없고 머릿속이 뒤죽박죽인 가운데 딱 한 가지 사실만큼은 분명했다.

"절대로 책을 버려선 안 된다고 파출부 할머니한테 전화부터 해야겠어."

내 말을 들은 밀로가 핸드폰을 건넸다. 다행히 테레사와 연락이 닿았다. 그런데 그녀의 입에서는 이틀 전에 벌써 쓰레기통을 밖에 내놨다는 청천벽력 같은 소리가 흘러나왔다. 즉시 상황 파악을 끝낸 밀로가 인상을 찌푸렸다. 그럼 그 책은 지금 어디에 있단 말인가? 쓰레기 재활용 센터에서 소각되고 있거나 아직 재활용 공정을 거치기 직전인가? 혹시 누군가 길에서 주워 집으로 가져가지는 않았을까? 그 책을 찾는다는 건 모래밭에서 바늘 찾기나 다름없었다.

어쨌든 한 가지 만큼은 분명했다. 책을 찾으려면 최대한 서둘러야 한다는 것이었다. 빌리의 생사가 그 책 한 권에 달려 있었다.

27. Always On My Mind

누군가를 사랑한다는 것은, 누군가의 행복을 사랑한다는 것이기도 하다.
_프랑수아즈 사강

빌리는 여전히 잠들어 있었다. 밀로는 캐롤에게 오늘 아침에 벌어진 일을 알려주려고 갔다.

나는 밀로와 두 시간 후에 다시 호텔 도서관에서 만나 자료조사도 하고 앞으로의 계획에 대해서도 의논하기로 했다. 호텔 로비를 지나던 나는 프런트 데스크에서 체크아웃을 하고 있는 오로르와 마주쳤다.

제멋대로 헝클어뜨린 헤어스타일에 선글라스를 착용한 오로르는 보헤미안 룩과 레트로 룩을 멋지게 조화시킨 옷차림을 하고 있었다. 짧은 치마에 퍼펙트 재킷*, 굽 높은 앵글 부츠, 빈티지 여행 가방, 보통 여자였다면 필시 과도한 느낌이 날지도 모르는 아이템들을 오로르는 완벽하게 소화해내고 있었다.

"돌아가는 거야?"

*가죽 자체가 낡고 해진 것처럼 가공해 만든 재킷

"내일 저녁 도쿄에서 연주회가 있어."

"키오이 홀?"

내가 오로르의 일본연주 여행을 따라갔을 때 피아노를 연주했던 홀의 이름을 아직도 기억하고 있다는 것에 새삼 놀랐다.

오로르의 눈이 환하게 빛났다.

"당신이 렌트한 플리머스 퓨리 기억나? 우린 연주 장소를 찾느라 죽을 고생을 하다가 리사이틀 시작 3분 전에야 겨우 공연장에 도착할 수 있었어. 얼마나 급하게 뛰었는지 무대에 오르고 나서 숨부터 골라야 했지."

"그래도 공연은 정말 멋졌어."

"공연을 끝내고 우린 밤새 차를 달려 '끓는 지옥'이라 불리는 벳푸 온천에 갔었어."

우리 두 사람은 일본에서의 에피소드를 떠올리며 잠시 추억에 잠겼다. 우리가 함께 근심 없이 행복한 시간을 보낸 적이 있었지. 그리 오래 전 일도 아니야.

오로르가 어색하고도 황홀했던 침묵을 깨며 라파엘 바로스의 일을 사과했다. 내 소식이 궁금해 지난밤 방으로 전화했는데 내가 방에 없더라는 말도 했다. 플로어 웨이터가 오로르의 짐을 챙겨 차에 싣는 동안 나는 빌리에게 일어난 일을 그녀에게 짧게 설명했다. 그녀는 내 설명을 관심 있게 들었다. 오로르의 엄마는 뒤늦게 발견된 유방암 때문에 서른 아홉의 젊은 나이에 갑자기 세상을 떠났다. 그녀는 그 일 때문에 일종의 건강 염려증에 시달리고 있었다. 그래서인지 그녀는 자신뿐만 아니라 주변 가족들의 건강에도 각별히 관심이 많았다.

"한시바삐 유능한 의사한테 진찰을 받게 해야 할 거야. 필요하면 내가 괜찮은 의사를 소개시켜줄 수도 있어."

"그게 누군데?"

"장 밥티스트 클루조 교수라고, 아주 뛰어난 의사야. 프랑스의 닥터 하우스*인 셈이지. 파리의 한 병원에서 심장의학과 과장으로 있는 분인데, 백퍼센트 인공심장을 개발하기 위해 연구에 몰두해 있어. 나한테 소개받았다고 하면 쾌히 진료를 해주실 거야."

"혹시 옛 애인은 아니고?"

오로르가 눈을 들어 하늘을 올려다보았다.

"내가 파리에서 공연할 때마다 보러 오셨던 분이야. 대단한 음악 애호가라 할 수 있지. 직접 만나보면 알겠지만 휴 로리 같은 스타일은 아니야. 하지만 정말 천재지."

오로르는 말하는 도중에 블랙베리를 켜 전화번호부에 저장된 의사의 연락처를 찾아냈다.

"당신한테 문자로 보내줄게."

오로르가 차에 오르며 말했다.

호텔 직원이 오로르가 탄 차 문을 닫았다. 나는 그녀가 탄 택시가 호텔 건물 입구에 있는 육중한 철문을 향해 멀어져가는 모습을 지켜보고 서 있었다. 그런데 50미터쯤 앞으로 가던 택시가 길 중간에서 갑자기 멈춰 섰다. 택시에서 내려선 오로르가 나를 향해 달려왔다. 내 입에 살며시 입을 맞추고 돌아서던 그녀가 주머니에서 MP3를 꺼내 내 귀에 헤드폰을 꽂아주고 갔다.

내 입술에 아직 입술의 촉감이 남아 있는 가운데, 내 귀에서는 그녀가

*의학 드라마 〈하우스〉의 주인공인 그레고리 하우스라는 유능한 괴짜 의사

저장해준 음악소리가 흘러나오기 시작했다. 우리가 서로에게 노래를 선물하며 사랑에 빠졌던 시절, 내가 그녀에게 들려준 엘비스 프레슬리의 명곡.

Maybe I didn't treat you

Quite as good as I should have

Maybe I didn't love you

Quite as often as I could have

......

You were Always On My Mind

You were Always On My Mind

*

어쩌면 내가 할 수 있는 만큼

당신한테 잘해주지 못했는지도 몰라요

어쩌면 내가 최선을 다해 늘

당신을 사랑해주지 못했는지도 몰라요

......

당신은 언제나 내 마음속에 있었어요

당신은 언제나 내 마음속에 있었어요

28. 시련 속에서

독자는 작가와 대등한, 소설의 주인공이나 마찬가지다. 독자가 없으면 아무것도 될 수 없다.
_엘자 트리올레

호텔 안에 어쩜 이런 멋진 도서관이 있지?

한눈에 봐도 아랍 재력가의 후한 투자 덕을 본 곳이 호텔 내 클리닉만은 아닌 듯했다. 무엇보다 시대를 거스르는 듯한 '엘리트주의적' 도서관이 가장 놀라웠다. 그저 바캉스 클럽에 있는 작은 도서관이 아니라 명망 있는 앵글로색슨계 대학의 도서관 열람실에 와 있는 듯 착각이 될 정도였다.

고급스럽게 제본된 수천 권의 책들이 코린트식 기둥으로 장식된 서가에 가지런히 꽂혀 있었다. 차분하고 내밀한 분위기 속에서 조각을 새긴 육중한 문들과 대리석 흉상들, 세월의 연륜이 묻어나는 목재 내장재들에 둘러싸여 있다 보니 몇 세기 전으로 되돌아간 것 같은 느낌이었다. 현대기술의 손길이 느껴지는 곳은 딱 한 군데, 월넛 벌 목재의 가구들에 붙박이로 설치한 최신형 컴퓨터들뿐이었다.

문득 어린 시절에 이렇게 훌륭한 환경에서 공부할 수 있었더라면 얼마나 좋았을까, 하는 생각이 들었다. 집에 책상이 없어 화장실에 들어앉아 책상 대신 널빤지를 무릎에 깔고, 방음이 되는 헤드폰을 머리에 쓰고 숙제를 했던 시절…….

동그란 안경, 앙고라 스웨터, 타탄체크 무늬 스커트 차림의 도서관 사서마저도 마치 다른 세계에서 온 사람처럼 보였다. 열람할 책의 목록을 이야기하자 사서는 내가 오늘 도서관을 찾은 첫 이용자라 말해주었다.

"호텔에 투숙해 휴가를 보내는 사람들은 보통 게오르그 빌헬름 프리드리히 헤겔을 읽는 것보다는 해변으로 나가는 쪽을 택하니까요."

사서가 책더미와 함께 내미는 멕시코 특유의 스파이스를 뿌린 핫 초콜릿 머그잔을 건네받으며 나는 싱긋 웃었다. 나는 자연광 아래서 책을 읽기 위해 일부러 큰 유리창 앞, 코로넬리의 천상 글로브 옆에 자리를 잡고 앉아 대출한 책을 펼쳤다.

정말이지 공부하기에는 최적의 분위기였다. 스륵 책장 넘기는 소리와 종이 위를 미끄러지듯 움직이는 내 만년필 소리만이 이따금씩 고요를 깨뜨릴 뿐이었다.

나는 대학 시절 열심히 분석해가며 읽었던 참고문헌 여러 권을 책상에 펼쳐 놓고 읽기 시작했다. 장 폴 사르트르의 《문학이란 무엇인가?》, 움베르토 에코의 《소설 속의 독자》, 볼테르의 《철학사전》. 두 시간 정도 책을 읽는 동안 나는 노트 열 페이지 정도 분량을 메모했다. 책들에 둘러싸여 고요와 성찰의 세계 속에 있다 보니 몸에 꼭 맞는 옷을 입은 듯 마음이 편안했다. 마치 문학을 가르치던 교사 시절로 되돌아간 듯했다.

"대학에 와 있는 것 같아!"

볼링 게임에 난데없이 뛰어든 강아지처럼 밀로가 엄숙한 열람실 분위기를 깨뜨리며 요란하게 등장했다. 그는 찰스톤 의자에 가방을 휙 던져놓고 어깨 너머로 내가 메모한 내용을 슬쩍 곁눈질했다.

"그래, 뭐 쓸만한 걸 건졌어?"

"내 나름대로 타개책이 될 만한 걸 생각해보긴 했는데, 네가 도와주지 않으면 안 되겠어."

"나야 당연히 돕지!"

"좋아, 그럼 역할을 분담하자."

나는 만년필 뚜껑을 닫았다.

"너는 일단 로스앤젤레스로 돌아가 아직 회수되지 않은 마지막 파본 한 권을 찾아야 해. 불가능에 가까운 일이지만 그 책이 폐기되면 빌리가 죽을 수도 있어. 아니, 그건 확실해."

"그럼 너는?"

"난 빌리를 파리로 데려가 오로르가 소개해준 의사를 만나봐야겠어. 최소한 병이 악화되는 걸 막아야지. 그리고 무엇보다……."

나는 생각을 분명하게 정리하려고 메모한 내용들을 주섬주섬 모았다.

"무엇보다 뭐?"

"빌리를 허구의 세계로 돌려보내려면 내가 《천사 3부작》의 마지막 권을 쓸 수밖에 없겠어."

밀로가 잔뜩 미간을 찌푸렸다.

"네가 책을 쓰면 어떻게 그녀가 자기 세계로 되돌아갈 수 있다는 것인지 난 이해가 안 돼."

필립슨 박사처럼 나도 노트에다 추론의 중요한 근거들을 모두 적어 밀로에게 설명할 생각이었다.

"현실 세계는 너, 캐롤, 내가 사는 곳이야. 우리가 동류의 존재들, 즉 인간들과 함께 어울려 사는 곳이지."

"그거야 그렇지."

"현실 세계와 달리 상상의 세계는 픽션과 몽상의 세계라 할 수 있어. 독자 개개인의 주관이 반영되는 곳이지. 그곳이 바로 빌리가 사는 세계야."

나는 설명을 보충해줄 수 있는 간단한 도식을 그렸다.

현실 세계 (현실의 삶)	상상의 세계 (픽션)
톰 - 밀로 - 캐롤	빌리

"계속해봐."

"너도 말했듯이 빌리는 그 두 세계의 경계를 넘고 말았어. 생산 공정상의 사고, 즉 인쇄가 잘못된 책 10만 권 때문이야. 네가 '입구'라고 불렀던 게 바로 그거야."

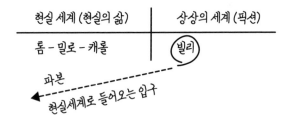

"음, 음."

밀로도 내 논리를 수긍하는 듯했다.

"그러니까 지금 우리는 다른 세계에 와서 죽어가고 있는 빌리를 보고 있는 거야."

"그럼 빌리를 구할 수 있는 유일한 방법, 즉 그녀가 현실의 삶에서 죽는 일이 일어나지 않게 하려면 그 파본을 찾아내는 수밖에 없겠네?"

"바로 그거야. 그다음에는 내가 시리즈의 마지막인 3권을 써서 그녀를 픽션의 세계로 되돌려 보내는 거야. 그게 바로 현실 세계에서 나갈 수 있는 유일한 '출구'인 셈이야."

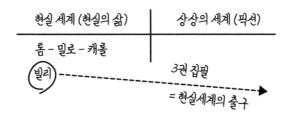

밀로는 내가 그린 도식을 흥미롭게 들여다보면서도 뭔가 석연치 않은 구석이 있는 듯했다.

"넌 왜 내가 3권을 써야 빌리가 현실 세계를 떠날 수 있다는 건지 여전히 감이 안 오지?"

"그래, 그걸 모르겠어."

"오케이. 곧 알게 될 거야. 넌 상상의 세계는 누가 만들어낸다고 생각해?"

"그거야 바로 너! 작가들이 상상의 세계를 만들어내니까."

"맞아. 하지만 작가 혼자서는 아니야. 작가는 일의 절반만 할 뿐이야."

"그럼 나머지 절반은 누가 하는데?"

"독자들이 하지."

밀로가 갈수록 태산이라는 표정으로 나를 뚫어져라 쳐다보았다.

"볼테르가 1764년에 쓴 글인데 한번 읽어봐."

나는 그에게 메모한 내용을 내밀었다.

밀로가 고개를 숙이며 큰 소리로 메모를 읽었다.

"독자들이 절반을 만든 책이 가장 쓸모 있는 책이다."

나는 의자에서 일어나 확신에 찬 어조로 내 신념을 피력했다.

"근본적으로 책이란 게 뭘까? 종이 위에 일정한 순서에 따라 글자를 배열해놓은 것에 불과해. 글을 쓰고 나서 마침표를 찍는다고 해서 그 이야기가 존재할 수 있는 건 아니야. 내 책상 서랍에는 아직 출간되지 않은 미완성 원고들이 몇 개나 들어 있어. 난 그 원고들이 살아 있는 거라 생각 안 해. 아직 아무도 읽은 사람이 없으니까. 책은 읽는 사람이 있을 때 비로소 생명을 얻는 거야. 머릿속에 이미지들을 그리면서 주인공들이 살아갈 상상의 세계를 만드는 것, 그렇게 책에 생명을 불어넣는 존재가 바로 독자들이야."

사서 보조가 밀로에게도 스파이스를 뿌린 핫 초콜릿을 한 잔 권하는 바람에 우리의 대화는 거기서 잠시 끊겼다. 밀로가 핫 초콜릿을 한 모금 마시고 나서 말했다.

"네 책이 서점에 깔리고 세상에 알려질 때마다 항상 나한테 했던 이야기가 있잖아. 책이 서점에 깔리는 순간부터 책은 네 소유가 아니라고."

"바로 그거야. 그때부터 책은 독자들의 소유가 되는 거야. 나한테서 배턴을 넘겨받은 독자들이 주인공들을 자기화하지. 그러고는 자신의 머릿속에서 새롭게 주인공들의 세계를 만들지. 독자가 자기 방식으로 책을 해석해 내가 애초에 의도했던 것과 전혀 다른 의미를 부여하는 경우도 종종 있어. 하지만 그건 극히 자연스러운 일이라 할 수 있어."

밀로는 내 얘기에 계속 귀를 기울이면서 메모지 위에 떠오르는 생각을 끼적거렸다.

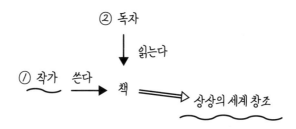

나는 그런 생각을 신념으로 삼고 살아온 사람이었다. 책이란 건 독자와의 관계를 통해서만 실질적으로 존재한다고 믿어 왔다. 나 역시 좋아하는 책을 읽을 때면 언제나 그 책에 흠뻑 빠져 혼자만의 상상의 세계에서 수만 가지 가정을 하고, 줄거리를 예측하고, 작가를 앞질러 가고, 책을 덮고 나서도 오랫동안 머릿속에서 주인공들의 후일담을 쓰곤 했다. 독자들의 상상력이야말로 인쇄된 활자들을 뛰어넘어, 텍스트를 초월해 이야기에 온전한 생명을 불어넣어 주는 것이다.

"그러니까, 네 말은 작가와 독자가 협력해서 함께 상상의 세계를 만든다는 거야?"

"사실은 나만이 주장하는 이야기가 아니라 움베르토 에코의 입에서 나온 말이고, 장 폴 사르트르가 한 말이기도 해."

나는 밑줄을 그어놓은 페이지를 펼쳐 밀로에게 보여주었다.

'독서는 작가와 독자가 맺는 일종의 이타적 협정이다. 상대방을 믿고, 상대방에게 의지하겠다는.'

"좀 더 구체적으로 얘기해봐."

"그러니까 내가 지금부터 새 소설을 쓰기 시작해도 독자들 손에 내 책이 들어가야 비로소 내 상상의 세계는 생명력을 얻을 수 있는 거야. 그래야만 빌리가 현실 세계를 떠나 픽션의 세계로 돌아갈 수 있게 된다는 거지."

"그렇다면 한시가 급해."

밀로가 컴퓨터 앞에 자리를 잡고 앉았다.

"내가 어떻게든 미회수 파본을 찾아낼게. 네가 새 소설을 다 쓸 때까지 빌리의 생명을 연장할 수 있는 방법이라고는 그것밖에 없으니까."

밀로는 멕시카나 항공의 인터넷 사이트에 접속했다.

"두 시간 후에 로스앤젤레스행 항공편이 있어. 당장 출발하면 저녁때쯤 맥아더파크에 도착할 수 있겠어."

"맥아더파크에는 왜?"

"빌리를 파리에 데려갈 생각이면 당장 위조여권부터 만들어야지. 그런 일에 도움이 될 만한 놈들과 아직 연락이 닿고 있거든."

"네 차는 어떡하고?"

밀로가 끈 달린 가방을 열고 지폐 다발을 여러 개 꺼내더니 정확하게 반으로 나누었다.

"요시다 미츠코 밑에서 일하는 사람이 오늘 아침 차를 끌고 갔어. 차를 넘기고 받은 돈이라고는 이게 전부야. 그래도 몇 주 동안 버틸 정도는 돼."

"그다음, 우린 빈털터리가 되겠지?"

"그렇지. 더구나 연체된 세금을 고려하면 앞으로 족히 25년 정도는 빚을 갚느라 진땀을 빼야 할 거야."

"그 얘긴, 처음 들어."

"그 정도쯤은 짐작하고 있으리라 생각해서 말 안 했어."

나는 상황을 너무 심각하게 보지 않으려 애썼다.

"사람 하나 살리는 일이야. 이거야말로 가장 고결한 일이지. 안 그래?"

"그건 그래. 하지만 빌리라는 여자에게 과연 그럴 만한 가치가 있는 거야?"

"빌리는 우리와 같은 처지야."

나는 적당한 표현을 찾으려 무진장 고심했다.

"빌리는 우리 '가족'이 될 수 있다고 생각해. 너와 캐롤 그리고 나로 이루어진 가족. 빌리는 근본적으로 우리와 다르지 않아. 난 빌리의 터 프한 외면 안쪽에 예민하고 관대한 내면이 숨겨져 있다는 걸 잘 알지. 빌리의 입은 거칠기 짝이 없지만 마음만큼은 정말 순수한 여자야. 이미 험한 세파를 많이 겪기도 했지."

우리는 헤어지기 전에 마지막으로 포옹을 나누었다. 문턱까지 걸어 간 밀로가 돌연 뒤를 돌아보며 말했다.

"정말 새 소설을 쓸 수 있겠어? 요즘의 넌 글을 단 몇 줄도 못 쓰는 줄 알았는데?"

나는 창문 너머로 하늘을 올려다보았다. 두터운 잿빛 구름이 지평선 가까이 덮여 있는 바깥 풍경은 영국의 시골 마을을 연상시켰다.

"방법이 없잖아. 쓸 수밖에."

내가 노트를 덮으며 말했다.

29. 우리가 함께 있을 때

밤에 나는 추위를 느껴 잠에서 깼다. 그리고 그에게 담요를 한 장 더 덮어주었다.
_로맹 가리

샤를르 드골 공항

9월 12일 일요일

택시 기사가 빌리의 여행 가방을 들어 올리더니 컴퓨터가 든 내 가방을 밟고 지나가면서 트렁크 안쪽에 던져 넣었다. 하이브리드 프리우스 택시 안의 라디오가 어찌나 크게 왕왕대는지 택시 기사에게 목적지를 세 번이나 반복해 일러주어야 했다.

공항 터미널을 빠져나온 택시는 금방 정체가 극심한 외곽순환도로로 접어들었다.

"웰컴 투 프랑스!"

내가 빌리를 향해 윙크했다.

그녀가 어깨를 으쓱 추어올렸다.

"당신이 아무리 그래도 지금 내 기분을 망치진 못해요. 파리에 와보는 게 소원이었는데!"

몇 킬로미터의 정체 구간을 거북이걸음으로 운행하던 택시는 포르트 마이오 출구로 빠져나가 그랑드 아르메 대로를 따라 달리다가 샹젤리제 로터리를 지났다.

빌리는 어린아이마냥 입을 헤벌리고 앉아 개선문과 '세계에서 가장 아름다운 길' 그리고 콩코드 광장의 장관에 넋을 잃었다.

오로르와 여러 번 함께 와봤지만 사실 나는 파리에 대해 잘 안다고 할 수는 없었다. 항상 연주회 일정에 쫓겨 유목민처럼 늘 어딘가로 이동하기에 바쁜 삶을 사는 오로르는 자기가 태어난 도시를 나한테 구경시켜줄 시간조차 없었기 때문이다. 기껏해야 2,3일 정도 짧은 일정으로 파리에 머물 기회가 생길 때 우리는 성 클로틸드 성당 근처에 있는 그녀의 고급 아파트 밖으로 나온 적이 없었다. 내가 프랑스의 수도 파리에 대해 아는 것이라곤 6구와 7구의 몇몇 거리, 그녀를 따라 들어갔던 레스토랑과 유명 갤러리 몇 곳뿐이었다.

센 강을 건너 파리 좌안으로 넘어온 택시는 케도르세 거리에서 방향을 틀었다. 생제르맹 데 프레 성당의 종탑과 버트레스가 눈앞에 나타나는 걸 보니 멕시코에서 인터넷으로 예약한 가구가 완비된 아파트가 멀지 않은 모양이었다.

예상대로, 잠시 후 택시 기사가 우리를 퓌르스탕베르 거리 5번지에 내려주었다. 오래된 상점들이 동그란 모양의 작은 광장을 중심으로 늘어선 모습이 절로 감탄을 자아내게 했다.

광장 중앙으로 흙이 두툼하게 올라온 땅에는 키 큰 오동나무가 네 그루 서 있고, 그 가운데는 둥근 갓이 다섯 개 붙은 가로등이 서 있었다. 대로의 혼잡함에서 멀찍이 떨어져 좁은 골목길 사이에 자리 잡은 아파트는 페네의 그림에서 막 튀어나온 듯 시간이 정지한 로맨틱한 도심 속 섬이었다.

내가 이 글을 쓰는 지금, 그때부터 일 년도 넘는 시간이 흘렀다. 하지만 그날 아침 휘둥그레진 눈으로 택시에서 내리던 빌리의 모습은 아직도 내 눈에 생생하다. 그때까지 나는 우리가 함께 보낼 몇 주가 우리의 인생에서 가장 고통스럽고도 아름다운 시간들이 될 것이라는 사실을 몰랐다.

캘리포니아

버클리 캠퍼스

여학생 기숙사

"네 앞으로 소포가 왔어!"

유 찬이 방으로 들어오며 이번 학기부터 방을 같이 쓰고 있는 보니 델 아미코에게 말했다. 그러나 책상 앞에 앉아 있던 보니는 컴퓨터에서 잠깐 눈을 떼어 짧게 감사의 표시만 하고는 이내 다시 체스 게임에 빠져들었다.

보니는 아직 포동포동하고 어린 티가 남아 있는 환한 얼굴에, 갈색 커트 머리를 한 여학생이었다. 하지만 보니의 진중하고 진지한 눈빛을 보면 어린 나이지만 힘든 일을 많이 겪었을 거라는 짐작이 가능했다.

창문으로 들어온 따가운 가을 햇살이 두 여대생의 취향을 대변해주는 다양한 인물들(로버트 패틴슨, 크리스틴 스튜어트, 앨버트 아인슈타인, 버락 오바마, 달라이 라마)의 포스터가 빽빽하게 붙어 있는 작은 기숙사 방 벽을 비추고 있었다.

"안 열어 볼 거야?"

중국인 친구가 몇 분을 참다못해 보니에게 물었다.

"음……."

사실 보니는 다른 곳에 정신이 팔려 있었다.

"일단 이놈부터 보기 좋게 한 방 먹이고 나서."

보니는 상대의 비숍을 먹을 작정으로 나이트를 D4로 움직이면서 과감한 공격에 나섰다.

"티모시가 보낸 선물일 수도 있겠는데……."

유 찬이 소포를 뚫어지게 들여다보며 떠오르는 대로 말했다.

"그 남자, 너한테 완전 꽂혔나봐."

"난 티모시는 별로 관심 없어."

컴퓨터가 퀸을 꺼내 들고 그녀의 공격에 맞섰다.

"그래도 좀 열어봐라."

친구의 동의도 얻지 않고 소포를 뜯은 유 찬의 눈앞에 나타난 건 오돌토돌한 가죽 장정을 입힌 두꺼운 책 한 권이었다. 톰 보이드 《천사 3부작》 제2권.

"네가 인터넷에서 중고로 구입했다는 소설책이네."

유 찬은 살짝 실망한 목소리였다.

"음……그래."

보니는 여전히 별 반응이 없었다.

이제는 완전히 후퇴하지 않으면서 나이트를 보호해야만 했다. 그녀는 폰을 움직이려고 마우스를 클릭했다가 흥분 상태에서 그만 너무 서두르는 바람에 마우스에서 손을 떼고 말았다.

이런!

컴퓨터 스크린 위에서 체크 메이트!가 깜빡거렸다. 보니는 이 쇳덩이

기계에게 또 한 번 분패하고 말았다.

챔피언십을 앞둔 마당에 그다지 좋은 징조는 아니야.

보니는 체스 프로그램을 끄고 나서도 영 마음이 불편했다. 그녀는 다음 주에 18세 이하 세계체스대회에 학교 대표 자격으로 출전하기로 돼 있었다. 그녀는 이탈리아의 로마에서 개최되는 경기를 앞두고 한편으로는 마음이 설레기도 하고 다른 한편으로는 겁도 났다.

보니는 해 모양으로 생긴 벽시계를 힐끔 올려다보고 나서 서둘러 외출 준비를 하기 시작했다. 그녀는 방금 전 소포로 받은 책을 배낭 속에 집어넣었다. 로마로 떠나는 여행 가방은 돌아와서 쌀 생각이었다.

"아디오, 아미카 미아(다녀올게, 친구)!"

보니가 방문을 나서며 친구에게 인사했다.

계단을 성큼성큼 뛰어 내려간 보니는 서둘러 버클리와 샌프란시코를 연결하는 급행열차 BART 정거장으로 달려갔다.

보니는 자리에 앉자마자 소설을 읽기 시작해 열차가 수심 40미터 깊이의 바다 밑을 지나 목적지인 엠바르카데로 역에 도착했을 때는 이미 3장까지 읽은 상태였다. 그녀는 역에서 내려 다시 캘리포니아 스트리트에서 케이블카로 갈아탔다. 관광객들로 북적이는 나무 전차는 놉 힐과 그레이스 대성당을 지나갔다. 보니는 두 블록을 지나 케이블카에서 내린 다음 레녹스병원 암병동으로 향했다. 그녀는 이 병원에서 각종 놀이와 예술 활동을 통해 암환자들을 돕고 있는 한 자원봉사 단체에 소속되어 있었다. 엄마가 2년간의 암 투병 끝에 세상을 떠난 후로 보니는 호스피스 문제에 부쩍 관심을 갖게 되어 일주일에 두 번씩 이곳에 와 자원봉사를 하고 있었다. 사실 대학생이라 해도 아직 나이가 열여섯밖에 안 돼 이런 봉사를 하기에는 너무 어렸다. 하지만 병원장인 엘리엇 쿠퍼 박사가 보니 엄마 말로리의 임종을 지킨 가렛 굿리치 박사와 친구 사이여서 나이 문제를 눈감아주었다.

"할머니, 안녕하세요."

보니가 병원 3층의 한 병실로 뛰어 들어가며 유쾌하게 인사를 건넸다. 보니의 얼굴을 보는 것만으로도 에셀 코프만의 얼굴이 활짝 펴졌다. 그녀는 몇 주 전까지만 해도 자원봉사 단체에서 운영하는 미술프로그램이나 게임에 참가하지 않았고, 어릿광대 공연이나 인형극은 유치할뿐더러 두뇌 기능을 퇴화시킨다며 거들떠보지도 않았다. 그저 조용히 죽고 싶다는 게 그녀가 바라는 소원의 전부였다.

그 무렵, 보니가 암병동 일을 시작했다. 에셀의 눈에 보니는 왠지 달라 보였다. 그녀는 개성 만점인 여대생 보니의 영리하면서도 솔직한 매력에 끌리지 않을 수 없었다. 새로운 관계에 익숙해지기까지 몇 주의 시간이 걸리긴 했지만 그들은 이내 서로에게 없어서는 안 될 만큼 소중한 존재가 되었다. 일주일에 두어 번 있는 두 사람의 만남은 늘 서로의 소식을 묻는 수다로부터 시작되었다. 에셀은 보니에게 학교생활과 체스 대회에 대해 물었고, 보니는 배낭에서 가져온 책을 꺼냈다.

"깜짝 선물이에요."

에셀의 눈에 벌써 피로한 기색이 보이자 보니는 기꺼이 낭독을 시작했다. 지난 몇 주 동안 그들은 《천사 3부작》의 재미에 흠뻑 빠져 있었다.

"도저히 참고 기다릴 수 없어서 저는 앞부분 몇 챕터를 벌써 읽었어요. 빨리 줄거리를 요약해 들려드리고 나서 그다음 부분을 읽을게요. 괜찮으시죠?"

The Coffee Bean &Tea Leaf

산타모니카의 작은 카페

오전 10시

"뭔가 찾은 것 같다."

캐롤이 소리를 질렀다. 그녀는 카페의 와이파이 서비스를 이용해 노트북으로 인터넷을 검색하던 중이었다.

캐러멜 라떼 한 잔을 손에 든 밀로가 가까이서 스크린을 들여다보았다. 검색엔진에 온갖 검색어 조합을 넣어 시도한 끝에 캐롤은 그들이 찾던 책이 판매리스트에 올라와 있는 이베이 사이트를 발견했다.

"끝내주는데, 이거!"

흥분한 밀로가 들고 있던 커피를 셔츠에 반쯤 엎질렀다.

"이게 정말 맞을까?"

"확실해."

밀로가 사이트에 올라온 사진을 보고 단정적으로 말했다.

"파쇄 작업이 모두 끝났으니 가죽 장정으로 된 책은 이제 한 권밖에 안 남았다고 봐야 해."

"이 일을 어쩐다? 책이 벌써 팔렸어."

캐롤이 분통을 터뜨렸다.

며칠 전에 이베이에 올라온 책이 14달러라는 하찮은 액수에 즉시 거래가 이루어진 것을 알 수 있었다.

"책을 판매한 사람한테 연락을 취하면 구매자의 이름 정도는 알 수 있지 않을까?"

캐롤이 말이 끝나기 무섭게 링크를 클릭하자 판매자의 프로필이 나타났다. 아이디 annaboro73. 6개월 전에 등록했고, 거래에 대한 평가들도 긍정적이었다.

캐롤은 즉시 그 아이디로 책을 구매한 사람과 연락을 취하고 싶다는 내용의 이메일을 보냈다. 그녀는 혹시라도 당장 답장이 올지도 모른다는 실낱같은 기대를 품고 컴퓨터를 쳐다보며 족히 5분을 기다렸다. 옆에서 지켜보고 있다가 인내심이 바닥난 밀로가 협조해주면 1천 달러를 사례금으로 내겠다는 내용을 추가해 메일을 한 번 더 보냈다.

"나, 돌아가서 근무해야 할 시간이야."

캐롤이 손목시계를 들여다보며 말했다.

"네 파트너는 어디 갔는데?"

"아파서 결근했어."

캐롤이 카페 밖으로 먼저 걸어 나갔다.

밀로는 그녀를 뒤따라 나가 경찰차 조수석에 냉큼 올라탔다.

"넌 거기 타면 안 돼. 난 지금부터 근무 중이고, 이건 순찰차란 말이야."

밀로가 못 들은 척 시치미를 뚝 떼며 화제를 돌렸다.

"아까 판매자의 아이디가 뭐라고 했지?"

"annaboro73."

캐롤이 차에 시동을 걸었다.

"좋았어, 안나라? 이게 이름이겠지?"

"아마도 그럴 거야."

"그럼 보로Boro는 성일까? 왜 보로우Borrow라는 흔한 성을 안 썼을까? 독일계 성을 줄여서 쓴 것 같기도 한데."

"혹시 폴란드 계통이 아닐까? 가령 보로프스키 같은……."

"그래, 바로 그거야."

"그럼 숫자는 생년월일이겠지?"

"그럴 가능성이 커."

밀로가 대답했다. 그는 벌써 아이폰으로 인터넷 전화번호부에 접속해 검색을 시작했다. 로스앤젤레스 지역에만도 안나 보로프스키라는 이름을 가진 사람은 열댓 명이나 되었다.

"무전기 이리 줘봐."

캐롤이 차를 급회전하며 밀로에게 말했다.

마이크를 든 밀로는 장난기가 발동했다.

"지구 나와라, 여기는 엔터프라이즈호의 커크 선장이다. 기지 착륙 허가를 요청한다, 오버."

밀로의 장난에 캐롤은 어처구니가 없었다.

"야, 이거 정말 재밌는데?"

"그래, 밀로. 여덟 살 어린애한테는 재밌겠지."

밀로에게서 무전기를 빼앗은 캐롤이 엄숙한 어조로 말했다.

"본부 나와라, 여기는 서전트 알바레즈. 등록번호 364B1231이다, 오버. 1973년에 출생한 안나 보로프스키라는 여자의 거주지를 조회해 알려주기 바란다."

"오케이, 서전트, 눈 깜짝할 사이에 끝납니다."

파리

생제르맹 데 프레

우리가 얻은 침실 하나짜리 아파트는 나무 그늘이 드리워진 작은 광장과 마주한 아담한 흰색 건물의 맨 꼭대기 층에 있었다. 집 안으로 들어서는 순간 '내 집'처럼 포근한 느낌이 들었다.

"산책 좀 안 할래요?"

빌리가 물었다.

한눈에 보기에도 파리의 공기가 그녀에게 맞아 보였다. 물론 머리카락은 여전히 하얗고, 낯빛은 창백했지만 컨디션은 훨씬 나아 보였다.

"난 앞으로 소설을 500페이지나 써야 하는 사람이에요."

"대단치도 않은 걸 가지고!"

빌리가 짐짓 농담을 하며 창가로 걸어가 햇볕을 쬐었다.

"좋아, 그럼 잠깐만 다녀오지 뭐. 당신한테 동네 구경을 시켜주는 정도로."

내가 재킷을 걸치는 사이 빌리는 얼굴 화장을 고쳤다.

우리는 보통 관광객들처럼 생제르맹 데 프레의 좁은 골목들을 한가롭게 거닐었다. 서점이나 골동품 가게가 나타날 때마다 밖에 서서 진열장 안을 들여다보고, 카페가 나올 때마다 멈춰 서서 메뉴를 연구하고, 센 강을 따라 늘어선 헌책방들의 철제 진열대들을 샅샅이 뒤져가며 책을 구경하기도 했다.

영세한 문화 공간들은 고급 부티크들에 밀려 점차 설 자리를 잃어가고 있는 것이 현실이었지만 그나마 이 주변 골목에는 아직 마법 같은 분위기가 그대로 남아 있었다. 미로 같은 비좁은 골목길은 공기부터 특별했다. 가는 곳마다 책과 시, 그림을 사랑하는 분위기가 절로 느껴졌다. 우리의 발길이 닿는 모든 거리들, 모든 건물들이 바로 과거의 풍성한 문화적 유산이었다. 볼테르는 프로코프 카페에서 글을 썼고, 베를렌은 카페에 들러 압생트를 마셨고, 들라크루아의 작업실은 바로 퓌르스 탕베르 거리에 있었고, 라신은 비스콘티 거리에 살았다. 발자크는 이 근 방에서 인쇄소를 차렸다 파산했고, 오스카 와일드는 보자르 거리에 있 는 허름한 호텔에서 비참하고 외롭게 생을 마쳤다. 피카소는 그랑 오귀 스탱 거리에서 불후의 명작인 〈게르니카〉를 완성했고, 마일즈 데이비스 는 셍 브느와 거리에서 음악에 심취했고, 짐 모리슨은 셍 거리에 살았다.

황홀감으로 머리가 아찔해질 지경이었다.

관광 안내 책자를 손에 든 빌리가 한 군데도 놓치지 않겠다는 듯 정신을 집중하며 햇살 속을 경쾌하게 걷는 모습이 그 어느 때보다 행복해 보였다.

우리는 정오에 한 카페의 테라스에 앉아 잠시 숨을 돌렸다. 나는 이 탈리아 에스프레소를 연거푸 몇 잔이나 마셨고, 꿀을 얹은 화이트 치즈 와 라즈베리 프렌치토스트를 맛있게 먹는 빌리의 얼굴을 흐뭇하게 바 라보았다.

우리 두 사람은 어딘가 모르게 달라져 있었다. 상대를 향한 공격적인 태도 대신 친밀감이 자리 잡았다. 이제 빌리와 나는 서로 공동운명체라는 생각을 갖고 있었다. 우리가 함께 보낼 시간이 얼마 남지 않았으며, 언제 끝날지도 모르기에 더욱 서로를 따뜻하게 대해주어야 하리라 생각했다.

"이제 성당을 구경하러 가요."

빌리가 생제르맹 데 프레 성당의 종탑을 손으로 가리켰다.

내가 계산을 하기 위해 지갑을 꺼내는 사이 빌리는 핫 초콜릿 잔을 꿀 꺽 마셔 비우고는 의자에서 벌떡 일어섰다. 그녀가 자랑하기 좋아하는 어린애처럼 잰걸음으로 길을 건널 때 반대편에서 차가 달려왔다.

빌리가 도로 한가운데서 갑자기 쿵 쓰러졌다.

샌프란시스코

레녹스 병원

보니가 분한 마음에 소설책을 끝까지 넘겨보았지만 역시나 뒷부분은 모두 백지 상태였다.

"오늘은 이야기의 결말을 들려드릴 수 없겠어요, 할머니."

에셀이 미간을 찌푸리더니 책을 들고 자세히 들여다보았다. 266페이지에서, 그것도 미완성 문장 중간에서 이야기가 갑자기 뚝 끊겨 있었다.

"인쇄 과정에서 문제가 발생한 게 틀림없구나. 도서관에 반납하는 수밖에."

"제가 인터넷에서 구입한 책인걸요."

"그럼 사기를 당한 거구나."

화가 난 보니의 얼굴이 붉으락푸르락해졌지만 어쩔 수 없는 일이었다. 재미있는 책인데다 공들여 그린 수채화 삽화들이 들어 있으니 그 정도로 만족하는 수밖에.

"식사 왔어요."

병원 직원이 식사를 나눠주기 위해 병실 문을 밀고 들어왔다.

병원에 와서 봉사할 때마다 보니도 식사를 하고 가곤 했다. 오늘의 메뉴는 야채수프와 브뤼셀 스프라우트 샐러드 그리고 삶은 생대구였다.

보니는 눈을 질끈 감고 몇 입이라도 먹어보려 애썼다.

생선은 왜 아직 물에 둥둥 떠 있는 거야? 완두콩 수프는 왜 또 이렇게 거무스름한 갈색이야? 게다가 소금이 빠진 비네그레트 소스라니?

"맛은 없지만 못 먹을 정도는 아니지?"

에셀 할머니도 음식이 영 못마땅해 보였다.

"완전 역겹지는 않아도 입맛이 가실 정도는 되는 것 같아요."

보니가 솔직하게 말했다.

"맛있는 초콜릿 수플레 한번 먹어봤으면 소원이 없겠어. 이 할머니가 초콜릿 수플레라면 죽고 못 살거든."

"저는 한 번도 못 먹어봤어요."

보니도 벌써부터 군침을 삼켰다.

"내가 수플레 요리법을 가르쳐줄게. 펜하고 그 책을 이리 줘봐. 백지로 남은 부분을 어디 다른 데라도 사용해야지."

에셀이 책을 펼치더니 백지 첫 페이지에 예쁜 글씨로 요리 레시피를 적어내려가기 시작했다.

초콜릿 수플레

다크 초콜릿 200g

설탕 50g

달걀 5개

밀가루 30g

탈지유 50cl

1) 초콜릿을 작게 잘라 중탕으로 녹인다……

파리

생제르맹 데 프레

"빌리!"

빌리가 길 한가운데 누워 있었다.

클리오 자동차가 아슬아슬하게 멈춰 섰고, 빌리는 다행히 차에 치이지는 않았다. 보나파르트 거리를 운행하던 차들이 모두 멈춰 섰고, 사람들이 빌리가 쓰러진 주변으로 모여들었다.

나는 빌리의 다리를 들어 피가 머리로 향하게 만들었다. 그다음 필립슨 박사가 가르쳐준 대로 고개를 옆으로 돌려놓고, 옷을 느슨하게 풀어주었다.

빌리는 그제야 의식이 돌아오고 얼굴에 다시 핏기가 돌기 시작했다. 멕시코에서처럼 그녀는 극히 짧은 시간 동안 가사 상태에 빠져들었던 것이다.

"당신, 히죽거리기에는 너무 일러요. 나, 아직 안 죽었거든요."

빌리가 얼굴에 미소를 띤 채 빈정거렸다.

나는 빌리의 손목을 잡았다. 그녀의 맥박은 여전히 약하고, 호흡은 가쁘고, 이마에는 식은땀이 송골송골 맺혀 있었다.

오로르가 추천해준 클루조 교수의 진료 약속이 다음 날로 잡혀 있었다. 나는 그가 명성에 걸맞은 실력을 가진 사람이기를 간절히 빌었다.

로스앤젤레스

"경찰입니다. 문 열어요."

안나는 문구멍을 통해 집 앞에 서서 문을 세게 두드리고 있는 경찰을 내다보았다.

"집에 있다는 거 알아요, 미스 보로프스키."

캐롤이 경찰배지를 내밀었다.

안나가 빗장을 풀고 걱정스러운 표정으로 얼굴을 내밀었다.

"무슨 일이죠?"

"당신이 인터넷 사이트에 판매한 책과 관련해 몇 가지 질문을 하고 돌아가겠습니다."

"그 책은 훔친 게 아닌데요. 쓰레기통에서 주웠을 뿐이에요."

안나가 묻지도 않은 결백을 주장했다.

캐롤이 밀로를 쳐다보았고, 이번에는 그가 나섰다.

"혹시 책을 구입한 사람의 주소를 알 수 있습니까?"

"그야 어렵지 않을 거예요. 여대생인 것 같았는데……."

"여대생?"

"주소가 버클리 캠퍼스로 돼 있었거든요."

샌프란시스코

레녹스 병원

오후 4시

에셀 코프만은 보니가 돌아가고 나서 잠을 이루지 못하고 계속 침대에서 뒤척였다. 뭔가 문제가 있었다. 그녀의 허파를 파고드는 종양 말고 또 다른 문제였다.

어쩌면 그 책이 문제였다. 아니, 딱 꼬집어 말하자면 그 책의 백지에 적은 요리법이 문제였다. 그녀는 베개를 등에 받치고 일어나 앉아 나이트테이블 위에 놓인 소설책을 집어 들고 어린 시절 즐겨 먹던 디저트 요리법을 적어 놓은 페이지를 펼쳤다.

이 아련한 향수의 정체는 무엇일까? 날이 갈수록 바짝 임박해오는 죽음? 그럴지도 모르지.

향수. 에셀이 끔찍하게 싫어하는 단어였다. 절대로 뒤돌아보지 말고 살아야 한다고 다짐했었다. 그녀는 다짐대로 항상 과거에 연연하지 않고 현재에 충실하며 살아왔다. 추억이 될만한 물건들을 간직하려 애쓰지도, 기념일을 챙기지도 않았다. 물건이든 사람이든 집착하는 건 부질없다고 생각해 이삼 년에 한 번꼴로 이사를 했다. 세상천지에 도와줄 사람이 없는 그녀에게는 생존을 위한 나름의 방법이었다. 오늘 오후, 갑자기 지난 과거가 그녀의 방을 찾아왔다.

힘겹게 몸을 일으켜 침대에서 내려온 에셀은 소지품을 정리해 넣어둔 철제 캐비닛을 향해 걸어갔다. 그녀는 얼마 전에 조카딸 카티아가 병문안을 왔다가 두고 간 지퍼 달린 작고 딱딱한 가죽 여행 가방을 캐비닛에서 꺼냈다. 카티아는 집을 부동산에 내놓기 전에 부모님 짐을 정리하다 나온 것이라 했다.

처음 꺼낸 사진은 그녀가 태어난 지 몇 달 후인 1929년 3월에 찍은 것이었다. 사랑이 넘치는 부부가 아이 셋을 데리고 뿌듯한 표정을 짓고 있었다. 아직 아기인 에셀은 엄마 품에 안겨 있고, 위로 네 살 많은 쌍둥이 남매는 아빠의 바짓가랑이를 붙들고 있었다. 깜찍한 옷, 진실한 미소, 친밀감, 가족의 사랑과 따스한 느낌이 배어나는 사진이었다.

에셀은 사진을 침대 위에 올려놓았다. 그야말로 수십 년 만에 처음 본 사진이었다. 그다음 손에 잡힌 건 1940년대에 찍은 사진(나치 유니폼, 철조망, 야만적 행위 등)이 여러 장 들어가 있는 누렇게 변색된 잡지 기사였다. 그 잡지 기사를 다 읽다 보니 자연스럽게 자신의 슬픈 가족사가 떠올랐다.

에셀은 독일군이 크라코비아를 점령하기 직전 오빠와 가까스로 폴란드를 탈출해 열 살의 어린 나이에 미국에 도착했다. 나중에 그들과 합류하기로 했던 언니는 플라초프 수용소에서 티푸스에 걸려 숨을 거두었고, 부모님도 벨체크 강제 수용소에서 살아남지 못했다.

에셀은 과거로의 여행을 계속했다. 다음에 눈에 띈 것은 토 자세로 춤을 추고 있는 우아한 발레리나의 사진이 담긴 흑백 엽서였다. 그녀가 뉴욕에 살던 시절이었다. 그녀는 발레에 대한 재능을 발견하고 지원을 아끼지 않았던 외가 쪽 식구들과 뉴욕에서 살았다. 그녀는 금세 재능을 떨치며 조지 발란신이 창단한 뉴욕시립 발레단 단원으로 발탁되었다.

〈호두까기 인형〉, 〈백조의 호수〉, 〈로미오와 줄리엣〉 같은 굵직굵직한 작품들에서 주연 무용수로 활약하던 그녀는 가벼운 골절상을 제때 치료하지 못해 한쪽 다리를 절게 되는 바람에 발레리나의 길을 포기할 수밖에 없었다.

그때부터 인생이 꼬이기 시작했다는 생각이 드는 순간, 그녀는 온몸에 소름이 쫙 끼쳤다. 엽서 뒷면에는 뉴욕 공연 프로그램이 나와 있었다. 그녀는 현역 은퇴 이후 미국발레학교에서 교수로 재직하면서 몇몇 브로드웨이 뮤지컬의 연출에도 참여했다.

또 다른 사진 한 장이 눈에 띄었다. 몇십 년이 흘렀는데도 여전히 가슴을 찢어놓는 사진이었다. 우울한 감성을 지녔던 그녀의 연인, 서른다섯의 나이에 만나 열정적으로 사랑했던 사람, 그녀보다 열 살이나 어렸던 청년. 그와의 행복했던 순간은 짧았고, 그 후에 찾아온 고통과 환멸은 그녀에게 몇 년 동안이나 힘겨운 나날들을 보내게 했다.

그리고……그리고 악몽……. 사진과 함께 되살아나는 끔찍한 악몽. 그녀가 거울 앞에 서서 카메라를 들고 찍은 약간 흐릿하게 나온 사진이었다. 배가 제법 불러온 그녀의 사진.

나이 마흔을 앞두고 그녀는 생각지 않게 임신을 했다. 그녀는 임신을 삶이 준 선물이라 여기고 감사한 마음으로 받아들였다. 임신하고 여섯 달 동안이 그녀에게는 인생에서 최고로 기쁜 시간들이었다. 입덧 때문에 구역질도 나고, 극심한 피로감에 시달리기도 했지만 배 속에서 자라고 있는 아기는 그녀의 생각을 완전히 바꾸어놓았다. 그런데 출산 예정일을 3개월 앞둔 어느 날 특별한 이유도 없이 양수가 터졌다. 그녀는 급히 병원에 입원해 검사를 받았다. 그녀는 아직도 그날 벌어진 일들을 생생하게 기억하고 있었다. 태아는 아직 그녀의 배 속에 들어 있었다. 아기의 발길질이 느껴지고, 아기의 심장 소리가 들려왔다. 그런데 검사가 끝나자 그날 밤 당직을 맡았던 의사는 양막이 파열돼 양수가 없는 상태로는 태아가 자궁 안에서 더 이상 버틸 수 없다고 했다. 양막 안이 말라 있기 때문에 결국 무리해서라도 분만을 시도할 수밖에 없다고 했다.

그 생지옥 같던 날 밤, 그녀는 아기가 살지 못하리라는 걸 알면서도 출산을 할 수밖에 없었다. 여러 시간의 진통 끝에 그녀는 생명체가 아닌 주검을 세상에 내놓았다. 그녀는 아기를 만져보고, 안아도 보았다. 너무나 작고 예쁜 아기였다. 분만 당시에는 미처 아기의 이름을 지을 겨를도 없었다. 그녀는 마음속으로 이름 대신 꼬마 아기라 부르고 있었다. 꼬마 아기는 일 분 만에 심장이 멎었다.

에셀은 자신이 세상에서 엄마로 존재했던 그 60초 동안을 결코 잊을 수 없었다. 초현실적인 60초. 그다음부터는 살아도 사는 게 아니었다.

그저 살아 있는 척할 뿐이었다. 세상의 모든 빛, 기쁨, 믿음이 그 60초 동안 모두 말라버렸다. 짧은 환희의 불꽃이 사그라진 후, 그녀에게 남아 있던 모든 것들이 꼬마 아기의 죽음과 함께 잿더미로 돌변했다.

에셀의 뺨을 타고 흘러내리던 눈물이 진주 빛 펄 광택이 나는 작은 봉투 위로 톡 떨어졌다. 그녀는 떨리는 손으로 봉투를 열고 아기의 머리카락을 꺼내 들었다. 그녀는 머리카락을 손에 쥐고 한참을 울었다. 그렇게 울고 나니 오랜 세월 혼자 가슴에 담고 있던 무거운 짐을 조금이나마 벗어던진 느낌이었다.

그 순간, 극도의 피로감이 몰려왔다. 그녀는 불현듯 떠오른 생각이라도 있는 양 사진들과 신문기사, 엽서, 머리카락을 소설책 백지 위에 차례로 붙여나가기 시작했다. 열 페이지 정도로 요약할 수 있는 삶의 강렬한 순간들을.

다시 한번 살 수 있다면 나는 어떤 삶을 살고 싶어질까?

에셀은 그런 무의미한 질문을 머릿속에서 떨쳐내려 애썼다. 삶은 여러 번의 선택이 있는 비디오 게임이 아니었다. 시간이 흐르면 삶도 시간과 더불어 흘러갔다. 우리가 바라는 것보다는 할 수 있는 걸 하며 사는 게 인생이었다. 행운은 양념처럼 살짝 곁들여질 뿐, 나머지는 모두 운명이 주관했다. 그것이 바로 인생이었다.

에셀은 소설책을 큼지막한 크라프트지 봉투에 넣은 다음 당직 간호사를 불러 보니 델 아미코가 병원에 올 때 전해달라고 부탁했다.

버클리 캠퍼스
여자 기숙사

저녁 7시

"로마에서 티라미수를 너무 많이 먹지 마. 티라미수에 칼로리가 엄청나게 많이 들어 있다는 거 잘 알지? 너, 안 그래도 요즘 너무 살쪘어."

유 찬이 떠나는 보니를 향해 앙큼한 충고를 했다.

"내 걱정은 마. 남자들이 그다지 싫어하는 것 같지도 않던데, 뭘."

보니가 창문을 내다보았다. 밖은 벌써 어둠이 내렸고, 그녀가 부른 콜택시가 헤드라이트를 밝힌 채 그녀가 나오길 기다리고 있었다.

"나, 간다."

"파이팅! 촌놈들 코를 납작하게 해주고 돌아와."

기숙사 계단을 내려온 보니는 기다리고 있던 옐로우캡 기사에게 짐을 건넸다. 택시 기사가 보니의 짐 가방을 트렁크에 실었다.

"학생, 공항으로 갈 거지?"

"네, 그런데 먼저 레녹스 병원에 잠시만 들렀다 가주세요."

택시에 앉은 보니는 심경이 여간 복잡한 게 아니었다.

왜 내가 굳이 에셀 코프만 할머니 얼굴을 보고 가려는 거지?

아까 정오에 병원을 나서면서 보니 할머니의 얼굴이 오늘따라 무척이나 피로하고 우울해 보였다. 게다가 할머니는 작별 인사를 평소와 달리 지나치게 의미심장하게 했다. 할머니답지 않게 포옹까지 하자면서…… 마치 다시는 못 볼 사람처럼.

택시가 이열주차 상태로 병원 현관 앞에 잠시 멈춰 섰다.

"가방은 두고 내릴게요, 괜찮죠? 5분이면 족해요."

"천천히 다녀와요. 주차장에서 기다릴 테니까."

버클리 캠퍼스

여자 기숙사

저녁 7시 30분

"경찰입니다. 문 열어요."

룸메이트가 없는 틈을 타 보니의 컴퓨터를 켜고 몰래 이메일을 훔쳐보려던 유 찬은 문을 두드리는 소리에 깜짝 놀랐다. 그녀는 몇 초 동안어찌할 바를 모르며 방에 몰래 카메라가 설치돼 있는 건 아닌지 잠깐동안 의심했다.

유 찬은 황급히 모니터를 끄고 방문을 열었다.

"LA 경찰에서 나온 캐롤 알바레즈입니다."

캐롤은 대학 기숙사에서 무단으로 공권력을 행사할 수 없다는 걸 잘알면서도 문을 열고 나오는 학생에게 자신을 경찰이라 소개했다.

"보니 델 아미코 학생을 만나고 싶어서 왔어요."

밀로가 나서서 말했다.

"어쩜, 간발의 차이로 놓치셨어요. 보니는 공항으로 출발했거든요.로마에서 열리는 체스 토너먼트에 참가할 거예요."

로마라고? 빌어먹을!

"친구 휴대폰 번호 알고 있죠?"

밀로가 자신의 휴대폰을 꺼내 들며 물었다.

레녹스 병원 주차장

저녁 7시 34분

택시 뒷좌석, 패치워크 가방 바닥에 있는 보니의 휴대폰이 울렸다.

벨소리가 끈질기게 울렸지만 택시 기사의 귀에는 들리지 않았다. 그는 승객을 기다리는 동안 라디오 볼륨을 한껏 올려놓고 뉴욕 메츠와 애틀랜타 브레이브스의 야구 경기를 청취하는 중이었다.

병원 안으로 들어간 보니는 엘리베이터에서 내려 발소리를 죽이며 복도를 걸어가고 있었다.

"면회 시간 끝났어요, 아가씨!"

간호사가 그녀를 불러 세웠다.

"저…… 외국에 나가기 전에 에셀 코프만 할머니한테 인사를 드리고 가려고요."

"어디 보자. 네가 바로 자원봉사를 하는 아가씨구나, 맞지?"

보니가 고개를 끄덕였다.

"어떡하니? 에셀 코프만 할머니는 좀 전에 잠드셨어. 가만있자, 할머니가 너한테 봉투를 전해달라고 하셨어."

조금 실망한 보니는 간호사를 따라 경비실로 가 책이 든 봉투를 받아 들었다.

보니는 다시 택시를 타고 공항으로 이동하며 봉투를 열어 보고는 깜짝 놀랐다. 봉투에서 나온 사진들과 메모들을 보면서 가슴이 뭉클해진 그녀는 가방에 든 휴대폰을 꺼내볼 생각을 미처 하지 못했다.

샌프란시스코 국제공항

이륙 활주로 3번

0966편

밤 9시 27분

"승객 여러분 안녕하십니까? 저는 보잉 767기로 로마 국제공항까지 여러분을 모시고 갈 기장입니다. 오늘도 유나이티드 에어라인 0966편을 이용해주셔서 대단히 감사합니다. 로마까지의 비행시간은 대략 13시간 55분이 될 것으로 예상됩니다. 현재 탑승이 완전히 끝난 상태입니다. 승객 여러분 좌석 앞에는 비상시 대처 방법과 함께 안전에 관한 안내문이 꽂혀 있으니 숙지하시길 바랍니다. 잠시 후 승무원이 여러분께 안전 조치와 관련해 시범을 보여드리겠습니다."

샌프란시스코 국제공항
출국장
밤 9시 28분
"로마행 항공기요? 어떡하죠? 죄송합니다만 방금 탑승 수속이 모두 끝났습니다."
항공사 카운터 직원이 컴퓨터 스크린을 조회하며 말했다.
"말도 안 돼. 이러다간 절대로 그 망할 놈의 책을 손에 넣지 못할 거야. 그 여학생한테 다시 전화해봐."
캐롤이 조바심을 치며 밀로를 재촉했다.
"벌써 메시지를 두 번이나 남겼어. 전화를 진동으로 해뒀나봐."
"그래도 한 번 더 해봐."

이륙 활주로 3번
0966편
밤 9시 29분

"승객 여러분, 0966편 비행기는 곧 이륙하겠습니다. 지금부터 안전을 위해 좌석벨트를 매주시고, 좌석 등받이와 테이블을 제자리로 해주시고, 항공기 안전 운항에 저해가 되는 휴대폰의 전원을 꺼주시기 바랍니다. 0966편 비행기는 금연으로 지정되어 있어 화장실에서의 흡연이 일절 금지된다는 걸 알려드립니다."

보니는 좌석벨트를 매고 가방을 뒤져 여행용 베개와 수면 안대 그리고 책을 꺼냈다. 휴대폰을 끄려던 그녀는 메시지 도착을 알리는 빨간불이 깜빡이는 걸 발견했다. 확인을 하고 싶은 마음이 굴뚝같았지만 승무원의 따가운 시선 때문에 결국 휴대폰을 그냥 꺼버렸다.

파리

자정

작은 아파트의 거실이 10개 가량의 초들이 밝히는 은은한 불빛 속에 잠겨 있었다. 차분한 저녁 시간을 보낸 빌리는 거실 소파에서 잠이 들었다.

나는 떨리는 마음으로 컴퓨터를 켠 다음 오래된 워드 프로그램을 실행시켰다. 끔찍한 백지가 화면에 나타나면서 불행히도 이제는 내게 아주 친숙해진 구역질과 불안감이 동시에 치밀었다.

이걸 넘어야 해!

이걸 넘어야 해!

불가능해 보였다. 의자에서 일어난 나는 소파에서 빌리를 들어 올린 다음 방으로 안고 들어가 침대에 눕혔다. 그녀는 잠이 살짝 깬 상태로 자기 몸이 너무 무겁다고 투덜대긴 했지만 막상 내리겠다고 하지는 않았다. 밤공기가 쌀쌀한데 침실 라디에이터에서는 미지근한 열기만 느껴질 뿐이었다.

나는 장롱을 열고 이불을 한 채 더 꺼내 어린아이를 덮어주듯 이불을 매트리스 밑으로 꼭꼭 밀어 넣으며 덮어주었다.

막 문을 닫고 거실로 나오려는데 빌리가 말했다.

"고마워요."

거리에서 불빛이 새어 들어오지 않게 커튼을 닫자 방 안은 금세 깜깜해졌다.

"날 보살펴줘서 고마워요. 나한테 이렇게 해준 사람은 당신이 처음이에요."

'날 보살펴줘서 고마워요. 나한테 이렇게 해준 사람은 당신이 처음이에요.'

거실에 있는 직업 테이블로 돌아오고 나서도 빌리의 그 말이 계속 내 머릿속을 맴돌았다. 컴퓨터 스크린 위의 커서는 약을 올리듯 깜빡이고 있었다.

창작의 영감은 어디서 얻으시죠?

독자들과 기자들로부터 가장 많이 받는 아주 고답적인 질문이다. 솔직히 나는 이 질문에 단 한 번도 제대로 대답한 적이 없었다. 글쓰기는 금욕주의적인 생활을 요구한다. 하루에 네 페이지씩 글을 쓰려면 나는 하루에 꼬박 15시간을 책상 앞에 앉아 있어야 했다. 창작의 마술이나 나만의 비밀, 창작 비법 같은 건 존재하지 않는다. 그저 세상과 접촉을 단절한 채 커피를 충분히 비축해놓고 클래식 음악이나 재즈 음악이 흘러나오는 헤드폰을 귀에 꽂고, 의자에 엉덩이를 붙이고 앉아 있는 방법밖에 없다. 가끔씩 리듬을 잘 타면 열 페이지씩도 술술 써지는 날이 있었다. 그런 축복 같은 시간들을 경험하다 보면 이미 완성된 이야기가 하늘 위 어딘가에 존재하고, 천사의 목소리가 단지 내게 그 이야기를 받아 적게 할 뿐이라는 생각도 들었다. 하지만 이런 시간들은 지극히 드물게 찾아왔다. 몇 주 만에 500페이지를 쓰는 것은 불가능에 가까워 보였다.

'날 보살펴줘서 고마워요.'

마침내 구역질이 사라졌다. 불안감은 긴장감으로 바뀌어 있었다. 커튼이 올라가기 직전 배우가 느끼는 긴장감이 이럴까.

내가 두 손을 살며시 키보드 위에 얹자 손가락들이 저절로 춤을 추기 시작했다. 마치 마법처럼 문장들이 스크린에 나타나기 시작했다.

1장

보스턴 사람들의 기억 속에 올해 같은 강추위는 처음이었다. 벌써 한 달도 넘게 온 도시가 눈과 서리에 뒤덮여 숨을 죽이고 있었다. 따뜻한 카페를 찾은 손님들의 화젯거리는 단연 언론에서 귀가 아프도록 떠들어대는 지구 온난화였다.

'그걸 말이라고! 싱거운 소리들 좀 집어치우라고 해!'

보스턴 남쪽의 한 작은 아파트에 사는 빌리 도넬리는 숙면을 이루지 못하고 몸을 뒤척였다. 지금까지 참으로 고단한 삶을 살아 온 그녀였다. 본인은 아직 모르지만 그녀의 삶은 큰 변화를 앞두고 있었다.

됐어, 이제 글이 써지기 시작했어.

빌리를 향한 내 감정이 저주를 풀어주었다는 걸 나는 직감적으로 알았다. 그녀는 내 손을 잡아 다시 현실로 이끌었고, 내 영혼에 걸려 있던 빗장을 빼주었다.

백지의 공포는 이제 사라졌다.

나는 키보드를 두드리기 시작해, 밤이 새는 줄 모르고 일했다.

로마

피우미치노 국제공항

다음 날

"승객 여러분, 저는 기장입니다. 편안한 여행이 되셨습니까? 저희 비행기는 로마 피우미치노 국제공항에 막 착륙하였습니다. 현지 기온은 영상 16도입니다. 비행기 도착이 다소 지연된 점 너그럽게 양해해주시기 바랍니다. 비행기가 활주로를 이동하는 동안은 좌석에서 일어나지 마시고, 비행기가 완전히 멈추고 좌석벨트 사인이 꺼질 때까지 기다려주시기 바랍니다. 선반을 여실 때는 안에 있는 물건이 떨어지지 않게 조심해주시고, 잊은 물건이 없는지 다시 한번 살펴 주십시오. 저희 유나이티드 에어라인을 이용해주신 승객 여러분께 전 승무원을 대신해 감사의 말씀을 드리며, 다음 여행에도 다시 뵙길 바랍니다. 그럼 마지막까지 즐거운 시간되십시오. 감사합니다."

보니 델 아미코는 힘겹게 잠에서 깨어나 몸을 움직였다. 그녀는 비행 내내 악몽에 시달리며 어수선한 잠에 취해 있었다. 보니는 여전히 비몽사몽 상태로 기내를 빠져나오느라 좌석 앞 그물망에 에셀 코프만이 준 책을 꽂아 두었다는 사실을 깜빡 잊고 말았다.

30. 인생의 미로

인생의 미로에서 길을 잃고 숨을 헐떡이는 사람을 만나는 것만큼 비통한 일은 없다.

_마틴 루터 킹

9월 13일 월요일

파리 15구

오전 9시

우리는 8호선 종점인 발라르역에서 지하철을 탔다. 초가을의 파리 날씨는 온화했고, 대기 중에는 활기찬 신학기 분위기가 퍼져 있었다.

마리 퀴리 유럽 병원 건물은 센 강가, 앙드레 시트로엥 공원 옆에 자리 잡고 있었다. 온통 유리로 뒤덮인 병원 본관 외벽은 앞쪽을 지나는 도로의 굴곡과 조화를 이룰 수 있게 곡선으로 디자인되어 있었고, 거울 같은 유리 외벽에는 가로수들의 그림자가 비치고 있었다.

안내 브로슈어를 읽어보니 이 병원은 기존 파리 시립 병원들의 기능을 하나로 통합해 설립된 곳으로, 유럽 최고 병원 중 하나로 손꼽힌다고 했다. 특히 클루조 박사가 일하는 심장혈관센터는 세계적인 수준으로 알려져 있었다.

우리는 세 번이나 출입구를 잘못 찾아갔다 다시 나오고 중앙의 미로처럼 넓은 뜰에서 한참 동안 헤맨 끝에 겨우 병원 직원의 안내를 받아 엘리베이터 타는 곳을 찾을 수 있었다.

엘리베이터에 오른 우리는 꼭대기 바로 아래층에서 내렸다.

미리 약속을 하고 찾아왔지만 우리는 클루조 교수를 45분간이나 기다려야 했다. 코린느라는 이름의 비서가 말하길 클루조 교수는 평소에는 병원 내에서 기거하지만 한 달에 두 번씩 미국의 하버드 의대에서 특강을 하고 돌아오는데, 마침 오늘이 그날이라 아침 비행기로 뉴욕에서 돌아왔다고 했다.

우리는 비서의 눈치를 살피며 목재 가구와 철제가구를 섞어 근사하게 인테리어를 꾸며놓은 방에서 클루조 교수를 기다렸다. 센 강과 파리 시내가 내려다보이는 전망 좋은 방이었다. 유리 벽 앞에 서니 센 깅 위를 유유히 오가는 바지선들과 미라보 다리, 인공섬인 백조섬에 우뚝 솟은 자유의 여신상이 한눈에 들어왔다.

방 안으로 정신없이 뛰어 들어온 남자는 저명한 의대 교수라기보다는 형사 콜롬보를 연상시키는 외모였다. 부스스한 머리, 면도를 하지 않아 초췌한 얼굴을 한 그는 잔뜩 구김이 간 트렌치코트를 어깨에 케이프처럼 걸치고 들어왔다. 초록빛이 감도는 스웨터 밖으로 빠져나온 타탄체크 무늬 셔츠가 정체불명의 얼룩이 잔뜩 묻은 코르덴 바지 위로 내려와 있었다. 길에서 마주쳤다면 분명 동전이라도 몇 푼 집어 주고 싶은 마음이 들 만큼 꾀죄죄한 옷차림이었다. 과연 이런 사람이 환자 진료 외에도 의사와 엔지니어들로 구성된 연구팀을 이끌며 15년째 자율 인공 심장 개발에 진력하고 있다는 사실이 믿기지 않았다.

클루조 교수는 늦어서 미안하다는 뜻인 듯 들릴락 말락 하는 목소리로 웅얼웅얼거리더니 트렌치코트를 누리끼리한 가운으로 갈아입었다. 그는 시차 탓에 피곤한지 의자에 털썩 주저앉았다.

우리의 뇌는 낯선 사람과 첫 대면할 때 10분의 1초라는 극히 짧은 시간에 상대가 신뢰할만한 사람인지 아닌지 판단한다고 어디선가 읽은 기억이 났다. 너무 순식간에 일어나는 일이기 때문에 우리의 사유 작용이 이 '직관적' 반응에 미처 개입할 여지가 없다는 것이다.

그날 아침, 클루조 교수는 겉보기에는 허술하기 짝이 없는 차림새였지만 내 머릿속에서는 이미 깊은 신뢰감이 자리 잡았다. 빌리도 그의 볼품없는 외양은 조금도 개의치 않는 듯 그에게 자신의 증상을 조목조목 설명했다. 졸도, 극심한 피로, 빈번한 호흡 곤란, 구역질, 열, 체중 감소와 속 쓰림에 대해.

클루조 교수가 잘 들리지도 않게 조용조용 '음, 음.'하는 소리를 내며 빌리가 말하는 내용을 받아 적는 동안 나는 모티머 필립슨 박사 클리닉에서 작성한 의료기록을 그에게 내밀었다. 그가 70년대에나 쓰던 이중 초점 안경을 걸치더니 탐탁지 않은 듯 입을 삐죽거리며 서류를 넘기기 시작했다. 동그란 안경 너머에서 비치는 눈빛의 광채만 봐도 그가 얼마나 날카롭고 예민한 두뇌의 소유자인지 알 수 있을 듯했다.

"검사를 다시 해야 합니다."

클루조 교수가 내게서 받은 하드커버 파일 폴더를 사정없이 휴지통으로 집어 던졌다.

"휴양지의 호텔 클리닉에서 검사한 내용들과 '종이 여자', 잉크, 셀룰로스 어쩌고 하는 얘기들은 도무지 개연성이 없어요."

"그럼 제가 기절했던 건요? 제 머리가……."

빌리가 흥분해서 끼어들었지만 클루조가 가차 없이 말을 잘랐다.

"내가 볼 때 아가씨가 반복적으로 가사 상태에 빠지는 건 뇌 혈류량이 급격히 감소해서 생기는 현상이에요. 심장이나 혈관 계통의 이상으로 생기는 문제란 말이죠. 마침 나도 그렇고, 내가 이끄는 의료팀 전공도 그쪽이니까 잘됐어요."

클루조 교수는 처방전에 빌리가 받을 검사 목록을 쭉 적어준 다음, 검사가 끝나고 저녁 때 다시 오라고 했다.

로마

피우미치노 공항

샌프란시스코발 보잉 767기가 공항 계류장에 머물고 있었다. 탑승했던 승객들이 모두 내리고 30분이 지난 시간, 청소용역업체 직원들이 분주히 움직이며 기내 청소를 하고 있었다.

기장인 마이크 포토이가 작성하던 비행일지를 마지막으로 한 번 더 손본 다음 노트북을 닫았다.

이런 요식적인 서류들을 작성하는 건 정말이지 지긋지긋해!

마이크는 하품을 늘어지게 하며 그렇게 생각했다.

비행 결과 보고는 대충 끝났는데, 열다섯 시간 동안의 비행 끝이라 몸은 거의 탈진 상태였다. 휴대폰을 열어 보니 아내가 보낸 따뜻하고 세심한 문자 메시지가 들어와 있었다. 아내와의 전화 통화를 피하고 싶은 마음에 그는 휴대폰에 이미 저장된 텍스트 메시지를 '복사 및 붙이기'를 해 아내에게 보냈다. 오늘은 아내와 수다를 떠는 것보다 훨씬 중차

대한 일이 있었다. 오늘 저녁에는 무슨 일이 있어도 공항 유실물 센터 직원인 프란체스카와 반드시 데이트를 성사시킬 작정이었다. 로마에 들를 때마다 프란체스카에게 데이트를 신청했지만 번번이 실패했다. 상큼하고 섹시하며, 풍만한 몸매가 육감적인 스무 살의 프란체스카는 그가 데이트를 신청할 때마다 튕겼지만 이번에는 왠지 예감이 좋았다.

마이크는 조종석을 나와 머리를 매만진 다음 재킷 단추를 채웠다.

절대 제복의 권위를 무시하면 안 되지.

마이크는 기내를 나서기 전에 프란체스카한테 접근할 핑계부터 만들어야 한다는 생각이 들었다. 그는 효율적으로 일을 분담해가며 빠른 손놀림으로 청소에 열중하고 있는 용역업체 직원들을 바라보다가 기막힌 생각을 떠올렸다. 그는 청소 카트 속에 든 여러 권의 잡지와 승객들이 쓰다 버린 휴지들 사이에서 암청색 가죽 장정의 책 한 권을 발견했다. 가까이 다가가 책을 집어 들고 살펴보니 별이 그려진 커버에 금박 돋을새김으로 작가의 이름과 제목이 박혀 있었다. 톰 보이드 《천사 3부작》 제2권.

난생처음 들어보는 작가 이름이긴 한데, 이 정도면 괜찮겠어. 자, 이제 미끼는 준비됐어.

"선생님, 그 책은 가져가시면 안 됩니다."

마이크는 가슴이 철렁 내려앉으며 뒤를 돌아보았다. 감히 어느 누가 기장한테 이래라저래라한단 말인가?

말을 건넨 사람은 기내를 청소하던 여자 청소부였다. 얼굴이 반반한 흑인 여자. 목에 건 명찰에 카엘라라 써 있었고, 머리에 묶은 반다나에는 소말리아 국기를 상징하는 파란 바탕에 하얀 별이 그려져 있었다.

마이크가 같잖다는 표정으로 여자를 째려보았다.

"이 책은 내가 알아서 처리할 테니 걱정하지 말아요. 때마침 유실물 센터에 들를 일이 있어서."

"저는 회사 책임자한테 보고할 의무가 있습니다, 선생님."

"정 보고하고 싶다면 하늘에 계신 아버지한테 하든지."

마이크는 어깨를 으쓱 올리며 빈정댔다. 그는 청소부의 제지에도 아랑곳하지 않고, 책을 들고 기내를 빠져나왔다.

오늘 밤에는 프란체스카와 한 침대를 쓸 수 있을 거야!

마리오 데 베르나르디 거리

보니는 호텔로 향하는 택시 안에서 문득 생각이 나 휴대폰 전원을 켰다. 여러 통의 메시지가 연이어 들어왔다. 안부를 걱정하는 아빠의 메시지, 경찰이 뒤쫓고 있다며 횡설수설하는 유 찬의 메시지 그리고 밀로라는 사람이 남긴 메시지들. 그는 톰 보이드의 소설을 사고 싶다며 여러 통의 메시지를 보내왔다.

이게 무슨 소리지?

보니는 불길한 예감을 느끼며 가방을 뒤졌지만 책이 없었다.

아차! 책을 비행기 안에 두고 왔어!

택시가 고속도로에 오르려는 순간 보니가 기사한테 다급하게 소리를 질렀다.

"아저씨, 잠깐만요. 차를 공항으로 다시 돌릴 수 있을까요?"

마리 퀴리 유럽 병원

파리, 케 드 센느

"편안하게 마음먹어요. 전혀 아픈 검사가 아니니까."

빌리는 상의를 벗은 채 왼쪽을 보며 모로 누워 있었다. 심장 전문의는 오른쪽에 서서 전극 패드 세 개를 그녀의 가슴에 붙인 다음 가슴 전체에 넓게 젤을 펴 발랐다.

"혹시라도 종양이 있는지 확인하고, 발견되면 그 위치를 정확히 찾아내기 위해 지금부터 심장 초음파 검사를 하게 됩니다."

초음파 검사 담당 의사는 위치를 바꿔 가며 빌리의 늑골 사이 그리고 흉골 옆에 초음파 프로브를 갖다 대면서 사진을 여러 장 찍었다.

나는 겁에 질려 콩닥콩닥 뛰고 있는 빌리의 심장 박동을 스크린 위에서 눈으로 확인했다. 검사가 진행될수록 담당 의사의 표정이 점점 딱딱하게 굳어갔다.

"심각합니까?"

내가 참다못해 물었다.

"검사 결과는 클루조 교수님께서 알려주실 겁니다."

담당 의사가 다소 딱딱하게 말하더니 내가 묻지도 않았는데 한마디 덧붙였다.

"제 생각에는 심장 초음파 검사 말고도 MRI도 추가로 해야 할 것 같습니다."

로마

피우미치노 공항

"프란체스카 어디 갔어요?"

마이크가 유실물 센터의 문을 세게 밀고 들어오며 물었다. 프란체스카가 없는 것을 확인한 그는 실망감을 감추지 못했다. 프란체스카와 '교대한' 여직원이 카운터 뒤에서 잡지를 뒤적이고 앉아 있다가 그에게 희망을 불어넣었다.

"〈다빈치스〉에 잠깐 쉬러 갔어요."

마이크는 '고맙다'는 말도 없이 서둘러 밖으로 나왔다.

1번 터미널 한쪽 구석에 위치한 〈다빈치스〉는 작지만 공항 속의 오아시스 같은 공간이었다. 핑크빛 대리석 기둥이 세워져 있고, 담쟁이덩굴이 둥근 아치형 천장까지 시원하게 타고 올라간 카페는 편안한 분위기로 사람들의 눈길을 끌었다. U자형으로 길게 이어진 카운터 앞 스툴에서는 여행객들이 오밀조밀 붙어 앉아 진한 에스프레소와 홈메이드 페이스트리를 먹고 있었다.

"헤이, 프란체스카!"

마이크가 프란체스카를 발견하고 반갑게 이름을 불렀다.

카페 종업원과 한창 수다를 떨고 있는 프란체스카는 갈수록 더욱 예뻐지는 것 같았다. 그녀와 시시덕거리고 앉아 있는 남자는 손님들에게 커피 원두가 한 잔의 향긋한 커피로 탄생하기까지의 과정을 보여주기 위해 특별히 고용한 로스터였다. 그가 보기에는 앞치마나 두르고 있는 별 볼일 없는 녀석일 뿐이었다.

마이크는 카운터로 걸어가 책을 올려놓고는 자못 우쭐거리며 자신의 모국어(다름 아닌 영어)와 얘깃거리(자기 자랑)로 어떻게든 두 사람 사이의 대화에 끼어들어보려 애를 썼다. 그런데 예쁜 이탈리아 아가씨는 젊은 녀석에게 완전히 넋이 빠져버린 듯 눈을 깜빡이며 스펀지처럼 말을 빨아들이고 있었다. 갈색 곱슬머리에 서글서글한 눈, 여자를 후리는 미소는 프란체스카가 홀딱 반할 만큼 매력적이긴 했다.

테스토스테론이 불끈 솟은 마이크가 눈에 힘을 잔뜩 주고 로마의 조각 미남을 한번 노려보고는 프란체스카에게 저녁 식사나 같이 하자고 제안했다. 그는 맛이 기가 막힌 안티파스토(에피타이저)가 나오는 캄포 데 피오리 마켓 근처의 아담한 트라토리아(식당)로 그녀를 모실 생각이었다.

"오늘 저녁은 지안루카랑 데이트가 있어 곤란해요."

프란체스카가 고개를 가로저었다.

"음, 그럼 내일 저녁은 어때? 이번에는 로마에서 이틀 동안 있기로 했거든."

"고맙지만…… 사양하겠어요."

프란체스카가 데이트 요청을 거절하더니 잘생긴 남자 친구와 커다란 소리로 깔깔거리며 웃었다.

마이크는 너무나 무안한 나머지 얼굴이 하얗게 돌변했다. 도무지 이해할 수 없는 일이었다.

저 앙큼한 프란체스카는 왜 나보다 형편없는 저 녀석이 더 좋다는 거지? 나는 8년 동안의 학위 과정을 이수하고, 모두가 선망하는 인기 직업을 가진 사람이고, 저 녀석은 일하는 시간도 들쭉날쭉한 파트타임 아닌가. 나는 하늘을 호령하는 파일럿이고, 저 녀석은 임시 계약직으로 기껏 790유로를 버는 놈 아닌가.

얼굴에 먹칠을 하고 어정쩡하게 앉아 있지 않으려면 얼른 커피라도 주문해야 했다. 젊은 연인들은 그는 전혀 아랑곳하지 않고 이탈리아어로 신나게 대화를 속삭이고 있었다.

마이크는 매혹적인 커피 향에 머리가 알딸딸해졌다. 그는 에스프레소 룽고를 단숨에 마시다 혀까지 데어버렸다.

빌어먹을, 산 로렌조에 가서 매춘부나 알아보는 수밖에.

마이크는 분을 삭이지 못해 얼굴이 붉으락푸르락해졌다. 프란체스카의 즐거운 웃음소리가 밤새 귓전을 맴돌 것 같았다. 그는 스툴에서 내려와 풀이 죽은 채로 카페 밖으로 걸어 나왔다. 기분이 상한 그는 들어가자마자 카운터에 올려놓은 가죽 장정에 고딕풍 표지의 소설책을 미처 챙겨 나올 정신이 없었다.

피우미치노 공항

유실물 센터

5분 뒤

"미안해서 어쩌죠? 아직 그 소설책은 유실물 센터에 들어오지 않았네요."

프란체스카가 보니에게 말했다.

"저한테는 정말 소중한 책인데 어쩌죠? 그 안에 사진도 들어 있고. 그리고……."

"일단 신청서를 작성하세요. 유실물에 대한 상세 정보와 손님이 타고 온 비행 편에 대해서도 적어주세요. 누군가 책을 습득해 가져오면 즉시 전화 연락이 갈 겁니다."

"네."

보니는 어깨가 축 처졌다.

열심히 신청서를 작성하면서도 보니는 내심 다시는 톰 보이드의 미완성 소설을 볼 수 없을 거라 생각했다. 에셀 코프만 할머니의 초콜릿 수

플레 맛도 영영 볼 수 없을 것이다.

마리 퀴리 유럽 병원

파리, 케 드 센느

저녁 7시 15분

"코린느, 마드모아젤 도넬리 검사 결과!"

장 밥티스트 클루조가 사무실 문을 열고 소리쳤다.

어리둥절한 표정으로 책상에 놓인 인터폰을 빤히 쳐다보고 있던 나와 눈이 마주치자 그가 말했다.

"대체 어떻게 작동되는지 알 수가 있어야지, 원. 버튼은 왜 그리 많은지!"

클루조 교수가 머리를 긁적긁적했다.

2분 간격으로 깜빡이며 부르르 진동하는 최신형 블랙베리 폰도 그에게는 무용지물인 듯 휴대폰에 눈길 한 번 주지 않았다.

클루조는 하루 종일 연이어 수술을 집도한 탓에 아침보다도 더 '부스스한' 모습이었다. 초췌한 얼굴에는 다크서클이 짙게 그늘을 드리웠고, 거무스레하게 얼굴을 뒤덮은 턱수염은 몇 시간 만에 0.5센티미터는 자란 듯했다.

파리 하늘에 땅거미가 내리고 있었다. 사무실 안이 어둑어둑했지만 클루조는 불을 켤 생각을 하지 않았다. 그가 리모컨의 중간 버튼을 누르자 벽에 걸린 널찍한 평면 스크린에 불이 들어왔다. 잠시 후, 빌리의 검사 결과가 슬라이드처럼 나타나기 시작했다.

그가 화면 앞으로 걸어가 첫 번째 검사 결과부터 설명했다.

"피 검사 결과 혈소판 수치가 떨어진 것으로 나왔어요. 그 때문에 빈혈이 생긴 거죠."

클루조가 야릇하게 생긴 프리즘렌즈 너머로 빌리를 쳐다보았다. 그가 버튼을 하나 누르자 다음 화면이 나타났다.

"심장 초음파 결과 여러 군데서 점액종이 발견됐어요."

"점액종이요?"

빌리가 걱정스럽게 물었다.

"심장에 생기는 종양을 말하는 거예요."

클루조가 무뚝뚝하게 설명했다. 그가 스크린 앞으로 좀 더 바짝 다가서더니 리모컨으로 작은 공 모양으로 생긴 거무스름한 덩어리를 가리켰다.

"첫 번째 종양은 우심방에서 발견됐어요. 아주 흔한 모양인데, 젤라틴 같은 점성을 가진 짤막한 뿌리처럼 생겼어요. 육안으로 봐서는 양성일 가능성이 높은 것 같고."

클루조가 잠시 말이 없다가 다시 사진을 넘겼다.

"두 번째 종양은 매우 염려스럽습니다. 10센티미터가량 될 만큼 보기 드물게 큰데다 힘줄이 많고 섬유질로 단단하게 굳어 있어요. 게다가 위치도 승모판 구멍 근처라 좋지 않아요. 산소가 풍부한 혈액이 좌심실로 흐르지 못하게 막고 있어요. 그런 이유 때문에 숨이 가쁘고, 얼굴이 창백하고, 가사 상태가 자주 발생하는 겁니다. 신체에 혈액 공급이 원활하게 안 되니까."

나도 스크린 앞으로 다가가 사진을 들여다보았다. 포도송이처럼 생긴 종양이 미세섬유들을 통해 심장에 매달려 있는 모습이 보였다. 빌리의 심장 속에서 나무라도 한 그루 자라고 있는 듯, 내 머릿속에서는 자꾸만 수액을 운반하는 나무의 뿌리와 섬유의 형체가 떠올랐다.

"저는…… 저는 죽게 되나요, 그렇죠?"

빌리의 목소리가 떨려 나왔다.

"점액종의 크기로 보아 즉시 제거하지 않으면 동맥 혈전증이 나타날 위험이 크고, 급작스럽게 사망에 이를 수도 있어요."

클루조 교수도 위험한 상태를 인정했다. 그가 스크린의 전원을 끄고 방에 불을 켠 다음 의자에 앉았다.

"개심술을 해야 하기 때문에 당연히 수술에 따르는 위험이 큽니다. 하지만 현재 상태라면 그냥 놔두는 게 더 위험하다고 봐야 합니다."

"언제 수술을 받을 수 있을까요?"

빌리가 물었다.

클루조 교수가 우렁찬 목소리로 비서를 불러들여 스케줄표를 가져오라 시켰다. 앞으로 몇 달 치 수술 일정이 빽빽하게 잡혀 있었다. 나는 그가 동료 의사에게 수술을 맡길까 봐 은근히 걱정했다. 다행히 그는 오로르와의 친분을 생각해서인지 이미 잡혀 있는 수술 일정 하나를 연기하고 빌리의 수술을 2주 후로 잡아주었다.

나는 클루조 교수가 무척이나 마음에 들었다.

보낸 사람 : bonnie.delamico@berkeley.edu

제목 :《천사 3부작》제2권

보낸 날짜 : 2009년 9월 13일

받는 사람 : milo.lombardo@gmail.com

안녕하세요.

제 휴대폰에 여러 번 남겨놓은 메시지를 잘 들었습니다. 톰 보이드 선생님의 친구 분이자 에이전트라 하시면서 저한테 책을 사고 싶다 하셨죠?

한데 저로서는 책을 팔 생각이 없을뿐더러 안타깝게도 지금 그 책은 제 수중에 없습니다. 샌프란시스코에서 로마로 오는 기내에서 분실했는데, 아직 피우미치노 공항 유실물 센터에 들어오지 않았답니다.

감사합니다.

그럼 안녕히 계세요.

보니 델 아미코 드림

로마

피우미치노 공항

다빈치스 카페

베를린발 플라이이탈리아 항공사 탑승객들이 입국장으로 빠져나오기 시작했다. 그들 중에는 짧은 일정으로 베를린에 체류했다 돌아오는 유명 화가이자 디자이너 루카 바르톨레티도 끼어 있었다. 그는 함부르크 반호프 현대미술관에서 열리고 있는 자신의 회고전을 기념해 독일의 여러 언론매체와 인터뷰를 갖고 돌아오는 길이었다. 그의 작품들이 앤디 워홀과 리처드 롱의 작품들과 나란히 전시된 모습은 화가로서의 성공을 상징적으로 보여주는 것이었다. 평생을 바친 그의 미술 작업에 대한 세상의 인정.

루카는 수하물 도착장의 원형 컨베이어벨트 앞에서 시간을 낭비하고 있을 필요가 없었다. 거추장스럽게 짐을 들고 다니는 걸 싫어하는 그는 항상 기내에 들고 들어갈 수 있는 가방만 하나 간소하게 들고 다녔다.

비행기에서는 기내식으로 나오는 질긴 샐러드와 셀로판지에 덮인 볼썽사나운 스파게티 오믈렛, 석고처럼 딱딱한 배 파이에는 손도 대지 않았다.

루카는 차를 주차해 놓은 공항 주차장으로 가기 전 요기를 할 생각으로 〈다빈치스〉에 들렀다. 문을 닫기 직전이었으나 주인이 마지막으로 그의 주문을 받아주었다. 그는 토마토와 모차렐라 치즈, 이탈리아 햄이 들어간 파니니 샌드위치와 카푸치노 한 잔을 시켰다. 그는 카운터 앞 스툴에 앉아 비행기 안에서 읽기 시작한 일간지 〈라 레푸블리카〉의 기사 한 꼭지를 마저 읽었다. 커피를 한 모금 마시려고 신문을 내려놓던 그의 눈에 기장이 두고 간 암청색 가죽 장정의 책이 눈에 띄었다.

루카는 북크로싱 예찬자였다. 그는 엄청난 양의 책을 사들였지만 단 한 권도 소유하는 법이 없었다. 늘 공공장소에 다 읽은 책을 놓아두어 다른 사람들에게 읽을 기회를 주었다. 처음에는 이 소설책도 누군가 일부러 두고 간 것이라 생각했는데, 표지에 메모가 붙어 있지 않은 걸 보니 그것도 아닌 모양이었다.

루카는 샌드위치를 한 입 베어 물면서 소설을 뒤적였다. 통속소설을 그다지 좋아하지 않아 그런지, 톰 보이드라는 작가 이름은 그에게 생소했다. 그런데 그는 인쇄가 끝까지 되지 않은 소설책의 하얀 백지들 위에 누군가 개인적인 이야기를 앨범처럼 꾸며놓은 것을 발견하고는 깜짝 놀랐다.

식사를 마친 루카는 책을 옆구리에 끼고 카페를 나섰다. 지하 주차장으로 내려가니 얼마 전에 경매로 구입한 적포도주색 시트로앵 DS 컨버터블이 그를 기다리고 있었다. 그는 책을 조수석에 내려놓고 로마 남서쪽을 향해 차를 몰았다. 그의 집은 알록달록한 풍광이 그림처럼 펼쳐지는 트라스테베레의 산타마리아 광장 뒤, 황갈색 건물의 맨 꼭대기 층이었다. 그는 넓은 일반 아파트를 로프트로 개조해 아틀리에로 사용하고 있었다. 은신처로 들어서니 강한 조명(작업을 위해서는 조도를 최대로 높여야 한다)이 바닥으로 쏟아져 눈이 부셨다. 그는 스위치를 눌러 조도를 은은하게 낮추었다. 썰렁한 집 안에서는 사람 사는 분위기가 느껴지지 않았다. 아틀리에 한가운데에 둥그런 유리가 달린 큼지막한 벽난로 하나가 덩그러니 놓여있을 뿐이었다. 작업용 나무 테이블들이 여기저기 비치돼 있고, 크기가 제각각인 붓들, 페인트 롤러들, 무두장이들이 쓰는 스크레이퍼들, 양봉가들이 사용하는 칼들 그리고 페인트 통 수십 개가 어지러이 널려 있었다. 그러나 아기 침대도, 책장도, 소파도, TV도 없는 휑한 공간이었다.

루카는 최근에 작업한 그림들을 들여다보았다. 모두 모노크롬 작품들이었다. 흰색 바탕을 잘라내고, 파내고, 도도록하게 올리고, 솔질을 해 다양하고 독창적인 방법으로 빛의 입체감을 표현한 작품들이었다. 그의 작품들은 수집가들 사이에서 인기가 높아 비싼 값에 거래되고 있었지만, 그는 이런 세간의 후한 평가를 곧이곧대로 믿는 사람은 아니었다. 상업적으로 성공하고 비평가들로부터 호평을 받는다고 해서 자신이 재능 있는 화가라고 생각한 적은 없었다. 그는 자신의 그림이 팔리는 것은 소비 만능 풍조와 물신주의에 질리고, 소음과 속도에 찌든 시대를 사는 사람들이 자신의 작품을 통해 조금이나마 정화된 느낌을 받고 위안을 얻으려 하는 것일 뿐이라 판단하고 있었다.

루카는 재킷을 벗어들고 앉아 에셀 코프만의 인생이 담긴 사진들을 보고 있자니 가슴이 저릿했다. 그의 삶에서는 환상이 사라진 지 이미 오래였다. 그런데 오늘 밤, 초콜릿 수플레가 미치도록 먹고 싶었다.

31. 로마의 거리들

당신이 약점을 보여도 상대가 그것을 이용해 이득을 취하지 않아야
당신이 그에게서 진정으로 사랑받는 것이다.

_체사레 파베제

파리

9월 14일-9월 24일

빌리의 병이 위중했지만 수술을 앞둔 2주일 동안은 우리 '커플'에게
그야말로 꿈같은 시간이었다. 내 소설은 잘 써지고 있었다. 창작열을
되찾은 나는 매일이다시피 신들린 사람처럼 밤새워 글을 썼다. 나는 빌
리가 살아갈 온화하고 행복한 존재 조건을 만들어주려고 애를 썼다. 컴
퓨터 앞에 앉아 그녀가 항상 꿈꿔오던 삶, 환멸과 상처, 내면의 악마들
이 모두 사라진 평온한 삶을 스크린 위에 써나갔다.

대개 나는 동이 틀 때까지 글을 쓰고 회전식 브러시가 장착된 대형 청
소차들이 생제르맹 거리의 인도에 물을 뿌리기 시작하는 새벽 시간에
집 밖으로 나왔다. 부치 거리의 비스트로에 들어가 카운터에 앉아 하루
를 여는 첫 커피를 마시고, 파사쥐 도핀느의 빵 가게에 들러 입 안에서
살살 녹는 노릇노릇한 쇼송오폼므(일종의 애플파이)를 샀다. 그리고

나서 퓌르스탕베르 광장에 있는 우리의 보금자리로 돌아와 라디오를 틀어놓고 카페오레를 두 잔 만들었다. 빌리가 하품을 하며 방에서 나오면 우리는 작은 광장이 내려다보이는 미국식 주방의 카운터에 팔을 괴고 앉아 아침을 먹었다. 그녀는 프랑스 버라이어티 프로그램들을 보면서 배운 노래들을 흥얼거리며 가사의 뜻을 이해하려 애썼다. 나는 얼굴을 향해 강하게 쏟아지는 아침 햇살을 맞으며 눈을 찌푸리는 그녀를 사랑스럽게 바라보면서 입꼬리에 붙은 퍼프 페이스트리 부스러기를 떼어 주었다.

아침을 먹고 나면 나는 다시 글을 썼고, 빌리는 책을 읽으면서 오전 시간을 보냈다. 빌리가 노트르담 성당 근처에서 영어책 서점을 하나 발견했다며 그녀가 필독해야 할 소설 리스트를 적어달라고 했다.

빌리는 스타인벡에서 디킨스, 샐린저까지 내가 청소년 시절 감동적으로 읽었던 몇 권의 소설을 2주 동안 탐독하면서 중간중간 메모도 하고, 나에게 작가의 삶에 대해 묻기도 하고, 마음에 와닿는 구절을 발견하면 종이에 옮겨 적기도 했다.

오후가 되면 나는 몇 시간 동안 눈을 붙이고 나서 빌리를 데리고 자주 크리스틴느 거리의 작은 극장으로 갔다. 제목조차 생소한 영화의 고전들 〈천국의 사도(Heaven Can Wait)〉, 〈7년 만의 외출(The Seven Year Itch)〉, 〈모퉁이 가게(The Shop Around the Corner)〉 등을 접하며 그녀는 영화의 세계에 새롭게 눈을 뜨게 되었다.

영화관에서 나온 우리는 휘핑크림을 얹은 핫 초콜릿 잔을 앞에 두고 영화 한 편을 거의 새로 찍다시피 열심히 해부해가며 열변을 토했다. 내 입에서 간혹 이해하지 못하는 얘기가 나오면 그녀는 즉시 노트를 꺼내 적었다. 나는 헨리 히긴즈, 그녀는 일라이자 둘리틀(조지 버나드 쇼의 희곡 〈피그말리온〉의 두 남녀 주인공)인 셈이었고, 우리는 정말 행복했다.

저녁이 되면 우리는 빌려 지내던 아파트의 작은 서가에서 발견한 낡은 요리책을 펼쳐 놓고 몇 가지 요리법을 따라 해보았다. 그 결과 그럭저럭 먹을 만한 방케트 드 보, 카네트 오 푸와르, 폴렌타 오 시트롱이 탄생했고, 꿀과 백리향으로 재운 수리 다뇨는 우리가 만든 최고의 성공작이었다.

그렇게 보낸 2주 동안 나는 빌리에게서 전혀 새로운 면을 발견했다. 똑똑하고 신중하고 배우고자 하는 의지로 가득한 그녀의 모습……. 무엇보다 나는 그녀를 향한 전에 없던 감정들 때문에 혼란스러웠다.

저녁을 먹고 나서 내가 낮 동안 쓴 글들을 빌리에게 보여주면, 밤늦도록 대화가 이어졌다. 우리는 거실에 놓인 크레덴자 안에서 윌리엄 배로 만든 오드비의 먹다 남은 병을 찾아냈다. 반쯤 지워진 술병 라벨에 아르데슈 북부 지방의 소규모 생산업자가 '철저하게 전통적인 증류 방식을 거쳐' 제조한 술이라는 설명이 희미하게 남아 있었다.

우리는 시음 첫날 밤, 싸구려 독주가 들어가자 목이 타는 것 같아 도저히 못 마시겠다며 혹평을 했다. 그러나 둘째 날 밤, 우리는 또 한 잔을 들이켰다. 셋째 날 밤에는 우리 입에서 '그럭저럭 괜찮네.'라는 평이, 넷째 날 밤에는 '정말 맛이 기막히네.'라는 찬사가 흘러나왔다.

브랜디는 그렇게 우리의 의식의 필수 요소로 자리 잡았다. 술이 들어가고 억제되었던 감정이 분출되면서 우리 사이에는 허심탄회한 대화가 오갔다. 빌리는 내게 자신의 어린 시절, 암울했던 사춘기, 항상 덧없이 끝나는 연애에 매달리게 만들던 가슴 깊은 고독에 대해 털어놓았다. 그녀는 내게 한 번도 자신을 깊이 존중하고 사랑해주는 남자를 만나지 못한 괴로움, 미래에 대한 희망, 행복한 가정을 이루고 싶은 열망을 솔직하게 이야기했다.

빌리는 술기운이 오르면 끝도 없이 주저리주저리 이야기를 늘어놓았다. 집주인의 33RPM 턴테이블에서 흘러나오는 노랫소리를 들으며 가사의 뜻을 헤아려보려 애를 쓰다가는 어느새 소파에서 그냥 잠이 들었다. 전축에서는 호주머니에 담배를 한 개비 꽂은 백발의 시인*이 부르는 노래가 흘러나왔다.

'시간이 흐르면 모두 사라지지…… 열정은 잊혀지고, 가난한 영혼들이 그대에게 나지막이 속삭이던 목소리도 잊혀지지. 너무 늦지 말라던, 감기에 걸리면 안 된다던…….'

나는 빌리를 방에 올려다 눕히고 다시 거실로 내려와 컴퓨터 앞에 앉았다. 그때부터 고독한 창작의 밤이 시작되었다. 희열에 넘치면서도 고통스럽기 그지없는 시간들이었다. 내가 빌리를 위해 써 내려가고 있는 행복의 시간들, 그 시간들을 그녀가 나 없이, 내가 만들어냈지만 내가 존재할 수 없는 세계에서, 내가 가장 증오하는 인간과 함께 보내게 될 것이라 생각하니 가슴이 찢어졌다.

빌리가 내 인생에 등장하기 전만 해도 잭이라는 인물은 그저 내가 거북하게 생각하고 증오해 마지않는 남성성의 이미지를 부각시키기 위해 만들어낸 허구의 인물에 불과했다. 그는 나와 정반대의 생각을 가졌고, 내가 극도로 혐오하는 대표적인 남성상이었다.

40대 초반의 나이에 훤칠한 미남인 잭은 유명 보험회사에서 부국장

*가수 레오 페레를 지칭함

으로 일하고 있었다. 아주 이른 나이에 결혼해 아이를 둘이나 둔 그는 늘상 바람을 피우면서도 양심의 가책을 느끼지 않았고, 그의 아내는 남편의 바람기를 체념하듯 받아들이며 살았다. 그는 자신감이 넘치는 데다 입담이 좋고 여자의 심리를 훤히 꿰뚫었다. 아무리 처음 만난 여자라도 그의 앞에서는 금세 경계심을 풀게 만드는 재주가 있었다. 그는 의도적으로 남성우월주의적인 언행을 일삼아 거칠고 남성적인 자신의 이미지를 상대 여자에게 각인시켰다. 그러나 정작 마음에 쏙 드는 여자다 싶으면 극도로 부드럽고 섬세한 남자로 돌변해 여자들을 혼란스럽게 만들었다.

여자들은 잭의 서로 상반되는 이미지에 홀딱 넘어가 그가 자신에게만 특별 대접을 해준다는 도취에 젖곤 했다. 그러나 일단 정복에 성공하고 나면 잭은 에고이스트적인 본색을 드러냈다. 상대의 마음을 요리하는데 능한 그는 항상 피해자인 척하며 어떤 상황이든 자기 쪽에 유리하게 만들었다. 둘의 관계에 회의감이 들면 모진 말로 애인을 업신여기고 상처를 주어 떼어냈다. 잭은 상대 여자의 약점을 교묘히 찾아내어 자기 손에 넣고 쥐락펴락하는 데는 남다른 재주가 있었다.

잭에게 유혹당한 여자들의 가슴에는 언제나 치유할 수 없는 상처만이 남았다. 이제 그런 변태이자 나르시시스트인 잭의 손아귀로 빌리를 돌려보내야 하는 것이었다. 어쩌다 몹쓸 인간을 사랑하게 된 빌리는 언젠가 내게 둘이 함께 삶을 일구어갈 수 있게 해달라고 간절히 부탁한 적이 있었다.

등장인물의 인성을 하루아침에 바꾸어놓을 수도 없으니, 결과적으로 나는 내가 판 함정에 스스로 빠져드는 꼴이 된 셈이었다. 소설을 쓰는 작가가 신은 아니지 않은가. 픽션에도 나름대로의 법칙이 있기 마련인데, 그 천하의 개망나니 같은 잭을 3권에서 갑자기 훌륭한 사윗감으로 바꿔 놓을 수는 없지 않은가.

결국 나는 밤마다 살짝살짝 백 페달을 밟듯 잭이라는 캐릭터에 은근한 변화를 주기 시작해 조금씩 인간적인 모습으로 바꾸어 갔다. 이야기가 전개될수록 상종 못할 인간이던 잭의 성격은 차츰 변해 갔다. 그러나 다분히 인위적인 캐릭터의 변화를 이루었지만 내게 잭은 여전히 잭이었다. 그는 내가 세상에서 가장 혐오하는 인간, 운명의 장난으로 내가 어쩔 수 없이 빌리를 내줄 수밖에 없는 인간일 뿐이었다. 내가 막 사랑하기 시작한 여자를……

캘리포니아, 퍼시픽 펠리세이즈
9월 15일
오전 9시 1분
"경찰입니다. 문 열어요, 롬바르도 씨!"

겨우 눈을 비비며 잠에서 깬 밀로가 몸을 비척거리며 침대에서 내려왔다. 간밤에 캐롤과 함께 밤늦게까지 컴퓨터 앞에 앉아 있었던 탓이었다. 사라진 파본을 찾기 위해 온라인 도서 판매 사이트들과 포럼들을 이 잡듯이 뒤졌지만 전혀 소득이 없었다. 가능한 곳에는 게시판에 글을 남기고, 이메일 알림 서비스도 신청해놓았다. 문학이나 도서 판매와 조금이라도 연관이 있는 이탈리아 사이트들까지 일일이 뒤져야 하는 지루하고 소모적인 일이었다.

"경찰입니다. 문 열어요, 안 열면……"

밀로가 문틈으로 빠끔 얼굴을 내밀었다. 보안관 사무실 소속 아일랜드계 경찰이었다. 초록색 눈동자에 갈색 머리, 아담한 몸매의 매력적인 여경은 흡사 테레사 리스본*을 연상시켰다.

"안녕하십니까? 캘리포니아 보안관 유닛 소속 캐런 캘런입니다. 강제 퇴거를 집행하라는 명령을 받고 왔습니다."

밀로가 베란다로 나가 보니 이사 업체 트럭 한 대가 집 앞에 서 있었다.

"아니 이게 무슨 자다가 봉창 두드리는 소리야?"

"순순히 협조하세요."

경찰이 협박조로 나오기 시작했다.

"지난 몇 주 동안 은행에서 여러 차례 최고장을 발송했을 겁니다."

벌써 이삿짐 업체 인부 두 사람이 현관 앞까지 올라와 집을 비우라는 명령이 떨어지기만 기다리고 있었다.

"그것 말고도 여기."

경찰이 그에게 봉투를 하나 내밀었다.

"압류 대상 물품을 사취한 혐의가 인정되니 법원에 출두하라는 소환장입니다."

"그 물품이라는 게……."

"……롬바르도 씨가 저당 잡힌 부가티 자동차를 지칭하는 게 맞습니다."

여 보안관이 고개를 한 번 까딱 움직여 신호를 보내자 '싹쓸이'를 맡은 용역업체 직원 두 명이 채 삼십 분도 안 돼 집 안의 모든 가구를 밖으로 들어냈다.

"이 정도는 앞으로 세무 당국을 상대할 일에 비하면 아무것도 아니죠."

*미국 범죄 드라마 〈멘털리스트〉에 경찰로 등장하는 인물

여 보안관이 사디스트 같은 저주의 말을 퍼부으며 차 문을 쾅 닫았다.

밀로는 여행 가방만 하나 달랑 든 채 혼자 보도에 남겨졌다. 문득 이제는 밤이슬을 피할 곳조차 없다는 생각이 들었다. 그는 갈 곳을 모른 채 흠씬 얻어터진 권투 선수마냥 길 위를 비척비척 걸었다.

3달 전에 부하 직원 두 명을 해고하면서 다운타운에 있는 사무실도 다 정리한 상태였다. 이제 밀로는 직장도, 집도, 차도, 아무것도 없는 신세가 되었다. 결국 다 잘될 것이라는 허황된 희망을 품은 채 너무 오랫동안 현실을 직시하지 못했던 게 문제였다. 이제 냉엄한 현실이 그에게 제대로 인생의 쓴맛을 보여주고 있었다. 아침 햇살을 받은 밀로의 어깨 위 문신들이 살아 꿈틀거리듯 번쩍였다. 그 과거의 자취들이 한때 완전히 벗어났다고 믿었던 길거리, 패싸움과 폭력이 난무하는 비참한 지역으로 그를 다시 끌어들이고 있었다.

밀로는 요란한 경찰차의 사이렌 소리에 정신이 번쩍 들었다. 달아나고 싶은 마음으로 뒤를 돌아보았던 그는 겨우 마음을 놓았다.

캐롤이었다.

즉시 상황을 간파한 캐롤은 분위기가 어색해지기 전에 밀로의 여행 가방을 번쩍 들어 올려 타고 온 순찰차 뒷좌석에 실었다.

"우리 집에 아주 편리한 소파 베드가 하나 있어. 하지만 놀고먹으면서 빈대처럼 살 생각은 꿈에도 하지 마. 오래전부터 거실 벽지를 뜯어내고 새로 바르고 싶었어. 주방 벽에 페인트칠도 다시 해야 하고, 샤워 부스 이음새 부분에 실리콘도 다시 발라야 해. 욕실 수도꼭지에 물도 새고, 물때가 낀 것도 닦아야 하고, 아무튼 할 일이 태산이야. 네가 집에서 쫓겨난 게 나한테는 아주 잘된 일인지도 모른다니까."

밀로가 살며시 고개를 끄덕여 고마움을 표시했다.

직장도, 집도, 차도 없을지 모르지만 그에게는 캐롤이 있었다. 다 잃었지만 아직 가장 소중한 게 남아 있었다.

로마

트라스테베레

9월 23일

루카 바르톨레티는 한적한 골목길의 아담한 식당으로 들어갔다. 옛날 가구들이 군데군데 놓인 식당에서는 로마 스타일의 소박한 가정식을 팔고 있었다. 체크무늬 식탁보를 깐 테이블에서 스파게티를 먹고, 카라페에 담긴 와인을 병째로 마시는 곳이었다.

"지오바니!"

루카는 큰 소리로 이름을 불렀다.

홀 안은 텅 비어 있었다. 오전 10시밖에 되지 않았는데 벌써 구수한 빵 냄새가 실내를 떠돌았다. 부모님이 40년 넘게 운영했던 식당을 이제는 동생이 맡아 운영하고 있었다.

"지오바니!"

문턱에 검은 실루엣이 하나 나타났다. 동생은 아니었다.

"왜 그렇게 소리를 지르니?"

"잘 지내셨어요, 엄마."

"너도 잘 지냈니?"

입맞춤도, 포옹도, 살가운 기운도 없었다.

"지오바니는 어디 갔어요?"

"네 동생은 지금 식당에 없다. 마르첼로 집에 피스치알란드레아*를 사러 갔어."

"그럼, 기다리죠 뭐."

두 사람만 있을 때는 늘 그렇듯 힐책과 원망이 뒤섞인 무거운 침묵이 흘렀다. 모자는 자주 얼굴을 보는 적도 말을 하는 적도 없었다. 루카는 오랫동안 뉴욕 생활을 하다가 이혼을 하고 이탈리아로 돌아온 후에도 밀라노에서 살다가 가족들이 있는 로마로 돌아온 지 얼마 되지 않았다.

루카가 어색한 분위기를 깨려고 카운터 뒤로 돌아가 에스프레소를 한 잔 만들었다. 그는 아주 '가정적인' 사람은 아니었다. 일 핑계를 대고 가족들의 세례식, 결혼식, 영성 체식, 한없이 늘어지는 일요일 점심 식사 자리에는 빠지는 때가 많았다. 하지만 그는 자기 나름의 방식으로 가족들을 무척이나 아끼는 사람이었고, 가족들과 제대로 소통하지 못하는 걸 늘 안타깝게 여기고 있었다.

어머니는 아들의 그림을 이해하지 못했다. 그녀에게 아들의 성공은 불가사의한 현상일 뿐이었다. 그녀는 사람들이 단색으로 그린 아들의 그림들을 수만 유로씩이나 주고 사 가는 까닭을 도저히 이해할 수 없었다.

루카는 어머니가 자신을 일종의 사기꾼으로 취급한다는 걸 알고 있었다. '땀 흘려 일하지도' 않고 안락한 생활을 영위하는 머리 좋은 사기꾼. 그런 오해가 두 사람을 조금은 불편한 관계로 만들었다.

"딸아이 소식은 좀 들었니?"

노파가 먼저 물었다.

*피자와 파이의 중간 형태로 피자와 달리 토마토와 치즈가 들어가지 않은 게 특징이다. 프랑스의 피살라디에르를 이탈리아식으로 변형시킨 요리

"이번에 뉴욕에서 고등학교에 들어갔어요."

"한 번도 안 만났어?"

"자주 만날 수 없어요. 아이 엄마가 양육권을 갖고 있다는 거 아시잖아요?"

"아이를 더러 만나긴 해도 부녀 관계가 썩 살갑지는 않겠구나, 그렇지?"

"이제 그만하세요, 엄마. 그런 쓸데없는 얘기나 들으러 온 게 아니니까."

루카가 벌떡 일어나 출입문을 향해 걸어갔다.

"얘야, 잠깐!"

루카가 문 앞에 멈춰 서서 뒤를 돌아보았다.

"네 얼굴에 수심이 가득하구나."

"뭐든 내가 알아서 해요."

"지오바니한테는 무슨 볼일로 온 거니?"

"사진을 보관하고 있는지 물어보려고요."

"사진? 넌 사진을 찍는 애가 아니었어. 넌 거추장스러운 추억 따위는 간직하고 싶지 않다고 입버릇처럼 말했잖아."

"사람 힘 빼는 소리를 골라 해줘서 고마워요, 엄마."

"어떤 사진을 찾는데 그래?"

루카는 슬쩍 대화를 피했다.

"지오바니에게 나중에 들르겠다고 해주세요."

루카가 문을 열고 나가려 하자 엄마가 아들에게 다가와 옷소매를 잡았다.

"넌 사는 게 네 그림들하고 똑같이 돼버렸어. 메마르고 텅 빈 단색 그림처럼……."

"그건 엄마 생각이겠죠."

"하지만 내 말이 진실이라는 걸 너도 잘 알잖니?"

노파가 쓸쓸하게 말했다.

"가볼게요, 엄마."

루카는 문을 닫고 식당을 나섰다.

노파는 어깨를 으쓱 추어올리고 주방으로 돌아갔다. 타일을 덧붙인 낡은 나무 조리대 위에 아들 루카에 대한 찬사가 가득한 〈라 레푸블리카〉지의 신문기사가 펼쳐져 있었다. 그녀는 기사를 마저 읽고 가위로 오려 수년 동안 아들에 대한 언론기사를 빼놓지 않고 스크랩해 넣어둔 큼지막한 파일 캐비닛 안에 넣었다.

루카는 집으로 돌아왔다. 아틀리에 중앙에 있는 커다란 벽난로에 붓을 불쏘시개 삼아 집어넣고 불을 지폈다. 불이 붙은 것을 본 루카는 아틀리에 여기저기에 흩어져 있는 그림들을 주섬주섬 그러모으기 시작했다. 그는 완성 작품과 미완성 작품을 가리지 않고 모두 그러모아 빠짐없이 화이트 스피릿을 뿌린 다음 벽난로 속으로 던져 넣었다.

'넌 사는 게 네 그림들하고 똑같이 돼버렸어. 메마르고 텅 빈 단색 그림처럼……'

그림들이 불타는 모습을 넋을 잃고 보던 그는 연기가 되어 사라지는 그림들 앞에서 해방감을 느꼈다.

초인종이 울렸다. 창문을 통해 밖을 내려다보니 등이 굽은 어머니의 실루엣이 보였다. 달려 내려가 문을 열어 보았지만 어머니는 이미 사라졌고, 대신 큼직한 봉투 하나가 우편함에 꽂혀 있었다. 그는 미간을 찌푸리며 그 자리에서 봉투를 뜯었다. 그가 동생에게 부탁하려던 사진들과 서류들이 그 속에 고스란히 들어 있었다.

어머니가 어떻게 알았을까?

루카는 다시 아틀리에로 올라가 작업대 위에 먼 옛날의 추억을 펼쳐 놓았다.

1980년 여름 : 그의 나이 열여덟 살. 베네레 항구에 살던 어부의 딸 스텔라, 첫사랑과의 첫 만남. 작고 비좁은 형형색색의 집들이 바다를 마주 보고 병풍처럼 서 있는 항구를 스텔라와 산책하던 일. 작은 만에서 그녀와 함께 수영하던 일.

그 해 크리스마스 : 로마의 거리를 함께 걷는 그와 스텔라. 그들의 사랑은 바캉스 철 반짝 사랑이 아니었다.

1981년 여름 : 시에나에 있는 한 호텔의 숙박료 영수증. 그녀와 처음으로 사랑을 나눈 밤.

1982년 : 한 해 동안 그들이 주고받은 수많은 연애편지들. 약속, 계획, 격정, 인생의 소용돌이.

1983년 : 스텔라한테서 받은 생일 선물. 그녀가 사르데냐섬에서 산 나침반과 바닥에 새겨진 '삶이 항상 너를 내게로 되돌려보내 주길'이라는 문구.

1984년 : 첫 번째 미국 여행. 금문교 다리 위에서 자전거를 타고 서 있는 스텔라의 모습. 알카트레즈섬으로 가는 페리를 뒤덮은 안개. 로리의 식당에서 먹은 햄버거와 밀크셰이크.

1985년 : 웃음들, 맞잡은 두 손, 다이아몬드 방패가 지켜주는 단단한 커플.

1986년 : 그가 처음으로 그림을 팔던 해.

1987년 : 아기를 가져볼까, 아님 조금 더 있다가? 처음으로 찾아온 회의.

1988년 : 방향을 잃은 나침반.

루카의 **뺨** 위로 눈물이 소리 없이 흘러내렸다.

빌어먹을! 그렇다고 찔찔 짤 것까진 없잖아.

루카는 스물여덟에 스텔라와 헤어졌다. 그의 삶이 삐걱거렸던 혼란의 시기에……. 그는 작품 세계의 중심을 잡지 못한 채 방황했고, 두 사람의 관계가 가장 먼저 갈등과 방황의 희생양이 되었다.

어느 날 아침, 루카는 오늘과 똑같이 그동안 작업한 작품들을 모조리 불태웠다. 그러고 나서 도망치듯 로마를 떠났다. 오로지 그림만을 생각한 그는 가족에게도 온다 간다 말도 없이 사라졌다. 그는 맨해튼에 거처를 정하고 나서 그때까지 해왔던 구상미술을 버리고 스타일을 바꿔 전혀 새로운 작업에 착수했다. 그는 극도로 정화된 미술 형식을 추구하며 흰색이 주조를 이루는 모노크롬 회화 작품들만 그렸다. 그는 자신의 그림을 세상에 알려 성공의 문을 열어준 수완이 뛰어난 화랑 여주인과 결혼해 딸까지 얻었지만 몇 년 후 이혼했다. 하지만 그녀와 이혼한 뒤에도 사업상의 관계는 계속 유지해오고 있었다.

그 후 동생 지오바니를 통해 스텔라가 고향으로 돌아갔다는 얘기를 전해들었을 뿐 한 번도 그녀를 만난 적은 없었다.

왜 오늘따라 이렇게 옛일이 떠오르는 걸까?

아직 끝나지 않은 일이기 때문일지도 모른다.

로마

배빙턴의 티 룸

두 시간 뒤

찻집은 〈트리니타 데이 몬티 성당〉의 널따란 계단 아래에 있는 스페인 광장에 자리하고 있었다.

루카는 찻집 구석의 작은 테이블에 앉았다. 예전에 스텔라와 함께 늘 앉던 자리였다. 그곳은 로마에서 가장 오래된 찻집이었다. 120년 전, 차를 약국에서 팔던 시절에 영국 출신 여자 둘이서 처음으로 로마에 문을 연 찻집.

19세기에 처음 문을 열 때와 인테리어가 하나도 달라지지 않은 이곳에 오면 로마 속의 영국 영토로 들어선 듯한 느낌이었다. 전형적인 지중해 도시인 로마 한가운데에 자리 잡고 있지만 영국적인 매력을 흠씬 풍기는 멋진 카페였다. 징두리 판벽을 두른 실내의 벽을 따라 서 있는 짙은 색 서가에는 다양한 책들과 옛날 다기들이 진열되어 있었다.

루카는 코프만 할머니가 앨범처럼 꾸며놓은 바로 다음 페이지를 펼쳤다. 그녀의 추억들, 그녀가 연결해놓은 인생의 편린들이 그의 마음에 깊은 울림을 남겼던 것이다. 그는 그 책이 마치 과거를 되살리고, 소원을 들어줄 수 있는 마법이라도 지닌 듯 조심스럽게 자신의 사진들을 빈 페이지에 붙이고 그림과 스탬핑 기법을 곁들여 장식했다. 마지막으로 그는 스텔라와 함께 스쿠터를 타고 있는 사진을 붙였다. 1981년, 로마의 여름, 그들이 열아홉 살 때였다. 그때 스텔라는 이런 문구를 편지에 적어 보냈다.

'절대 나를 향한 사랑을 멈추면 안 돼.'

루카는 한참 동안 사진을 들여다보았다. 그는 어느새 쉰을 바라보는 나이가 되어 있었다. 지금까지 경제적으로는 비교적 윤택했고, 만족스러운 삶을 살았다고 자부했다. 여행도 많이 했고, 화가라는 직업으로 생계를 유지하면서 성공도 맛보았으니 그만하면 괜찮은 삶이었다. 그런데 곰곰이 생각해보면 삶이 아직 요동치기 직전, 약속으로 충만하던 그 새파랗게 젊은 시절의 강렬한 마법은 이미 사라진 지 오래였다.

루카는 책을 덮고 표지에 빨간색 라벨을 한 장 붙인 다음 짧게 글을 적었다. 그러고 나서 휴대폰으로 인터넷 북크로싱 사이트에 접속해 간단한 메모를 남겼다. 잠시 후, 그는 아무도 보지 않는 틈을 타 그 책을 서가에 꽂힌 키츠와 셸리의 책 중간에 끼워 넣었다.

광장으로 나온 루카는 일렬로 늘어선 택시들 옆에 세워둔 오토바이로 돌아왔다. 그는 짐받이 위에 여행 가방을 묶어 고정시킨 다음 두카티 오토바이에 올라탔다. 그는 보르게세 공원을 따라 올라가다가 포폴로 광장을 돌아 테베레강을 건넜다. 시동을 끄지 않은 채 동생의 식당 앞에서 잠시 오토바이를 멈춰 세운 그는 헬멧의 얼굴 가리개를 들어 올렸다. 마치 기다리고 있었던 것처럼 어머니가 인도에 나와 서 있었다. 그녀는 가끔 눈길만으로도 사랑이 전해지길 바라며 말없이 아들의 얼굴을 바라보았다.

루카는 속도를 내 로마 시내를 벗어나는 도로로 접어들었다. 그는 어쩌면 아직 늦지 않았을지 모른다는 생각을 하며 베네로 항구를 향해 달렸다.

로스앤젤레스

9월 24일 금요일

오전 7시

티셔츠와 오버올 차림의 밀로가 나무 의자에 올라가 있었다. 그는 롤러를 손에 들고 주방 벽에 석회 칠을 다시 하는 중이었다.

캐롤이 방문을 열고 나와 부엌으로 들어왔다.

"벌써 일을 시작하는 거야?"

"응, 잠이 안 와서."

캐롤이 석회 칠이 된 벽의 상태를 꼼꼼하게 살폈다.

"대충대충 하는 건 아니지?"

"그걸 말이라고 해! 삼 일째 노예처럼 죽어라 일만 하고 있다는 걸 알아둬."

"너, 생각보다 솜씨가 꽤 쓸만하다. 카푸치노 한 잔 만들어줄래?"

캐롤이 거실로 나가 작은 원형 테이블에 앉아 있는 동안 밀로는 커피를 만들었다. 그녀는 시리얼을 보울에 담아 먹고는 컴퓨터를 켜고 이메일을 확인했다.

편지함이 꽉 들어차 있었다. 캐롤은 얼마 전 밀로한테서 지난 3년 동안 인터넷 사이트를 통해 톰에게 메일을 보낸 독자 '커뮤니티'의 이메일 주소 일체를 넘겨받았다. 그런 다음 대량 메일 발송 기능을 이용해 전 세계 독자들에게 수천 통의 메일을 보냈다. 그녀는 메일을 통해 '불량 인쇄'된 《천사 3부작》 2권을 찾고 있다는 사정을 독자들에게 솔직하게 털어놓았다. 그 후 그녀는 독자들로부터 수많은 격려 이메일을 받고 있었다. 그런데 오늘 그녀가 읽기 시작한 메일은 아주 남달랐다.

"밀로, 이것 좀 와서 봐!"

캐롤이 밀로에게 소리를 질렀다.

밀로가 김이 모락모락 나는 커피를 건네며 그녀의 어깨 너머로 메일을 읽기 시작했다. 어느 북크로싱 사이트에서 문제의 책을 보았다는 네티즌의 메일이었다. 메일에 적힌 링크를 클릭하자 금세 한 이탈리아 단체의 웹사이트로 연결되었다. 그 단체는 독서 진흥을 위해 회원들에게 더 많은 사람들이 책을 돌려볼 수 있게 공공장소에서 책을 방출하라 권하고 있었다. '여행하는 책'을 탄생시키는 방법은 아주 간단했다. 방출하고 싶은 책에 코드를 부여한 다음 북크로싱 사이트에 등록하고 나서 방출하면 되었다.

캐롤은 지금 세상을 여행하고 있는 톰의 책에 대한 리스트를 얻기 위해 검색어에 '톰 보이드'를 쳐서 넣었다.

"그래, 이거야!"

밀로가 사진 하나를 가리키며 소리쳤다.

그가 스크린에 얼굴을 바짝 들이대자 캐롤이 그를 밀어냈다.

"어디 나도 좀 보자!"

거의 확실했다. 암청색 가죽 표지에 금빛 별들이 배경으로 그려져 있고, 고딕체 글씨로 소설 제목이 찍혀 있었다.

캐롤이 다시 한번 마우스를 클릭하자 그 책이 로마에 있는 스페인 광장 23번지에 소재한 배빙턴의 티 룸이라는 카페에서 전날 방출되었다는 상세 정보가 올라왔다. 다른 페이지를 열자 luca66이라는 아이디를 사용하는 '방출자'가 작성해 사이트에 올린 모든 정보가 화면에 떴다. 책을 두고 나온 정확한 장소(카페 구석의 서가)와 방출 시간(현지 시각 오후 1시 56분).

"로마로 가야겠어."

캐롤이 즉석에서 결정을 내렸다.

"서두를 것 없어."

밀로가 흥분한 캐롤을 진정시켰다.

"그게 무슨 말이야?"

캐롤이 따지고 들었다.

"톰은 우리만 믿고 있어. 어제 저녁에 통화를 했는데 다시 글을 쓰기 시작했다더라. 빌리는 여전히 목숨이 위험하대."

밀로가 인상을 찡그리며 말했다.

"어차피 너무 늦을 거야. 책이 방출된 지 벌써 몇 시간이나 지났잖아."

"그렇지만 그 사람이 의자나 벤치 같은 곳에 책을 놓아둔 게 아니잖아. 카페의 서가에 꽂힌 다른 책들 사이에 끼워 놓았어. 몇 주일 동안 사람들 눈에 띄지 않을 수도 있어."

밀로의 얼굴을 쳐다보면서 캐롤은 그가 실망을 거듭한 나머지 결국 이 일에 대한 믿음을 잃었다는 걸 눈치챘다.

"넌 마음대로 해. 나 혼자라도 갈 테니까."

캐롤은 한 항공사 사이트에 접속했다. 마침 11시 40분에 로마로 출발하는 비행기 편이 있었다. 예약 양식을 작성하다 보니 탑승객 숫자를 입력해야 했다.

"두 사람으로 적어."

밀로가 고개를 꺾으면서 말했다.

로마

스페인 광장

다음 날

광장 한가운데에 있는 거대한 바르카치아 분수 옆에서 한국인 단체 관광객들이 가이드의 말에 귀를 기울이고 서 있었다.

"스페인 광장은 오랫동안 스페인 영토로 간주되었어요. 이곳에는 몰타 기사단의 세계 본부도 자리하고 있습니다……."

스무 살인 박이슬은 분수 바닥에 고인 투명한 터크와즈 빛 물에서 눈을 떼지 못하고 있었다. 관광객들이 던져 넣은 무수한 동전들이 바닥에 무심하게 깔려 있었다. 그녀는 사람들의 조롱거리가 되기 일쑤인 전형적인 '아시아 단체 관광객'의 일원으로 취급받는 게 딱 질색이었다.

유럽 여러 나라의 수도를 하루에 한 곳씩 돌며 몇 시간씩 기다렸다가 똑같은 장소에서 사진을 박는 구시대적 여행 방식이 그녀는 영 불편했다. 귓속이 윙윙거리고 어질어질하며 몸이 떨려왔다. 많은 사람들 틈에 끼어 있다 보니 더욱 질식할 것 같았다. 당장이라도 주저앉을 것 같은 몸을 간신히 추슬러 겨우 사람들 사이를 빠져나온 그녀는 가장 먼저 눈에 띄는 카페로 들어갔다. 배빙턴의 티 룸, 스페인 광장 23번지였다.

로마

피우미치노 공항

"그러니까, 이 문을 열겠다는 거야, 말겠다는 거야. 빌어먹을!"

밀로가 발끈해서 소리를 질렀다.

밀로는 지금 기내 중앙 통로에 서서 발을 동동 구르고 있었다.

아주 힘들고 먼 여행이었다. 로스앤젤레스를 출발해 샌프란시스코에 기착한 후 다시 프랑크푸르트를 거쳐 이제 겨우 이탈리아 땅에 도착한 것이다. 손목시계를 내려다보니 12시 30분이었다.

"내가 장담하지만 이렇게 늦었다가는 책을 못 찾아."

밀로가 툴툴거렸다.

"우린 완전히 헛고생을 한 거야. 게다가 위가 말라붙었는지 이젠 쪼르륵 소리도 안 날 지경이야. 먹으라고 주는 음식 꼴하고는. 그 많은 돈을 내고 비행기를 탔는데 누구 염장 지르는 것도 아니고 말이야."

"그만 좀 징징거려라. 투덜거리는 것도 한두 번이지 그놈의 불평불만 더는 못 들어주겠다. 이제 너란 인간은 정말 지긋지긋해."

캐롤에게 동의를 표하는 소리가 긴 줄 여기저기서 터져 나왔다.

드디어 탑승구가 열리고 승객들이 내리기 시작했다.

캐롤은 상행 에스컬레이터를 반대 방향으로 걸어 내려가 택시 승차장으로 정신없이 뛰었고, 밀로가 풀이 죽은 채 그 뒤를 따라갔다. 그런데 택시를 기다리는 줄이 너무 길었고, 빈 택시가 승차장으로 들어오는 속도도 무지하게 더뎠다.

"내가 이럴 거라 했잖아."

캐롤은 밀로의 말에는 대꾸도 하지 않고 경찰 신분증을 꺼내 들더니 줄 맨 앞으로 걸어가기 시작했다. 그녀가 승객들에게 택시를 배차하고 있는 공항 직원에게 마치 암행어사의 마패라도 되는 양 엄숙하게 경찰 신분증을 내밀었다.

"American Police! We need a car, right now. It's a matter of life or death!"

바보같이. 씨도 안 먹힐 말을.

밀로가 고개를 절레절레 저었지만 그의 예상은 보기 좋게 빗나갔다. 남자가 꼬치꼬치 따져 묻지도 않고, 어깨를 한번 으쓱 추어올렸다. 그러고 나서 단 몇 초 후 그들은 택시 안에 앉아 있었다.

"스페인 광장으로 가주세요. 배빙턴의 티 룸 앞으로."

캐롤이 택시 기사에게 말했다.

"후딱 좀 갑시다!"

밀로가 한마디 덧붙였다.

로마

배빙턴의 티 룸

한국에서 온 여대생 박이슬은 찻집 구석의 작은 테이블에 앉았다. 그녀는 커다란 찻잔에 담긴 차와 함께 휘핑크림을 얹은 머핀을 손으로 조금씩 떼어 먹고 있었다. 로마가 정말 마음에 들긴 했지만 지금과는 다른 방식으로 도시를 느껴보고 싶었다. 시간을 가지고 여유 있게 골목골목을 거닐어 보고, 새로운 문화에 섞여도 보고, 사람들과 얘기도 나누고, 수시로 시계를 쳐다보지 않고 햇살이 가득한 카페테라스에 느긋하게 앉아도 보고, 동행하는 사람들의 분위기에 떠밀려 수시로 카메라 셔터를 눌러대야 한다는 압박감도 떨쳐버리고 싶었다.

박이슬은 찻잔을 들다 시계가 아니라 휴대폰 화면을 내려다보았다. 여전히 짐보가 보낸 메시지는 없었다. 이탈리아 시간으로 오후 1시니까 뉴욕 시간으로는 아침 7시일 것이다. 아직 자고 있을지도 모르는 일이었다. 그런데 닷새가 지났는데도 전화 한 통 없는 건 고사하고 그녀가 수십 번 메일을 보내고 문자를 보내도 전혀 응답이 없었다.

어떻게 된 걸까?

지난 한 달 동안 짐보와 뉴욕에서 꿈결 같은 시간을 함께 보냈다. 그녀는 여름방학을 이용해 뉴욕대학에서 연수를 하던 중 같은 대학에서 영화를 전공하는 미국인 친구 짐보를 사귀게 되었다. 그 후 그녀는 마치 마법에 걸린 것 같은 시간을 보냈다. 지난 화요일, 짐보는 다른 한국 관광객들과 함께 단체로 로마행 비행기에 탑승할 예정이었던 그녀를 공항까지 데려다주면서 매일 전화하자고, 서로 떨어져 있어도 사랑하는 마음 변치 말자고, 가능하면 크리스마스에 다시 만나자고 했었다. 그러나 달콤한 약속을 했던 그에게서는 소식 한번 없었고, 그녀의 가슴은 찢어지듯 아려 왔다.

이슬은 찻값으로 10유로를 테이블 위에 올려놓았다. 아름다운 목재 내장재와 고급스러운 느낌의 서가로 실내를 꾸민 이 찻집은 정말로 사람의 눈길을 끄는 곳이었다. 도서관에 온 것 같은 착각이 들 정도였다. 그녀는 자리에서 일어나 선반에 꽂힌 책들을 쭉 훑어보기 시작했다. 대학에서 영문학을 전공하는 그녀의 눈에 진심으로 숭배해 마지않는 작가들의 이름이 보였다. 제인 오스틴, 셸리, 존 키츠, 그리고…….

이슬은 미간을 모으며 다른 책들 틈에 어색하게 끼어 있는 책 한 권을 발견했다.

톰 보이드?

19세기 시인은 아닌 것 같은데!

선반에서 책을 꺼내 보니 표지에 빨간색 라벨이 붙어 있었다. 그녀는 순간 호기심이 일어 조용히 차를 마셨던 테이블로 다시 돌아가 책을 좀 더 자세히 들여다보았다.

스티커 라벨 위에 적힌 특이한 문구가 눈에 띄었다.

안녕하세요. 저는 길을 잃은 게 아니에요. 저는 무료랍니다. 저는 다른 책들과는 좀 다릅니다. 앞으로 세상을 돌며 여행을 하게 될 테니까요. 저를 주저 없이 들고 가서 읽으세요. 그런 다음 다시 공공장소에 놓아주세요.

흠!

이슬은 조금은 회의적이었다. 그녀는 라벨을 떼어내고 책장을 넘기다 인쇄가 안 된 백지들에 다른 사람들이 지금까지 살아온 인생을 기록해놓은 것들을 읽게 되었다. 가슴이 뭉클했다. 책이 마치 자석이라도 되듯 강한 끌림을 느꼈다. 라벨에는 분명 무료라 적혔지만 선뜻 집어 가방에 넣기까지는 한참이나 시간이 걸렸다.

로마
배빙턴의 티 룸
5분 뒤

"저기다!"

밀로가 찻집 구석에 있는 서가를 가리키며 소리쳤다.

찻집 안에 있던 손님들과 여자 웨이터들이 깜짝 놀라 미련이 담벼락을 뚫을 것 같은 남자를 향해 일제히 시선을 돌렸다. 그가 번개처럼 달려가 흥분한 상태로 선반을 뒤지다 100년 된 다기를 툭 치는 바람에 다기가 공중에서 빙그르르 맴을 돌았다. 쏜살같이 달려간 캐롤이 다기가 땅에 떨어지기 직전 가까스로 손에 잡았다.

"키츠와 셸리의 책 사이라고 했어."

캐롤이 정확한 위치를 밀로에게 일러주었다.

됐어. 목표가 바로 눈앞에 있어. 제인 오스틴, 키츠, 셸리……. 그런데 톰의 책은 어디 있지?

"빌어먹을!"

밀로가 소리를 지르며 목재 징두리 판벽을 주먹으로 세게 쳤다.

혹시나 하는 마음으로 다른 선반을 뒤지기 시작한 캐롤에게 찻집 매니저가 다가와 경찰을 부르겠다고 위협했다. 그제야 흥분을 가라앉힌 밀로가 매니저에게 정중히 사과했다. 매니저와 한창 대화 중이던 그의 시야에 빈 테이블 위의 머핀 접시가 들어왔다. 휘핑크림이 잔뜩 묻은 머핀 조각. 그는 알 수 없는 예감에 사로잡혀 테이블을 향해 급히 걸어갔다. 니스 칠이 된 벤치형 의자에 진홍색 포스트잇이 한 장 붙어 있었다. 메모를 순식간에 읽어 내려가던 밀로의 입에서 긴 한숨이 새어 나왔다.

"딱 5분 차이로 놓쳤어."

밀로가 캐롤을 향해 라벨을 흔들어 보였다.

32. 눈에는 눈 이에는 이

진정한 용기라고 하면, 네가 엽총 든 남자부터 떠올리지 않았으면 한다.
진정한 용기는 상처투성이로 출발한다는 걸 잘 알면서도 멈추지 않고 전진하는 거란다.
_하퍼 리

브르타뉴 지방

피니스테르 남부

9월 25일 토요일

햇살이 가득한 레스토랑 테라스에서는 오디에르느만이 내려다보였
다. 날씨가 훨씬 춥긴 하지만 브르타뉴 해안도 멕시코 해안만큼 아름다
웠다.

"푸우, 엉덩이가 다 얼겠네."

빌리가 몸을 덜덜 떨며 윈드브레이커의 지퍼를 위로 올렸다.

그녀의 수술이 오는 월요일로 잡혀 있어 우리는 그 전에 기분전환도
할 겸 파리에서 멀리 떨어진 휴양지에서 푹 쉬며 주말을 보내기로 했다.
골치 아픈 일은 나중에 생각하기로 하고 나는 수중에 남아 있던 돈으로
자동차를 빌리고 셍섬이 마주 보이는 플로고프 부근에 작은 집을 한 채
빌렸다.

웨이터가 멋지게 폼을 잡으며 테이블 중간에 우리가 주문한 해산물 요리를 내려놓았다.

"안 먹어요?"

빌리가 놀란 표정으로 물었다.

나는 굴, 성게, 스캠피 새우, 대합이 골고루 섞인 접시를 떨떠름한 표정으로 내려다보며 머릿속에 베이컨 햄버거를 떠올렸다.

그러다 마지못해 스캠피 새우 하나를 손에 들고 껍질을 벗겼다.

"그래야 진짜 남자지, 암."

빌리가 농담을 하며 내게 레몬을 살짝 짜 즙을 뿌린 굴을 하나 내밀었다.

"먹어봐요, 둘이 먹다 하나가 죽어도 모르는 맛이니까."

나는 끈적끈적한 반투명 살을 의심스레 들여다보기만 할 뿐 결국 입에 넣지 못했다.

"멕시코에서 먹었던 망고를 떠올려 봐요."

현실 세계의 깊은 맛을 그린다.

나는 눈을 꼭 감고 굴을 꿀꺽 삼켰다. 요오드 향이 밴 짭짤하고 진한 맛이 입 안에서 감돌았다. 미역과 헤이즐넛 향이 입 안에 여운처럼 길게 남았다.

빌리가 활짝 웃으며 내게 윙크했다.

우리 뒤에 펼쳐진 바다에서는 새우잡이 어선들과 형형색색의 소형 통통배들이 조개류와 갑각류 해산물을 어획하기 위해 바다로 통발을 던지고 있었다.

빌리가 곁에 없을 앞일은 생각하지 말자.

현재에 충실하자.

우리는 항구의 꼬불꼬불한 골목길들, 테레스카덱 해변을 한가롭게 거닐었다. 운전대를 잡겠다고 고집해 결국 빌리가 운전하는 차를 타고 트레파세 만에서 라 곳까지 달렸다. 캘리포니아에서 과속으로 보안관한테 걸렸던 에피소드를 얘기하며 한바탕 웃음이 터지기도 했다. 나는 그녀와의 추억거리가 너무 많다고 생각하며 가슴이 저릿해졌다. 그녀와 희망 가득한 앞날을 이야기해보고 싶은 열망이 목까지 차올랐지만 이내 꾹꾹 삼켜버릴 수밖에 없는 안타까움. 그리고 암벽들 사이를 거닐다 만난 소나기.

"여긴 꼭 스코틀랜드 같아. 배들이 풍경과 일체가 되어 보여."

빌리가 슬슬 구시렁거리기 시작하는 내게 말했다.

"해가 반짝 나는 날에 하이랜드나 로몬드 호수에 가는 걸 상상이나 할 수 있겠어요?"

로마

나보나 광장

저녁 7시

"이거 맛 좀 봐. 죽인다 죽여!"

캐롤이 밀로에게 휘핑크림을 얹은 타르투포 아이스크림을 한 숟가락 떠서 건넸다.

밀로가 장난기 가득한 눈을 반짝이며 그녀가 내민 초콜릿 아이스크림을 맛보았다. 트뤼플과 맛이 비슷한 부드럽고 찰진 아이스크림이 중간에 올려진 모렐로 체리와 환상적인 맛의 조합을 이루고 있었다.

두 사람은 불멸의 도시 로마를 찾는 이들에게 필수 코스인 나보나 광장의 한 레스토랑 테라스에 앉아 있었다. 식당과 아이스크림 가게들이 즐비한 광장은 초상화가, 마이미스트, 행상인들의 천국이었다.

땅거미가 내리기 시작하자 웨이트리스가 테이블 중간에 초를 켜주고 돌아갔다. 날씨는 포근했고, 캐롤을 바라보는 밀로의 눈길에는 사랑이 가득했다. 책을 거의 손에 넣었는데 그만 놓치게 돼 실망이 이만저만이 아니었지만 두 사람은 모처럼 의기투합해 오후 내내 로마 시내를 구경하며 좋은 시간을 보냈다.

밀로는 오랫동안 마음속에만 간직했던 사랑을 몇 번이나 고백하고 싶었다. 그러나 자칫 그녀와의 우정마저도 깨지는 게 두려워 선뜻 용기를 낼 수 없었다. 지금까지 줄곧 그랬지만 그는 그녀 앞에서는 자신이 없었고, 무엇보다 상처받는 게 두려웠다. 그는 그녀가 지금까지와 다른 눈으로 자신을 봐주길 간절히 바랐다. 그녀에게 정말로 다른 이미지를 심어주고 싶었다. 그녀에게 당당히 사랑받는 남자의 모습을 보여주고 싶었다.

그들 옆에서 한 호주인 부부가 다섯 살짜리 딸과 함께 저녁 식사를 하고 있었다. 한참 전부터 꼬마가 수시로 캐롤과 윙크를 주고받으며 장난을 치다가 깔깔거리며 웃어 댔다.

"저 아이, 정말 예뻐, 안 그래?"

"그래, 귀여운 녀석이야."

"게다가 아주 예의도 바르고!"

"너, 아이 갖고 싶니?"

밀로가 다소 뜬금없이 물었다.

캐롤이 돌연 방어적인 자세를 취했다.

"그걸 왜 물어?"

"음……너라면 정말 좋은 엄마가 될 것 같아서."

"네가 뭘 알아?"

캐롤의 목소리가 어느새 공격적으로 돌변했다.

"그냥 느낌이야."

"싱거운 소리 그만해!"

밀로는 친구의 격한 반응이 당혹스럽기도 하고 한편으로는 가슴이 아프기도 했다.

"너, 갑자기 왜 그래?"

"내가 너란 인간을 알아. 좀 전에 한 말도 여자애들한테 수작을 걸 때 하는 작업 멘트일 거야. 네 딴에는 여자애들이 몹시 좋아할 거라 잔머리를 굴리면서."

"절대 아니야. 너, 나한테 정말 너무한다. 내가 너한테 무슨 잘못을 그리 많이 했기에 이리 모질게 대하는 거야?"

밀로는 흥분하는 바람에 그만 물잔을 엎지르고 말았다.

"넌 날 몰라, 밀로. 내가 어떻게 살아가는지 속사정을 아무것도 모른다고."

"빌어먹을! 그래, 그럼 이야길 해봐. 대체 뭐야, 널 그토록 괴롭히는 게?"

생각에 잠겨 밀로를 쳐다보던 캐롤이 이번에는 그의 진심을 믿어볼 작정이었다. 방금 전에는 자신이 너무 과민 반응한 것인지도 몰랐다.

밀로는 쓰러진 물 잔을 바로 세우고 냅킨으로 테이블보를 쓱쓱 닦았다. 먼저 소리부터 질렀던 게 후회스럽기도 했지만 이제는 캐롤의 변덕을 참는 데도 진저리가 났다.

"내가 조금 전에 아이 이야기를 꺼냈을 때 왜 그렇게 사납게 쏘아붙인 거야?"

밀로의 목소리가 한결 차분해져 있었다.

"난 벌써 한 번 임신을 했던 몸이니까."

캐롤이 밀로의 시선을 외면했다.

진실이 바로 그녀의 입에서 튀어나왔다. 오랜 세월 갇혀 지내다 병의 주둥이를 빠져나온 꿀벌처럼.

밀로는 할 말을 잃고 그 자리에 얼어붙고 말았다. 슬픔을 머금은 별들처럼 캐롤의 두 눈이 어둠 속에서 빛나고 있었다. 그녀가 비행기 표를 꺼내 테이블에 올려놓았다.

"알고 싶니? 그럼 좋아. 널 한번 믿어볼게. 지금부터 내 비밀을 말해주지. 하지만 다 듣고 나서 한마디라도 입을 뻥긋하지 말았으면 해. 지금부터 너한테 아무도 모르는 이야기를 해줄게. 이야기가 끝나면 난 당장 일어나 택시를 타고 공항으로 갈 거야. 런던으로 가는 마지막 비행기가 밤 9시 30분에 있어. 그걸 타면 런던에서 새벽 6시에 출발하는 로스앤젤레스행 비행기를 탈 수 있지."

"후회 안 할 자신……."

"자신 있어. 너한테 이야기를 다 해주고 나면 난 갈 거야. 그리고 앞으로 최소 일주일 동안은 나한테 연락도 하지 말고, 우리 집에 자러 오지도 마. 그렇게 할 수 있겠어?"

"알았어. 그건 너 하고 싶은 대로 해."

캐롤이 주변을 빙 둘러보았다. 광장 한가운데 보이는 네 강의 분수에서 이집트 오벨리스크를 둘러싸고 서 있는 웅장한 조각상 4개가 그녀를 엄하고 위협적인 눈빛으로 쳐다보고 있었다.

"그 인간한테 처음으로 그 짓을 당하던 날이 하필이면 내 생일날 저녁이었어. 난 열한 살이었지."

브르타뉴 지방

플로고프 – 라 곳

"설마 지금 내가 보는 앞에서 벽난로에 불을 지피려는 건 아니겠죠?"

"맞아."

나는 은근히 화를 냈다.

"좋아, 그럼 남자의 실력을 한번 보여주세요. 여자인 나는 다소곳하게 쳐다보며 감탄이나 하고 있을 테니까요."

"당신이 그런다고 내가 압박감을 느낄 거라 생각한다면 오산이야."

피니스테르에 폭풍이 몰아치며 덧창들이 부서질 듯 흔들리고 억수 같은 빗물이 창을 때리기 시작했다.

빌리는 바깥 날씨를 보며 신이 나 했지만, 집 안에서는 얼음장처럼 차가운 한기가 느껴졌다. '시골의 정취'라는 광고 문구는 아무래도 프랑스어로는 '라디에이터 없음' 내지는 '난방 불가'와 동의어인 게 분명했다.

나는 성냥을 그어 장작 아래 쌓인 낙엽에 불을 붙였다. 순식간에 화르르 타올랐던 낙엽의 불이 금세 사그라졌다.

"아무리 봐도 그다지 신뢰할 수 없단 말이야."

빌리가 웃음을 참으려고 안간힘을 썼다.

목욕 가운을 걸치고 머리에 수건을 하나 질끈 동여맨 빌리가 벽난로 아궁이 앞으로 사뿐사뿐 걸어갔다.

"신문지 좀 찾아봐줄래요?"

나는 퐁라베 지방 전통 뷔페의 서랍 속에서 1998년 7월 13일 자 스포츠 일간지 〈레퀴프〉를 한 부 발견했다. 프랑스 국가대표축구팀이 월드컵에서 사상 처음으로 우승한 바로 다음 날 신문이었다.

'영원을 위하여'라고 쓴 헤드라인의 머리기사에는 동료 유리 조르카에프의 품에 안긴 지네딘 지단의 사진이 대문짝만하게 나와 있었다.

빌리는 신문을 일일이 한 장씩 펼쳐 구긴 다음 손으로 말아 엉성한 공 모양을 만들었다.

"종이가 숨을 쉴 수 있게 해줘야 불이 붙거든요. 우리 아빠 말씀이에요."

빌리는 바짝 마른 땔나무 몇 개만 남기고 나머지 장작은 일단 밖으로 골라낸 다음, 그 밑에 구긴 신문지 뭉치를 밀어 넣었다. 그러고 나서 맨 위에 굵직굵직한 장작을 몇 개 더 얹으니 인디언들이 쓰는 원뿔형 텐트 모양이 되었다.

"자, 이제 불을 붙이면 돼요."

빌리가 자랑스럽게 말했다.

빌리의 말대로, 잠시 후 벽난로 속에서는 커다란 불꽃이 활활 타올랐다.

우르릉거리는 비바람이 당장에라도 부서뜨릴 기세로 거세게 창문을 뒤흔들었다. 덧창에서 탕하는 소리가 들리는 순간, 전기가 나가고 집 안이 암흑천지로 변했다.

나는 불이 다시 들어오길 기대하며 괜히 두꺼비집을 이리저리 들추어

보았다.

"별일 아닐 거야. 차단기가 내려갔거나 퓨즈가 끊어진 걸 테니까."

나는 자신만만하게 말했다.

"그럴지도 모르죠."

빌리는 다분히 놀림조였다.

"하지만 지금 당신이 만지작거린 건 수도계량기거든요. 전기계량기는 저쪽 출입구 쪽에……."

나는 한 수 아래라는 사실을 인정하며 쑥스러운 미소를 지었다. 내가 거실 반대쪽을 향해 걸어가는 순간 그녀가 내 손을 잡았다.

"잠깐!"

빌리가 머리에 묶었던 수건을 풀고 목욕 가운의 허리끈을 풀었다. 나는 그녀를 품에 안았다. 우리들의 그림자가 일그러진 형체로 벽에서 뒤엉켜 일렁였다.

로마
나보나 광장
저녁 7시 20분

캐롤이 불안정한 목소리로 불행했던 어린 시절 겪어야 했던 수난을 밀로에게 모두 털어놓았다. 양아버지가 그녀의 침대로 찾아들던 악몽 같은 날들의 이야기.

캐롤은 그 몇 해 동안 모든 걸 잃었다. 웃음, 꿈, 순결, 삶의 기쁨까지. 욕정에 굶주린 야수가 잔인한 포식을 끝내고 방을 나서던 순간들, 그 고통스러운 밤들의 이야기.

"엄마한테 말하지 마. 알았어? 엄마한테 말하지 마."

그렇게 윽박지르던 나지막한 짐승의 목소리. 엄마는 모르는 일이기라도 한 것처럼……

캐롤은 죄의식을, 침묵의 법칙을, 학교에서 돌아올 때마다 버스로 뛰어들고 싶었던 충동을 이야기했다. 그리고 열네 살에 아무도 몰래 혼자 치러야 했던 낙태, 갈가리 찢겨 죽은 목숨이나 다름없던 시간, 그녀의 뱃속에 남은 치유 불가능한 고통에 대해.

캐롤은 톰에 대해서도 이야기했다. 매일 《천사 3부작》의 마법 같은 세계를 만들어 그녀가 삶을 포기하지 않게 도와준 친구의 이야기.

남자들에 대한 회복되지 않는 불신, 영영 잃어버린 삶에 대한 회한, 괜찮아졌다 싶을 만하면 불쑥불쑥 치밀어 오르곤 하는 혐오감에 대해서도 이야기했다.

캐롤은 이야기를 다 마치고도 자리에서 일어나지 않았다.

밀로는 약속대로 입을 꾹 다물고 있었다. 그런데 이야기 끝에 당연히 궁금할 수밖에 없는 게 한 가지 있었다.

"그런데 그 악몽 같은 날들이 언제 끝났어?"

캐롤이 대답을 망설였다. 옆으로 고개를 돌려보니 어느새 호주에서 온 꼬마 여자아이는 부모와 함께 식당을 나가고 없었다. 그녀가 물을 한 모금 마시고 어깨에 둘렀던 스웨터를 걸쳐 입었다.

"그건 진실의 다른 반쪽이야. 한데 그건 내 몫이 아닌 것 같아."

"그럼 누구 몫이야?"

"톰."

브르타뉴 지방

플로고프 - 라 곳

차차 사그라지기 시작한 불빛이 가물가물 흔들리며 거실로 은은하게
퍼지고 있었다. 우리는 담요 한 장 속에서 몸을 뒤섞은 채 처음으로 사
랑을 나누던 시절처럼 격정적으로 키스했다.

한 시간 후, 나는 몸을 일으켜 벽난로를 향해 걸어갔다. 잉걸불 위에
장작을 하나 더 얹어 불을 살렸다. 둘 다 심하게 허기를 느꼈지만 부엌
찬장이나 냉장고는 텅텅 비어 있었다. 나는 뷔페 서버에서 메이드 인 퀘
백이라는 생뚱맞은 라벨이 붙은 애플사이다 한 병을 찾아냈다. 한겨울
에 나무에서 얼어 있는 상태의 사과를 따서 만든 일종의 아이스 와인이
었다. 마개를 따면서 창밖을 내다보니 비바람이 계속 무서운 기세로 휘
몰아치고 있어 단 일 미터 앞도 보이지 않았다.

베드 스프레드를 몸에 감은 빌리가 사이다가 담긴 도자기 보울 두 개
를 들고 창가로 걸어왔다.

"당신한테 듣고 싶은 이야기가 있어요."

빌리가 내 목에 키스하며 말을 꺼냈다. 그녀가 의자 등판에 걸쳐 있는
내 점퍼 속에서 지갑을 꺼냈다.

"괜찮아요?"

나는 고개를 끄덕였다. 그녀가 지폐를 넣는 칸 바로 옆, 반쯤 뜯어진
안감을 손으로 벌린 다음 지갑을 거꾸로 들고 탈탈 털었다. 금속 탄피
하나가 지갑 밑으로 툭 떨어졌다.

"이걸로 누굴 죽였어요?"

그녀가 작은 실탄을 가리키며 내게 물었다.

로스앤젤레스

맥아더파크

1992년 4월 29일

그때 나는 열일곱 살, 고등학생이었다. 학교 도서관에서 시험공부를 하고 있는데 어떤 녀석이 안으로 뛰어 들어오며 소리쳤다. '그 자식들이 풀려났어!' 그때 열람실에 있던 사람들 중에서 그 말이 로드니 킹 사건의 선고공판을 가리킨다는 걸 모르는 사람은 없었다.

1년 전, 스물여섯의 한 흑인 청년이 과속을 하다 로스앤젤레스 경찰의 검문에 걸려들었다. 그가 음주 상태에서 검문에 협조하지 않자 경찰들이 그를 제압하기 위해 전기 곤봉을 휘둘렀다. 청년이 계속 반항하자 경찰관들은 그를 무차별적으로 구타하기 시작했다. 마침 아파트 발코니에 나와 있던 한 아마추어 비디오 작가가 그 장면을 촬영하고 녹화테이프를 만들어 다음 날 〈채널5〉 방송사에 전했다. 그 폭행 장면은 즉시 세계 각지로 송신되어 전 세계 TV 채널들을 통해 알려졌고, 시청자들에게 격분과 수치심을 불러일으켰다.

"그 자식들이 풀려났어!"

일제히 대화가 멎고, 사방에서 아우성과 함께 욕지거리가 튀어나왔다. 그들의 온몸에서 분노와 증오의 감정이 느껴졌다. 흑인이 대다수를 이루는 동네에 살고 있던 나는 분위기가 심상치 않게 돌아가는 것을 염려해 즉시 가방을 싸 자리에서 일어났다. 거리로 나와 보니 벌써 로드니 킹 사건의 재판 결과가 사람들 사이에서 바이러스처럼 퍼져나가고 있었다. 일촉즉발의 긴장감이 감도는 거리는 위태로운 분위기였다. 물론 경찰의 공권력 남용 사례는 아주 흔했고, 균형을 잃은 법원의 판결도 처음 있는 일은 아니었다. 하지만 경찰이 로드니 킹을 구타하는 생생한 증거 화면을 접한 사람들의 반응은 이전과 확연히 달랐다. 네 명의 경찰이 완전히 이성을 잃은 채 한 불쌍한 흑인 건달 청년을 사정없이 두들겨 패는 모습을 전 세계인이 지켜보았다. 흑인 청년은 수갑이 채워진 상태에서 경찰의 전기 곤봉으로 50번도 넘게 매질을 당하고, 수십 번이나 발길질을 당했다.

천인공노할 폭행을 저지른 당사자들이 예상을 뒤엎고 무죄로 풀려난 그 사건은 그동안 쌓여왔던 흑인들의 불만을 폭발시키는 도화선이 되었다. 마침 그때는 레이건과 부시 정권에 대한 불신이 가난한 사람들 사이에서 팽배해 있던 때였다. 그들은 대부분 일자리를 잃은 실업자들이었고, 빈곤에 찌들어 있었다. 사람들은 마약의 폐해와 불평불만을 재생산하는 교육제도에도 극심한 염증을 느끼고 있었다.

집으로 돌아온 나는 보울에 시리얼을 담아 먹으면서 TV를 켰다. 이미 곳곳에서 폭동이 벌어지고 있었다. 그 후 3일 동안 LA 빈민가의 일상적인 풍경이 되었던 약탈, 방화, 경찰과의 충돌이 TV 화면으로 생중계되고 있었다. 플로렌스 거리와 노르망디 거리가 교차하는 곳에 위치한 몇 블록은 벌써 화염에 휩싸인 채 유혈 사태가 빚어지고 있었다. 가게에서 훔친 식료품들을 박스에 가득 담아 도망치는 사람들이 카메라에 잡히는가 하면, 가구와 전자제품을 보이는 대로 쓸어 담아 카트에 싣고 도망치는 사람들도 보였다. 정부에서 아무리 자제를 촉구해도 소용없었다.

나는 단시간에 끝날 일이 아니라고 생각했다. 어쨌든 나에게는 두 번 다시 찾아오지 않을 기회였다. 나는 라디오 속에 그동안 꼭꼭 감춰두었던 비상금을 꺼낸 다음 스케이트보드를 들고 마르쿠스 블링크의 집으로 한달음에 달려갔다.

동네 건달인 마르쿠스는 특정 갱단에 소속되지 않은 채 마약과 대마초를 팔고, 가끔 총기도 팔아먹는 녀석이었다. 녀석은 내 초등학교 동창이기 때문에 전부터 알고 지냈다. 내가 녀석의 엄마가 복지공단에 제출하는 서류를 몇 번인가 대신 작성해주고 나서부터는 나에게 부쩍 우호적으로 대했다. 녀석이 사는 지역도 폭발 직전의 뒤숭숭한 분위기였다. 혼란을 틈타 갱단들이 다른 범죄 조직들이나 경찰을 상대로 곧 복수극을 펼칠 것이라는 루머가 당시에는 매우 현실성 있게 들렸다.

마르쿠스는 내가 내민 200달러를 받고 22구경 글록 권총 한 자루를 내주었다. 당시는 부패한 경찰관들이 총기를 분실했다고 상부에 보고하고 밀거래 시장에 내다파는 총기들을 돈만 있으면 얼마든지 구할 수 있는 시절이었다. 그는 20달러를 더 받고 실탄 열다섯 발이 장전된 탄창을 내주었다. 나는 주머니 속에서 차갑고 묵직한 금속성 감촉을 느끼며 집으로 돌아왔다.

그날 밤, 나는 잠을 이루지 못했다. 캐롤을 생각했다. 내가 바라는 건 단 한 가지, 그녀가 당하는 비인간적인 고통이 영원히 끝나는 것이었다. 픽션의 힘은 위대하지만 전능하지는 않다. 내가 들려주는 이야기들이 그녀를 즐거운 상상의 세계로 이끌어 단 몇 시간이라도 야수가 가하는 고통으로부터 벗어나게 해주는 건 사실이었지만 그 자체가 완벽한 해결책은 아니었다. 픽션의 세계에 사는 것으로는 모든 문제가 해결되지 않았다. 마약이나 술에 의지해 잠시 동안 비참한 현실을 잊는 것이나 다를 바 없었다. 어느 순간 무시무시한 현실이 다시 상상의 세계를 압도하며 서슬 퍼런 이빨을 드러낼 것이기에 우리는 지극히 무기력할 뿐이었다.

다음 날, 도시는 폭력이 난무하는 무법천지로 변했다. 방송사들이 대여한 헬리콥터들이 24시간 도시 상공을 날며 계엄령이 선포된 로스앤젤레스 시내의 모습을 생중계로 전하고 있었다. 약탈, 구타, 불타는 건물들, 경찰과 폭도들 사이의 총격전 그리고 약탈을 막지 못하는 경찰 공권력의 비조직적이고 안이한 대응에 대한 질책이 전파를 타고 생생하게 시청자들에게 전달되었다.

사망자가 급격히 늘어나자 시장이 언론에 나와 로스앤젤레스 일대에 비상사태를 선포하고, 야간 통행금지를 실시하기 위해 주 방위군 동원령을 내렸다. 하지만 그러한 결정은 도리어 역효과를 불러일으켰다. 도심 빈민가에서는 조만간 이런 무법천지 상태가 끝날 거라 판단한 사람들이 한층 더 약탈에 열을 올렸다.

우리 동네에서는 아시아인들이 운영하는 점포들이 주로 폭도들에게 털렸다. 당시는 흑인들과 한국인들과의 갈등이 정점에 도달해 있던 때였다. 폭동 이틀째 경찰이 수수방관하는 가운데 한국인들이 운영하는 점포들과 소규모 슈퍼들, 술을 파는 리쿼숍들이 폭도들에 의해 약탈되고 파괴되었다.

잠시 후면 정오였다. 나는 한 시간 전부터 스케이트보드를 타고 캐롤의 양아버지가 운영하는 식료품 가게 주변을 배회하고 있었다. 험악한 분위기에도 괜찮겠지, 하는 생각으로 일단 오전에 가게 문을 열었던 캐롤의 양부는 신변의 위협을 느껴 막 철제셔터를 내리려던 참이었다.

나는 그때다 싶어 그의 앞에 모습을 드러냈다.

"도와드릴까요, 아저씨?"

캐롤의 양아버지는 나를 전혀 경계하지 않았다. 나를 잘 알기도 하지만 내가 워낙 신뢰가 가게 생긴 얼굴인 것도 한몫했다.

"그래, 톰! 이 나무판들을 좀 안쪽으로 들여놓게 도와주렴."

나는 나무판을 양손에 하나씩 들고 그를 따라 가게 안으로 들어갔다. 그의 가게는 우리 동네에 수십 개나 있는 초라한 구멍가게였다. 주로 생필품을 파는 그런 종류의 가게들은 인근에 월마트가 들어서면서 곧 폐업할 위기에 놓여 있었다.

크루즈 알바레즈는 네모로 각진 큰 얼굴에, 몸집이 옆으로 딱 바라진 중키의 사내였다. 영화에서 사창가 포주나 나이트클럽 주인 역할의 엑스트라로 나오면 제격일 외모의 소유자였다.

"내 그럴 줄 알았어. 언젠가는 이 빌어먹을 놈들이……."

그렇게 말하며 나를 돌아보던 그의 눈에 글록 권총이 들어왔다.

가게 안에는 손님도, 감시 카메라도 없었다. 내가 방아쇠를 당기면 그것으로 일은 끝날 것이다. 나는 그에게 '뒈져라, 이 개자식아.' 따위의 말조차 하고 싶지 않았다. 나는 정의를 구현하기 위해, 법의 심판을 내리기 위해 그 자리에 서 있을 뿐이었다. 놈의 입으로 지껄이는 구구절절한 변명 따위는 더욱 듣고 싶지 않았다. 내 행동을 명예나 영웅주의, 용기의 관점에서 보고 싶은 생각도 없었다. 나는 단지 캐롤이 받는 고통을 멈추게 해주고 싶었다. 그를 죽이는 것이 내가 할 수 있는 유일한 방법이었다. 사실, 몇 달 전에 캐롤에게 알리지 않고 가정 복지 상담 센터에 익명으로 투고도 했고, 경찰에도 캐롤의 일을 투서했는데 끝내 아무런 소득 없이 끝났다.

"톰! 너 도대체 왜……."

나는 근접 사격을 위해 바짝 다가섰다. 단 한 발만 쏴서 그를 죽이고 싶었다.

나는 방아쇠를 당겼다. 그의 머리가 터지며 내 옷에 피를 튀겼다. 가게 안에 나 말고는 아무도 없었다. 아니, 나는 세상에서 혼자였다. 다리가 후들거렸다. 두 팔이 사시나무처럼 떨려왔다.

꺼져버려!

나는 탄피를 주워 글록 권총과 함께 호주머니에 넣은 다음 정신없이 달려 집으로 돌아왔다. 샤워를 하고, 입었던 옷을 불태우고, 권총을 깨끗이 닦은 다음 휴지통에 버렸다. 무고한 사람이 나 대신 혐의를 뒤집어쓰면 자수하려고 탄피는 간직해두기로 했다. 하지만 과연, 나한테 그럴 수 있는 용기가 있을까?

결코 알 수 없는 일이었다.

브르타뉴 지방
플로고프 – 라 곶

"그날 아침에 일어난 일은 지금까지 아무한테도 얘기 안 했어요. 그냥 가슴에 묻고 살았어요."

"그 후에 어떻게 됐어요?"

빌리가 물었다.

우리 둘은 다시 소파로 올라와 누워 있었다. 그녀는 나한테 바싹 붙어 내 가슴을 쓰다듬었고, 나는 뗏목에 매달리는 심정으로 그녀의 허리를 힘주어 잡았다.

말을 하고 나니 무거운 짐을 던 듯 후련했다. 그녀가 뭐라 판단을 내리는 대신 나를 이해해주려 애쓰고 있다고 느꼈다. 내가 바란 건 단지 그것뿐이었다.

"그날 저녁, 부시 대통령은 로스앤젤레스의 무정부 상태를 좌시하지
않겠다는 TV 연설을 했어요. 다음 날에 주 방위군 사천 명이 투입돼 도
시 곳곳을 순찰하기 시작했고, 곧이어 해병대도 투입됐죠. 소요가 일어
난 지 4일 만에 조금이나마 분위기가 진정되자 해병대에서 야간통행 금
지를 해제했어요."

"사건에 대한 수사는 어떻게 됐어요?"

"폭동 때문에 발생한 사망자가 50명이 넘었고, 부상자만 해도 수천
명에 달하는 상황이었어요. 그 후 몇 주 동안 폭동에 가담한 혐의로, 더
러는 정당하게, 더러는 임의적으로 체포된 사람이 수천 명이나 되었죠.
하지만 크루즈 알바레즈의 살해자로 지목된 사람은 없었어요."

빌리가 내 눈꺼풀을 살며시 덮어주며 목에 키스했다.

"이제 그만 자요."

로마

나보나 광장

"나, 갈게 밀로. 중간에 이야길 끊지 않고 끝까지 들어줘 고마워."

캐롤이 자리에서 일어났다.

아직 충격에서 헤어나지 못한 밀로가 따라 일어나 그녀의 팔을 살짝
잡았다.

"잠깐! 직접 이야기도 듣지 않았는데 어떻게 톰이었다고 단정할 수
있지?"

"난 경찰이야, 밀로. 2년 전에 우연히 LA 경찰국에 보관된 몇몇 사

건 관련 기록을 볼 기회가 주어졌어. 그래서 나는 양아버지의 살해사건 조사 기록을 조회하겠다고 신청했지. 기록이 별로 없었어. 이웃에 살던 두세 사람을 심문한 내용하고, 현장검증 사진 몇 장 그리고 현장에서 날림으로 채취한 지문 몇 개가 전부였어. 맥아더파크의 조그만 구멍가게 주인이 죽었다고 해서 누가 신경이나 쓰겠어. 그런데 그 사진들 중에, 가게 벽에 기대져 있는 스케이트보드가 제법 선명하게 나온 사진이 한 장 있었어. 발판 위에 별똥별 모양을 특색있게 색칠해놓은 스케이트보드였지."

"그 스케이트보드는……."

"내가 톰한테 선물한 거였지."

캐롤이 뒤돌아 서서 걷기 시작했다.

33. 서로에게 간절히 매달리다

우리는 사랑하는 사람에게 매우 많은 걸 줄 수 있다. 밀어, 휴식, 기쁨.
당신은 내게 무엇보다 소중한 걸 주었다. 바로 그리움을. 당신 없이 나는 살 수 없었다.
당신을 바로 눈앞에서 보고 있으면서도 나는 여전히 당신이 그리웠다.
_크리스티앙 보뱅

9월 27일 월요일

파리

마리 퀴리 유럽 병원

외과팀 전원이 클루조 박사를 중심으로 수술대 주위에 둥글게 모여서 있었다.

클루조 교수가 수술 톱을 들고 하복부부터 턱 아래까지 빌리의 흉골 부위를 열었다. 그는 심막에 접근해 관상동맥의 상태를 체크하고, 체외 순환용 튜브를 혈관 내에 삽입한 다음 고농도 포타시움 희석 용액을 투입해 심장 기능을 일시 정지시켰다. 그때부터 체외 펌프가 심장의 역할을 대신하고, 산소화 장치가 폐의 기능을 대신하게 되었다.

클루조 교수는 개심술을 할 때마다 우리를 생명과 이어주는 이 신비로운 기관을 늘 경이에 가득 찬 눈으로 바라보았다. 하루 10만 번, 1년에 3천 6백만 번, 평생 30억 번이 넘는 박동을 할 수 있다니. 당장에라도 바스라질 것 같은 이 붉은빛 작은 펌프가…….

클루조 교수는 우심방과 좌심방을 차례로 열고 종양 두 개를 절제했다. 재발을 방지하기 위해 착상된 종양의 뿌리까지 세심하게 제거했다. 섬유질 종양은 예상대로 흔한 크기가 아니었다.

제때 발견했으니 얼마나 다행이야.

클루조 교수는 혹시라도 점액종이 더 있는지 보기 위해 위심강과 심실도 꼼꼼히 살폈지만 특이사항은 발견하지 못했다. 수술이 끝나자 그는 심장을 다시 대동맥과 연결하고, 폐를 환기시킨 다음, 배출관을 삽입해 혈액을 외부로 빼내고는 스테인리스 스틸 수술실로 흉골 부위를 꿰맸다.

다행히 빨리 잘 끝났어!

클루조 교수는 수술 장갑을 벗고 수술실을 나왔다.

대한민국

이화여자대학교

서울 하늘에 붉은 석양이 깔리고 있었다. 러시아워에는 늘 그렇듯 서울 거리 곳곳이 교통체증으로 마비되었다.

이슬은 지하철역에서 나와 보도를 몇 발짝 걷다가 횡단보도를 건너 학교 캠퍼스로 향했다. 신촌 대학가 중심에 위치한 이화여자대학교는 학생 수가 2만 명이 넘는 한국 최고의 명문대학 중 하나였다.

이슬이 경사가 완만한 넓은 계단을 내려가자 다들 '계곡'이라 부르는 공간이 나타났다. 거대한 유리 건물 두 개가 콘크리트 보행로를 사이에 두고 솟아 있었다. 그녀는 거대한 반투명 여객선 같은 건물의 주 출입구로 들어갔다. 각종 가게와 카페들이 들어선 1층은 초현대식 쇼핑센터를 연상시켰다. 그녀는 엘리베이터를 타고 위로 올라갔다. 위층들에는 강의실과 극장, 영화관, 실내 체육관 그리고 24시간 개방하는 대형 도서관이 있었다. 그녀는 자판기에서 차를 뽑아 들고 다음 열람실 구석 자리에 앉았다. 도서관은 그야말로 21세기 최첨단 시설로 꾸며져 있었다. 컴퓨터가 설치된 책상에서는 도서관의 모든 디지털 장서를 실시간으로 열람할 수 있었다.

이슬은 눈을 비볐다. 몸이 땅으로 꺼지는 기분이었다. 미국 연수를 마치고 엊그제 돌아온 탓에 학과 공부가 많이 밀려 있었다. 저녁 내내 노트 필기를 하고, 빠진 강의 내용을 복습하면서도 그녀는 휴대폰 스크린에서 눈을 떼지 못했다. 휴대폰이 한 번씩 진동할 때마다 그녀는 깜짝깜짝 놀랐다. 하지만 그녀가 기다리던 메일이나 문자는 오지 않았다.

몸이 추웠다. 온몸이 떨려와 미쳐버릴 것 같았다.

짐보는 왜 이렇게 연락이 없는 걸까? 본래 사람에 대한 경계심이 많고 적절하게 거리를 두는 편이었지만 이번만큼은 남자한테 제대로 속은 건 아닐까?

자정이 가까운 시간, 열람실 자리가 하나둘씩 비어가고 있었다. 하지만 몇 사람은 아마도 새벽 서너 시까지 자리를 지킬 것이다. 여기선 다들 그랬다.

이슬은 이탈리아의 찻집에서 들고 온 톰 보이드의 소설책을 가방에서 꺼냈다. 책장을 넘기다 보니 루카 바르톨레티가 여자 친구 스텔라와 함께 로마 거리에서 스쿠터를 타고 있는 사진이 나왔다. 스무 살 때의 두 연인.

절대 나를 향한 사랑을 멈추면 안 돼.

스텔라가 루카에게 쓴 편지는 바로 그녀가 짐보에게 해주고 싶은 말이었다.

이슬은 초등학생 필통처럼 생긴 앙증맞은 필통에서 가위와 풀을 꺼내 짐보와 4주 동안 함께 하며 찍었던 사진들 중에서 가장 잘 나온 걸 골라 백지에 붙여나가기 시작했다. 짐보와 함께 갔던 여러 공연과 전시회 티켓들과 함께 추억들이 떠올랐다. MoMA(국립 현대 미술관)에서 열린 팀 버튼 감독 회고전, 앰배서더 극장에서 본 뮤지컬 〈시카고〉 그리고 NYU(뉴욕대학) 시네마테크에서 짐보가 보여준 많은 영화들. 〈도니 다코〉, 〈레퀴엠〉, 〈브라질〉······.

이슬은 밤이 새는 줄도 모르고 정성껏 추억을 갈무리했다. 새벽이 되자 눈은 충혈되고 마음은 심란했다. 그녀는 아침 일찍 행정관 건물 우체국에 들러 버블 봉투를 산 다음 암청색 가죽 장정 소설책을 넣어 미국으로 발송했다.

파리

마리 퀴리 유럽 병원

심폐 소생실

빌리는 서서히 의식을 회복해갔다. 그녀는 아직도 인공호흡기를 착용한 상태였고, 기관 내에 삽입한 관 때문에 말을 할 수 없었다.

"이건 조만간 제거할 거예요."

클루조가 빌리를 안심시켰다. 그는 맥박이 급격히 떨어질 경우 심장에 충격을 가하기 위해 빌리의 가슴에 붙여놓은 작은 전극 패드들을 확인했다.

"이쪽은 아무런 문제도 없고."

내가 빌리를 보며 씽긋 웃자 그녀가 내게 윙크로 화답했다.

만사가 순조로웠다.

9월 29일 수요일

뉴욕

그리니치빌리지

"나 늦었어. 알람 맞춰놓는다고 했었잖아."

여자가 옷을 입으며 짜증을 냈다.

그녀가 손으로 치마 주름을 쫙쫙 펴더니 구두를 신고 블라우스 단추를 채웠다. 청년은 아직 침대에 누운 채 재미있다는 듯 여자의 행동을 지켜보고 있었다.

"연락하고 싶으면 내 전화번호로 해."

그녀가 방문을 열고 밖으로 나갔다.

"오케이, 크리스티."

"멍청하긴! 내 이름은, 캐리야!"

제임스 림보, 일명 짐보는 흰 치아를 드러내며 씩 웃었다. 그제야 침대에서 내려와 늘어지게 기지개를 켜면서도 하룻밤을 같이 보낸 여자를 붙잡지도, 미안하다는 말도 하지 않았다. 그는 아침 식사를 준비하려고 방에서 나왔다.

젠장, 커피가 떨어졌잖아.

부엌 찬장을 열어보던 그가 신경질을 냈다.

짐보는 브라운스톤 빌딩의 아파트 창문으로 하우스턴 거리를 향해 걸어 올라가는 캐리의 모습을 내다보았다.

제법이거든. 아니야, 그냥 중간 정도. 10점 만점에 6점. 그가 시큰둥하게 입을 삐죽 내밀었다. 어쨌든 한 번 더 만나고 싶은 애는 아니었다.

아파트 현관문이 열리면서 룸메이트인 조나단이 동네 커피숍에서 산 커피를 두 잔 들고 들어왔다.

"오다가 아래층에서 UPS 배달부를 만났어."

조나단이 팔에 끼고 있는 소포를 턱짓으로 가리켰다.

"고맙다."

짐보가 친구한테서 소포와 더블 캐러멜 라떼를 받아들었다.

"나한테 3달러 75센트 갚아. 그리고 이 주 전에 내가 방세 빌려준 650달러도."

"알았어, 알았어."

짐보는 두루뭉술하게 대답하고 나서 소포에 찍힌 주소부터 확인했다.

"이슬이한테 온 거지, 그렇지?"

"남 일에 웬 참견?"

소포를 뜯어보니 톰 보이드가 쓴 소설책이 한 권 들어 있었다.

참 이상야릇하네. 소설책을 뒤적이다 보니 여러 사람이 붙여놓은 사진들이 보였다.

"네가 남의 얘기를 귀담아듣지 않는 건 잘 알지만 그래도 이 얘기 만큼은 꼭 하고 싶다. 너, 이슬이한테 그러면 안 돼."

"나, 남의 얘기 정말로 귀담아듣지 않거든."

짐보가 커피를 홀짝이며 쐐기를 박았다.

"이슬이가 응답기에 또 메시지를 남겼더라. 네 걱정을 정말 많이 했어. 헤어질 생각이면 정식으로 이야기를 해. 넌 왜 여자들한테 늘 그 모양이니? 대체 뭐가 문제야?"

"인생은 짧고 우리는 언젠가 죽을 목숨이야. 이것으로 대답이 됐냐?"

"아니, 난 그 말이 무슨 뜻인지 도통 모르겠어."

"나는 영화 감독이 되고 싶어, 조나단. 내 인생에는 오로지 영화밖에 없어. 다른 게 끼어들 자리가 없다고. 프랜시스 트뤼포 감독이 뭐라 했는지 알아? 영화가 인생보다 더 중요하다고 했어. 그래, 나한테도 마찬가지야. 나는 어느 누구와 인연을 맺는 것도, 결혼을 하고 자식새끼를 낳는 것도 다 싫은 사람이야. 누구나 좋은 남편, 좋은 아빠가 될 수 있을지는 몰라도 쿠엔틴 타란티노나 마틴 스콜세지 같은 감독은 세상에 하나밖에 없지. 나 역시 그런 감독이 되고 싶어."

"흠, 내 귀에는 상당히 모순적인 논리로밖에 안 들려, 친구."

"이해가 안 간다면 할 수 없지. 그냥 못 들은 걸로 해."

짐보가 시니컬한 표정을 지으며 욕실로 들어갔다.

재빨리 샤워를 끝낸 짐보는 옷을 갈아입었다.

"나 나간다. 정오에 수업이 있어서."

짐보가 가방을 집어 들며 친구에게 말했다.

"어련하겠어. 갈 때 가더라도 방세는 내고……."

조나단이 미처 말을 끝내기도 전에 짐보는 벌써 밖으로 나가고 없었다.

시장기를 느낀 짐보는 팔라펠 인 피타를 하나 사서 학교로 가는 길에 정신없이 먹었다. 막상 학교에 도착하고 나니 강의 시간까지 시간이 좀 남아 강의동 옆 건물에 있는 카페에 들러 코카콜라를 하나 샀다.

짐보는 카운터에 앉아 콜라를 마시며 이슬이 보낸 고딕풍 표지의 책을 다시 한번 들춰보았다. 한국 출신인 이슬은 똑똑하고 섹시한 여자였다. 그녀와 함께 정말 좋은 시간을 보냈다. 그런데 이렇게 끈적끈적한 사진들이나 붙여 보내고, 너무 목을 매는 것 같아 부담스러웠다.

어쨌든 이슬이 보낸 책은 그의 호기심을 불러일으켰다.

《천사 3부작》이라면 어디서 들어본 듯도 한데?

곰곰이 생각을 하다 보니 할리우드에서 이 소설의 시나리오 판권을 사서 곧 영화로 제작한다는 기사를 〈버라이어티〉지에서 읽은 기억이 났다. 짐보는 스툴 의자에서 일어나 손님들이 무료로 사용할 수 있는 컴퓨터 앞에 가서 앉았다. 톰 보이드와 관련 있는 몇 가지 키워드를 입력했더니 수천 가지 정보가 올라왔다. 그는 최근 일주일간으로 검색 범위를 좁혔다. 절반이 인쇄가 안 된 파본 소설책 한 권을 찾고 있다는 메시지가 웹 포럼을 도배하고 있었다.

그렇다면 지금 그의 가방에 들어있는 책이 바로 광고를 올린 사람이 애타게 찾고 있는 바로 그 책이 분명했다.

짐보는 방금 전 읽은 정보들을 곱씹으며 카페 밖 인도로 나왔다. 그때 문득 기막힌 생각이 한 가지 떠올랐다.

그리니치빌리지

같은 날

오후 끝자락

그리니치 거리에 위치한 케루악 서점은 고서와 절판 도서를 주로 취급하는 소규모 서점이었다. 몸에 꼭 끼는 검은색 양복에 짙은 색 넥타

이름을 맨 케네스 앤드류스가 한 수집가 할머니가 사망하고 나서 상속자들끼리 시끌시끌한 상속 분쟁을 벌이는 와중에 시장에 나온 책 한 권을 유리 진열대에 전시하고 있었다.

윌리엄 포크너의 친필 사인이 들어 있는 《모세여 오소서》는 그렇게 해서 스콧 피츠제럴드의 초판 소설과 유리 상자에 든 아서 코난 도일의 육필 원고, 앤디 워홀이 직접 사인한 전시회 포스터, 밥 딜런이 뒷면에 노래 가사를 휘갈긴 식당 계산서 사이에 자리를 잡았다.

케네스 앤드류스는 벌써 50년 가까이 이 서점을 운영해오고 있었다. 그는 1950년대, 그리니치빌리지가 비트 제너레이션과 시인들, 포크송 가수들의 근거지였던 시절, 보헤미안적 문학의 전성기를 경험한 사람이었다. 그러나 임대료 상승으로 아방가르드 예술가들은 그곳을 떠난 지 오래였다. 요즘 그리니치빌리지에 들어와 사는 돈 많은 사람들은 몸소 경험해보지도 못한 옛 시절의 향수를 느끼려고 가끔씩 서점에 들러 어마어마한 금액을 지불하고 추억의 물건들을 사 갔다.

서점 출입문에 달린 종이 요란한 소리를 내더니 젊은 청년 하나가 문턱에 서 있었다.

"안녕하세요."

짐보가 서점 안으로 들어서며 인사를 했다. 그는 아기자기하게 꾸민 이 서점에 벌써 몇 번이나 와본 적이 있었다. 은은한 조명, 낙엽 태우는 냄새를 연상시키는 책 냄새, 빈티지 판화들이 인상적인 서점이었다. 오래된 영화 속 배경 같은 이곳에 와 있으면 혼잡한 도시가 아닌 평행세계에 와 있는 듯한 느낌이었다.

"예, 뭘 도와드릴까요?"

짐보가 서점 주인이 볼 수 있게 톰 보이드의 책을 카운터에 올려놓았다.

"관심 있으세요?"

늙은 서점 주인이 안경을 쓰더니 거만한 표정으로 입을 실쭉거리며 책을 이리저리 돌리며 살펴보았다. 인조가죽 표지에 통속소설, 인쇄 불량, 더덕더덕 붙여놓은 사진들까지, 딱 쓰레기통으로 직행하면 제격인 책이었다.

젊은 청년한테 막 마음속에 들어있는 얘기를 하려는 순간 〈아메리칸 북셀러〉지에서 이 책에 대한 짤막한 기사를 읽은 기억이 떠올랐다. 특별 에디션으로 제작된 이 베스트셀러 소설이 인쇄 불량으로 전량 파쇄되었다는 내용의 기사였다.

그렇다면…….

"90달러까지 줄 수 있네."

케네스 앤드류스는 직감을 믿어보기로 하고 가격을 불렀다.

"농담이 지나치시군요. 이 책은 꽤나 특별하던데요. 인터넷에 올리면 3배는 거뜬히 받아낼 수 있는 책인데……."

짐보는 몹시 기분이 상했다.

"그렇다면 인터넷에서 팔아보던가. 나는 150달러 이상은 절대로 안 되겠네. 이 가격에 거래를 하든지 아니면 그냥 돌아가게."

"그렇게 하죠."

잠시 머리를 굴리던 짐보는 책을 팔아버리기로 결정했다.

케네스 앤드류스는 청년이 서점을 나가기를 기다렸다가 문제의 책에 관한 기사가 나온 잡지를 펼쳤다.

더블데이 출판사는 최근 베스트셀러 소설가 톰 보이드의 《천사 3부작》 2권의 특별 에디션 10만 권 전량을 인쇄 불량 문제로 회수했다. 10만 권의 책을 파쇄 작업을 거쳐 폐기하는 과정에서 출판사 측은 막대한 피해를 입었다.

흠, 일이 재밌게 돌아가는 걸.

어쩌면 지금 그의 수중에 들어온 책이 회수되지 않은 마지막 한 권일지도 모르는 일이었다.

로마

프라티

9월 30일

하얀 앞치마를 걸친 밀로가 데글리 스키피오니 거리에 있는 시칠리아 레스토랑에서 아란치니, 피토니 프리티(안초비 튀김), 조각 피자를 서빙하고 있었다.

밀로는 캐롤이 돌아가고 혼자 며칠 더 로마에 머물기로 결정하고 나서 게딱지만한 호텔 방 숙박료도 낼 겸, 식사도 공짜로 해결할 겸 이 식당에서 웨이터로 일하고 있었다. 그는 매일 톰과 이메일을 주고받고 있었다. 톰이 다시 소설을 쓰기 시작했다는 사실을 알고 나서 그는 더블데이 출판사와 여러 해외 출판사에 연락을 취해 당신들이 너무 쉽게 매장한 톰 보이드의 책이 조만간 다시 서점에 깔릴 테니 기대해도 좋을 거라 큰소리를 쳐두었다.

"오늘이 내 생일이에요."

식당에 단골로 드나드는 갈색 머리 미인이 그에게 말을 걸어왔다. 콘도티 거리의 고급 구두 가게에서 일하는 여인이었다.

"아, 그랬군요."

그녀가 아란치니를 한 입 깨물자 빵가루에 립스틱 자국이 남았다.

"우리 집에서 친구들하고 생일파티를 열어요. 혹시 생각 있으면……."

"고맙지만 사양하겠어요."

일주일 전만 해도 기다렸다는 듯 즉시 승낙했겠지만 캐롤의 비밀을 듣고 난 이후 그는 완전히 다른 사람이 되었다. 캐롤의 이야기를 듣는 동안 그는 가슴이 무너지는 것 같았다. 그는 자신이 세상에서 가장 사랑하는 두 사람의 비밀을 알고 나서 묘하게 상반된 감정에 시달렸다. 한없는 연민을 느끼며 캐롤을 예전보다 더 사랑하게 되었고, 톰의 행동은 자랑스럽고 존경스러웠다. 그런데 한편으로는 두 사람의 끈끈한 관계에서 오랜 세월 혼자 소외되어 왔다는 게 못내 섭섭했다. 그는 무엇보다 자신의 손으로 '그 일'을 해치우지 못했다는 후회가 밀려왔다.

"카사타 좀 먹어볼까 하는데……."

육감적인 미모의 여자 손님이 과일을 졸여 만든 디저트를 가리켰다.

막 한 조각 자르려는데, 밀로의 청바지 주머니에 든 휴대폰이 드르르 진동했다.

"손님, 잠시만요."

캐롤이 보낸 단 두 단어짜리 짧은 이메일이었다.

'이거 봐!'라는 메시지 옆에 하이퍼텍스트 링크가 보였다.

밀로가 끈적끈적한 손으로 간신히 액정 화면을 클릭하자 금세 한 인터넷 사이트로 연결되었다. 중고 서적과 희귀 서적을 전문적으로 취급하는 서점들이 공동으로 인터넷에 올려놓은 카탈로그를 검색할 수 있는 사이트였다.

사이트에 올라온 정보가 정확하다면 그리니치빌리지의 한 서점에서 톰의 책을 입수한 모양이었다.

곧이어 캐롤이 보낸 문자 메시지가 도착했다.

맨해튼에서 만날래?

밀로는 즉시 답장을 보냈다.

기다려.

밀로는 앞치마를 벗어 카운터에 올려놓고 쏜살같이 레스토랑을 나왔다.

"내 디저트는 어쩌고?"

여자 손님의 볼멘소리가 그의 귀에 들려왔다.

34. The Book of Life

책 읽는 시간은 언제나 도둑맞는 시간이다. 지하철 안이 세상에서 제일 큰 도서관인 것은 분명 그 때문이다.
_프랑수아즈 사강

파리

마리 퀴리 유럽 병원

빌리는 아주 놀라운 회복을 보이고 있었다. 의료진이 인공호흡기를 벗기고, 배출관들을 제거하고, 전극 패드들까지 떼 낸 다음 그녀를 회복실로 옮겼다.

클루조 박사가 매일 병실에 들러 감염에 의한 합병증은 없는지, 외심막에 심막액이 차지는 않는지 직접 확인했다. 그는 수술 경과가 아주 좋다며 만족스러워했다.

나는 병원을 집필실 삼아 아침 7시 30분부터 저녁 7시까지 방음용 헤드폰을 머리에 쓰고 1층에 있는 카페테리아 테이블에 컴퓨터를 올려놓고 글을 썼다. 점심 시간이 되면 병원 직원용 셀프서비스 구내식당에서 클루조 교수의 칩 카드로 식사를 했다.

대체 클루조 교수는 잠은 자고, 밥은 먹고 일을 하는 걸까? 알 수 없는 일이야.

나는 보호자 자격으로 병원 측에 부탁해서 받은 간이침대에서 빌리와 함께 저녁 시간을 보내고 잠도 잤다.

그렇게 누군가를 열렬히 사랑한 건 오로르 이후 처음이었다.

그렇게 글이 쉽게 써진 것도 처음이었다.

그리니치빌리지

10월 1일

오후의 끝자락

캐롤이 먼저 그린 스트리트의 서점 앞에 도착했다.

케루악서점(Kerouac &Co. Bookseller)

캐롤은 진열장 안을 들여다보면서 믿을 수가 없었다.

톰의 책이 바로 눈앞에 있었기 때문이다.

'유일본'이라는 라벨이 붙은 책이 에밀리 디킨슨의 시집, 마릴린 먼로가 사인한 영화 〈어울리지 않는 사람들(The Misfits)〉의 포스터와 함께 나란히 진열대에 보였다.

뒤에서 밀로의 기척이 들려왔다.

"끈질기게 애쓴 보람이 있네. 축하해. 정말 다시는 못 찾을 줄 알았는데."

밀로가 진열장 앞으로 다가섰다.

"저 책이 확실해?"

"당장 확인해보면 되지 뭐."

밀로가 먼저 서점 안으로 걸어 들어갔다.

서점은 곧 문을 닫을 시간이었다.

케네스 앤드류스가 먼지를 털어낸 책들을 다시 책꽂이에 꽂고 있었다. 그가 분류 작업을 잠시 멈추고 손님들을 맞이했다.

"두 분, 뭘 도와드릴까요?"

"이 서점에 있는 책 중에서 좀 자세히 보고 싶은 게 있어서요."

캐롤이 손가락으로 톰의 책을 가리켰다.

"아, 참으로 특별한 책이죠."

케네스 앤드류스가 유리 진열장에서 꺼낸 책을 활판 인쇄술 발명 이전에 나온 고서를 대하듯 조심조심 다루었다.

책을 들고 자세히 살펴보던 밀로는 그동안 이 책과 인연을 맺었던 독자들이 남긴 많은 흔적을 발견하고 깜짝 놀랐다.

"맞아?"

캐롤이 채근하듯 물었다.

"그래, 우리가 찾던 책이 맞아."

"이 책을 저희가 살게요."

캐롤이 한껏 흥분한 목소리로 말했다. 그녀는 감개무량했고, 한편으로 자랑스러웠다. 이제 빌리의 목숨을 살릴 수 있게 됐다.

"정말 탁월한 선택이십니다, 마담. 제가 책을 포장해드리죠. 계산은 어떻게 하시겠습니까?"

"음…… 얼만데요?"

오랜 경험상 앞에 서 있는 두 손님이 물건을 꼭 사고 싶어 한다는 것을 동물적 감각으로 느낀 그는 일단 얼토당토않은 가격을 불렀다.

"6천 달러입니다."

"지금 장난하는 거예요?"

밀로가 당장에라도 숨이 꼴깍 넘어갈 것처럼 흥분해 펄쩍 뛰었다.

"유일본이라 가격이 좀 나갑니다."

"말도 안 돼. 이건 완전 도둑놈 심보 아냐!"

늙은 서점 주인이 손으로 문을 가리켰다.

"저도 두 분을 붙잡을 생각은 없으니 나가주세요."

"그렇겠지. 이 지옥으로 밀어 넣어도 시원찮을……."

"내 발로 가죠. 선생님, 좋은 저녁 시간 되십시오."

주인이 책을 다시 진열대에 올려놓았다.

"잠깐만요!"

캐롤이 중재를 위해 나섰다.

"내가 그 가격을 내고 책을 살게요."

캐롤이 지갑을 열고 크레디트 카드를 건넸다.

"고맙습니다, 마담."

케네스 앤드류스가 캐롤이 내민 사각 플라스틱을 받아 들었다.

파리

마리 퀴리 유럽 병원

같은 날

"그럼, 이제 퇴원해도 돼요? 누워 있는데 진력이 났어요."

클루조 박사가 투덜대는 빌리를 엄하게 내려다보았다.

"여길 누르면 아파요?"

클루조 박사가 빌리의 흉골 부위를 여기저기 만지며 물었다.

"아주 조금 아파요."

의사는 은근히 걱정스러웠다. 빌리는 열이 있는 데다 수술 후 봉합한 자리가 살짝 벌어져 발갛게 성이 난 상태로 곪아 있었다. 대수롭지 않은 염증일 수도 있지만 그는 만일을 대비해 의료진에게 몇 가지 검사를 하라고 지시했다.

뉴욕

"엥? '승인 거부'라니요?"

밀로가 발끈했다.

"글쎄요, 하지만 부인의 카드에 약간의 문제가 있는 것 같네요."

"난 저 사람 부인이 아니에요."

캐롤이 서점 주인의 오해부터 풀어주고는 밀로에게 말했다.

"지난번에 비행기 표를 사느라 사용 한도가 초과됐나봐. 하지만 예금 구좌에는 돈이 남아 있어."

"섣부른 짓 하지 마. 그러다 너마저 빈털터리가 되면 어쩌려고?"

밀로가 캐롤을 설득하려 했지만 그녀는 막무가내였다.

"거래 은행에 전화해 송금을 요청해야겠어요. 오늘이 금요일이니까 시간이 좀 걸리는 게 문젠데……."

캐롤이 서점 주인에게 상황을 설명했다.

"아무 염려 말고 돈이 생기면 다시 들러요."

"우리에게는 너무나 중요한 책이라서요."

"내가 월요일 저녁까지 판매를 보류해놓죠."

케네스 앤드류스가 유리 진열장에서 다시 책을 꺼내 카운터 위에 올려놓았다.

"그 말, 믿어도 될까요?"

"물론입니다, 마담."

파리

마리 퀴리 유럽 병원

10월 4일 월요일

"아야!"

간호사가 흉골에 따뜻한 습포를 붙이는 동안 빌리가 비명을 질렀다.

이번에는 통증이 극심했다. 클루조 박사가 지난 주말 내내 열이 많이 오른 빌리를 회복실에서 심장 병동으로 다시 옮겨놓은 상태였다.

클루조 박사는 환자의 상처를 확인했다. 염증이 생겨 고름이 흘러나오고 있었다. 혹시라도 **뼈**와 골수에 생긴 염증이 아닌지 걱정스러웠다. 드물긴 해도 황색 포도상구균이 원인이 되어 심장 수술 환자에게 가끔씩 발생하는 치명적인 종격염이 의심되는 상황이었다.

여러 가지 검사를 했지만 확실한 진단을 뒷받침할 만한 결과는 나오지 않았다. 흉부 엑스레이 결과 스테인리스 스틸 수술 실이 두 군데 끊어진 게 확인됐지만 수술 과정에서 생긴 주변의 양성 혈종 때문에 정확한 진단을 내릴 수 없었다.

아니면 괜한 걱정을 하는 것일 수도 있었다.

클루조 박사는 망설이다 마지막 한 가지 검사를 직접 해보기로 결정했다. 그는 빌리의 양쪽 폐 사이에 가는 천자침을 밀어 넣어 안에 있던 농양을 **빼냈다.** 육안으로 보기에는 단순한 고름인 것 같았다. 그는 상처 부위에 항생제 주사를 처방한 후 **빼낸** 농양을 실험실로 보냈다.

그리니치빌리지

10월 4일 월요일

오전 9시 30분

억만장자 올레크 모르도로프는 뉴욕에 오면 늘 습관처럼 아침에 일어나 브룸 스트리트에 있는 작은 카페에서 카푸치노부터 한 잔 샀다. 그는 종이컵을 손에 들고 인도로 나와 그린 스트리트로 방향을 틀어 걷기 시작했다.

맨해튼의 빌딩들 위로 가을 햇살이 따스하게 내리쬐고 있었다. 올레크는 거리를 한가롭게 산책하는 시간을 즐기는 사람이었다. 그에겐 이 시간이 결코 낭비가 아니었다. 오히려 깊은 성찰을 통해 중대한 결정을 내릴 수 있는 귀중한 시간이었다.

올레크 모르도로프는 11시에 큰 부동산 계약 건에 최종 사인을 하는 약속이 잡혀 있었다. 그가 경영하는 회사는 윌리엄스버그, 그린포인트, 코니아일랜드의 낡은 건물들과 창고들을 매입해 고급 주택 단지를 조성하는 계획을 세우고 있었다. 해당 지역 주민들의 반발이 만만치 않았지만 그와는 상관없는 문제였다.

나이 마흔넷의 중년인 올레크는 둥근 얼굴형 때문에 실제 나이보다 훨씬 젊어 보였다. 청바지에 벨벳 재킷, 후드 티 차림으로 걷고 있는 그를 보면 언뜻 러시아에서 손꼽히는 부자라는 느낌이 오지 않았다. 그는 부를 과시하는 걸 싫어했다. 지배층들이 즐겨 타는 고급 리무진을 타고 다니지도 않았고, 경호원들에게는 항상 거리를 두고 사람들 눈에 띄지 않게 행동하라고 지시했다. 그는 아바차 만의 한 학교에서 철학 교사로 재직하던 스물여섯의 젊은 나이에 러시아 극동 항만 도시인 페트로파블로프스크 캄차츠키시에서 함께 일해 보자는 제안을 받았다. 그 후 얼마 동안 지역 행정 업무를 맡아보던 그는 페레스트로이카와 옐친 대통령의 개혁 분위기에 편승해 비즈니스 세계에 뛰어들었다. 당시 그와 손을 잡은 정치인들은 존경할 만한 구석이라곤 없는 인간들이었지만, 그들이 힘을 써준 덕분에 국영 기업을 민영화하는 과정에서 막대한 이득을 챙길 수 있었다.

모리배와는 거리가 먼 '프로필'의 소유자인데다, 순진한 몽상가 타입의 첫인상에 속아 올레크에게 뒤통수를 얻어맞은 사람이 한둘이 아니었다. 그의 부드러운 외모 뒤에 냉정하고 무자비한 속마음이 숨어 있다는 사실을 아무도 몰랐던 것이다. 이제는 성공도 했고, 옛날에 맺은 불편한 관계도 모두 청산했다. 그는 런던과 뉴욕, 두바이에 부동산을 여러 채 소유하고 있고, 요트, 자가용 비행기, 프로 농구팀, 포뮬러1 레이싱 팀도 보유하고 있었다.

올레크는 케루악 서점 유리 진열장 앞에서 잠시 발걸음을 멈췄다. 마릴린 먼로가 사인한 어울리지 않는 사람들의 포스터가 그의 눈길을 끌었다.

마리케한테 선물이나 해볼까? 괜찮겠는데…….

올레크는 2년 전부터 전 세계 패션 잡지들의 표지를 빠짐없이 장식하고 있는 스물넷의 네덜란드 출신 톱 모델 마리케 반 에덴과 열애 중이었다.

"계십니까?"

올레크가 서점 안으로 들어가며 소리쳤다.

"뭘 도와드릴까요, 선생님?"

케네스 앤드류스가 그를 맞았다.

"마릴린 먼로 사인, 진짭니까?"

"여부가 있겠습니까, 손님. 진품 확인서까지 첨부돼 있는걸요. 아주 기막힌 물건이죠."

"……가격이?"

"3천 5백 달러입니다, 손님."

"좋아요."

올레크는 가격도 흥정하지 않고 구매를 결정했다.

"선물할 건데 여기서 포장해줄 수 있습니까?"

"당장 해드리죠."

서점 주인이 조심스럽게 포스터를 말기 시작하는 모습을 보면서 지갑에서 플래티넘 크레디트 카드를 꺼내 카운터에 올려놓던 그의 눈에 바로 옆에 놓인 암청색 표지의 책 한 권이 들어왔다.

톰 보이드의 《천사 3부작》이라? 마리케가 좋아하는 작가인데…….

그가 책을 펼쳐 들고 들여다보았다.

"이 책은 얼맙니까?"

"어떡하죠? 죄송합니다만 이 책은 판매할 게 아닙니다."

올레크가 씩 웃었다. 타고난 사업가로서 그는 주인들이 '굳이' 팔지 않겠다는 물건에 훨씬 더 끌리는 사람이 아니던가.

"얼마라고요?"

올레크가 다시 한번 물었다. 그의 동글동글한 얼굴에서 사람 좋은 인상이 싹 사라지고 눈에서는 어느새 위협적인 불꽃이 이글거리고 있었다.

"벌써 팔린 물건입니다."

주인이 차분하게 설명했다.

"벌써 팔린 물건이라면 왜 여기 진열해두었죠?"

"책을 산 손님이 곧 찾으러 오기로 되어 있습니다."

"그럼 아직 책값을 내지 않았다는 얘긴데?"

"맞아요, 하지만 제가 구두 약속을 했습니다."

"주인 양반 약속은 얼마짜립니까?"

"제 약속은 파는 게 아닙니다."

주인의 목소리가 차가워졌다.

케네스 앤드류스는 낯선 상대를 마주 대하고 있는 게 영 거북했다. 남자에게서는 위협적이고 폭압적인 분위기가 느껴졌다. 카드 결제를 하고 포장한 포스터와 영수증을 남자에게 건네면서 이제는 그만 상대해도 되겠구나, 하는 안도감까지 느꼈다. 그런데 올레크의 생각은 많이 달랐다. 그는 서점 밖으로 나가기는커녕 카운터와 마주보고 있는 다갈색 가죽 의자에 아예 자리를 잡고 앉았다.

"이 세상에 팔 수 없는 건 없죠, 안 그래요?"

"제 생각은 다릅니다, 손님."

"셰익스피어가 뭐라 했더라?"

그는 머릿속에 셰익스피어의 문구를 떠올리려 애를 썼다.

"돈은 추한 사람을 아름답게 만들고, 늙은 사람을 젊게 만들고, 부당한 것을 정당하게 만들고, 추악한 것을 고결하게 만든다 했지 아마……."

"인간이란 존재를 아주 냉소적으로 바라본 관점이군요, 안 그렇습니까?"

"돈으로 살 수 없는 게 어디 있던가요?"

올레크가 넌지시 케네스의 속마음을 떠보았다.

"잘 아실 텐데요? 우정, 사랑, 인간의 존엄성……."

올레크가 서점 주인의 논리를 일축했다.

"인간이란 유혹에 약하고 부패하기 쉬운 존재지."

"그렇지만 금전적 이해관계로만 볼 수 없는 도덕적, 정신적 가치들이 존재한다는 것에는 동의하실 텐데요?"

"가격을 매길 수 없는 인간은 없어요."

케네스 앤드류스가 참다못해 문을 가리켰다.

"그럼 안녕히 가세요."

하지만 올레크는 한 발짝도 발을 떼지 않았다.

"가격을 매길 수 없는 인간은 없어. 당신 가격은 얼마요?"

그리니치빌리지

두 시간 후

"이게 대체 어떻게 된 일이야?"

서점 앞에 도착한 밀로는 분을 참을 수 없었다.

믿기지 않기는 캐롤도 마찬가지였다. 서점의 철제셔터가 내려져 있는 건 고사하고, 찾아올 손님들을 위해 주인이 황급히 몇 자 써놓고 간 듯한 안내문의 내용이 기막히기 짝이 없었다.

정기휴일 후에 새로운 주인이 손님 여러분을 맞이할 예정입니다.

캐롤의 눈에 눈물이 차올랐다. 낙담한 그녀는 보도 턱에 힘없이 주저

앉아 손으로 머리를 감싸 쥐었다. 이제 막 6천 달러를 송금받아 오는 길이었다. 15분 전에 톰한테 직접 전화까지 걸어 좋은 소식을 알렸는데, 바로 눈앞에서 또 책을 놓치고 말았다.

흥분한 밀로가 셔터를 마구 흔들어대는 모습을 보다 못한 캐롤이 바닥에서 벌떡 일어났다.

"아무리 부수고 깨도 달라지는 건 아무것도 없어."

캐롤이 주머니에 들어 있던 현금 6천 달러를 꺼내더니 대부분을 밀로의 손에 쥐어주었다.

"내 말 잘 들어, 밀로. 난 곧 휴가가 끝나게 돼 못 가지만 넌 파리에 가서 톰한테 힘을 실어 줘야 해. 그게 우리가 지금 할 수 있는 최선의 길이야."

풀이 꺾인 두 사람은 JFK 공항으로 가는 택시에 올랐다. 함께 공항에 도착했지만 두 사람의 목적지는 달랐다. 캐롤은 로스앤젤레스, 밀로는 파리.

뉴저지 뉴왁 공항
오후의 끝자락

두 사람이 비행기를 탄 JFK 공항에서 불과 몇십 킬로미터 떨어진 뉴저지의 한 공항에서 억만장자 올레크 모르도로프가 탄 자가용 비행기가 유럽을 향해 이륙했다. 마리케를 깜짝 방문하기 위해 그는 짧은 일정으로 파리에 다녀올 생각이었다.

마리케는 10월 첫째 주에 열리는 파리 패션 위크에 모델로 활동하느라 바쁜 시간을 보내고 있었다. 그 행사에서 최근 컬렉션을 선보이는 모든 오뜨 꾸뛰르 디자이너들이 그녀를 서로 모셔 가기 위해 치열한 섭외 경쟁을 벌이고 있었다. 고전적인 자연미와 현대적인 인공미를 겸비한 마리케는 어느 누구도 흉내 낼 수 없는 독특한 매력을 지닌 사람이었다. 올림푸스 산 정상에서 신들이 지상으로 떨어뜨린 불멸의 미인을 마주하는 느낌이었다.

자가용 비행기 안에 편안하게 앉은 올레크가 톰 보이드의 소설책을 건성으로 넘기다가 리본으로 예쁘게 꾸민 버블 봉투 안에 집어넣었다.

독창적인 선물이야. 마음에 들어야 할 텐데.

올레크는 몇 가지 업무적인 일을 더 처리한 다음 2시간 정도 수면을 취했다.

파리 마리 퀴리 유럽 병원

10월 5일

오후 5시 30분

"병원 내 감염이었어, 빌어먹을!"

클루조 박사가 병실로 들어오며 직설적으로 말했다.

빌리는 고열과 무기력증에 시달리며 전날부터 반 혼수상태에 빠져 있었다.

"안 좋은 소식입니까?"

내가 물었다.

"아주 안 좋아요. 농양 검사 결과 박테리아가 검출됐어요. 환자한테 종격염이 생겼다는 증거예요. 심각한 염증이기 때문에 급히 수술해야 돼요."

"또 수술을 하신다고요?"

"그래요, 당장 수술실로 옮겨야겠어요."

올레크 모르도로프가 탄 자가용 비행기가 새벽 6시에 오를리 남부 공항에 도착했다. 눈에 띄지 않게 공항에 와서 대기 중이던 자동차가 그를 태우고 파리 중심부에 있는 생 루이섬으로 향했다.

차는 케 드 부르봉에 위치한 17세기 양식의 고급 주거용 건물 앞에서 멈춰 섰다. 여행 가방을 손에 들고 소설책이 든 봉투를 옆구리에 낀 올레크가 차에서 내려 엘리베이터를 타고 건물 4층으로 올라갔다. 꼭대기의 두 개 층을 터서 만든 그의 듀플렉스에서는 센 강과 마리교의 아름다운 풍경이 한눈에 들어왔다. 그가 막 사귀기 시작하면서 애인에게 처음으로 선사한 초고가 선물이 바로 이 집이었다.

올레크는 집 열쇠를 한 벌 따로 가지고 다녔기 때문에 초인종을 누르지 않고 직접 열쇠로 문을 열고 들어갔다. 새벽의 미광에 잠긴 집 안은 숨을 죽인 듯 고요했다. 흰색 가죽 소파 위에 마리케의 진주 빛 회색 망토가 보였다. 그런데 그 옆에 남자 가죽점퍼가 하나 더 있는 게 아닌가.

순식간에 상황 파악을 끝낸 올레크는 2층 침실로 올라가지도 않고 집을 나왔다. 거리로 나온 그는 운전기사 앞에서 수치스러운 모습을 보이지 않으려고 안간힘을 썼다. 그러나 결국 화를 참지 못하고 손에 들고 있던 책을 강물로 힘껏 던져 버렸다.

마리 퀴리 병원

오전 7시 30분

클루조 박사의 지도를 받으며 인턴 의사가 제세동 패치들을 빌리의 몸에 부착했다.

빌리는 마취 상태에 빠져 있었다. 클루조 박사는 일단 빌리의 흉부를 꿰매 놓았던 수술용 실들을 제거한 다음, 괴사하거나 감염된 흉부 조직들을 광범위하게 절제하는 가장자리 절제술을 실시했다. 그는 호흡 시에 환자의 상처 부위가 영향을 받지 않도록 스테인리스 스틸 수술 실로 흉골을 단단하게 고정시키는 것으로 수술을 마무리했다.

이제야 수술이 제대로 끝나…….

"선생님, 출혈이 발생했습니다."

인턴이 소리쳤다.

암청색 가죽 소설책이 버블 봉투 한 장에 의지해 센 강을 떠내려가고 있었다. 강물이 서서히 봉투 속으로 스며들었다.

지난 몇 주 동안 책은 세계 여러 곳을 여행했다. 말리부에서 샌프란시스코, 대서양을 건너 로마까지 그리고 아시아를 거쳐 다시 맨해튼, 결국 긴 여정의 끝인 프랑스에 도착했다.

책은 그동안 만난 많은 사람들의 인생을 변화시켰다.

이 소설은 흔한 책이 아니었다. 어린 시절 친구의 고통을 옆에서 지켜보며 괴로워하던 한 소년의 머릿속에서 싹이 튼 이야기였다. 세월이 흐르고 작가 자신이 내면의 악마들에 사로잡혔을 때, 책은 그를 돕기 위해 소설 속 주인공 한 명을 현실 세계로 던져주었다.

강물이 스며들어 책이 서서히 손상되어 가는 순간, 현실이 다시 위력을 발휘하는 듯했다. 빌리를 이 땅에서 데려가기로 단단히 결심한 듯…….

35. 심장의 시련

헛고생을 하며 찾을 때는 없다가도 막상 찾는 일을 그만두면 발견될 때가 있다.
_제롬 K. 제롬

마리 퀴리 병원

오전 8시 10분

"다시 열어봅시다."

클루조 박사가 수술을 시작했다.

역시 걱정했던 대로였다. 우심실이 찢어지면서 극심한 출혈이 발생한 상태였다. 사방으로 피가 튀며 수술대를 붉게 물들였다. 인턴 의사와 간호사가 미처 다 닦아낼 수도 없을 만큼 출혈이 심해 클루조 교수가 지혈을 위해 두 손으로 심장을 세게 압박해야 했다.

케 셍 베르나르

오전 8시 45분

"이런! 이 양반들아, 지금 한가하게 아침이나 먹고 있을 때가 아니야. 어서 일을 시작해야지."

카린 아넬리 구조대장이 센 강 경비대 본부의 휴게실 안으로 들어서
면서 한바탕 호통을 쳤다.

디아즈 경관과 카펠라 경관은 한 손에는 크루아상, 다른 손에는 카페
오레를 들고 유명 성대모사 전문 배우가 진행하는 아침 라디오 프로그
램의 한 코너를 들으며 일간지 〈파리지엥〉을 읽는 중이었다.

손질하지 않은 짧은 커트머리에 주근깨가 매력적인 여자 구조대장 카
린 아넬리는 여성적이면서도 권위가 넘치는 사람이었다. 기강이 해이해
진 부하들을 보고 역정이 난 그녀가 라디오를 끄며 긴장감을 조성했다.

"교통 관리 공단에서 방금 연락을 받았다. 비상이야. 술에 취한 남자
가 마리교에서 뛰어내렸다는 거야. 그러니까, 그 질긴 엉덩이를 바닥에
서 얼른 떼고……."

"갑니다, 가요, 대장. 그렇게 험하게 얘기할 것까진 없잖아요."

몇 초 뒤에 그들 세 사람은 벌써 센 강 순찰 경비정 가마우지호에 올
라 있었다. 경비정은 물살을 가르며 앙리 4세 강변을 지나쳐 쉴리 다리
밑을 지나갔다.

"코가 비뚤어지도록 마시지 않고는 이런 추위에 물속으로 뛰어들 생
각을 못 할 텐데……."

디아즈 경관이 농담 삼아 한마디 했다.

"남 말 하고 있네. 두 사람도 그다지 쌩쌩해 보이지는 않아."

카린 아넬리 대장이 말했다.

"지난밤, 우리 막둥이가 계속 깨서 보채는 바람에……."

카펠라 경관이 변명 삼아 말했다.

"그럼 디아즈 경관은?"

"저는, 우리 어머니 때문에."

"어머니 때문에?"

"말씀드리자면 좀 복잡해서……."

카펠라 경관이 두루뭉수리 대답을 피했다.

카린 아넬리 대장은 더 자세히 묻지 않았다. 경비정은 조르주 퐁피두 도로를 끼고 계속 강을 올라가다가…….

"저기 보입니다."

망원경을 들고 강물을 살피던 카펠라가 소리쳤다.

경비정은 마리교를 지나면서 속도를 늦추었다. 물에 빠진 남자가 반 질식 상태에서 비옷 때문에 제대로 헤엄도 치지 못하면서 어떻게든 강 둑으로 나가려 발버둥치고 있었다.

"익사 직전이야. 누가 갈래?"

대장이 물었다.

"이번은 디아즈 차롑니다."

"지금 농담해? 내가 어제저녁에……."

"오케이, 알았어."

카린 아넬리 대장이 말을 잘랐다.

"결국, 여기 두 쪽 달린 사람이 나 하나밖에 없다는 얘기네!"

카린이 구명복 버클을 채운 다음 당황한 부하 둘이 지켜보는 가운데 강물로 뛰어들었다. 그녀는 물에 빠진 남자한테까지 헤엄쳐 간 다음 그를 일단 안심시키고 나서 가마우지호로 데리고 돌아왔다.

디아즈 경관이 남자를 경비정으로 끌어 올리고 담요로 몸을 감싼 다음 응급처치를 실시했다. 아직 물속에 있던 구조대장의 눈에 강물 위를 떠다니는 물체가 하나 보였다. 다가가서 잡아보니 속에 버블이 든 큼지막한 비닐봉투였다. 물속에서 자연 분해되는 물질은 분명 아니었다. 환경오염 방지도 센 강 경비대가 맡은 역할이라는 걸 잘 아는 카린 대장이 그런 물건을 강물에 그냥 놔둘 리 없었다.

카펠라 경관이 그녀를 경비정 위로 끌어 올렸다.

마리 퀴리 병원

외과팀 전원이 오전 내내 빌리를 살리기 위해 사력을 다했다.

클루조 박사는 심실에 생긴 열상을 치료하기 위해 복막 주름 일부를 떼어내 절개 부위를 덮었다.

최후의 수단으로 선택한 수술이었다.

수술 경과에 대한 의료진의 전망은 비관적이었다.

케 셍 베르나르

오전 9시 15분

센 강 경비대 본부로 돌아온 카펠라 경관이 고압 세척기로 청소를 하기에 앞서 경비정 내부를 깨끗이 비우고 있었다. 수세미마냥 물을 잔뜩 머금은 버블 봉투가 그의 눈에 띄었다. 열어 보니 상태가 아주 엉망인 영어책이 한 권 들어 있었다. 그는 쓰레기 수거 차량에 던져 넣을까 하다가 마음을 바꿔 강둑에 그냥 놔두었다.

그리고 며칠이 흘렀다…….

파리로 날아온 밀로가 힘든 시기를 보내는 내게 큰 힘이 돼주고 있었다. 사경을 헤매는 빌리는 벌써 일주일이 넘게 소생실에 들어가 있었다. 클루조 교수가 세 시간마다 한 번씩 들러 빌리의 상태를 꼼꼼하게 체크했다.

클루조 교수는 내 입장을 십분 이해했기에 내가 언제든지 소생실에 드나들 수 있게 배려해주었다. 나는 심장 모니터링 장치와 인공호흡기 소리를 배경 음악 삼아 빌리 옆에 의자를 놓고 앉아 노트북을 무릎에 올려놓고 정신없이 키보드를 두들겼다.

진통제 투여로 혼미한 빌리의 몸속으로 관이 여러 개 삽입된 상태였고, 전극 패드들과 흉부에 삽입한 각종 삽관들이 가슴 위에 어지러이 널려 있었다. 양쪽 팔과 가슴에는 링거 주사 바늘이 무수히 꽂혀 있었다. 그녀는 아주 가끔씩 눈을 떴다. 그럴 때마다 그녀의 눈빛에서 고통과 슬픔이 읽혔다. 그녀를 위로하고 눈물을 닦아주고 싶었지만 내가 유일하게 할 수 있는 일이라고는 쉬지 않고 글을 쓰는 것밖에 없었다.

10월 중순, 밀로가 한 카페의 테라스 테이블에 앉아 캐롤에게 부칠 장문의 편지를 쓰고 있었다. 그는 나뭇잎 몇 장을 봉투에 함께 넣고, 민트향 페리에 값을 테이블에 올려놓은 다음, 길을 건너 케 말라케 지점의 센 강변으로 걸어갔다.

얼마 전, 건물 앞에 우체통이 있는 걸 눈여겨 봐둔 프랑스 학사원을 향해 가는 도중에 그는 강변에 늘어선 헌책방의 진열대를 여유롭게 구경했다. 진귀한 고서들이 사진작가 로베르 두와노의 사진이 담긴 엽서들, 샤 누아르* 빈티지 포스터들, 1960년대 LP판들, 에펠탑 모양의 조잡한 열쇠고리들과 한데 뒤섞여 있었다.

밀로는 만화책을 전문적으로 파는 헌책방 앞에서 잠시 걸음을 멈추었다. 어린 시절 그에게 꿈을 주었던 마블 코믹스의 영웅들, 《헐크》부터 《스파이더맨》까지 모두가 한 자리에 모여 있었다. 생전 처음 접한 《아스테릭스》와 《럭키 루크》 같은 프랑스어권 만화들도 눈길을 끌었다.

마지막 진열대는 '단돈 1유로' 코너였다. 밀로는 재미 삼아 진열대 속의 물건들을 뒤지기 시작했다. 누렇게 색이 바랜 낡은 포켓판 책들, 찢어진 잡지들 그리고 잡동사니들 속에 심하게 손상된 암청색 가죽 장정의 소설책 한 권.

말도 안 돼!

밀로는 얼른 책을 집어 들고 앞뒤를 살폈다. 표지는 완전히 들떠 일어났고, 속지들은 한 덩어리로 달라붙어 돌덩이처럼 딱딱하게 굳어 있었다.

"Where…… where did you get this book?"

불어는 단 한마디도 못 하는 밀로가 영어로 주인에게 물었다.

헌책방 주인이 짧은 영어로 몇 마디 하는 소릴 들으니 강둑에서 주웠다는 뜻인 것 같았다. 뉴욕에서 자취가 사라진 책이 어떻게 열흘 후에 기적적으로 센 강에 나타났는지, 밀로는 도저히 알 길이 없었다.

밀로는 여전히 어안이 벙벙한 얼굴로 책을 손에 들고 이리 들여다보고 저리 들여다보고 할 뿐이었다.

톰의 소설이 눈앞에 있는 건 확실한데, 책 상태는…….

---

*검정고양이를 뜻하는 프랑스어. 19세기에 문을 연 파리 유명 카바레의 이름이기도 하며 현대인들에게는 스텐렌이 만든 아트 포스터로 더 잘 알려져 있다

책방 주인이 당혹스러운 밀로의 심경을 읽은 모양이었다.

"책을 복원하고 싶으면 제가 잘 아는 분을 소개시켜 줄 수 있습니다."

책방 주인이 밀로에게 명함을 한 장 내밀었다.

생 브느와 수도원 별관

파리 시내

수도원 수공예 제본실의 마리 클로드 수녀는 작업을 맡은 책의 상태를 꼼꼼하게 살폈다. 책의 '몸통'은 심하게 타박상을 입어 성한 곳이 없었고, 인조가죽을 입힌 표면도 많이 손상된 상태였다. 복원이 쉽지는 않아 보였지만 그녀는 최선을 다할 생각으로 작업을 시작했다.

마리 클로드 수녀는 먼저 전문가적인 섬세함을 발휘해 제본된 부분을 뜯어냈다. 그리고 나서 겨우 만년필보다 조금 큰 가습 장치를 손에 들고 책 위에 물을 분무했다. 안개처럼 뿜어져 나오는 물의 온도가 가습 장치의 디지털 스크린에 나타났다. 종이가 물을 머금자 달라붙었던 페이지들이 서서히 낱장으로 떨어지기 시작했다. 오랫동안 물에 흠뻑 젖은 상태로 있었던 탓에 낱장들이 자칫하면 찢어질 것처럼 위태로웠고, 벌써 망가진 페이지도 더러 보였다.

마리 클로드 수녀는 조심조심 책장 사이사이에 압지를 끼워 넣고, 단면이 아래쪽으로 향하게 책을 세운 다음, 헤어드라이기로 바람을 불어 말리면서 망가진 책에 다시 생명을 불어넣었다. 무한한 인내심이 요구되는 일이었다.

몇 시간 후, 책은 제법 시원스럽게 책장이 넘어가는 정도까지 복원되었다. 수녀는 책장을 한 장 한 장 차례로 넘기면서 복원 상태를 꼼꼼하게 확인했다. 떨어진 사진들도 일일이 다시 붙이고, 천사의 머리카락 같은 가느다란 머리카락 한 줌도 단단하게 붙였다. 마지막으로 그녀는 본래의 부피감을 되살리기 위해 책을 하룻밤 동안 압착기에 넣어두었다.

다음 날, 마리 클로드 수녀는 책에 새로운 가죽을 입히는 작업을 시작했다. 조용하고 평화로운 제본실의 경건한 분위기 속에서 그녀는 하루 종일 외과 의사를 연상시키는 정교한 손놀림으로 염색한 송아지 가죽을 잘라 겉표지를 입히고, 양가죽으로 라벨을 붙이고, 그 위에 금박을 입혀 제목을 새겼다.

저녁 7시경, 이름이 특이한 젊은 미국인 남자가 수도원 출입문을 두드렸다. 마리 클로드 수녀는 복원된 책을 남자에게 내밀었다. 남자한테서 과분하다 싶을 만큼 찬사를 받은 수녀의 귓불이 발갛게 달아올랐다.

"일어나봐!"

밀로가 나를 흔들어 깨웠다.

젠장!

빌리가 수술을 앞두고 머무르던 병실에서 또 컴퓨터를 켜놓은 채 깜빡 잠이 들었던 것이다. 의료진의 묵인 아래 나는 그녀의 병실에서 매일 잠을 자고 있었다.

블라인드를 다 내린 병실 안에는 은은한 나이트라이트 하나만이 켜져 있었다.

"지금 몇 시야?"

내가 눈을 비비면서 물었다.

"밤 11시."

"무슨 요일이지?"

"수요일."

밀로가 놀림조로 한마디 덧붙였다.

"네가 물어볼 것 같아 내가 미리 얘기하는데, 아직 2010년이고, 버락 오바마가 여전히 대통령이야."

"흠……."

나는 한번 글쓰기에 빠져들면 시간에 대한 감각이 불분명해졌다.

"몇 페이지나 썼어?"

밀로가 어깨 너머로 내 컴퓨터 스크린을 슬쩍 들여다보았다.

"250페이지. 반쯤 썼어."

나는 컴퓨터를 닫았다.

"빌리는 어때?"

"아직 인공호흡기를 부착한 상태야. 의료진들이 예의주시하고 있어."

밀로가 엄숙한 분위기를 연출하며 하드커버 종이 쇼핑백에서 장정이 고급스러운 책을 한 권 꺼냈다.

"너에게 주는 선물이야."

밀로의 말이 무척이나 의미심장하게 들렸다.

나는 시간이 꽤 걸려서야 그 책이 밀로가 캐롤과 함께 전 세계를 누비며 찾아 헤맨 바로 그 책이라는 사실을 알게 되었다.

본래 모습으로 견고하게 복원된 책에는 만질 때마다 손끝에서 따뜻하고 부드러운 감촉이 느껴지는 가죽 표지까지 씌워져 있었다.

"빌리는 이제 아무 걱정 없어. 앞으로 네가 할 일은 빨리 집필을 끝내고 그녀를 다시 왔던 세계로 돌려보내는 것밖에 없어."

몇 주가 지나고, 몇 달이 지났다…….

10월, 11월, 12월…….

보도 위를 떼굴떼굴 구르던 낙엽들이 어느새 바람에 휩쓸려 사라졌고, 가을의 따스한 햇살이 떠난 자리에 한겨울 추위가 찾아들었다.

카페들은 테라스에 내놨던 의자들을 안으로 들이고 화로에 불을 지피기 시작했다. 군밤 장수들이 지하철역 입구에 등장했고, 행인들은 머리에 모자를 쓰고 스카프를 꼭꼭 여몄다.

나는 신들린 사람처럼 자판을 두들겨 댔다. 속도를 내는 동안에는 숨 돌릴 사이도 없었다. 마치 내가 이야기를 창조하는 게 아니라 흡사 조종당하는 느낌이었다. 내 워드프로세서의 페이지에서 350, 400, 450……으로 점점 늘어가는 숫자들이 마치 나에게 최면을 거는 듯했다.

빌리는 힘든 고비를 잘 넘기고 '심장의 시련'을 무사히 통과했다. 의료진이 그녀의 후두에 꽂았던 튜브를 빼고 그 대신 산소마스크를 끼워주었다.

클루조 박사는 진통제 투여량을 점차 줄여갔고, 박테리아 검사 결과 추가 감염이 없다는 걸 확인하고는 체내에 삽입했던 관들과 링거 주사액들도 하나씩 제거하라고 지시했다.

얼마 후에는 간호사들이 빌리의 가슴에 감겼던 붕대를 제거하고 봉합한 상처 위에 투명 필름으로 드레싱을 했다. 시간이 지나면서 상처 자국은 조금씩 희미해져 갔다.

빌리는 다시 혼자서 음식을 먹을 수 있게 되었다. 나는 물리치료사가 지켜보는 가운데 그녀가 처음으로 걸음을 옮기고 계단을 오르내리는 모습을 흐뭇하게 지켜보았다. 머리도 예전 색깔로 되돌아왔고, 빌리 본

연의 모습인 웃음과 생기도 회복했다.

　12월 17일, 첫눈으로 아침을 열어젖힌 파리에는 오전 내내 하얀 눈이 내렸다. 그리고 12월 23일, 나는 원고를 탈고했다.

36. 빌리와의 마지막 날

지고한 사랑이란, 두 개의 꿈이 만나 한마음으로 철저히 현실을 벗어나는 것이다.

_로맹 가리

파리

12월 23일

저녁 8시

크리스마스이브를 하루 앞둔 날, 대목을 맞은 크리스마스 마켓은 사람들로 붐볐다. 빌리는 내 팔짱을 끼고 샹젤리제 로터리에서 콩코드 광장까지 설치된 흰색 오두막 형태의 상점들을 여기저기 기웃거리며 구경했다. 불을 밝힌 회전 놀이기구, 가로수의 크리스마스 장식들, 얼음 조각들, 공기 중에 퍼진 따뜻한 포도주와 진저브레드 냄새가 샹젤리제 거리를 마법과 동화의 세계로 만들어놓고 있었다.

"나한테 구두라도 한 켤레 사주려고요?"

몽테뉴 애비뉴에 있는 고급 구두 가게 앞을 지나던 빌리가 기대에 가득찬 목소리로 물었다.

"아니, 극장으로 당신을 모시는 중이에요."

"공연을 보려고요?"

"아니, 저녁을 먹으려고!"

흰색 대리석으로 외벽을 붙인 샹젤리제 극장에 도착해서 우리는 엘리베이터를 타고 꼭대기 층에 있는 레스토랑으로 올라갔다. 목재와 유리, 화강암을 섞어 정결하게 인테리어를 꾸민 레스토랑 내부는 파스텔 톤이 주조를 이루는 가운데 자두 빛 기둥들이 액센트를 주고 있었다.

"음료부터 하시겠습니까?"

실크 커튼을 쳐 특별히 조용한 공간으로 꾸민 작은 알코브 테이블로 우리를 안내한 헤드 웨이터가 물었다.

나는 샴페인을 두 잔 시킨 다음 주머니에서 자그마한 은색 통을 꺼냈다.

"약속 지켰어요."

나는 그녀에게 통을 건넸다.

"보석이에요?"

"아니, 쓸데없이 흥분하지 말아요."

"와, USB 키네! 당신, 소설을 다 썼구나!"

빌리가 뚜껑을 열며 탄성을 질렀다.

내가 그녀를 향해 고개를 끄덕이는 사이 웨이터가 테이블에 아페리티프를 내려놓고 갔다.

"나도 당신한테 줄 게 있는데!"

빌리가 한껏 신비스러운 목소리로 가방에서 휴대폰을 하나 꺼냈다.

"건배하기 전에 당신한테 줘야겠어요."

"이건 내 전화잖아."

"맞아요, 오늘 아침에 내가 잠깐 슬쩍했어요. 내가 워낙 뒤지는 걸 좋아하는 사람이란 거 잘 알면서……."

빌리가 태연하게 말했다. 그녀가 내가 구시렁거리며 휴대폰을 챙겨 넣는 모습을 활짝 웃는 얼굴로 지켜보았다.

"이왕 휴대폰을 손에 넣은 김에 당신한테 온 문자 메시지도 몇 개 봤어요. 오로르와는 잘 돼가는 것 같더라!"

빌리의 말이 전혀 틀린 건 아니었지만 나는 고개를 세게 흔들며 부인했다. 지난 몇 주 사이에 오로르한테서 문자가 많이 온 건 사실이었다. 한결같이 애정이 듬뿍 담긴 내용인 것도 사실이었다. 보고 싶다고, 그동안 나한테 잘못한 일이 많았다고 적어 보낸 글들을 통해 오로르는 은근히 '다시 시작하자.'는 메시지를 담고 있었다. 빌리의 눈에는 우리 두 사람이 다시 옛날로 돌아갈 수 있으리라 보였을 것이다.

"오로르가 당신을 다시 사랑하게 된 거야. 내가 말했었잖아요, 나도 나에게 해당되는 계약 내용을 반드시 지킬 거라고!"

빌리가 주머니에서 구겨진 종이 냅킨을 꺼냈다. 멕시코의 한 휴게소 식당에서 만든 계약서였다.

"그때가 정말 좋았어."

나는 우리가 함께 계약서에 사인했던 날을 떠올리며 아련한 추억에 젖어들었다.

"맞아요, 그날 내가 불이 번쩍 나게 당신 뺨을 후려쳤잖아요. 기억하죠?"

"그럼 오늘 밤이 우리의 모험을 끝내는 날인가?"

빌리가 짐짓 유쾌한 표정을 지어 보였다.

"네, 맞습니다. 우리 둘 다 임무 완수를 했으니까. 당신은 소설을 끝냈고, 나는 사랑하는 여자를 당신한테 되찾아주었으니까."

"이제 내가 사랑하는 여자는 당신이에요."

"제발 일을 복잡하게 만들지 말아요."

빌리가 한창 말을 하는데 헤드 웨이터가 주문을 받기 위해 우리 테이블로 다가왔다.

나는 슬픔을 감추기 위해 고개를 돌렸다. 내 시선은 파리의 정경이 아래쪽으로 황홀하게 펼쳐지고 있는 아찔한 아트리움 창문 밖을 헤매고 있었다. 웨이터가 주문도 받지 않고, 슬쩍 자리를 피했다.

"아주 구체적으로, 이제 우리는 어떻게 되는 거죠?"

"벌써 여러 번 얘기했잖아요, 톰. 당신이 원고를 편집자한테 보내면, 원고를 읽는 순간 편집자의 머릿속에 당신이 이야기를 통해 표현한 상상의 세계가 펼쳐지는 거죠. 그 상상의 세계가 바로 내가 가 있을 곳이에요."

"당신이 있을 곳은 바로 여기, 내 옆이야."

"아니, 그건 불가능해요. 난 현실 세계와 픽션의 공간에 동시에 존재할 수 없어요. 난 여기서는 살 수 없다니까요. 난 죽다 살아났잖아요. 아직도 이렇게 살아 있는 게 기적이에요."

"걱정하지 말아요. 앞으로는 지금보다 훨씬 더 건강해질 거예요."

"지금이 내게는 유예받은 시간이라는 걸 잘 알잖아요. 계속 여기 있다 보면 다시 아프게 될 거예요. 그때는 더 살지 못할 거예요."

나는 체념한 듯 말하는 빌리의 태도가 몹시 당황스러웠다.

"내 눈에는 왜 당신이 나를 떠나게 돼 신이 난 사람처럼 보일까?"

"나 역시 조금도 신나지 않아요. 우린 처음부터 관계가 일시적일 수밖에 없다는 걸 알고 시작한 사람들이에요. 우리 관계에는 미래가 없고, 함께 삶을 일구어 갈 수 없다는 것도 다 알고 있었잖아요."

"하지만 우리 사이에 그동안 많은 일들이 일어났어."

"그렇죠. 지난 몇 주 동안 우리는 유예된 행복을 누렸어요. 하지만 우리 두 사람은 현실에서 도저히 양립할 수 없어요. 당신은 현실 세계에 사는 사람이고, 나는 상상력의 피조물일 뿐이니까."

"무슨 말인지 알았어요. 하지만 아무리 그래도 최소한의 슬픔은 내비쳐야 하는 것 아닌가?"

나는 자리에서 일어나 냅킨을 의자에 걸쳐 놓고 수중에 있던 돈을 꺼내 테이블에 올려놓은 다음 레스토랑을 걸어 나왔다.

도시를 꽁꽁 얼리는 강추위가 뼛속까지 스며들었다. 나는 외투 깃을 올리고 플라자호텔 앞에서 택시를 타기 위해 몽테뉴 애비뉴를 걸어 올라갔다.

빌리가 뒤따라 달려와 내 팔을 꽉 잡았다.

"당신은 이런 식으로 날 떠날 권리가 없어. 우리가 함께 한 시간을 이렇게 짓밟을 권리가 없다고."

눈물이 빌리의 뺨을 타고 흘러내렸고, 몸을 떨고 있는 그녀의 입에서는 김이 하얗게 새어 나왔다.

"당신, 대체 무슨 생각을 하는 거야? 당신을 떠나보낼 생각을 하는 지금 내가 제정신일 것 같아? 이 한심한 사람, 내가 당신을 얼마나 사랑하는지도 모르면서."

빌리는 내 비난이 섭섭하고 화가 났던 것이다.

"내가 솔직하게 말해볼까요? 지금까지 살면서 당신처럼 마음이 편안해지는 남자를 만난 건 처음이에요. 누군가에게 이런 감정을 느낄 수 있는지조차 몰랐어요. 정열이 존경과 유머, 따뜻함과 공존할 수 있는 감정이라는 것도 이번에 처음 알았어요. 당신은 나한테 책 읽는 기쁨을 가르쳐준 유일한 사람이에요. 내 얘기를 진지하게 들어준 유일한 사람이고, 당신 앞에서는 무슨 말을 하든 나 자신이 바보처럼 느껴지지 않았어요. 당신은 내 다리만 섹시하다고 생각하지 않고, 내 말솜씨도 섹시하다고 봐주는 유일한 남자였어요. 어떻게 한번 같이 자볼까 궁리하는 인간들과는 달리 나라는 사람의 여러 가지 면을 봐주었어요. 그런데 바보처럼 그런 걸 모르고."

나는 빌리를 끌어안았다. 나 역시, 차오르는 분노를 억누를 길이 없었다. 내 생각만 한 이기적인 내가 싫었고, 현실과 픽션을 갈라놓고 우리 두 사람의 사랑을 막는 그 철옹성 같은 장벽의 존재에 이가 갈렸다.

마지막으로 둘이서 '우리 집'으로, 우리가 사랑을 꽃피운 퓌르스탕베르 광장의 아담한 아파트로 돌아왔다. 마지막으로 나는 벽난로에 불을 피우며 그녀에게 배운 솜씨를 보여주었다. 종이를 구겨 밑에 깔고 잔가지들을 올린 다음, 큼지막한 장작을 위에 얹어 원추형 텐트 모양을 만들었다.

마지막으로 우리는 맛이 기막힌 저급 오드비를 한 잔씩 마셨다.

마지막으로 레오 페레가 노래했다.

'시간이 흐르면, 모두 사라지지.'

벽난로 속의 불이 활활 타오르며 사방으로 영롱한 불빛을 비추었다.

우리는 소파 위에 누워 있었다. 나는 내 배에 머리를 올리고 누워 있는 빌리의 머리카락을 쓰다듬었다.

"당신 나한테 약속 하나 해요."

빌리가 나를 올려다보며 말을 꺼냈다.

"뭐든지 말해요."

"절대로 예전처럼 자신을 수렁에 빠뜨리는 짓은 하지 않겠다고 약속해요. 약에 취해 살지도 않겠다고."

빌리의 간절한 애원에 가슴이 아려 왔지만 또다시 혼자 남겨진다면 과연 그녀와의 약속을 지켜낼 힘이 있을지 자신이 없었다.

"당신은 다시 현실에 뿌리를 내렸어요. 다시 글도 쓰고, 사랑도 하고, 친구들도 곁에 있어요. 오로르와 행복하게 살고, 아이도 낳고. 다시는⋯⋯."

"오로르는 더 이상 들먹이지 마."

빌리가 소파에서 일어나면서 다시 말을 계속했다.

"내가 열 번을 다시 산다 해도 당신한테 진 빚은 다 갚지 못할 거예요. 앞으로 나한테 무슨 일이 벌어질지, 내가 어떤 세상에서 살게 될지 모르지만, 어디에 있든 내가 당신을 계속 사랑한다는 사실만은 변함이 없을 거예요."

빌리가 책상 쪽으로 걸어가더니 서랍을 열고 밀로가 복원한 책을 꺼냈다.

"지금 뭐 하려는 거야?"

소파에서 일어나려는 순간 나는 돌연 심한 현기증을 느꼈다. 머리가 무겁고 주체할 수 없을 정도로 졸음이 쏟아졌다.

내가 왜 이러지?

나는 몇 발짝 불안한 걸음을 떼었다. 빌리가 소설책을 펼쳤다. '그녀는 바닥에 나가떨어지면서'에서 갑자기 끝난 소설의 266페이지를 다시 읽는 것 같았다.

눈이 스르르 감기고 온몸에서 힘이 쫙 빠지자 나는 그때 비로소 깨달았다.

오드비였어! 빌리는 살짝 입술만 댔는데, 나는……

"당신, 병에 뭘 넣은 거야?"

빌리가 굳이 부인하지 않고 병원에서 몰래 들고나온 수면제 통을 주머니에서 꺼내 보여주었다.

"왜 그랬지?"

"당신이 날 놔줘야 하니까."

목 근육이 뻣뻣해지면서 심한 구역질이 났다. 어떻게든 나른함을 떨쳐버리려고 안간힘을 쓰면서 넘어지지 않으려고 두 발에 힘을 주었지만 주변의 사물이 둘로 보이기 시작했다.

내 시야에 마지막으로 또렷이 잡힌 장면은 부지깽이로 잉걸불을 뒤적여 불을 크게 살린 다음 책을 안으로 던지는 빌리의 모습이었다. 그 책을 통해 내게 왔으니 그 책을 통해 다시 떠나야 했던 것이다. 나는 떠나는 그녀를 잡지도 못한 채 바닥에 털썩 주저앉았다. 시야가 갈수록 흐려지고 있었다. 그녀가 내 컴퓨터를 켜는 모습이 어렴풋이 눈에 들어왔다. USB 키를 컴퓨터에 꽂으려는 것이리라.

주변의 사물이 가물가물 흔들렸지만 컴퓨터에서 이메일이 나가는 소리만은 분명히 귀에 들렸다. 그리고 나는 의식을 잃고 마룻바닥에 쓰러졌다. 혼미하게 잠으로 빠져드는 순간 '사랑해요.'라고 하는 가느다란 목소리가 희미하게 들려왔다.

맨해튼

매디슨 애비뉴

그때, 뉴욕은 오후 4시가 조금 넘은 시간이었다. 더블데이 출판사의 문학 팀장 레베카 타일러의 책상에서 인터폰이 울리며 비서의 목소리가 들려왔다.

"톰 보이드 선생님한테서 마지막 권 원고가 방금 들어왔어요."

"참 빨리도 보냈다. 벌써 몇 달째 기다리고 있는데."

레베카 타일러의 목소리에는 벌써 힘이 들어가 있었다.

"인쇄해서 드릴까요?"

"그래, 최대한 빨리."

레베카 타일러는 비서에게 시켜 저녁때 잡아놓은 약속 두 개를 취소했다. 출판사 입장에서는 《천사 3부작》 3권을 내는 것만큼 시급한 일은 없었다. 원고 내용이 어떤지 한시바삐 검토해야 했다.

레베카 타일러는 오후 5시가 조금 못 된 시간부터 원고를 읽기 시작해 꽤 오랫동안 쉬지 않고 읽었다.

비서인 재니스는 상사에게 이야기도 하지 않고 몰래 자기 몫으로 원고를 한 부 더 인쇄했다. 그녀는 저녁 6시에 퇴근해서 지하철을 타고 윌리엄스버그에 있는 작은 아파트로 돌아오는 내내 그런 정신 나간 짓을 한 자신을 이해할 수 없었다. 이런 식의 업무상 과실은 바로 해고 사유 아니던가. 엄청난 위험 부담을 안고도 《천사 3부작》의 뒷이야기가 너무 궁금해 간 큰 짓을 벌인 것이다.

그렇게 해서 결국 첫 번째 독자들의 머릿속에서 톰이 만든 상상의 세계가 펼쳐지기 시작했다.

이제부터 빌리가 살게 된 세계가.

파리

12월 24일

오전 9시

다음 날 아침, 눈을 떴는데 속이 울렁거리고 입 안이 몹시 텁텁했다. 휑하게 빈 아파트에는 냉기가 감돌았다. 벽난로에는 불 꺼진 자리에 회색 재만 남아 있었다.

하늘은 잔뜩 흐려 있고, 떨어지는 빗방울이 유리창을 때렸다.

빌리는 왔던 때와 다름없이 내 인생에서 홀연히 사라졌다. 내 가슴을 꿰뚫고 지나간 총알처럼……

나는 다시 처량하게 홀로 남았다.

37. 두 절친한 친구의 결혼

정말로 진정한 친구는 새벽 4시에도 전화를 걸 수 있는 친구이다.
_마를레네 디트리히

8개월 후

9월 첫째 주

캘리포니아, 말리부

괴짜 억만장자가 1960년대에 프랑스의 성을 모방해 건축한 대저택이 주마비치 언덕에 드넓게 자리 잡고 있었다. 6헥타르의 땅에 조성된 녹지와 정원들, 포도밭을 보고 있으면 서퍼들과 백사장이 지척인 해변도시에 있다기보다는 프랑스 부르고뉴 지방의 시골 마을에 와 있는 것 같은 착각이 들었다.

이 철저하게 보호된 공간에서 밀로와 캐롤의 결혼식이 거행되었다. 빌리가 나를 떠나고 난 후부터 급속히 가까워진 두 사람의 사랑이 결실을 맺는 순간이었다. 나는 오랫동안 유예되었던 행복을 뒤늦게 누리게 된 두 친구의 결혼식을 누구보다 더 축하해주었다.

삶은 다시 제자리를 찾았다. 나는 그동안 진 빚을 다 청산하고 사법적인 문제들도 깨끗이 처리했다. 《천사 3부작》 3권은 여섯 달 전에 출간되어 독자들을 만났다. 내 소설을 원작으로 제작된 영화는 3주 넘게 여름 박스 오피스 상위권을 차지했다.

할리우드는 새옹지마라는 말을 절감할 수 있는 곳이었다. 한때 방황하는 루저였던 나는 어느새 잘나가는 베스트셀러 작가로 돌아와 있었다. Sic transit gloria mundi[*]

다시 사무실을 연 밀로는 제갈공명 같은 지혜를 발휘하며 업무를 처리했다. 저당 잡혔던 부가티를 되찾아 왔지만 미래의 아내가 임신한 사실을 알게 돼 볼보의 스테이션왜건을 선택했다.

한마디로 그는 예전의 밀로가 아니었다.

겉으로 보기에는 순탄하게 사는 듯 보였지만 빌리가 떠난 후 내 속은 하루하루 썩어들어가고 있었다. 나는 그녀가 가슴 깊숙이 남기고 떠난 마르지 않는 사랑의 샘을 속수무책으로 끌어안고 살았다. 그렇지만 그녀와의 약속을 지키기 위해 '항우울제, 진정제, 크리스털메스'의 노예가 되는 짓은 하지 않았다. 나는 어떻게든 맨정신으로 버티려고 애썼다. 무력감에 빠지지 않으려고 일부러 '투어' 사인회 일정을 잡고 몇 달에 걸쳐 전국 방방곡곡을 누볐다. 다시 세상과 만나는 것만 해도 나에게는 톡톡한 치료 효과가 있었다. 하지만 혼자 남겨지기 무섭게 빌리와의 추억이 고통스럽게 되살아나 견딜 수 없었다. 그녀를 처음 만나던 날의 마법 같은 순간, 불꽃 튀듯이 오간 설전들, 우리 둘만의 내밀한 사랑의 의식이 잉태되던 순간…….

이제 사랑을 포기한 나는 오로르와도 연락을 완전히 끊었다. 우리는

[*]시크 트란시트 글로리아 문디. 세상의 영화는 이렇게 사라진다는 뜻

재결합을 시도할 관계가 아니라고 판단했다. 나는 미래에 대한 특별한 계획 없이 하루하루 주어지는 대로 살고 있었다. 하지만 다시 예전처럼 수렁에 빠지는 것만큼은 나 스스로 용납할 수 없었다. 다시 한번 무너 진다면 영원히 재기하기 어려우리라. 내게 삶의 희망을 주기 위해 애쓰 는 캐롤과 밀로의 우정을 또다시 실망감으로 갚을 수는 없었다. 나는 두 친구를 위해 슬픔과 상처를 마음속으로 감춘 채 그들이 매주 금요 일마다 주선하는 '맞선' 자리를 기꺼이 수락했다. 그들은 내 배필을 구 해주기 위해 모든 인맥을 동원해 '숨은 진주'를 찾아내고자 했다. 두 사 람이 애쓴 덕분에 나는 몇 달 만에 캘리포니아의 미혼 독신 여성들 중에 서 엄선된 상대들. 가령 대학교수, 시나리오 작가, 교사, 심리학자 등 과 숱한 만남을 가졌다. 하지만 특별한 관심 없이 예의상 나갔던 자리 는 식사로만 끝이 났다.

"증인한테 한 말씀 들읍시다."

하객 중 누군가가 소리쳤다.

우리는 대형 흰색 천막에서 하객들을 맞이하고 있었다. 캐롤과 업무 상 관련이 있는 경찰, 소방관, 응급 구조대원들이 대부분 가족 동반으 로 결혼식에 참석했다. 신랑 측 하객으로는 밀로의 어머니와 내가 유일 했다. 식장은 격식을 차리지 않는 편안한 분위기였다. 천막 아래로 내 려온 포목 커튼이 탁탁 소리를 내고 바람에 날리면서 상큼한 풀냄새와 바닷바람을 실어 나르고 있었다.

"증인, 한 말씀해주세요!"

하객들이 합창하듯 외치며 나이프를 들고 잔을 땡땡 두들기기 시작 했다. 나는 자리에서 일어나 웬만하면 피하고 싶었던 축사를 할 수밖에 없는 입장이 되었다. 두 친구를 향한 나의 깊은 애정은 40명의 하객들 앞에서 말로 표현할 수 있는 게 아니었다.

내키지 않았지만 나는 좌중이 고요해진 가운데 축사를 하기 위해 자리에서 일어났다.

안녕하세요, 여러분.

저의 두 절친한 친구이자 솔직히 말해 저한테 딱 둘밖에 없는 진정한 친구들의 결혼식에 증인으로 서게 되어 정말 영광스럽습니다.

나는 먼저 캐롤을 쳐다보았다. 코르셋 위에 작은 크리스털이 무수하게 박힌 웨딩드레스를 입은 그녀의 모습은 눈부시게 아름다웠다.

캐롤, 우리 둘은 어렸을 때부터 알고 지냈지. 아니 영원히 알고 지냈다 해도 과언이 아니야. 네 인생과 내 인생은 떼려야 뗄 수가 없어. 네가 행복하지 않으면 나 역시 절대로 행복해질 수 없어.

내가 싱긋 웃자 캐롤이 윙크로 화답했다. 나는 이번에는 밀로를 보며 이야기했다.

내 형제 밀로, 우린 힘든 어린 시절부터 지금 나름 성공했다고 자부하기까지, 평생을 동고동락해왔어. 우린 함께 실수도 했고, 다시 만회도 했어. 우리 함께 다 잃었던 걸 되찾았지. 앞으로 남은 인생도 우리 함께 헤쳐 나가길 진심으로 바랄게.

밀로가 가볍게 고갯짓을 했다. 감격한 그의 눈에 눈물이 촉촉하게 맺혀 있었다.

본래 작가는 말을 밑천으로 삼는 직업인데, 오늘 이렇게 하나가 되는 두 사람을 지켜보는 나의 행복을 도저히 말로는 표현할 수 없을 것 같아.

지난 일 년도 넘는 시간 동안 너희 두 사람 덕분에 내 인생에 든든한

버팀목이 있다는 사실을, 어떤 힘든 상황에서도 그 버팀목에 의지할 수 있다는 사실을 새삼 깨닫게 됐어. 기쁨은 나누면 배가 되고 슬픔은 나누면 반이 된다는 걸 너희 두 사람의 우정이 가르쳐주었어.

정말, 진심으로 고마워. 이번에는 내가 너희들한테 약속할 차례야. 행복을 지키기 위해 너희들이 나를 필요로 할 때, 언제나 내가 너희들 곁에 있을 거야.

나는 하객들을 향해 잔을 들었다.

이렇게 축하해주러 오신 여러분께 진심으로 감사드립니다. 신랑 신부를 위해 건배하시죠.

"신랑 신부를 위해 건배!"

하객들이 일제히 외쳤다.

캐롤은 눈물을 훔치고, 밀로는 걸어와 나를 껴안았다.

"잠깐 얘기 좀 하자."

밀로가 내 귀에 대고 말했다.

우리는 조용하게 얘기할 만한 곳을 찾다가 백조 떼가 유유히 헤엄치고 있는 호수 옆, 보트 창고로 들어갔다. 삼각형 박공 장식을 한 아담한 창고 건물 안에는 나무로 만들어 니스 칠을 한 주인의 수집용 보트가 여러 척 보관되어 있었다. 시간이 멈춘 듯 오래된 뉴잉글랜드의 색채가 짙게 풍기는 곳이었다.

"할 얘기가 뭐야, 밀로?"

밀로가 목에 맨 넥타이를 풀었다. 태연한 척 하려고 무척이나 애를 쓰고 있는데, 얼굴에는 거북하고 걱정스러운 기색이 완연했다.

"더 이상 거짓말하면서 못 살겠어. 진작 얘기했어야 한다는 건 알지만 말이야."

밀로가 말을 멈추고 눈두덩을 문질렀다.

"이 좋은 날에 대체 무슨 일인데 그래?"

나는 갑자기 궁금해졌다.

"설마 이번에도 주식에 손을 대 막심한 손해를 봤다는 얘기를 하려는 건 아니겠지?"

"물론 그건 아니고, 빌리 말이야."

"뭐, 빌리?"

"그 아가씨…… 빌리는 실제로 있어. 그러니까 내 말은 정말 빌리가 아니라……."

나는 그의 의중을 도저히 헤아릴 길이 없었다.

"젠장 남들이 보면 낮술깨나 했다고 그러겠다."

밀로는 냉정을 찾으려고 심호흡을 크게 하면서 목수용 작업대에 앉았다.

"옛날로 거슬러 올라가 이야기를 시작해야 돼. 1년 전에 네가 어떤 상태였는지 잘 알 거야. 사람이 완전히 망가져 바보처럼 과속에, 약물복용에, 온갖 범법 행위를 다 저지를 때잖아. 넌 글 한 줄 못 쓰고 자기 파괴적인 우울증에 빠져 지냈어. 병원 치료도, 약도, 우리의 격려도 전혀 도움이 되지 않는 상황이었어."

밀로의 옆에 앉아 이야기를 듣다 보니 무슨 말이 튀어나올지 은근히 걱정이 되었다.

"어느 날 아침에 편집자한테서 전화가 왔어. 《천사 3부작》 2권의 특별판 인쇄 과정에서 문제가 생겼다고. 심부름 회사를 통해 문제의 책을 받아 보니까 '그녀는 바닥에 나가떨어지면서'에서부터 인쇄가 끝나버렸더군. 그날 내내 그 문장이 내 머릿속을 떠나지 않았어. 그날 오후에 〈컬럼비아 픽처스〉 스튜디오에서 약속이 잡혀 있었어. 영화사 사람들을 만나러 갔는데, 프로듀서들이 네 소설을 각색한 영화의 캐스팅 작업을 한창 마무리하는 중이었지. 마침 제작팀이 조연급 배우들을 뽑으려고 오디션을 보러 온 사람들한테 연기를 시키는 장면을 구경하게 됐어. 빌리 역할을 맡을 여배우를 뽑기 위해 오디션을 하는 스튜디오에 한참 동안 머물렀거든. 거기서 바로 그 아가씨를 만났어."

"어떤 아가씨?"

"릴리라는 이름을 가진 가난한 배우 지망생. 그 아가씨는 영화에 캐스팅되기 위해 수없이 오디션을 보러 다닌다고 하더라고. 창백한 얼굴에 속눈썹을 마스카라로 짙게 감아올렸는데 존 카사베츠 감독의 영화에 여주인공으로 나오면 딱 어울릴 만큼 피로에 찌들어 보였어. 내가 보기에는 연기가 아주 뛰어난 아가씨였는데, 조감독은 혹평을 했지. 내 눈에는 그 아가씨가 딱 빌리였지. 조감독이란 사람이 어찌나 보는 눈이 형편없는지 정말 답답하더군. 어쨌든 난 오디션이 끝난 후 그 아가씨에게 한잔 하자고 청했어. 그러면서 그동안 살아온 이야기를 듣게 되었어."

밀로는 내 눈치를 살피느라 잠깐 동안 말을 멈추었다. 그는 신중하게 말을 고르는 모양이었지만 나는 그가 더 이상 말을 빙빙 돌리는 걸 참을 수 없었다.

"빌어먹을! 하던 얘기나 계속해!"

"릴리는 몇 군데서 웨이트리스로 일하며 영화 배우가 되기 위해 사람들 모르게 드문드문 모델 일을 하고 있었어. 잡지 화보도 몇 번 찍었고,

싸구려 광고와 단편 영화 몇 편에도 출연했나봐. 하지만 케이트 모스가 아닌 이상 모델 일이 어디 쉬운 일이어야 말이지. 아직 젊은 나이였는데 내 눈에는 조만간 커리어가 끝날 여자처럼 보였어. 냉혹한 패션모델의 세계에서 전망도 없이 헤매는 딱한 처지였지. 그쪽 일이란 게 원래 모델을 소모품처럼 여기는 곳이잖아. 스물다섯에 뜨지 못하면 영원히 전망이 없다고 봐야지."

내 등골을 타고 목덜미까지 오싹 소름이 끼쳤다. 관자놀이가 불끈불끈 뛰었다. 그의 입에서 나올 진실을 듣는 게 두려웠다.

"지금 대체 무슨 얘길 하려는 거야? 너, 그 아가씨와 무슨 거래를 한 거야?"

"내가 1만 5천 달러를 제안했어. 빌리 역할을 해주는 조건이었지. 영화가 아니라 진짜 네 삶에서."

38. 릴리

카드를 나눠주는 건 운명이 하지만, 그 카드를 내는 건 우리가 한다.
_랜디 포시

"내가 빌리 역할을 해주는 조건으로 1만 5천 달러를 제안했어. 영화
가 아니라 진짜 네 삶에서."

밀로의 고백을 듣고 나자 어퍼컷이라도 한 대 날아온 느낌이었다. 나
는 흠씬 두들겨 맞고 그로기 상태로 링 한가운데 나자빠진 권투선수였
다. 내가 어안이 벙벙한 틈을 타 밀로가 변명을 시작했다.

"네가 얼마나 어이없어할지 알아. 하지만 결과적으로 다 잘됐잖아.
도저히 팔짱 끼고 앉아 기다릴 수만은 없었어. 아주 강한 전기충격이라
도 줘야 네가 반응을 보일 것 같았지."

앞뒤 맥락을 전혀 잡지 못한 채 그의 말을 듣자니 혼란스럽기 그지없
었다.

빌리가 배우였어? 우리의 모험이 다 사기극이었다고? 나는 두 눈 멀
쩡히 뜨고 그들에게 우롱당했다는 사실을 도저히 인정할 수 없었다.

"아니, 난 네 말을 못 믿겠어. 앞뒤가 안 맞잖아. 흡사한 외모 말고도

빌리의 존재를 실제로 입증할 만한 게 너무나 많았어."

"뭐 말이야?"

"예를 들어 문신."

"그 문신은 가짜였어. 영화 메이크업 분장가한테 부탁해서 임시로 만든 거였지."

"그녀는 빌리의 삶에 대해 모르는 게 없었어."

"내가 릴리한테 네 소설을 정독하고 빌리의 캐릭터를 분석해야 한다고 일러두었어. 그녀가 내 말을 철저하게 따른 결과야. 네 컴퓨터 패스워드는 안 줬는데, 그 아가씨가 주인공들의 인물정보를 어떻게 손에 넣었는지는 나도 모르겠어."

"그러는 넌, 그 파일을 어떻게 봤는데?"

"전문가를 고용해 네 컴퓨터를 해킹했지."

"넌 정말 나쁜 자식이야!"

"아니, 친구로서 할 일을 한 것뿐이라 생각해."

밀로가 아무리 설득해도 나는 그의 해명을 쾌히 받아들일 마음의 준비가 되어 있지 않았다.

"넌 날 감금하려고 정신과 의사한테 데려가기까지 했잖아."

"내 계획대로 일이 잘 풀리게 되면 분명 네가 입원을 거부하고 병원에서 도망칠 거라 예상했으니까."

내가 '빌리'와 함께 한 시간들이 영화 속 장면들처럼 또렷이 떠올랐다. 나는 우리가 함께했던 장면 하나하나를 세세히 떠올리면서 밀로의 주장을 반박할 만한 근거를 찾으려 애썼다.

"잠깐! 부가티가 고장 났을 때 그녀가 척척 수리해냈었어. 오빠들이 정비공이 아니고서야 어떻게 기계를 그렇게 잘 다룰 수 있지?"

밀로가 기다렸다는 듯 즉각 대답했다.

"내가 일부러 부가티의 케이블을 하나 끊어놨던 것뿐이야. 네가 다시는 의심을 품지 못하게 쐐기를 박기 위해 우리 둘이 모의해서 꾸민 일이야. 아무리 반박할 말을 생각해봐도 소용없어. 하긴 너에게 의심을 살만한 일이 딱 한 가지 있었는데 다행히 들키지 않고 넘어갔지."

"그게 뭔데?"

"빌리는 왼손잡인데 릴리는 오른손잡이잖아. 참 우습지 않아?"

그 부분에 대해서는 전혀 기억나지 않았다. 그러니 밀로가 거짓말을 해도 나로서는 알 길이 없었던 것이다.

"네 설명이 아주 그럴 듯해. 하지만 네가 죽었다 깨어나도 해명할 수 없는 아주 중요한 점이 한 가지 있어. 바로 빌리가 앓던 병 말이야."

"멕시코에 도착하면서부터 일이 예상외로 급진전된 건 사실이야. 네가 다시 글을 쓸 정도까지는 아니었지만 꽤 상태가 호전된 것만은 분명했으니까. 더군다나 너와 그 아가씨 사이가 심상치 않았지. 둘 다 인정을 하지는 않았지만 서로를 사랑하기 시작한 거야. 그때, 너한테 솔직하게 다 털어놓을 생각을 했는데 릴리가 한사코 말렸어. 연기를 계속하자고 했지. 없던 병을 만들어내자고 한 것도 그 아가씨 아이디어였어."

나는 안개 속을 헤매는 기분이었다.

"대체 왜?"

"널 사랑했으니까. 네가 행복해지길 바랐으니까. 네가 다시 글을 쓰고, 오로르와 재결합하길 바랐으니까. 결국 그녀의 뜻대로 된 셈이지."

"그러면 그 아가씨의 머리카락이 백발이 된 건……."

"그건 염색한 거야."

"입 안에서 나온 잉크는?"

"만년필 잉크를 물고 있다 뱉은 것뿐이야."

"그럼, 멕시코에서 한 검사 결과는? 빌리의 몸에서 나온 셀룰로스는?"

"우리 둘이 꾸민 짓이야. 은퇴를 3개월 앞둔 필립슨 박사한테 내가 친구 놈을 제대로 한번 곯려주고 싶다고 얘기하고 협조를 부탁했어. 필립슨 박사는 가뜩이나 클리닉 안에 갇혀 의사 노릇이나 하는 게 따분해 죽을 지경이던 차였는데 그런 엉뚱한 소릴 들으니 귀가 번쩍 뜨일 수밖에. 그런데 다 된 밥에 코 빠뜨릴 뻔한 일이 발생한 거야. 오로르가 너한테 클루조 박사를 소개시켜주는 바람에 우리 계획이 수포로 돌아갈 뻔했지."

"클루조 박사는 결코 그런 농간에 동조할 사람이 아니지. 우리가 파리에 있었을 때 빌리가 보인 증상들은 연기로는 되는 게 아니었어. 그녀는 정말 죽을 뻔했다니까. 그건 내가 확신해."

"그건 네 말이 맞아. 그런데 정말로 믿기지 않는 일이 일어났어. 본인도 몰랐는데 빌리는 진짜로 병을 앓고 있었던 거야. 클루조 박사 덕분에 심장에 점액종이 있다는 것을 알게 됐지. 그런 면에서는 내가 너희 두 사람을 다 살렸다고도 할 수 있지."

"그럼 몇 주 동안 네가 전 세계를 누비며 찾아다니던 책은?"

"그건 내 예상이 완전히 빗나가긴 했어. 아무것도 모르는 캐롤이 순진하게 그 이야기를 철석같이 믿는 거야. 캐롤이 다 앞장서서 한 일이었어. 나는 그저 캐롤이 하자는 대로……."

나는 밀로가 미처 말을 끝낼 틈을 주지 않고 주먹을 날렸다. 그가 카펫 위로 나가떨어졌다.

"넌 나한테 그럴 권리가 없어."

"널 구할 권리가 없다는 뜻이야?"

밀로가 벌떡 일어났다.

"아니, 그건 권리가 아니라 의무였어."

"그렇다면 수단과 방법을 가렸어야지."

"아니, 수단과 방법을 가리지 않고 했어야 마땅한 일이었어."

밀로가 입가에 흐르는 피를 닦으며 열변을 토하기 시작했다.

"너라도 똑같았을 거야. 넌 캐롤을 지키려고 사람까지 죽였어. 그러니 내 앞에서 훈계 따위를 늘어놓지는 마. 그게 우리가 사는 방식이야. 우리 셋 중에 한 사람이라도 약해지면 나머지 둘이 물불 가리지 않고 뛰어드는 게 우리가 사는 방식이야. 우리가 지금 이렇게 건재할 수 있는 건 그렇게 살아왔기 때문이야. 네가 없었으면 나는 아직도 감옥에서 썩고 있겠지. 오늘처럼 사랑하는 여자와 결혼식도 올리지 못했을 거야. 네가 없었으면 캐롤은 지금처럼 생명을 잉태한 기쁨을 맛보기는커녕 목을 매달고 죽었을지도 몰라. 그리고 너는 어떻게 됐을까? 자포자기한 널 우리가 못 본 체했다면 어떻게 됐을까? 정신병원에 감금됐을까? 죽었을까?"

반투명 유리창들로 하얀빛이 새어 들어왔다. 나는 대답할 말이 떠오르지 않았다. 그때, 나는 다른 생각에 정신이 팔려 있었기 때문이다.

"그 아가씨는 지금 어떻게 됐어?"

"릴리? 난 전혀 모르지. 받을 돈을 받더니 그 길로 내 인생에서 사라졌으니까. 내 생각에는 로스앤젤레스를 떠난 것 같아. 지난번에 한번 소식이 궁금해 그녀가 주말마다 일하던 나이트클럽에 찾아가 봤어. 그런데 그녀를 다시 봤다는 사람이 아무도 없더라고."

"그 아가씨 성은 뭔데?"

"나도 몰라. 릴리라는 이름이 본명인지도 확실하지 않아."

"그럼 그 아가씨를 찾을 만한 단서가 아무것도 없어?"

"네 마음은 충분히 이해하지만 지금 네가 찾는 여자는 한때 네가 사랑했던 빌리가 아니야. 스트립쇼 클럽의 웨이트리스이자 B급 배우일 뿐이야."

"네 충고 따윈 필요 없어. 그러니까, 다른 정보는 없단 말이지?"

"없어. 너한테 정말 미안하게 됐다. 하지만 과거로 다시 돌아간다 해도 난 열 번이고 백 번이고 똑같은 선택을 할 거야."

나는 밀로의 고백을 듣고 착잡한 심경으로 창고를 나와 호수에 놓인 나무 배다리 위를 몇 걸음 걸었다. 인간들의 고뇌에 무심한 하얀 백조들이 야생 붓꽃들 사이를 한가로이 헤엄치고 있었다.

나는 주차장에서 차를 꺼내 해변을 따라 산타모니카를 향해 달리다가 로스앤젤레스 도심으로 들어갔다. 혼돈스런 머리로 운전대를 잡고 있다 보니 목적지도 없이 마냥 액셀러레이터만 밟고 있는 느낌이었다. 그런데 잉글우드를 가로질러 반 네스 애비뉴, 버몬트 애비뉴를 계속 달리다 보니 보이지 않는 힘에 이끌려 어느새 어릴 적 살던 동네에 와 있었다.

나는 타고 간 컨버터블을 화단 바로 옆에 세웠다. 예나 지금이나 화단에는 버려진 담배꽁초와 빈 캔들밖에 보이지 않았다. 내가 살던 고층 아파트 주변은 예전과 달라진 게 아무것도 없었다. 아스팔트 위에 서 있는 농구대를 향해 뛰어오르며 공을 던지는 녀석들, 무료한 표정으로 담벼락에 붙어 서서 볼거리가 생기기만을 기다리는 녀석들이 만들어내는 풍경도 옛날 그대로였다. 한순간, 어떤 녀석이 나한테 소리를 지르면서 시비를 거는 것 같은 착각이 들었다.

"어이, 거기 밥맛!"

그러나 나 같은 이방인에게 집적거리는 사람은 아무도 없었다. 나는 농구장 철책을 따라 주차장까지 걸어갔다. '나의' 나무는 여전히 제자리를 지키고 있었다. 더 부실하고 앙상한 모습이지만, 여전히 그 자리에 서 있었다. 나는 예전처럼 나무밑동에 등을 기대고 마른 풀밭에 앉았다.

이때 미니 쿠퍼 한 대가 쌩하고 주차장 안으로 들어오더니 주차 자리 두 개에 걸쳐 섰다. 아직 웨딩드레스 차림인 캐롤이 차에서 내렸다. 오른손에는 큼지막한 배낭을 들고, 왼손으로는 드레스가 땅바닥에 끌리지 않게 드레스 자락을 잡은 그녀가 나를 향해 걸어오고 있었다.

"날씨 한번 좋습니다. 주차장에서 결혼식이 있다?"

농구장에 있던 약삭빠른 녀석 하나가 소리쳤다.

동정을 살피러 주차장으로 우르르 몰려온 녀석의 친구들이 금세 다시 농구장으로 돌아갔다.

캐롤이 나무 밑으로 걸어왔다.

"안녕, 톰."

"안녕, 너 날짜를 착각했나봐. 오늘이 내 생일 아니거든."

빙긋 미소를 띠던 캐롤의 얼굴에서 갑자기 눈물이 주르륵 흘러내렸다.

"일주일 전에 밀로한테서 다 들었어. 그전에는 정말 난 아무것도 몰랐어, 맹세해."

캐롤이 주차장의 야트막한 담장에 올라앉았다.

"결혼식을 망쳐서 미안하다."

"괜찮아. 그래, 기분은 좀 어때?"

"믿었던 친구에게 심하게 농락당했다는 걸 겨우 깨달은 사람의 허탈

한 기분."

내가 담뱃갑을 꺼내는 캐롤을 제지했다.

"너, 이게 무슨 정신 나간 짓이야? 임신한 몸이라는 거 몰라?"

"그러는 너야말로 바보 같은 소리 좀 그만해. 이번 일을 그런 식으로 바라보면 안 돼."

"그럼 내가 이번 일을 대체 어떻게 바라보아야 한단 말이야? 나는 완전히 속았어. 그게 다야. 그것도 세상에서 가장 믿었던 친구한테!"

"내 말 잘 들어. 내가 그 아가씨와 널 지켜봤어. 내가 널 쳐다보는 그 아가씨의 눈빛을 다 봤어. 그런 감정은 아무리 꾸며도 되는 게 아니야. 내가 장담할 수 있어."

"아니, 돈을 받고 한 가식적인 연기일 뿐이었어. 1만 5천 달러짜리 연기였지."

"그렇게 심하게 이야기할 것까진 없잖아. 밀로가 그 여자에게 너와 자달라는 이야기는 하지 않았어."

"어쨌든 그 여자는 계약이 끝나고 나자 줄행랑을 치기에 급급했어!"

"조금이라도 그녀의 입장에서 생각해봤어? 그녀인들 다른 사람 연기를 한다는 게 쉬웠겠어? 네가 그녀를, 그러면서도 동시에 그녀 아닌 다른 사람을 사랑하는 걸 바라보는 심정이 어떨지 생각해봐."

캐롤의 말에 일리가 있었다.

내가 사랑했던 사람은 누굴까? 내가 만들어내고, 밀로가 인형처럼 조종한 사람? 아니면 운명 같은 배역을 맡았다고 믿은 한 실패한 무명 배우? 아니, 그 어느 쪽도 아니었다. 내가 사랑한 사람은 멕시코 사막 한가운데서 둘이 함께 있을 때 얼마나 감미롭고 행복한지 깨닫게 해준 바로 그 여자였다.

"그 여잘 반드시 다시 찾아야 해. 그러지 않으면 넌 평생 후회할 거야."

나는 고개를 가로저었다.

"불가능해. 그녀는 어디로 떠났는지 행방이 묘연해. 난 그녀의 성이 뭔지도 몰라."

"그걸 지금 핑계라고 대고 있는 거야?"

"그게 무슨 말이야?"

"나는 말이야. 네가 행복하지 않으면 절대로 행복해질 수 없어."

힘주어 말하는 캐롤의 목소리에 진정성이 배어 있었다.

"여기, 너한테 전해줄 게 있어."

캐롤이 가방에서 피 묻은 셔츠를 꺼냈다.

"선물은 고맙지만 난 피 묻은 셔츠보다는 컴퓨터가 좋아."

긴장된 분위기를 풀어볼 생각으로 내가 농담을 던졌다.

캐롤의 입가에도 미소가 번졌다.

"내가 밀로와 함께 네 집에 쳐들어갔던 날 기억하지? 네가 처음으로 우리한테 빌리 얘기를 꺼낸 날 말이야. 그날, 집 안이 엉망이었잖아. 테라스는 폭격이라도 맞은 듯 엉망이었고, 네가 입고 있던 옷과 유리창에는 피가 묻어 있었어."

"그래, 생각 나. '빌리'가 손바닥을 그어 자해한 날이잖아."

"그날, 피를 보고 나니까 이만저만 걱정스러운 게 아니었어. 온갖 끔찍한 상상이 다 되는 거야. 네가 누굴 죽였나, 아니면 사람을 다치게라도 했나. 그래서 다음 날 네 집에 들러 핏자국을 다 없앴어. 욕실에 들어가니 이 셔츠가 눈에 띄었지. 혹시 경찰 수사가 있을 때를 대비해 챙겨가지고 나와 지금까지 보관하고 있었어. 밀로한테 그간 벌어진 일을 모두 듣고 나서 DNA를 검출할 수 있을까 해서 실험실로 보내봤어. 검사 결과를 받고 나서 FBI DNA 데이터베이스인 CODIS와 교차조회를 해봤지."

캐롤이 긴장감을 조성하면서 배낭에서 하드커버 봉투를 한 장 꺼냈다.

"한데 네 예쁜 여자 친구가 전과자인 거야."

캐롤에게서 받은 봉투를 열어 보니 FBI 직인이 찍힌 서류의 복사본이 들어 있었다.

"이름은 릴리 오스틴, 1984년 오클랜드 태생이야. 지난 5년 동안 두 번 체포된 기록이 있었어. 다행히 죄질이 그리 나쁜 건 아니더군. 2006년에 낙태 찬성 집회에서 '공권력에 대한 도전 행위'로 한번 체포된 적이 있고, 2009년에는 공원에서 대마초를 피우다 걸려 체포됐어."

"그런 것도 전과기록에 남는 거야?"

"넌 CSI 같은 드라마도 안 봐? 캘리포니아 경찰에서는 공식 체포되었거나 피의자 신분인 사람들의 DNA 표본을 체계적으로 수집해 데이터베이스화 하고 있어. 너도 아마 전과자로 이름이 올라가 있을 거야."

"그녀의 새 거주지를 알아?"

"아니, 그런데 그녀의 이름을 우리 데이터베이스에 넣고 조회해보니까 이게 나오는 거야."

캐롤이 내게 건넨 종이는 올해 브라운대학 등록 기록이었다.

"릴리는 문학과 극작 전공으로 다시 공부를 시작했어."

"어떻게 브라운대학에 입학 허가를 받았을까? 최고 명문 대학이잖아."

"학교에 문의하니까 서류심사를 통한 특별전형으로 입학했다더라. 지난 몇 달 동안 공부를 엄청나게 했었나봐. 수학능력시험 성적도 아주 좋더라고."

　나는 릴리 오스틴이라는 낯선 여자의 존재에 매료되어 캐롤한테 받은 서류 두 개를 뚫어지게 쳐다보았다. 그녀의 실체가 조금씩 드러나는 순간이었다.

　"난 하객들에게로 다시 돌아가 봐야겠어."

　캐롤이 시계를 내려다보았다.

　"너에게도 어서 찾아가 만나봐야 할 사람이 있잖아."

　다음 월요일, 나는 보스턴행 첫 비행기를 타고 오후 4시에 보스턴 공항에 내렸다. 나는 공항에서 차를 한 대 빌려 프로비던스로 향했다.

　브라운대학 캠퍼스는 웅장한 빨간색 벽돌 건물들과 파란 잔디밭이 어우러져 무척이나 아름다웠다. 강의가 끝나가는 시간이었다. 릴리의 강의 시간표를 미리 확인하고 출발한 나는 대형 강의실 근처에서 떨리는 마음으로 그녀를 기다렸다.

　눈에 잘 띄지 않게 멀찍이 떨어져 강의실을 빠져나오는 학생들을 지켜보던 나의 눈에 빌리의 모습이 들어왔다. 그녀는 자칫하면 몰라볼 만큼 많이 변해 있었다. 머리를 짧게 자른 데다 머리 색도 예전보다 훨씬 짙어 보였다. 검정 스타킹에 회색 미니스커트를 입고 위에 타이트한 터틀넥 재킷을 걸친 모습이 마치 런던 걸 같았다. 처음에는 다가가 말을 걸 생각이었지만 함께 있는 학생들과 헤어질 때를 기다리기로 마음을 바꾸었다. 나는 친구들(남자 둘과 여자 하나)과 함께 학교 옆 카페로 들어가는 그녀를 미행했다. 나는 몸을 숨긴 채 그녀가 차를 마시면서 남학생 하나와 열띤 토론을 벌이는 모습을 지켜보았다. 칼리엔테*한 외모

* '핫'이라는 뜻의 스페인어

에 제법 멋을 부린 녀석이었다. 보면 볼수록 그녀는 어느 때보다 안정되고 행복해보였다. 로스앤젤레스에서 멀리 떨어진 학교에서 공부하면서 심리적인 안정을 되찾은 것이다. 그래, 이렇게 새 출발할 수 있는 사람도 있구나. 하지만 난, 여전히 제자리걸음이었다.

나는 그녀 앞에 모습을 드러내지 않고 카페를 나와 차에 올랐다. 대학생들의 세계를 보고 나니 괜스레 기분이 우울해졌다. 그녀가 행복한 모습을 확인한 건 물론 좋았다. 하지만 내가 오늘 본 여자는 그 옛날 '내' 빌리가 아니었다. 한눈에 봐도 그녀는 과거를 깨끗이 잊어버린 것 같았다. 20대 청년과 얘기를 나누는 그녀의 모습을 지켜보자니 내가 갑자기 팍 늙어 버린 느낌이었다. 결국 10년이라는 나이 차는 생각만큼 만만한 게 아닐 수도 있었다.

공항으로 다시 차를 몰면서 나는 헛걸음만 했다는 생각이 들었다. 아니, 후회스러웠다. 단 한 번밖에 오지 않는 순간의 이미지를 포착하는 데 실패한 사진작가처럼, 나는 내 인생에 다시 웃음과 빛을 줄 수 있는 결정적인 순간을 눈앞에서 놓치고 말았다.

로스앤젤레스로 돌아오는 비행기 안에서 나는 노트북을 켰다.

앞으로 지금까지 산 날만큼 더 살지 어떨지는 모르지만, 빌리 같은 여자는 다시는 만나지 못할 것이다. 몇 주 만에 내게 불가능한 것에 대한 믿음을 주었고, 굽이치는 비탄의 강줄기들이 마침내 고통의 절벽으로 떨어지는 그 아슬아슬한 세계에서 나를 구해준 여자.

빌리와 함께 한 여정은 끝났지만 나는 그 기억만큼은 잊고 싶지 않았다. 우리 이야기를 글로 써야 한다. 운명적인 사랑을 만나 아직 사랑을 가꾸어가는 행운아들 그리고 언젠가 그런 사랑을 만나기를 소망하는 사람들에게 우리 이야기를 들려주어야 하리라.

나는 워드 프로그램을 실행시킨 다음 빈 페이지에 다음 소설의 제목을 쳐 넣었다. 《종이 여자》.

비행기를 타고 돌아오는 다섯 시간 동안 나는 단숨에 첫 장을 써 내려갔다.

1장

해변의 집

"톰, 문 열어."

고함 소리만 바람 속으로 흩어질 뿐 대답은 돌아오지 않았다.

"톰, 나야, 밀로. 안에 있는 거 알아. 집구석 밖으로 좀 나오란 말이야, 빌어먹을!"

말리부
캘리포니아주, 로스앤젤레스 카운티
해변의 집

밀로 롬바르도가 벌써 몇 분째 절친한 친구 톰의 집 테라스에 서서 나무 덧창을 부술 듯이 두드리고 있었다.

"톰, 문 열어. 안 그러면 따고 들어간다. 내가 그러고도 남을 놈이라는 거 잘 알잖아."

39. 아홉 달 후…….

소설가는 자기 인생의 집을 허물고 벽돌로 다른 집을, 자기 소설의 집을 짓는다.

_밀란 쿤데라

보스턴 구시가지에 봄바람이 불었다.

릴리 오스틴은 좁고 가파른 비콘 힐의 골목길을 걸어갔다. 꽃이 핀 나무들, 가스 가로등들, 육중한 목재 현관문이 달린 벽돌 주택들이 그림처럼 나타나는 이 동네는 보스턴에서도 특별히 매력적인 곳이었다.

리버 스트리트와 바이런 스트리트가 만나는 곳에 있는 골동품 가게 진열장 앞에서 잠깐 걸음을 멈추었던 그녀는 근처 서점으로 들어갔다. 실내 공간이 협소한 서점 안에는 수필집과 소설류들이 따로 분류되지 않고 섞여 있었다. 그녀의 눈길을 사로잡는 책이 있었다.

톰이 새 소설을 냈구나.

1년 반 전부터 그녀는 그와 마주치지 않으려고 서점에 올 때마다 픽션 코너를 피해 지나다녔다. 지하철이나 버스에서, 광고판에서, 더러는 카페에서 그와 마주치기라도 하면 괜히 쓸쓸해지면서 눈에 눈물부터 고였다. 학교 친구들이 그(그러니까, 그의 책들)의 이야기를 꺼내면 '난 그 사람과 부가티를 운전해 봤어. 그 사람과 멕시코 사막을 횡단했어. 그 사람과 파리에서 같이 지냈어. 그 사람과 사랑도 나눠 봤어.'라고 말하고 싶어 미칠 지경이었다. 《천사 3부작》 3권을 몰두해서 읽고 있는 사람들을 보고 있으면 괜히 우쭐한 기분이 들기도 했다. 사람들을 붙잡고 '당신이 이 책을 읽는 건 내 덕이에요. 작가가 날 위해 쓴 책이니까.'라고 소리라도 지르고 싶었다.

새 소설의 제목이 그녀의 눈에 들어왔다. 《종이 여자》.

궁금한 마음에 그녀는 책장을 넘기기 시작했다. 바로 그녀의 이야기였다. 그들의 이야기였다. 그녀는 계산대에서 책값을 치르고 밖으로 나와 퍼블릭 가든의 벤치에 앉아 계속 책을 읽었다.

그녀는 결말이 궁금해 도저히 책을 손에서 놓을 수 없었다. 그녀는 톰의 관점에서 두 사람이 지나온 이야기를 다시 읽으면서 그의 감정 변화를 흥미롭게 따라갔다. 그녀가 아는 이야기는 36장에서 모두 끝났다. 나머지 두 장을 읽기 시작하는 그녀의 가슴이 두근거렸다.

소설 속에서 톰은 그녀 덕분에 새 삶을 찾았다고, 그녀가 꾸민 일은 이제 다 용서할 수 있다고, 그녀는 떠났지만 아직 사랑은 남았다고 고백하고 있었다.

지난가을에 학교로 찾아왔는데 멀리서 그녀를 바라보기만 하고 발걸음을 돌렸다는 대목에서는 눈시울이 뜨거워졌다. 그녀도 1년 전 그와 똑같이 낙담해 돌아선 적이 있지 않던가. 어느 날 아침, 그녀는 그리움을 견디다 못해 무작정 로스앤젤레스행 비행기에 올랐다. 그들의 사랑이 아직 식지 않았기를 은근히 기대하며 진실을 고백하리라 굳게 마음먹고 떠난 길이었다.

초저녁에 말리부에 도착했는데, 해변에 있는 그의 집에는 사람이 없었다. 그녀는 혹시나 하는 마음에 택시를 잡아타고 퍼시픽 펠리세이즈에 있는 밀로의 빌라로 향했다.

불빛이 새어 나오는 창문 너머로 한창 저녁 식사 중인 두 커플의 모습이 보였다. 열렬히 사랑하는 것 같은 밀로와 캐롤 그리고 그녀가 모르는 여자와 함께 있는 톰. 너무도 참담했고, 톰이 자신을 잊지 못했을 거라고 멋대로 상상한 자신이 부끄러웠다. 그런데 이제 그 만남이 친구들이 그에게 배필을 찾아주려고 매주 주선한 '금요 맞선' 자리였다는 걸 알게 되었다.

마지막 책장을 넘긴 그녀의 가슴이 달음박질을 했다. 이번은 희망 사항이 아니라 확신이었다. 그들의 사랑은 아직 식지 않았다. 지금 읽은 소설이 첫 챕터였다면, 그를 다시 만나 두 번째 챕터를 함께 써야 한다.

비콘 힐에 땅거미가 내리고 있었다. 지하철을 타려고 길을 건너다 요크셔테리어 강아지를 옆구리에 끼고 점잔을 빼며 횡단보도를 건너는 한 노파와 마주쳤다.

빌리는 지금의 행복한 심정을 소리 질러 외치고 싶었다.

"'종이 여자'가 바로 저예요!"

그녀가 노파에게 책 표지를 보여주며 소리쳤다.

저희 〈유령들과 천사들의 서점〉에서는
6월 12일 화요일 오후 3시에서 6시까지
작가 톰 보이드 선생님을 모시고
신작 《종이 여자》의 사인회를 갖습니다.
독자 여러분의 많은 참석 부탁드립니다.

저녁 7시가 다 된 시간이었다. 독자들의 줄이 점점 줄어들고 사인회
가 거의 끝나가는 때였다.

밀로는 오후 내내 나와 함께 서점에 머물면서 기다리던 독자들과 얘
기를 나누고 가끔씩 재밌는 농담도 한마디씩 던져 분위기를 띄웠다. 친
화력 있고 편안한 그의 존재가 줄을 서서 기다리는 독자들의 지루함을
달래주는 역할을 했다.

"이런, 벌써 시간이 이렇게 됐나!"

시계를 들여다본 그는 깜짝 놀랐다.

"미안하지만 이 자리는 너 혼자 끝내야겠다. 난 아기 우유 주러 가야
해서!"

밀로는 이제 3개월짜리 딸아이를 둔 어엿한 아빠였다. 예상대로 녀석
은 아이라면 사족을 못 쓰는 팔불출이 되어 있었다.

"내가 벌써 한 시간 전부터 가보라고 했잖아."

밀로가 재킷을 걸치고 서점 직원들과 인사를 나누고는 서점을 나섰다.

"택시는 불러 놨어. 길 건너편 교차로에 와서 기다릴 거야."

밀로가 문턱에 서서 말했다.

"알았어. 캐롤한테 안부 전해."

나는 10분 정도 더 남아 사인을 마저 끝내고 서점 매니저와 이야기를
나누었다.

은은하고 포근한 느낌의 실내조명에 삐걱거리는 마룻바닥, 반짝반짝
왁스칠을 한 책꽂이들……. 〈유령들과 천사들의 서점〉은 요즘 흔히 볼

수 없는 서점이었다. 조그마한 동네서점과 《채링크로스 84번지*》의 중간 정도라고 할까. 언론에서 관심을 갖기도 전에 이 서점에서는 내 처녀작의 가치를 발견하고 독자들에게 소개해주었다. 그때부터 나는 새 책이 나올 때마다 늘 이 상징적인 장소에서 사인회 투어를 시작했다.

"저쪽으로 나가시면 돼요."

매니저가 내게 뒤쪽 출입구를 가리켰다. 그녀가 막 철제셔터를 내리기 시작하는데 누군가 밖에서 창문을 두드렸다. 뒤늦게 도착한 여성 독자 한 명이 책을 흔들어 보였다. 두 손을 모으면서 꼭 들어오고 싶다는 뜻을 전했다.

내게 눈으로 의사를 타진한 매니저가 여자를 안으로 들였다. 나는 만년필 뚜껑을 열고 다시 테이블에 앉았다.

"제 이름은 사라예요."

그녀가 책을 내밀었다.

막 사인을 끝냈는데 또 다른 여자 한 명이 열린 문을 통해 서점 안으로 들어왔다.

"성함이 어떻게 되시죠?"

"릴리요."

조용하고 차분한 음성이었다.

내가 책 첫 페이지에 이름을 적으려는 순간, 그녀가 한 마디 덧붙였다.

"빌리라고 써주셔도 괜찮아요."

나는 고개를 번쩍 들었다. 내 인생에 또 한 번의 기회가 주어지는 순간이었다.

*작가 헬렌 한프가 이 주소에 위치한 런던 고서점 주인과 우정을 쌓아가며 주고받은 편지들을 묶은 책

15분 후, 우리는 인도를 함께 걷고 있었다. 이번에는 그녀를 놓지 않을 생각이었다.

"바래다줄까요? 택시가 와서 기다리고 있는데."

"아니, 내 차가 바로 여기 있어요."

그녀가 내 뒤에 주차된 차를 가리켰다.

뒤를 돌아보던 나는 눈을 의심했다. 낡은 캔디 핑크색 피아트 500, 멕시코 사막에서 우리가 몸을 실었던 바로 그 차!

"내가 이 차에 얼마나 애착이 많은지 아마 모를 거예요."

"이 차를 어떻게 찾았어요?"

"아마 상상도 못 할 거예요. 영화 한 편은 족히 찍어야 할 테니까."

"어서 말해 봐요."

"이야기하자면 너무 길어요."

"나, 시간 많아요."

"그럼 일단 어디 가서 저녁 식사부터 해요."

"좋아요."

"그럼 내가 운전할게요."

그녀가 '힘 좋은' 차의 운전석에 먼저 자리를 잡고 앉았다.

나는 대기하던 택시 기사에게 요금을 줘 돌려보내고 릴리 옆 조수석에 앉았다.

"어디로 갈까요?"

그녀가 시동을 걸었다.

"당신이 원하는 대로."

그녀가 액셀러레이터 페달을 밟자 예나 지금이나 변함없이 볼품없고 불편한 '요구르트 병'이 부르릉 소리와 함께 앞으로 나아갔다. 나는 지금처럼 늘 그녀와 함께 있었던 것 같은 황홀한 착각에 빠져 마치 구름 위를 걷는 듯한 기분이었다.

"바닷가재랑 해산물 잘하는 집으로 갈게요. 멜로즈 애비뉴에 잘 아는 식당이 있어요. 아니, 당신이 오늘 저녁을 산다고 해야 갈 거예요. 요즘은 내 형편이 썩 좋지가 않아서. 이번에는 '난 이건 안 먹어. 이것도 안 먹고, 굴은 보기만 해도 끈적거려.' 같은 소리를 하며 까다롭게 굴기 없어요? 바닷가재는 당연히 좋아하겠죠? 난 바닷가재 정말 너무 좋아하거든요. 특히 코냑을 발라 살짝 불에 구운 걸 좋아하죠. 맛이 정말 끝내주거든요. 게는 어때요? 몇 년 전, 내가 롱비치에 있는 식당에서 웨이트리스로 일할 때 그 식당에서 '하늘을 나는 게'를 팔았어요. 그 게가 글쎄 나무 위까지 올라가 코코넛 열매를 땅으로 떨어뜨리는 거예요. 그러고 나서 땅으로 내려와 집게로 껍질을 터뜨려 살을 발라 먹는다니까요. 안 믿기죠? 몰디브 섬하고 세이셸 섬에 많이 산대요. 세이셸 섬이 어딘지 알아요? 나, 정말 거기에 꼭 한번 가보고 싶어요. 석호, 터크와즈 빛 바닷물, 백사장……. 실루엣 섬에는 자이언트거북들도 산대요. 자이언트거북이라니, 생각만 해도 환상적이지 않아요? 거북의 몸무게가 200킬로그램이나 나가고 백이십 년도 넘게 산대요. 진짜 신기하죠? 인도는요? 인도에 가봤어요? 내 친구한테 들었는데, 퐁디셰리에 정말 좋은 민박집이 있다던데……."

〈끝〉

감사의 말

사랑하는 독자 여러분

저는 새 소설을 낼 때마다 항상 그 책이 조금이라도 더 빨리 한국 독자들을 만나길 간절히 바랍니다. 한국은 제가 참 좋아하는 나라이고, 한국을 좋아하는 제게 독자 분들은 늘 많은 사랑을 주시죠. 독자 여러분들께서 보내주신 편지를 읽고 있으면 지난겨울 한국에 갔을 때 저를 환대해주시던 여러분의 모습, 그리고 알차고 뜨거웠던 여러분과의 만남의 자리들이 아직도 생생하게 머릿속에 떠오릅니다.

《종이 여자》는 제 소설들 중에서 가장 애착이 많이 가는 작품입니다. 아주 낙관적이고 밝은 이야기를 써보려고 애를 많이 썼지요. 이 소설에서는 물론 사랑을 이야기하고 있어요. 하지만 문학 창작, 독서에 대한 생각도 나누고 싶었습니다. 여러분이 하루빨리 이 소설의 여주인공을 만나 보셨으면 좋겠어요. 사실 이 책을 집필하는 동안 저는 이 '빌리'라는 매력적인 여자를 사랑하게 되었습니다. 그녀의 이야기에 마침표를 찍고 나니 그녀가 아주 많이 그리워지네요.

삶은 한 편의 소설이죠. 독자 여러분도 저처럼 빌리의 손에 이끌려 픽션과 현실 사이에 놓인 마술 거울을 통과해 보시길 바랍니다. 그녀가 독자 여러분을 사랑과 신비의 경험으로 이끌어 드릴 겁니다.

기욤 뮈소

옮긴이의 말

《종이 여자》를 3달 가까이 번역하다 끝냈을 때 제일 먼저 머릿속에 '사랑스럽다.'는 느낌이 떠올랐다. 주인공들의 캐릭터가 사랑스럽고, 그들이 풀어가는 이야기가 사랑스러웠다(본인들이야 물론 그동안 궂은일을 숱하게 겪느라 많이 힘들었겠지만). 특히 영화 〈해리가 샐리를 만났을 때〉의 멕 라이언, 〈귀여운 여인〉의 줄리아 로버츠를 연상시키는 여주인공 빌리를 생각하면 입가에 미소부터 번졌다. 지금까지 나온 기욤 뮈소의 소설들이 굵직한 '테마' 중심이었다면 이번 소설은 그의 글쓰기 스타일에서 크게 벗어나지 않으면서도 '캐릭터' 쪽으로 살짝 무게 중심이 옮겨진 작품이라고 볼 수 있다. 한 편의 사랑스러운 로맨틱 코미디 영화를 기욤 뮈소 특유의 감각적이고 스피디한 문체, 서스펜스 기법을 통해 소설로 읽은 느낌이었다.

작가는 이번 작품에서 할리우드 로맨틱 코미디의 원조인 40년대 미국의 '스크루볼 코미디'의 느낌을 강하게 살리고 싶었다고 밝힌 바 있다. 스크루볼 코미디의 특징은 당시로는 획기적일 만큼 자유분방하고 독립적인, 개성이 강한 여자 주인공이 등장한다는 점이다. 이 여주인공은 지극히 비전형적인, 줏대 없고 시쳇말로 '찌질한' 남자 주인공의 인생에 바람처럼 등장해 그의 인생을 휘저어 놓는다. 스크루볼 코미디의 고전이라 할 수 있는 하워드 혹스 감독의 1938년 작 〈아기 키우기(Bringing Up Baby)〉의 두 주인공 캐리 그랜트와 캐서린 헵번을 보고 있으면 《종이 여자》의 주인공 톰과 빌리 커플을 보는 듯한 착각이 든다. 웃음을 자아내는 두 연인의 좌충우돌, 그 속에서 서서히 싹트는 사랑, 남녀 주인공 사이에 오가는 촌철살인의 대화까지 그대로 닮아 있다. 특히 캐서린 헵번이 연기하는 '수잔', 기욤 뮈소가 사랑에 빠졌다고 고백한 '빌리'는 상큼하고 톡톡 튀는 몸짓과 언어로 관객과 독자의 뇌리에 깊이 각인되는 매력적이고 사랑스러운 캐릭터다.

작가는 어렸을 때 본 우디 알렌의 1985년 작 영화 〈카이로의 보랏빛 장미(The Purple Rose Of Cairo)〉에서 작품의 영감을 얻었다고 밝혔다. 대공황 당시 미국이 배경인 이 영화는 고단한 현실을 잊기 위해 영화에 몰입하는 가난한 웨이트리스 세실리아의 이야기다. 무능한 바람둥이에다 폭력까지 휘두르는 남편을 부양하면서 힘들게 살아가는 세실리아는 야무지고 똑 부러지는 성격도 못 돼, 일을 못한다고 결국 직장인 식당에서 해고된다. 그녀가 눈물 바람에 달려가는 곳은 다름 아닌 영화관이다. 영화에서밖에 삶의 기쁨을 찾지 못하는 그녀는 극장에서 〈카이로의 보랏빛 장미〉라는 영화를 보고 또 본다. 그러던 어느 날, 영화 속 주인공과 눈이 마주친다는 느낌이 드는 순간, 그가 스크린 밖으로 뛰쳐나온다.

우디 알렌이 영화를 통해 현실 세계와 상상의 세계 간의 관계를 다루고 있다면 기욤 뮈소는 소설이라는 허구를 매개로 그 멀고도 가까운 관계를 그리고 있다. 일견 단단한 듯 보이는 픽션과 허구의 경계가 아주 간단히 무너질 수 있으며, 우리가 현실로부터 도피하기 위해 손을 뻗는 픽션이 일순간 우리의 현실이 되어 버릴 수 있다는 사실을 우디 알렌과 기욤 뮈소는 아주 드라마틱하게 포착해서 보여주고 있다. 조금 다른 점이라면, 우디 알렌이 냉엄한 현실이 영화 속 상상의 세계를 압도하는 현실주의자적인 결말을 제시하는 반면, 기욤 뮈소는 《종이 여자》에서 또 한 번 그의 트레이드마크인 '판타지적' 결말을 보여준다. 소설을 읽어 가다 보면 어느새 빌리가 현실의 인물인가, 허구의 인물인가, 하는 구분은 그다지 중요하게 느껴지지 않는다.

소설 속 허구의 세계는 결국 작가가 독자와 손잡고 함께 창조해 가는 것이다. 《종이 여자》의 여러 대목에서 작가 기욤 뮈소의 이런 신념이 읽힌다. 글쓰기와 문학 창작, 독서에 대한 평소의 철학을 이번 작품을 통해 자연스럽게 밝히면서 그는 소설이라는 허구의 세계에 현실성을 부여하는 것은 바로 독자라는 점을 강조하고 있다. 평난의 관심보다는 무수한 일반 독자 대중의 사랑에 힘입어 베스트셀러 작가의 반열에 오른 기욤 뮈소의 생각이기에 더욱 마음 깊이 와 닿는 것 같다. 기욤 뮈소는 소설 《종이 여자》를 통해 '삶은 한 편의 소설'이라는 진리를 새삼 우리에게 일깨워주고 있다. 환상과 꿈이야말로 팍팍한 삶을 견딜 수 있게 하는 힘이라는 사실을 우리는 여주인공 빌리를 통해 다시 한번 깨닫는다.

"지고한 사랑이란, 두 개의 꿈이 만나 한마음으로 철저히 현실을 벗어나는 것이다."라고 로맹 가리는 말했다. 그런 사랑을 하고 있는 사람들, 그리고 그런 사랑을 꿈꾸는 사람들에게 일 년 중 환상과 현실이 가장 가깝게 만나는 12월에 이 책을 권하고 싶다.

전미연